Het laatste jurylid

Van dezelfde auteur

De jury
Advocaat van de duivel
Achter gesloten deuren
De cliënt
Het vonnis
De rainmaker
In het geding
De partner
De straatvechter
Het testament
De broederschap
De erfpachters
Winterzon
Het dossier
De claim
Verloren seizoen

Bezoek onze internetsite www.awbruna.nl
voor informatie over al onze boeken en softwareproducten.

John Grisham

Het laatste jurylid

A.W. Bruna Uitgevers B.V., Utrecht

Oorspronkelijke titel
The Last Juror
© 2004 by Belfry Holdings, Inc.
Vertaling
Hugo en Nienke Kuipers
Omslagontwerp
Studio Eric Wondergem
© 2004 A.W. Bruna Uitgevers B.V., Utrecht

Met dank aan mr. J.A.M. Schoenmakers

ISBN 90 229 8805 8
NUR 332

Behoudens de in of krachtens de Auteurswet van 1912 gestelde uitzonderingen mag niets uit deze uitgave worden verveelvoudigd, opgeslagen in een geautomatiseerd gegevensbestand, of openbaar gemaakt, in enige vorm of op enige wijze, hetzij elektronisch, mechanisch, door fotokopieën, opnamen of enige andere manier, zonder voorafgaande schriftelijke toestemming van de uitgever. Voorzover het maken van reprografische verveelvoudigingen uit deze uitgave is toegestaan op grond van artikel 16 h Auteurswet 1912 dient men de daarvoor wettelijk verschuldigde vergoedingen te voldoen aan de Stichting Reprorecht (Postbus 3060, 2130 KB Hoofddorp, www.reprorecht.nl). Voor het overnemen van gedeelte(n) uit deze uitgave in bloemlezingen, readers en andere compilatiewerken (artikel 16 Auteurswet 1912) kan men zich wenden tot de Stichting PRO (Stichting Publicatie- en Reproductierechten Organisatie, Postbus 3060, 2130 KB Hoofddorp, www.cedar.nl/pro).

DEEL I

1

Na tientallen jaren van geduldig mismanagement en liefdevolle verwaarlozing ging de *Ford County Times* in 1970 failliet. De eigenares en uitgeefster Emma Caudle was 93 jaar en was gekluisterd aan een bed in een verpleeghuis in Tupelo. De hoofdredacteur, haar zoon Wilson Caudle, was in de zeventig en had een metalen plaatje in zijn hoofd uit de Eerste Wereldoorlog. Een perfecte cirkel van donkere getransplanteerde huid bedekte dat plaatje boven op zijn lange, hellende voorhoofd, en hij had daardoor de bijnaam Vlek gekregen. Vlek deed dit. Vlek deed dat. Hier, Vlek. Daar, Vlek.
In zijn jonge jaren had hij verslag uitgebracht van gemeenteraadsvergaderingen, footballwedstrijden, verkiezingen, processen, kerkelijke gebeurtenissen, allerlei uiteenlopende activiteiten in Ford County. Hij was toen een goede verslaggever, nauwgezet en intuïtief. Blijkbaar had het hoofdletsel zijn schrijftalent niet aangetast. Maar op een gegeven moment na de Tweede Wereldoorlog was het plaatje blijkbaar verschoven, en toen schreef Caudle niets meer, behalve de overlijdensberichten, de necrologieën. Hij was gek op necrologieën. Hij was er uren mee bezig. Hij reeg alinea's van welsprekend proza aaneen om het leven van zelfs de nederigste inwoners van Ford County te beschrijven. En de dood van een rijke of prominente ingezetene was voorpaginanieuws, want zo'n kans liet Caudle niet lopen. Hij sloeg nooit een wake of begrafenis over en

schreef nooit iets slechts over iemand. Op het eind viel iedereen de glorie ten deel. Ford County was een geweldige plaats om te sterven. En Vlek was erg populair, al was hij gek.

De enige echte crisis in zijn journalistieke loopbaan deed zich voor in 1967, in de tijd dat de beweging voor burgerrechten eindelijk tot Ford County was doorgedrongen. De krant had nooit zelfs maar de schijn van raciale tolerantie gewekt. Er verschenen geen foto's van zwarte mensen op de pagina's, behalve die van verdachten of veroordeelde misdadigers. Geen zwarte huwelijksaankondigingen. Geen zwarte honkbalteams of scholieren aan wie een prijs was toegekend. Maar in 1967 deed Wilson Caudle een schokkende ontdekking. Op een ochtend werd hij wakker en besefte hij dat er in Ford County ook zwarte mensen stierven en dat daar niet deugdelijk verslag van werd gedaan. Er lag een heel nieuwe vruchtbare wereld van necrologieën voor hem open, en hij begaf zich op gevaarlijk, nooit in kaart gebracht terrein. Op woensdag 8 maart 1967 werd de *Times* het eerste blanke weekblad in Mississippi dat de necrologie van een neger publiceerde. Dat viel bijna niemand op.

De week daarna publiceerde hij drie zwarte necrologieën en begonnen de mensen erover te praten. In de vierde week was er een regelrechte boycot ingezet; mensen zeiden hun abonnement op en adverteerders hielden de vinger op de knip. Caudle wist wat er gebeurde, maar hij genoot er zo van om voorstander van rassenintegratie te zijn dat hij zich niet druk maakte om bijzaken als verkoopcijfers en winst. Zes weken na de historische necrologie zette hij, op de voorpagina en in vette letters, zijn nieuwe beleid uiteen. Hij legde het publiek uit dat hij verdomme zou publiceren wat hij wilde, en als dat de blanken niet aanstond, zou hij gewoon snoeien in hun necrologieën.

Nu is het in Mississippi van groot belang om op gepaste wijze te sterven, zowel voor blanken als voor zwarten, en de gedachte dat ze zonder een glorieuze uitgeleide van Vlek ten grave gedragen zouden worden, was voor de meeste blanken ondraaglijk. En ze wisten dat hij gek genoeg was om zijn dreigement uit te voeren.

Het volgende nummer stond vol met allerlei necrologieën, van zwarten en blanken, allemaal netjes op alfabet zonder onderscheid naar ras. Alle exemplaren werden verkocht en er volgde een korte periode van welvaart.

De faillissementsaanvraag werd 'onvrijwillig' genoemd, alsof in andere gevallen de vrijwilligers in de rij stonden. De meute werd aangevoerd door een drukkerijleverancier uit Memphis die zestigduizend dollar te goed had. Sommige crediteuren waren in een halfjaar niet betaald. De oude Security Bank zei een lening op.
Ik was nieuw, maar ik had de geruchten gehoord. Ik zat aan een bureau in het voorlokaal van het *Times*-gebouw een tijdschrift te lezen, toen een dwerg met puntschoenen kwam binnenstappen en naar Wilson Caudle vroeg.
'Die is naar het uitvaartbedrijf,' zei ik.
Het was een hanige dwerg. Onder zijn gekreukte blauwe blazer zag ik een pistool op zijn heup. Hij droeg dat pistool op een zodanige manier dat het goed te zien was. Waarschijnlijk had hij een vergunning, maar in Ford County had je die niet echt nodig, niet in 1970. Sterker nog, je hoorde geen vergunning te hebben. 'Ik moet deze papieren aan hem overhandigen,' zei hij, zwaaiend met een envelop.
Ik ging hem daar niet bij helpen, maar het valt niet mee om onbeschoft te zijn tegen een dwerg. Zelfs een dwerg met een pistool. 'Hij is naar het uitvaartbedrijf,' zei ik opnieuw.
'Dan laat ik ze bij u achter,' zei hij.
Hoewel ik daar nog geen twee maanden werkte, en hoewel ik in het Noorden had gestudeerd, had ik toch al een paar dingen geleerd. Ik wist dat gunstige papieren niet aan mensen werden overhandigd. Die werden opgestuurd of persoonlijk afgegeven, maar nooit uitgereikt. Die papieren voorspelden niets goeds, en ik wilde er niets mee te maken hebben.
'Ik neem die papieren niet aan,' zei ik met neergeslagen ogen.
Het is een wet van de natuur dat dwergen gedweeë, geweldloze mensen zijn, en dit kereltje was geen uitzondering. Dat pistool was een list. Hij keek grijnzend om zich heen, maar hij wist dat hij niets kon beginnen. Met een zekere theatrale flair stopte hij de envelop weer in zijn zak en vroeg: 'Waar is dat uitvaartbedrijf?'
Ik wees hem zo ongeveer de weg, en hij vertrok. Een uur later strompelde Vlek naar binnen, zwaaiend met de papieren en hysterisch schreeuwend. 'Het is uit! Het is uit!' riep hij nog steeds toen ik de faillissementsaanvraag al in handen had. Margaret Wright, de secretaresse, en Hardy, de drukker, kwamen uit het achterste deel van het gebouw naar ons toe en probeerden hem te troosten. Vlek

zat met zijn gezicht in zijn handen, zijn ellebogen op zijn knieën, en snikte erbarmelijk. Ik las de aanvraag hardop aan de anderen voor.
In de aanvraag stond dat Caudle over een week op de rechtbank van Oxford moest verschijnen, waar de rechter een bijeenkomst met de crediteuren zou houden. De rechter zou dan beslissen of de aanvraag van kracht zou blijven gedurende een periode waarin een gemachtigde een onderzoek zou instellen. Ik kon zien dat Margaret en Hardy zich drukker maakten om hun baan dan om Caudle en zijn persoonlijke crisis, maar ze bleven braaf naast hem staan en klopten hem op zijn schouders.
Toen hij was uitgehuild, stond hij plotseling op, hij beet op zijn lip en zei: 'Ik moet het moeder vertellen.'
We keken elkaar met zijn drieën aan. Emma Caudle had dit leven al jaren geleden verlaten, maar haar zwakke hart werkte nog net goed genoeg om de begrafenis te kunnen uitstellen. Ze wist niet wat voor kleur gelatinepudding ze haar voerden en dat kon haar ook niet schelen, en in elk geval lieten Ford County en de krant haar volkomen koud. Ze was blind en doof en woog nog geen veertig kilo, en nu ging Vlek het faillissement met haar bespreken. Op dat moment besefte ik dat hij ook niet meer onder de levenden was.
Hij begon weer te huilen en ging weg. Een halfjaar later zou ik zijn necrologie schrijven.
Omdat ik had gestudeerd, en omdat ik de papieren in handen had, keken Hardy en Margaret me vragend aan. Ik was journalist, geen advocaat, maar ik zei dat ik met de papieren naar de familieadvocaat van de Caudles zou gaan. We zouden zijn advies opvolgen. Ze glimlachten zwakjes en gingen weer aan het werk.
Tegen de middag kocht ik een sixpack bier in Quincy's One Stop in Lowtown, het zwarte gedeelte van Clanton, en ging een heel eind rijden in mijn Spitfire. Het was eind februari, maar het was warm voor de tijd van het jaar, dus ik deed de kap van de auto omlaag en reed naar het meer. Ik vroeg me voor de zoveelste keer af wat ik nou eigenlijk te zoeken had in Ford County, Mississippi.

Ik ben opgegroeid in Memphis en ik heb vijf jaar journalistiek gestudeerd aan de universiteit van Syracuse, totdat mijn grootmoeder er genoeg van kreeg om te betalen voor wat een erg lange studententijd begon te worden. Mijn cijfers waren middelmatig, en ik zou over een jaar afstuderen. Of anderhalf jaar. Zij, BeeBee, had geld als water, maar ze gaf het niet graag uit, en na vijf jaar vond ze dat ze genoeg geld in mijn toekomst had gestoken. Toen ze de geldkraan dichtdraaide, was ik erg teleurgesteld, maar ik zei er niets van, althans niet tegen haar. Ik was haar enige kleinkind en verheugde me op de erfenis.

Ik studeerde journalistiek met een kater. Toen ik pas aan mijn studie was begonnen, wilde ik onderzoeksjournalistiek bedrijven bij de *New York Times* of de *Washington Post*. Ik wilde de wereld redden door misstanden aan de kaak te stellen: corruptie en milieuvervuiling en verspilling van overheidsgelden, en het onrecht dat de zwakken en onderdrukten werd aangedaan. Er lagen Pulitzerprijzen voor me in het verschiet. Na een jaar of zo waarin ik die hoogstaande dromen had gekoesterd, zag ik een film over een buitenlands correspondent die naar oorlogen op de hele wereld vloog, mooie vrouwen verleidde en op de een of andere manier ook nog kans zag bekroonde verhalen te schrijven. Hij sprak acht talen, had een baard en droeg soldatenschoenen en een gesteven kakioverhemd waar nooit een kreuk in kwam. En dus besloot ik zo'n journalist te worden. Ik liet mijn baard staan, kocht wat hoge schoenen en een kakioverhemd, deed een poging om Duits te leren en probeerde de mooiere meisjes te versieren. Toen ik derdejaars was en mijn cijfers aan hun gestage daling naar de onderste regionen van de klas begonnen, leek het me opeens fascinerend om voor een provinciale krant te werken. Ik kan niet uitleggen wat me daarin zo aantrok, behalve dat het ongeveer in die tijd was dat ik bevriend raakte met Nick Diener. Hij kwam uit een afgelegen deel van Indiana, en zijn familie was al tientallen jaren eigenaar van een welvarende regionale krant. Hij reed in een dure kleine Alfa Romeo en had altijd geld. We werden goede vrienden.

Nick was een intelligente student die ook wel medicijnen, rechten of bouwkunde had kunnen doen. Maar hij wilde alleen maar naar Indiana terugkeren en de leiding van het familiebedrijf overnemen. Daar begreep ik niets van, tot we op een avond dronken waren en hij me vertelde hoeveel zijn vader elk jaar aan hun kleine weekblad met een oplage van zesduizend exemplaren verdiende. Het was een goudmijn, zei hij. Alleen maar plaatselijk nieuws, huwelijksaankondigingen, kerkelijke evenementen, prijzen die waren toegekend, sportverslagen, foto's van basketbalteams, een paar recepten, een paar necrologieën, en pagina's vol reclame. Soms een beetje politiek, maar nooit te controversieel. En dan hoefde je alleen nog maar je geld te tellen. Zijn vader was miljonair. Het was een heel rustige manier van journalistiek bedrijven, en volgens Nick stroomde het geld binnen.

Dat sprak me wel aan. Na mijn vierde jaar, dat mijn laatste had moeten zijn al had ik nog een heel eind te gaan, liep ik mijn zomerstage bij een klein weekblad in de Ozark Mountains in Arkansas. Het salaris was een schijntje, maar BeeBee was onder de indruk, omdat ik werkte. Elke week stuurde ik haar de krant, waarvan minstens de helft door mij geschreven was. De eigenaar/hoofdredacteur/uitgever was een geweldige oude heer die het prachtig vond dat hij een verslaggever had die wilde schrijven. Hij was rijk.

Na vijf jaar in Syracuse waren mijn cijfers niet meer te redden en ging de geldkraan dicht. Ik keerde naar Memphis terug, zocht Bee-Bee op, bedankte haar voor alles wat ze voor me had gedaan en zei tegen haar dat ik van haar hield. Ze zei tegen mij dat ik een baan moest zoeken.

In die tijd woonde Wilson Caudles zus in Memphis, en op een gegeven moment kwam die dame op een theekransje in contact met BeeBee. Na een paar telefoontjes over en weer vertrok ik naar Clanton, Mississippi, waar Vlek me enthousiast verwelkomde. Na een inleiding van een uur werd ik op Ford County losgelaten.

In het volgende nummer zette hij een leuk verhaaltje met een foto van mij. Hij stelde me als 'stagiair' aan de lezers voor. Er was in die tijd niet veel nieuws.

In dat artikeltje stonden twee gruwelijke fouten die me nog jaren zouden achtervolgen. De eerste en grootste fout was het feit dat Syracuse tegenwoordig een van de Ivy League-universiteiten was, tenminste volgens Vlek. Hij stelde zijn slinkend aantal lezers ervan op de hoogte dat ik mijn Ivy League-studie aan de universiteit van Syracuse had gevolgd. Het duurde een maand voordat iemand me dat vertelde. Ik begon te geloven dat niemand de krant las, of erger nog, dat alleen volslagen idioten hem lazen.

De tweede misvatting veranderde mijn leven. Ik ben geboren als Joyner William Traynor. Tot aan mijn twaalfde vroeg ik mijn ouders tot vervelens toe hoe twee mensen die voor intelligent doorgingen ooit de naam Joyner voor hun baby hadden kunnen kiezen. Uiteindelijk kwam het hoge woord eruit: een van mijn ouders, die allebei de verantwoordelijkheid van de hand wezen, had op de naam Joyner aangedrongen om een of ander vijandig familielid te paaien dat geld zou hebben. Ik heb die man, mijn naamgenoot dus, nooit ontmoet. Voorzover ik weet, was hij blut toen hij overleed, maar evengoed zou ik mijn hele leven Joyner blijven. Toen ik me in Syracuse inschreef, noemde ik me J. William, een nogal aanmatigende naam voor een jochie van achttien. Maar door Vietnam en de rassenrellen en alle onlusten en maatschappelijke beroering raakte ik ervan overtuigd dat J. William te conservatief klonk. Ik werd Will.

Vlek noemde me soms Will, William, Bill of zelfs Billy, en omdat ik naar al die namen luisterde, wist ik nooit wat hij de volgende keer ging zeggen. In dat artikeltje stond onder mijn foto mijn nieuwe naam. Willie Traynor. Ik was diep geschokt. Ik had nooit kunnen denken dat iemand me Willie zou noemen. Ik ging naar school in Memphis en naar de universiteit in Syracuse en ik had nog nooit iemand gekend die Willie heette. Ik was geen boerenkinkel. Ik reed in een Triumph Spitfire en had lang haar.

Wat moest ik tegen mijn vrienden in Syracuse zeggen? Wat moest ik tegen BeeBee zeggen?

Nadat ik me twee dagen in mijn flatje had verstopt, verzamelde ik de moed om de confrontatie met Vlek aan te gaan en te eisen dat hij iets zou doen. Ik wist niet precies wat hij moest doen, maar hij had de fout gemaakt en moest hem nu ook maar rechtzetten. Ik liep met grote passen het gebouw van de *Times* binnen en kwam Davey Bass tegen, de sportredacteur van de krant. 'Hé, coole naam,' zei hij. Ik liep met hem mee naar zijn kamer en vroeg hem om raad.

'Ik heet niet Willie,' zei ik.

'Nu wel.'

'Ik heet Will.'

'Hier in de streek zullen ze gek op je zijn. Een wijsneus uit het Noorden met lang haar en een buitenlandse sportwagen. Hé, ze vinden je hartstikke cool met een naam als Willie. Denk maar eens aan Joe Willie.'

'Wie is Joe Willie?'

'Joe Willie Namath.'

'O, die.'

'Ja, die komt uit het Noorden, net als jij, uit Pennsylvania of zoiets, maar toen hij in Alabama kwam, veranderde hij zijn naam van Joseph William in Joe Willie. Hij kon zich de meiden niet van het lijf houden.'

Ik begon me al beter te voelen. Toen, in 1970, was Joe Namath waarschijnlijk de beroemdste sportman van het land. Ik ging een eindje rijden en zei steeds weer 'Willie' tegen mezelf. Binnen een paar weken zat ik aan die naam vast. Iedereen noemde me Willie en scheen het prettig te vinden dat ik zo'n doodgewone naam had.
Ik zei tegen BeeBee dat het alleen maar een tijdelijk pseudoniem was.

De *Times* was een erg dunne krant, en ik wist meteen dat hij in moeilijkheden verkeerde. Veel necrologieën, weinig nieuws en advertenties. Het personeel was ontevreden, maar bleef volgzaam en loyaal. In 1970 waren de banen schaars in Ford County. Na een week kon zelfs ik als nieuwkomer begrijpen dat de krant met verlies draaide. Necrologieën zijn gratis, advertenties niet. Vlek zat meestal in zijn rommelige kamer, waar hij dutjes deed en naar het uitvaartbedrijf belde. Soms belden zij hem. Soms kwamen de nabestaanden al binnen enkele uren na oom Wilbers laatste ademtocht naar de redactie en leverden ze een lang, bloemrijk, met de hand geschreven verhaal in dat Vlek van hen aanpakte en zorgvuldig op zijn bureau legde. Eenmaal alleen, zette hij zich aan het schrijven, redigeren, researchen en herschrijven tot het perfect was.
Hij zei tegen me dat ik in de hele county zou opereren. De krant had nog één andere algemeen verslaggever, Baggy Suggs, een verweerde oude bok die op de rechtbank aan de overkant van de straat rondhing om nieuwtjes op te pikken en whisky te drinken met een clubje aan lager wal geraakte advocaten die te oud en te drankzuchtig waren om de rechtspraktijk nog uit te oefenen. Zoals ik algauw zou merken, was Baggy te lui om bronnen na te trekken en op zoek te gaan naar iets interessants. Het was dan ook de gewoonste zaak van de wereld dat het voorpaginaverhaal een of ander saai verslag van een burenruzie of echtelijke twist was.
Margaret, de secretaresse, was een capabele christelijke dame die de tent runde, al was ze slim genoeg om Vlek te laten denken dat hij de baas was. Ze was begin vijftig en werkte daar al twintig jaar. Ze was de rots, het anker, en alles op de *Times* draaide om haar. Margaret was vriendelijk, bijna verlegen, en vanaf de eerste dag keek ze hoog tegen me op omdat ik uit Memphis kwam en vijf jaar in het Noorden van het land had gestudeerd. Ik lette er wel op dat ik niet met mijn Ivy League-achtergrond te koop liep, maar tegelijk wilde ik

die boeren uit Mississippi laten weten dat ik een voortreffelijke opleiding had genoten.

Zij en ik praatten veel met elkaar, en na een week bevestigde ze wat ik al vermoedde, dat Wilson Caudle inderdaad gek was en dat de krant inderdaad in grote financiële moeilijkheden verkeerde. Maar, zei ze, de Caudles hebben familiegeld!

Het zou jaren duren voor ik dat mysterie doorgrondde.

In Mississippi was familiegeld iets anders dan rijkdom. Het had niets te maken met bankrekeningen of andere bezittingen. Familiegeld was een status die je had als je blank was, een beetje meer opleiding dan de middelbare school had, in een groot huis met een voorveranda was geboren – het liefst een huis tussen de katoen- of sojavelden, al was dat niet een vereiste – en bovendien voor een deel was opgevoed door een dierbaar zwart kindermeisje dat Bessie of Pearl heette, en voor een deel door liefhebbende grootouders die ooit de voorouders van Bessie of Pearl in eigendom hadden, en van jongs af aan in de strikte maatschappelijke plichten en rechten van de bevoorrechte klasse waren onderricht. Hectaren en trustfondsen waren mooi meegenomen, maar Mississippi zat vol met arme aristocraten die de status van familiegeld hadden geërfd. Je kon die status niet verwerven. Hij werd bij de geboorte doorgegeven.

Toen ik met de familieadvocaat van de Caudles sprak, legde hij me in het kort uit wat de werkelijke waarde van hun familiegeld was. 'Ze zijn zo arm als de neten,' zei hij, terwijl ik me in een versleten leren stoel liet wegzakken en hem over zijn brede, oeroude mahoniehouten bureau aankeek. Hij heette Walter Sullivan, van de prestigieuze firma Sullivan & O'Hara. Prestigieus voor Ford County, met zeven advocaten. Hij bestudeerde de faillissementsaanvraag en praatte een tijdje over de Caudles, en het geld dat ze vroeger hadden, en hoe dom het van ze was dat ze een ooit winstgevende krant naar de bliksem hadden geholpen. Hij was al dertig jaar hun advocaat, en in de tijd dat Emma de *Times* had gehad, waren er vijfduizend abonnees geweest en hadden de pagina's vol advertenties gestaan. Ze had een deposito van vijfhonderdduizend dollar bij de Security Bank gehad, als appeltje voor de dorst.

Toen stierf haar man en hertrouwde ze met een plaatselijke alcoholist die twintig jaar jonger was dan zij. Als hij nuchter was, was hij enigszins geletterd en verbeeldde hij zich dat hij een zwaarmoedige dichter en essayist was. Emma was stapelgek op hem en benoemde

hem tot medehoofdredacteur, een functie die hij gebruikte om lange commentaren te schrijven waarin hij de vloer aanveegde met zo ongeveer alles wat los en vast zat in Ford County. Dat was het begin van het einde. Vlek had de pest aan zijn stiefvader, die gevoelens waren wederzijds, en hun relatie kwam tot een climax met een van de kleurrijkste vuistgevechten uit de geschiedenis van Clanton. Het vond plaats op het trottoir voor het *Times*-gebouw, op het plein en voor de ogen van een grote, stomverbaasde menigte. Veel mensen geloofden dat Vleks hersenen, die toch al kwetsbaar waren, die dag nog meer schade hadden opgelopen. Kort daarna schreef hij niets anders meer dan die verrekte necrologieën.
De stiefvader ging met Emma's geld aan de haal, en ze bleef met een gebroken hart achter en ging een kluizenaarsleven leiden.
'Ooit was het een prima krant,' zei Sullivan. 'Maar nu? Nog geen twaalfhonderd abonnees en diep in de schulden. Failliet.'
'Wat zal de rechter doen?' vroeg ik.
'Proberen een koper te vinden.'
'Een koper?'
'Ja, er komt een koper. De county heeft een krant nodig.'
Ik dacht meteen aan twee mensen: Nick Diener en BeeBee. Nicks familie was rijk geworden met een streekkrant. BeeBee was al steenrijk en ze had maar één dierbaar kleinkind. Mijn hart begon te bonken toen ik mijn kans rook.
Sullivan keek me aandachtig aan. Het leed geen enkele twijfel dat hij wist wat ik dacht. 'De krant is voor een appel en een ei te krijgen,' zei hij.
'Hoeveel?' vroeg ik met alle zelfvertrouwen van een 23-jarige leerling-journalist wiens oma bulkt van het geld.
'Waarschijnlijk vijftigduizend. Vijfentwintig voor de krant, vijfentwintig voor de exploitatiekosten. De meeste schulden vallen onder het faillissement, en er kan opnieuw worden onderhandeld met de crediteuren die je nodig hebt.' Hij zweeg even en boog zich naar voren, zijn ellebogen op het bureau, zijn borstelige grijze wenkbrauwen trillend alsof zijn hersenen overuren maakten. 'Het zou een echte goudmijn kunnen zijn, weet je.'

BeeBee had nooit in een goudmijn geïnvesteerd, maar nadat ik drie dagen aan de pomp had gezwengeld, verliet ik Memphis met een cheque voor vijftigduizend dollar. Ik gaf hem aan Sullivan, die het geld op een rekening stortte en een verzoek tot aankoop van de krant bij de rechtbank indiende. De rechter, een relikwie dat naast Emma in haar bed thuishoorde, knikte welwillend en zette zijn krabbel onder een gerechtelijk bevel dat mij de nieuwe eigenaar van de *Ford County Times* maakte.

Je doet er drie generaties over om in Ford County geaccepteerd te worden. Hoeveel geld je ook hebt, hoe goed je familie ook is, ze zullen je nooit meteen vertrouwen. Over iedere nieuwkomer hangt een donkere wolk van achterdocht, en ik was geen uitzondering. De mensen daar zijn erg hartelijk en beleefd, en ze zijn vriendelijk, op het bemoeizieke af. In de straten van hun stad knikken ze iedereen toe en praten ze met iedereen. Ze informeren naar je gezondheid, hebben het over het weer, nodigen je uit in hun kerk. Ze lopen zich het vuur uit de sloffen om vreemden te helpen.

Maar ze vertrouwen je niet echt, tenzij ze je grootvader ook al vertrouwden.

Zodra bekend werd dat ik, een groentje uit Memphis, de krant voor vijftig-, of misschien honderd-, of misschien zelfs tweehonderdduizend dollar had gekocht, deden er in de county alle mogelijke verhalen over mij de ronde. Margaret hield me op de hoogte. Omdat ik niet getrouwd was, zou ik best eens homo kunnen zijn. Omdat ik in Syracuse had gestudeerd, waar dat ook mocht zijn, was ik waarschijnlijk communist. Of erger nog, progressief. Omdat ik uit Memphis kwam, was ik een onruststoker die van plan was Ford County in zijn hemd te zetten.

Maar zoals ze elkaar allemaal stilletjes toegaven, ging ik nu over de necrologieën! Ik was iemand!

De nieuwe *Times* maakte zijn debuut op 18 maart 1970, nog maar drie weken nadat die dwerg met zijn papieren was binnengekomen. De krant was twee centimeter dik en er stonden meer foto's in dan ooit in een regionaal weekblad hadden gestaan. Padvindersgroepen, schoolbasketbalteams, tuinclubs, boekenclubs, theekransjes, bijbelstudiegroepen, softbalteams, buurtverenigingen. Tientallen foto's. Ik wilde iedere levende ziel in de county in de krant zien te krijgen. En de doden werden bejubeld als nooit tevoren. De necrologieën waren gênant lang. Vlek zal vast wel trots op me zijn geweest, maar ik heb nooit iets van hem gehoord.

Het nieuws was licht en luchtig. Absoluut geen hoofdredactionele commentaren. Omdat mensen graag over misdaad lezen, begon ik in de linkerbenedenhoek van de voorpagina de rubriek Criminele Zaken. Gelukkig waren er de week daarvoor twee pick-ups gestolen, en ik deed daar verslag van alsof de nationale goudvoorraad was geplunderd.

Op het midden van de voorpagina stond een nogal grote foto van het nieuwe team: Margaret, Hardy, Baggy Suggs, ik, onze fotograaf Wiley Meek, Davey Bass en Melanie Dogan, een scholiere die part-time op de krant werkte. Ik was trots op mijn mensen. Tien dagen lang waren we dag en nacht in touw geweest, en ons eerste nummer was een groot succes. We drukten vijfduizend exemplaren en verkochten ze allemaal. Ik stuurde een hele doos naar BeeBee, en ze was erg onder de indruk.

In de volgende maand kreeg de nieuwe *Times* langzaam gestalte. Ik was na aan het gaan hoe ik wilde dat de krant eruit ging zien. Omdat in het landelijke Mississippi veranderingen nooit zo goed vallen, besloot ik het geleidelijk te doen. De oude krant was failliet, maar hij was in vijftig jaar weinig veranderd. Ik schreef meer nieuws, verkocht meer advertentieruimte, voegde meer en meer foto's van alle mogelijke groepen toe. En ik werkte hard aan de necrologieën.

Ik was nooit zo'n liefhebber van lange werkdagen geweest, maar nu ik eigenaar was, dacht ik niet meer aan de tijd. Ik was te jong en had het te druk om bang te zijn. Ik was 23, en dankzij een gelukkig toeval en een rijke oma was ik plotseling eigenaar van een weekblad. Als ik had getwijfeld en de situatie eerst grondig had bestudeerd, en advies had gevraagd aan bankiers en accountants, zou iemand dat plan wel uit mijn hoofd hebben gepraat. Maar als je 23 bent, ben je nergens bang voor. Je hebt niets en dus heb je niets te verliezen.

Ik dacht dat ik er een jaar over zou doen om de krant winstgevend te maken. En in het begin gingen de inkomsten langzaam omhoog. Toen werd Rhoda Kassellaw vermoord. Het is ook wel begrijpelijk dat je na een gruwelijk misdrijf meer kranten verkoopt, want dan willen de mensen bijzonderheden. In de week voor haar dood verkochten we vierentwintighonderd kranten, en in de week daarna bijna vierduizend.

Het was geen gewone moord.

Ford County was een vredig stukje aarde, met mensen die christenen waren of beweerden te zijn. Vuistgevechten kwamen veel voor, maar die waren dan meestal het werk van eenvoudige mensen die in biertenten en dergelijke rondhingen. Eén keer per maand loste een boerenkinkel een schot op een buurman of misschien op zijn eigen vrouw, en elk weekend was er wel minstens één steekpartij in de zwarte kroegen. Die voorvallen hadden zelden een dodelijke afloop. Ik was tien jaar eigenaar van de krant, van 1970 tot 1980, en in die tijd deden we verslag van maar erg weinig moorden in Ford County. Geen enkele van die moorden was zo gruwelijk als die op Rhoda Kassellaw; geen enkele was zo duidelijk met voorbedachten rade gepleegd. Het is nu dertig jaar later, maar ik denk er nog steeds elke dag aan.

2

Rhoda Kassellaw woonde in de plaats Beech Hill, twintig kilometer ten noorden van Clanton, in een bescheiden huis van grijze baksteen aan een smalle, verharde landweg. In de goedverzorgde bloembedden voor het huis groeide geen onkruid, en het gazon daarvoor zag er onberispelijk uit. Het garagepad bestond uit witte steenslag. Aan weerskanten daarvan lag een verzameling steppen, ballen en fietsen. Haar twee kleine kinderen waren altijd buiten. Ze waren druk aan het spelen en bleven soms even staan om naar een voorbijrijdende auto te kijken.

Het was een gezellig klein huis op een steenworp afstand van de naaste buren, de heer en mevrouw Deece. De jongeman die het had gekocht, was ergens in Texas bij een truckongeluk om het leven gekomen, en Rhoda was op 28-jarige leeftijd weduwe geworden. Met zijn levensverzekering had ze het huis en de auto kunnen afbetalen. De rest werd belegd en leverde haar een bescheiden maandinkomen op, waardoor ze thuis kon blijven om voor de kinderen te zorgen. Ze was vaak buiten, werkte in haar groentetuin, verpotte bloemen, wiedde onkruid en strooide mulch op de bloembedden langs de voorkant van het huis.

Ze leefde op zichzelf. De oude dames van Beech Hill beschouwden haar als een voorbeeldige weduwe: ze bleef thuis, keek bedroefd, verscheen alleen in het openbaar als ze nu en dan naar de kerk ging.

Ze zou vaker moeten gaan, fluisterden ze.

Vlak na de dood van haar man vatte Rhoda het plan op om naar haar familie in Missouri terug te keren. Ze kwam niet uit Ford County, net zomin als haar man. Ze waren daar beland vanwege een baan. Maar het huis was afbetaald, de kinderen waren gelukkig, de buren waren aardig, en haar familie was veel te nieuwsgierig naar de hoogte van de levensverzekering die haar man had gehad. Daarom bleef ze. Ze dacht er steeds over om weg te gaan, maar deed het nooit.

Rhoda Kassellaw was een mooie vrouw als ze dat wilde zijn, en dat was niet erg vaak. Haar welgevormde, slanke figuur werd meestal gecamoufleerd door een wijde katoenen jurk of een grof werkoverhemd, dat ze het liefst droeg als ze aan het tuinieren was. Ze gebruikte weinig make-up en haar lange, vlasblonde haar was meestal in een knotje naar achteren getrokken. Het meeste wat ze at, kwam uit haar organisch-biologische tuin, en haar huid had een gezonde matglans. Daar op het platteland zou zo'n aantrekkelijke jonge weduwe normaal gesproken erg populair zijn, maar ze leefde op zichzelf.

Maar na drie jaar van rouw werd Rhoda onrustig. Ze werd er niet jonger op; de jaren gleden voorbij. Ze was te jong en te aantrekkelijk om elke zaterdag thuis te zitten en haar kinderen verhaaltjes voor te lezen. Er moest buiten haar huis iets te beleven zijn, maar natuurlijk niet in Beech Hill.

Ze liet een jong zwart meisje uit de buurt op de kinderen passen en reed in een uur naar de grens met Tennessee in het noorden, want ze had gehoord dat daar nette gelegenheden en dansclubs waren. Misschien zou daar niemand haar kennen. Ze mocht graag dansen en flirten, maar ze dronk nooit en kwam altijd vroeg naar huis. Ze ging zo'n twee of drie keer per maand.

Toen werden de spijkerbroeken strakker. Het dansen werd sneller en ze bleef langer en langer weg. Ze begon in de gaten te lopen en er werd over haar gepraat in de bars en clubs langs de staatsgrens.

Hij volgde haar twee keer naar huis voordat hij haar vermoordde. Het was maart, en een warmtefront had voortijdig de hoop gewekt dat de lente in aantocht was. Het was een donkere avond, zonder maan. Bear, de hond des huizes, rook hem het eerst toen hij zich achter een boom in de achtertuin verschool. Bear wilde net gaan grommen en blaffen toen hem voor altijd het zwijgen werd opgelegd.

Rhoda's zoon Michael was vijf en haar dochter Teresa was drie. Ze droegen dezelfde Disney-pyjama's, keurig gestreken, en keken naar de stralende ogen van hun moeder, die hun het verhaal van Jonas en de walvis voorlas. Rhoda stopte ze in en gaf ze een nachtzoen, en toen ze het licht in hun slaapkamer uitdeed, was hij al in het huis.
Een uur later zette ze de televisie uit, deed de deuren op slot en wachtte op Bear, die niet kwam. Dat verbaasde haar niet, want hij ging vaak het bos in om achter konijnen en eekhoorns aan te zitten en kwam dan laat naar huis. Hij sliep dan op de achterveranda en blafte haar 's morgens in alle vroegte wakker. In haar slaapkamer trok ze haar lichte katoenen jurk uit en maakte ze de kastdeur open. Hij stond daar in het donker te wachten.
Hij greep haar van achteren vast, drukte zijn dikke, bezwete hand over haar mond en zei: 'Ik heb een mes. Ik steek jou en je kinderen kapot.' Met zijn andere hand hield hij een glanzend mes omhoog en zwaaide dat voor haar ogen heen en weer.
'Begrepen?' snauwde hij in haar oor.
Ze beefde en zag kans om te knikken. Ze kon niet zien hoe hij eruitzag. Hij gooide haar op haar buik op de vloer van haar rommelige kast en trok haar handen op haar rug. Hij nam een bruine wollen sjaal die een oude tante haar had gegeven en sloeg die ruw om haar gezicht. 'Geen kik,' bleef hij tegen haar grommen. 'Of ik steek de kinderen kapot.' Toen ze geblinddoekt was, greep hij haar haar vast, sleurde haar overeind en trok haar naar haar bed. Hij drukte de punt van het mes tegen haar kin en zei: 'Verzet je niet tegen me. Ik heb hier het mes.' Hij rukte haar slipje uit en de verkrachting begon.
Hij wilde haar ogen zien, die mooie ogen die hij in de clubs had gezien. En haar lange haar. Hij had haar op drankjes getrakteerd en twee keer met haar gedanst, en toen hij eindelijk avances had gemaakt, had ze hem afgewezen. 'Wat zeg je hiervan, schatje?' mompelde hij net luid genoeg om voor haar verstaanbaar te zijn.
Hij had drie uur lang Jack Daniel's gedronken om moed te verzamelen, en hij was nu verdoofd van de whisky. Hij bewoog zich langzaam boven haar, overhaastte de dingen niet, genoot van elke seconde. Hij mompelde en maakte de voldane geluiden van een echte man die nam wat hij wilde.
De geur van de whisky en zijn zweet maakte haar misselijk, maar ze was te bang om over te geven. Dat zou hem misschien kwaad maken, zodat hij het mes ging gebruiken. En ze begon zich neer te

leggen bij het verschrikkelijke wat gebeurde. Ze dacht na. Geen geluid maken. De kinderen niet wakker maken. En wat gaat hij met dat mes doen als hij klaar is?
Zijn bewegingen werden sneller en hij mompelde luider. 'Stil, schatje,' siste hij keer op keer. 'Anders gebruik ik het mes.' Het ijzeren bed piepte; het werd niet genoeg gebruikt, zei hij tegen zichzelf. Te veel lawaai, maar dat kon hem niet schelen.
Michael werd wakker van het piepende bed en maakte Teresa ook wakker. Ze kwamen uit hun kamer en slopen door de donkere gang om te kijken wat er aan de hand was. Michael maakte de deur van zijn moeders slaapkamer open, zag de vreemde man op haar, en zei: 'Mammie!' De man hield even op en keek verrast naar de kinderen om.
Rhoda schrok enorm van de stem van de jongen. Ze vloog omhoog en ging haar belager met beide handen te lijf. Ze greep naar wat ze maar te pakken kon krijgen. Haar ene kleine vuist trof hem in zijn linkeroog, een harde stomp die hem even verdoofde. Toen rukte ze haar blinddoek af en intussen schopte ze hem met beide benen. Hij gaf haar een klap in haar gezicht en probeerde haar weer tegen het bed te drukken. 'Danny Padgitt!' schreeuwde ze, nog steeds graaiend. Hij sloeg haar opnieuw.
'Mammie!' riep Michael.
'Rennen, jongens!' wilde Rhoda schreeuwen, maar haar belager sloeg haar zo hard dat ze geen woord kon uitbrengen.
'Hou je bek!' schreeuwde Padgitt.
'Rennen!' schreeuwde Rhoda, en de kinderen deinsden naar achteren en renden de gang door, de keuken in en naar buiten, waar ze veilig waren.
In de fractie van een seconde nadat ze zijn naam had geroepen, besefte Padgitt dat hij haar wel tot zwijgen moest brengen. Hij nam het mes en hakte twee keer op haar in. Daarna klom hij van het bed af en greep zijn kleren.

Aaron Deece en zijn vrouw keken naar een televisieprogramma uit Memphis toen ze Michael hoorde roepen. Deece maakte de voordeur open en zag de jongen. Michaels pyjama was nat van het zweet en de dauw en zijn tanden klapperden zo hevig dat hij bijna niet kon praten. 'Hij deed mijn mammie pijn!' zei hij steeds weer. 'Hij deed mijn mammie pijn!'

Deece zag Teresa in de duisternis tussen de huizen achter haar broer aan rennen. Ze rende wel maar kwam bijna niet vooruit, alsof ze ergens heen wilde maar de plaats waar ze was niet wilde opgeven. Toen mevrouw Deece eindelijk bij haar was, bij de garage van de Deeces, zoog ze op haar duim en kon ze geen woord uitbrengen.
Deece rende naar zijn studeerkamer en pakte twee jachtgeweren, een voor hem en een voor zijn vrouw. De kinderen waren in de keuken, zo diep geschokt dat ze bijna verlamd waren. 'Hij deed mammie pijn,' zei Michael steeds weer. Mevrouw Deece knuffelde hen en zei dat alles goed zou komen. Ze keek naar haar geweer toen haar man dat op de tafel legde. 'Blijf hier,' zei hij toen hij het huis uit rende.
Hij hoefde niet ver te gaan. Rhoda had het huis van de Deeces bijna bereikt toen ze in het natte gras in elkaar zakte. Ze was helemaal naakt en zat tot aan haar hals onder het bloed. Hij pakte haar op, droeg haar naar de voorveranda, en schreeuwde toen tegen zijn vrouw dat ze de kinderen naar de achterkant van het huis mee moest nemen en ze in een slaapkamer moest opsluiten. Hij wilde niet dat ze hun moeder zagen sterven.
Toen hij haar op de schommelbank legde, fluisterde Rhoda: 'Danny Padgitt. Het was Danny Padgitt.'
Hij legde een gewatteerde deken over haar heen en belde een ambulance.

Danny Padgitt reed met zijn pick-uptruck over het midden van de weg. Hij reed met een snelheid van 150 kilometer per uur en hij was halfdronken en doodsbang, maar wilde dat niet toegeven. Over tien minuten zou hij thuis zijn, veilig in het kleine koninkrijk van zijn familie dat Padgitt Island werd genoemd.
Die kinderen hadden alles bedorven. Hij zou daar morgen over nadenken. Hij nam een grote slok uit zijn fles Jack Daniel's en voelde zich beter.
Het was een konijn of een kleine hond of ander ongedierte, en toen het opeens de weg op kwam, ving hij er een glimp van op en reageerde verkeerd. Hij trapte automatisch op de rem, niet langer dan een fractie van een seconde, want het kon hem niet schelen wat hij raakte en vond het eigenlijk wel leuk om dieren plat te rijden, maar hij had te hard op het pedaal gedrukt. De achterbanden blokkeerden en de pick-up begon te slingeren. Voordat hij er erg in had,

verkeerde Danny in grote moeilijkheden. Hij gaf een ruk aan het stuur, de verkeerde kant op, en de wagen kwam in de grindberm terecht, waar hij begon rond te tollen als een stockcar op de backstretch. De wagen gleed de greppel in, vloog twee keer over de kop en dreunde toen tegen een rijtje dennenbomen. Als hij nuchter was geweest, zou hij zijn omgekomen, maar dronken mensen kruipen er altijd levend uit.

Hij kroop door een verbrijzeld raam naar buiten en leunde een hele tijd tegen de wagen. Hij telde zijn sneden en schrammen en dacht aan de verschillende dingen die hij kon doen. Plotseling merkte hij dat een van zijn benen stijf was, en toen hij de helling naar de weg beklom, merkte hij dat hij niet ver zou kunnen lopen. Niet dat hij dat hoefde.

De blauwe lichten waren bij hem voor hij er erg in had. De hulpsheriff kwam uit de auto en liet het schijnsel van een lange zwarte zaklantaarn over het tafereel gaan. Er doken nog meer zwaailichten op.

De hulpsheriff zag het bloed, rook de whisky en greep naar de handboeien.

3

De Big Brown River laat zich nonchalant vanuit Tennessee naar het zuiden zakken en loopt over een afstand van vijftig kilometer zo recht als een gegraven kanaal door het midden van Tyler County, Mississippi. Drie kilometer boven de grens met Ford County ziet hij eruit als een angstige slang, krampachtig opgerold zonder vooruit te komen. Zijn water is donker en troebel, modderig en traag, en op de meeste plaatsen ondiep. De Big Brown staat niet bekend om zijn schoonheid. Langs de onnoemelijk vele bochten liggen zand-, slik- en grindbanken. Honderden modderpoelen en kreken voeden de rivier met een onuitputtelijke aanvoer van traag stromend water.
De rivier blijft maar even in Ford County. Hij maakt een wijde cirkel om duizend hectare grond in de noordoostelijkste hoek van de county en slingert zich dan naar Tennessee terug. De cirkel is bijna helemaal rond, zodat er bijna een eiland is ontstaan, maar op het laatste moment draait de Big Brown zich van zichzelf weg en blijft er een smalle strook land tussen de oevers over.
Die cirkel werd Padgitt Island genoemd, een diep, dichtbegroeid bosgebied met dennen, gombomen, populieren, eiken en talloze moerassen en bayous en modderpoelen, sommige met elkaar verbonden maar de meeste geïsoleerd. Weinig van de vruchtbare grond was ooit in cultuur gebracht. Er werd niets geoogst op het

eiland, behalve hout en veel maïs, voor illegaal gestookte whisky. En marihuana, maar dat was later.

Op de smalle reep land tussen de oevers van de Big Brown lag een verharde weg, en die werd constant door iemand in de gaten gehouden. De weg was lang geleden door de county aangelegd, maar er waren niet veel belastingbetalers die er ooit gebruik van durfden te maken.

Het hele eiland was al in handen van de familie Padgitt sinds de jaren zeventig van de negentiende eeuw, toen Rudolph Padgitt, een gelukzoeker uit het Noorden, een beetje laat na de Burgeroorlog in het Zuiden aankwam en constateerde dat al het goede land al door anderen was ingepikt. Hij zocht vergeefs, vond niets wat hem aanstond en stuitte toen op het van slangen vergeven eiland. Op de kaart zag het er veelbelovend uit. Hij zocht een stel pas vrijgelaten slaven bij elkaar en baande zich met geweren en machetes een weg naar het eiland. Niemand anders wilde het hebben.

Rudolph trouwde met een plaatselijke hoer en begon hout te hakken. Omdat er na de Burgeroorlog veel vraag naar hout was, werd hij welvarend. De hoer bleek erg vruchtbaar te zijn en algauw rende er een horde kleine Padgitts over het eiland. Een van zijn ex-slaven had de kunst van het distilleren geleerd. Rudolph werd een maïsteler die zijn oogst niet opat of verkocht maar gebruikte om er iets van te stoken wat algauw bekendstond als een van de beste whisky's in het diepe Zuiden.

Dertig jaar lang stookte Rudolph illegale whisky, tot hij in 1902 aan levercirrose stierf. Inmiddels woonde er een hele clan van Padgitts op het eiland, en ze waren erg bedreven in het verzagen van timmerhout en het stoken van illegale whisky. Verspreid over het eiland stonden een stuk of zes distilleerderijen, allemaal goed beschermd en verborgen, allemaal met de nieuwste machines.

De Padgitts waren beroemd om hun whisky, al was roem niet hun hoogste streven. Ze vormden een gesloten gemeenschap, erg op zichzelf en doodsbang dat iemand in hun kleine koninkrijk zou infiltreren en hun lucratieve activiteiten zou verstoren. Ze zeiden dat ze houthakkers waren, en het was algemeen bekend dat ze hout leverden en daar veel mee verdienden. Het bord van de Padgitt Lumber Company was erg goed zichtbaar vanaf de grote weg bij de rivier. Ze beweerden dat ze fatsoenlijke staatsburgers waren die belasting betaalden en hun kinderen naar school stuurden.

In de jaren twintig en dertig, toen alcohol verboden was en het hele land dorst had, deden de Padgitts goede zaken. De whisky werd in eiken vaten over de Big Brown vervoerd en met vrachtwagens naar het Noorden gereden, helemaal tot aan Chicago. De patriarch, president-directeur en productie- en marketingmanager was een gierige oude vechtjas. Hij heette Clovis Padgitt en hij was de oudste zoon van Rudolph en de hoer. Clovis had al op erg jonge leeftijd geleerd dat de beste winst die was waarover je geen belastingen hoefde te betalen. Dat was les nummer één. Les nummer twee was de geweldige boodschap dat je altijd alleen maar zakendeed met contant geld. Clovis was een gierigaard die geen belastingen betaalde, en volgens de geruchten hadden de Padgitts meer geld dan de schatkist van de staat Mississippi.

In 1938 glipten drie belastingrechercheurs in een gehuurde platbodem over de Big Brown om te onderzoeken hoe de oude Padgitt aan zijn geld kwam. Hun heimelijke invasie van het eiland vertoonde veel gebreken, waarvan het idee zelf het grootste was. Om de een of andere reden kozen ze het middernachtelijk uur als het moment om de rivier over te steken. Ze werden in stukken gehakt en diep onder de grond gestopt.

In 1943 deed zich een vreemde gebeurtenis voor in Ford County, toen werd namelijk een eerlijk man tot sheriff verkozen. Hij heette Koonce Lantrip en hij was niet echt zo eerlijk, maar hij kon goed campagne voeren. Hij zwoer dat hij een eind aan de corruptie zou maken, dat hij de bezem door het bestuur van de county zou halen, en dat hij de illegale stokers, zelfs de Padgitts, een halt zou toeroepen. Het was een mooie toespraak en Lantrip won met acht stemmen verschil.

Zijn aanhangers wachtten en wachtten, en eindelijk, zes maanden nadat hij zijn ambt had aanvaard, riep hij zijn hulpsheriffs bij elkaar en staken ze de Big Brown over via de enige brug, een oud houten geval dat in 1915 op aandrang van Clovis door de county was gebouwd. De Padgitts maakten er soms gebruik van in het voorjaar, als de rivier hoog stond. Niemand anders mocht over die brug komen.

Twee van de hulpsheriffs werden in het hoofd geschoten, en Lantrips lichaam werd nooit gevonden. Het werd zorgvuldig door drie Padgitt-zwarten te ruste gelegd op de oever van een moeras. Buford, de oudste zoon van Clovis, hield toezicht op de begrafenis.

Het bloedbad was wekenlang groot nieuws in Mississippi, en de gouverneur dreigde de National Guard te sturen. Maar de Tweede Wereldoorlog was nog in volle gang, en algauw had het land alleen nog maar aandacht voor D-Day. Er was trouwens niet veel meer over van de National Guard, en degenen die konden vechten, hadden niet veel zin om Padgitt Island aan te vallen. De stranden van Normandië lokten meer.

Na het nobele experiment met een eerlijke sheriff koos de goegemeente van Ford County weer een sheriff uit de oude school. Hij heette Mackey Don Coley en zijn vader was sheriff geweest in de jaren twintig, toen Clovis het op Padgitt Island voor het zeggen had gehad. Clovis en Coley senior waren goede maatjes geweest, en het was algemeen bekend dat de sheriff rijk was geworden doordat hij de oude Padgitt in de gelegenheid stelde buiten de county te komen. Toen Mackey Don zich kandidaat stelde, stuurde Buford hem vijftigduizend dollar in contanten. Mackey Don behaalde een verpletterende stembusoverwinning. Zijn tegenstander beweerde eerlijk te zijn.

In Mississippi werd in brede kringen aangenomen, al sprak niemand het hardop uit, dat een goede sheriff een beetje corrupt moet zijn om de orde te kunnen handhaven. Whisky, hoererij en gokken hoorden gewoon bij het leven, en een goede sheriff moest verstand van die dingen hebben om ze in goede banen te leiden en de christenen te beschermen. Die ondeugden waren toch niet uit te roeien, en de sheriff moest er vat op hebben en ervoor zorgen dat de zonden op een ordelijke manier werden begaan. Voor die coördinerende activiteiten kreeg hij een beetje extra betaling van de leveranciers van dergelijke verdorvenheid. Hij verwachtte dat. De meeste kiezers verwachtten dat. Geen enkele eerlijke man kon zich stilletjes door de schaduw van de onderwereld bewegen.

Na de Burgeroorlog hadden de Padgitts de sheriffs van Ford County over het algemeen in hun zak gehad. Ze kochten ze om met zakken geld. Mackey Don Coley kreeg honderdduizend dollar per jaar (volgens de geruchten), en in de verkiezingsjaren kreeg hij wat hij nodig had. En ze waren ook royaal voor andere politici. Stilletjes kochten ze invloed. Ze vroegen er weinig voor terug, alleen dat ze op hun eiland met rust werden gelaten.

Na de Tweede Wereldoorlog begon de vraag naar illegale drank af te nemen. Omdat generaties van Padgitts hadden geleerd buiten de wet te opereren, begonnen Buford en de familie zich op andere illegale activiteiten toe te leggen. Alleen maar hout verkopen was saai en ook onderhevig aan allerlei marktfactoren en vooral: het leverde niet de stapels geld op waaraan de familie gewend was. Ze handelden in wapens, gestolen auto's, maakten vervalsingen, en kochten gebouwen en brandden ze plat om het verzekeringsgeld op te strijken. Twintig jaar lang hadden ze een uiterst succesvol bordeel op de staatsgrens, totdat het in 1966 op raadselachtige wijze afbrandde.

Het waren creatieve en energieke mensen, altijd bezig met plannen en op zoek naar kansen, altijd uitkijkend naar iemand die ze konden bestelen. Er gingen altijd geruchten dat de Padgitts tot de Dixie Maffia behoorden, een los samenhangende bende van dieven die in de jaren zestig het diepe Zuiden teisterden. Die geruchten zijn nooit bevestigd en werden door velen van de hand gewezen, omdat de Padgitts gewoon te veel op zichzelf waren om zaken met iemand te doen. Evengoed waren de geruchten hardnekkig, en in de cafetaria's en koffiehuizen rond het plein van Clanton werd eindeloos over de Padgitts gepraat. Ze werden niet als plaatselijke helden beschouwd, maar wel als legendarische figuren.

In 1967 vluchtte een jongere Padgitt naar Canada om onder de dienstplicht uit te komen. Hij kwam in Californië terecht, waar hij marihuana ging roken en daar veel plezier aan beleefde. Na een paar maanden flowerpower kreeg hij heimwee en glipte hij naar Padgitt Island terug. Hij bracht twee kilo wiet mee en rookte die samen op met al zijn neven, die er algauw een voorliefde voor ontwikkelden. Hij vertelde dat de rest van het land, en met name Californië, de ene joint na de andere rookte. Zoals gewoonlijk liep Mississippi vijf jaar achter.

Het spul kon goedkoop worden geteeld, en daarna konden ze het naar de grote steden vervoeren, waar er veel vraag naar was. Zijn vader, Gill Padgitt, kleinzoon van Clovis, zag de mogelijkheden die dit bood, en algauw groeide er cannabis op veel van de oude maïsvelden. Een zevenhonderd meter lange strook grond werd vrijgemaakt voor een landingsbaan en de Padgitts kochten een vliegtuig. Binnen een jaar vlogen ze dagelijks naar de omgeving van Memphis en Atlanta, waar ze hun netwerk hadden opgezet. Tot hun grote blijdschap en met hun hulp werd marihuana nu eindelijk ook populair in het diepe Zuiden.

In de illegale stook was de klad gekomen. Het bordeel was platgebrand. De Padgitts hadden contacten in Miami en Mexico en het geld stroomde binnen. Jarenlang wist niemand in Ford County dat de Padgitts in de drugsbusiness zaten. En ze werden nooit gepakt. Geen enkele Padgitt was ooit in staat van beschuldiging gesteld wegens overtreding van de opiumwet.

Sterker nog, er was nog nooit een Padgitt gearresteerd. Honderd jaar van illegaal drank stoken, stelen, wapens smokkelen, gokken, vervalsen, bordeel houden, omkopen, zelfs moorden, en uiteindelijk drugs produceren, en niet één arrestatie. Het waren slimme mensen, zorgvuldig, bedachtzaam en geduldig.

Toen werd Danny Padgitt, Gills jongste zoon, gearresteerd voor de verkrachting van en moord op Rhoda Kassellaw.

4

De volgende dag vertelde Aaron Deece me dat Rhoda al dood was toen hij haar uiteindelijk op de schommelbank op de voorveranda achterliet. Daar was hij zeker van. Hij ging naar zijn badkamer, waar hij zijn kleren uittrok en een douche nam en haar bloed door het putje zag lopen. Hij trok werkkleren aan en wachtte op de politie en de ambulance. Met een geladen jachtgeweer in zijn handen keek hij naar haar huis, klaar om te schieten op alles wat bewoog. Maar er was daar geen beweging, geen geluid. Heel in de verte hoorde hij een sirene.
Zijn vrouw hield de kinderen opgesloten in de slaapkamer achter in het huis, waar ze bij hen op het bed lag, onder een deken. Michael vroeg steeds weer naar zijn moeder, en wie was die man? Maar Teresa verkeerde in een shocktoestand en kon geen woord uitbrengen. Ze kon alleen een diep kreunend geluid voortbrengen, terwijl ze op haar vingers zoog en beefde alsof ze het ijskoud had.
Algauw wemelde het in Benning Road van de rode en blauwe zwaailichten. Rhoda's lichaam werd uitgebreid gefotografeerd voordat het werd weggehaald. Haar huis werd afgezet door een eenheid hulpsheriffs, geleid door sheriff Coley. Deece, die zijn jachtgeweer nog in handen had, werd ondervraagd door een rechercheur en daarna door de sheriff zelf.
Even na twee uur die nacht kwam een hulpsheriff met het nieuws

dat een arts in de stad, die ze in kennis hadden gesteld, had gezegd dat hij de kinderen wilden onderzoeken. Ze zaten op de achterbank van een politieauto, Michael met zijn armen om Aaron Deece heen en Teresa op de schoot van zijn vrouw. In het ziekenhuis kregen ze een licht kalmerend middel en werden ze in een kamer bij elkaar gezet. De zusters gaven hun koekjes en melk en ten slotte vielen ze in slaap. Die middag kwam een tante uit Missouri hen ophalen.

Vlak voor middagnacht ging mijn telefoon. Het was Wiley Meek, de fotograaf van de krant. Hij had het nieuws op de politiescanner opgepikt en hing al bij het gebouw van de sheriff rond om een plaatje van de verdachte te kunnen schieten. Het stikt van de politie, zei hij opgewonden. Schiet op, zei hij tegen me. Dit kon wel eens de grote klapper worden.
In die tijd woonde ik boven een oude garage naast een vervallen maar nog imposant negentiende-eeuws herenhuis, dat de naam Hocutt House droeg. Het werd bewoond door bejaarde Hocutts, drie zussen en een broer, en ze speelden om beurten voor mijn huisbaas. Hun twee hectare grote perceel lag enkele blokken van het plein van Clanton vandaan en het huis was honderd jaar eerder gebouwd met familiegeld. Er waren bomen, overwoekerde bloembedden, veldjes waar het onkruid welig tierde, en genoeg dieren om een wildreservaat te bevolken. Konijnen, eekhoorns, stinkdieren, buidelratten, wasberen, een miljoen vogels, een angstaanjagend assortiment groene en zwarte slangen – allemaal niet-giftig, zo werd me verzekerd – en tientallen katten. Maar geen honden. De Hocutts hadden een hekel aan honden. Elke kat had een naam, en het was een belangrijke clausule in mijn mondelinge huurcontract dat ik de katten zou respecteren.
En respecteren deed ik ze. De zolderetage van vier kamers was ruim en schoon en kostte me het belachelijke bedrag van vijftig dollar per maand. Als ze voor die prijs wilden dat hun katten gerespecteerd werden, dan deed ik dat.
Hun vader, Miles Hocutt, was tientallen jaren een excentrieke arts in Clanton geweest. Hun moeder was in het kraambed gestorven, en volgens de plaatselijke verhalen had dokter Hocutt daarna altijd angstvallig over zijn kinderen gewaakt. Om hen tegen de wereld te beschermen verzon hij een van de grootste leugens die ooit in Ford County verteld zijn. Hij zei tegen zijn kinderen dat er krankzinnig-

heid in de familie zat en dat ze dus nooit moesten trouwen, want dan zouden ze allemaal idioten als nakomelingen kunnen krijgen. Zijn kinderen aanbaden hem, geloofden hem en waren waarschijnlijk toch al niet erg evenwichtig. Ze trouwden niet. De zoon, Max Hocutt, was 81 toen hij me de etage verhuurde. De tweelingzussen, Wilma en Gilma, waren 77, en Melberta, het kleine zusje, was 73 en stapelgek.
Ik geloof dat het Gilma was die door het keukenraam keek toen ik om twaalf uur 's nachts de houten trap afging. Er lag een kat te slapen op de onderste tree, precies waar ik langs moest, maar ik stapte vol respect over hem heen. Het liefst zou ik hem de straat op schoppen.
Er stonden twee auto's in de garage. De ene was mijn Spitfire, met de kap erover om de ratten tegen te houden, en de andere was een lange, glanzende zwarte Mercedes met rood-witte slagersmessen die op de portieren waren geschilderd. Iemand had eens tegen Max Hocutt gezegd dat hij de kosten van een nieuwe auto, welke auto dan ook, volledig kon afschrijven als hij hem bedrijfsmatig gebruikte en een of ander logo op de portieren liet schilderen. Hij kocht een nieuwe Mercedes en werd messenslijper. Hij zei dat zijn gereedschap in de kofferbak lag.
De auto was tien jaar oud en er was nog geen 12.000 kilometer mee gereden. Hun vader had hun ook verteld dat het zondig was wanneer een vrouw achter het stuur zat, en dus was Max de chauffeur.
Ik reed de Spitfire het grindpad op en wuifde naar Gilma, die vanachter de gordijnen naar me keek. Ze trok vlug haar hoofd terug en verdween. Het gebouw van de sheriff stond zes blokken verderop. Ik had ongeveer een halfuur geslapen.
Toen ik arriveerde, waren ze Danny Padgitts vingerafdrukken aan het nemen. De sheriff had zijn kantoor in het voorste deel van het gebouw, en het stond daar vol met hulpsheriffs en reservisten en vrijwillige brandweerlieden en iedereen die over een uniform en een politiescanner beschikte. Wiley Meek kwam me op het trottoir voor het gebouw tegemoet.
'Het is Danny Padgitt!' zei hij opgewonden.
Ik bleef even staan en probeerde na te denken. 'Wie?'
'Danny Padgitt, van het eiland.'
Ik was nog geen drie maanden in Ford County en moest mijn eerste Padgitt nog ontmoeten. Zoals altijd leefden ze op zichzelf. Maar ik

had wel allerlei verhalen over hen hoord en wist dat er nog veel meer verhalen zouden volgen. Er werd graag en veel over de Padgitts in Ford County gepraat.

Wiley ging opgewonden verder: 'Ik heb een paar verdomd goede plaatjes geschoten toen ze hem uit de auto haalden. Hij zat onder het bloed. Geweldige foto's! Het meisje is dood!'

'Welk meisje?'

'Dat hij heeft vermoord. Hij heeft haar ook verkracht, tenminste, dat zeggen ze.'

Danny Padgitt, mompelde ik tegen mezelf toen het sensationele verhaal tot me door begon te dringen. Ik zag de krantenkop al even voor me, ongetwijfeld de vetste kop die de *Times* in vele jaren heeft gehad. Die arme ouwe Vlek was voor de schokkende verhalen teruggedeinsd. Die arme ouwe Vlek was failliet gegaan. Ik had andere plannen.

We baanden ons een weg naar binnen en gingen op zoek naar sheriff Coley. In de korte tijd dat ik voor de *Times* werkte, had ik hem twee keer ontmoet, en ik was onder de indruk gekomen van zijn beleefdheid en warme persoonlijkheid. Hij zei meneer en mevrouw tegen iedereen, altijd met een glimlach. Hij was sheriff sinds het bloedbad van 1943 en liep dus al tegen de zeventig. Hij was lang en mager, zonder de obligate dikke buik die de meeste sheriffs in het Zuiden hebben. Zo te zien was hij een heer, en beide keren dat ik hem had ontmoet, had ik me later afgevraagd hoe zo'n aardige man zo corrupt kon zijn. Hij kwam met een hulpsheriff uit een achterkamer lopen en ik stapte zo zelfverzekerd als ik kon op hem af.

'Sheriff, een paar vragen,' zei ik streng. Er waren geen andere journalisten aanwezig. Zijn jongens – de echte hulpsheriffs, de parttimers, de hulpsheriff in spe, de beunhazen met zelfgemaakte uniformen – werden allemaal stil en keken me spottend aan. Ik was nog helemaal de brutale nieuwkomer, het rijkeluiszoontje dat op de een of andere manier hun krant in handen had gekregen. Ik was een vreemdeling en ik had niet het recht om op een moment als dit binnen te stormen en vragen te stellen.

Sheriff Coley glimlachte zoals gewoonlijk, alsof hij elke dag zo'n ontmoeting rond middernacht had. 'Ja zeker, meneer Traynor.' Hij had een trage, diepe stem die erg geruststellend overkwam. Deze man kon toch niet liegen?

'Wat kunt u ons over de moord vertellen?'

Met zijn armen over elkaar gaf hij een staaltje elementaire politietaal weg. 'Blanke vrouw, leeftijd 31, aangevallen in haar huis aan Benning Road. Verkracht, gestoken, vermoord. Ik kan pas zeggen wie het is nadat we met haar familie hebben gesproken.'
'En u hebt iemand gearresteerd?'
'Ja, maar ik geef nu geen bijzonderheden. Geef ons een paar uur de tijd. We werken eraan. Dat is alles, meneer Traynor.'
'Volgens de geruchten hebt u Danny Padgitt in hechtenis.'
'Ik doe niet aan geruchten, meneer Traynor. Die horen niet in mijn beroep thuis. Ook niet in het uwe.'
Wiley en ik reden naar het ziekenhuis, snuffelden daar een uur rond, hoorden niets wat we in de krant konden zetten en reden toen naar de plaats van het misdrijf aan Benning Road. De politie had het huis afgezet en een paar buren stonden stilletjes achter een geel afzettingslint bij de brievenbus. We gingen erbij staan en luisterden aandachtig, maar we kregen bijna niets te horen. Blijkbaar waren ze te diep geschokt om te praten. Nadat we enkele minuten naar het huis hadden gekeken, slopen we weg.
Wiley had een neefje die parttime hulpsheriff was, en we zagen hem bij het huis van de Deeces. Hij stond daar op wacht terwijl rechercheurs de voorveranda en de schommelbank onderzochten waarop Rhoda haar laatste adem had uitgeblazen. We trokken hem mee achter een rij van Deeces mirtestruiken, en hij vertelde ons alles. Natuurlijk wel vertrouwelijk, alsof ze de gruwelijke details ooit stil konden houden in Ford County.

Er waren drie kleine cafetaria's aan het plein in Clanton, twee voor de blanken en een voor de zwarten. Wiley stelde voor dat we daar al vroeg gingen zitten en alleen maar luisterden.
Ik ontbijt nooit, en ik word meestal ook niet wakker in de uren waarin het wordt opgediend. Ik vind het niet erg om tot in de nacht te werken, maar ik mag graag slapen tot de zon hoog aan de hemel staat. Zoals ik algauw besefte, was dat een van de voordelen die je als eigenaar van een kleine wekelijkse krant had: ik kon laat werken en laat slapen. De verhalen konden op elk moment worden geschreven, zolang de deadline maar niet werd overschreden. Vlek was altijd pas tegen de middag op de krant gekomen, al was hij dan natuurlijk al eerst naar het uitvaartbedrijf geweest. Zijn werktijden bevielen me wel.

Op de tweede dag dat ik in mijn etage boven de garage van de Hocutts woonde, bonkte Gilma om halftien 's morgens op mijn deur. En bonkte en bonkte. Ten slotte wankelde ik in mijn ondergoed door mijn keukentje en zag haar tussen de jaloezieën door turen. Ze zei dat ze op het punt had gestaan de politie te bellen. De andere Hocutts stonden daar beneden. Ze liepen door de garage en bekeken mijn auto. Ze waren er zeker van dat ik het slachtoffer van een misdrijf was. Ze vroeg wat ik deed. Ik zei dat ik had geslapen totdat ik iemand op die verrekte deur hoorde bonken. Ze vroeg me waarom ik op een woensdagmorgen om halftien nog lag te slapen. Ik wreef over mijn ogen en probeerde een geschikt antwoord te bedenken. Ik besefte plotseling dat ik bijna naakt was en tegenover een maagd van 77 stond. Ze keek steeds naar mijn dijen.

Ze waren al sinds vijf uur op, legde ze uit. In Clanton bleef niemand tot halftien slapen. Was ik dronken? Ze maakten zich gewoon zorgen. Terwijl ik de deur dichtdeed, zei ik dat ik nuchter was, dat ik nog slaap had, dat ik haar bedankte voor haar goede zorgen, maar dat ik vaak tot na negen uur in bed zou liggen.

Ik was een paar keer naar de Tea Shoppe geweest om laat op de ochtend koffie te drinken, en ook een keer om te lunchen. Als eigenaar van de krant moest ik me op de gebruikelijke tijdstippen in de stad laten zien. Ik was me er scherp van bewust dat ik nog jaren over Ford County en de mensen en plaatsen en gebeurtenissen daar zou schrijven.

Wiley zei dat het al vroeg druk werd in de cafetaria's. 'Altijd na footballwedstrijden en verkeersongelukken,' zei hij.

'En moorden?' vroeg ik.

'Dat is lang geleden,' zei hij.

Hij had gelijk. De cafetaria zat al stampvol toen we binnenkwamen, even na zes uur. Hij groette een paar mensen, gaf enkele mensen een hand, wisselde een paar beledigingen uit. Hij kwam uit Ford County en kende iedereen. Ik knikte en glimlachte en zag mensen vreemd naar me kijken. Het zou jaren duren. Deze mensen waren vriendelijk, maar ze vertrouwden geen buitenstaanders.

Er waren twee plaatsen vrij aan het buffet en ik bestelde koffie. Verder niets. De serveerster keurde dat af. Ze was heel wat vriendelijker tegen Wiley, toen hij wel van alles bestelde: roerei, ham, crackers, gortenpap en een bord gebakken aardappelen, genoeg cholesterol om een muilezel dicht te laten slibben.

De gesprekken gingen over de verkrachting en moord en over niets anders. Het weer kon al tot felle discussies leiden, dus je kunt wel nagaan wat een gruwelijk misdrijf kon losmaken. De Padgitts hadden honderd jaar vrij spel gehad in de county; het werd tijd dat we ze allemaal naar de gevangenis stuurden. Desnoods moest de National Guard het eiland maar omsingelen. Mackey Don moest opstappen; hij had zich al te lang door hen laten omkopen. Je liet een stel schurken hun gang gaan en ze dachten dat ze boven de wet stonden. En nu dit.

Ze zeiden niet veel over Rhoda, want ze wisten niet veel van haar af. Iemand zei dat ze naar de bars langs de staatsgrens ging. Iemand zei dat ze met een advocaat uit de buurt naar bed was geweest. Hij wist niet hoe hij heette. Het was maar een gerucht.

De geruchten golfden door de Tea Shoppe. Een paar schreeuwlelijken hielden om beurten hof, en het verbaasde me hoe roekeloos ze met hun versies van de waarheid omsprongen. Jammer dat ik al die sappige roddels niet kon afdrukken.

5

Maar we drukten wel veel af. De kop liet weten dat Rhoda Kassellaw was verkracht en vermoord en dat Danny Padgitt daarvoor was opgepakt. Die kop kon je op twintig meter afstand lezen op elk trottoir rond het plein met de rechtbank
Er stonden twee foto's onder: een van Rhoda in haar eindexamenjaar op de middelbare school en een van Padgitt toen hij geboeid het gebouw van de sheriff werd binnengeleid. Wiley had hem inderdaad goed te pakken gekregen. Het was een perfect plaatje, met Padgitt die kwaad in de camera keek. Er zat bloed van het ongeluk op zijn voorhoofd en bloed van de moord op zijn shirt. Hij zag er gemeen, kwaadaardig, brutaal, dronken en hartstikke schuldig uit, en ik wist dat die foto sensatie zou wekken. Wiley dacht dat we er misschien niet verstandig aan deden om hem af te drukken, maar ik was 23 jaar, te jong om me te laten tegenhouden. Ik wilde dat mijn lezers die foto zagen en de lelijke waarheid leerden kennen. Ik wilde kranten verkopen.
De foto van Rhoda hadden we van een zus van haar in Missouri gekregen. Toen ik die zus voor het eerst sprak, door de telefoon, had ze bijna niets te zeggen en hing ze gauw op. De tweede keer ontdooide ze een beetje. Ze zei dat de kinderen door een arts werden onderzocht, dat de begrafenis dinsdagmiddag in een plaatsje bij Springfield zou plaatsvinden en dat, wat de familie betrof, de hele staat Mississippi eeuwig mocht branden in de hel.

Ik zei dat ik helemaal met haar mee kon voelen, dat ik uit Syracuse kwam, dat ik dus aan de goede kant stond. Ten slotte was ze bereid me een foto te sturen.

Gebruikmakend van een groot aantal niet met naam genoemde bronnen, beschreef ik tot in bijzonderheden wat er de afgelopen zaterdagavond in Benning Road was voorgevallen. Als ik zeker was van een feit, gaf ik het zonder omhaal. Als ik ergens niet zo zeker van was, praatte ik er zo suggestief omheen dat toch wel duidelijk werd wat er volgens mij gebeurd was. Baggy Suggs was lang genoeg nuchter om de verhalen te corrigeren en redigeren. Waarschijnlijk behoedde hij ons daarmee voor een proces of een nekschot.

Op pagina twee stonden een kaart van de plaats van het misdrijf en een grote foto van Rhoda's huis, genomen op de ochtend na het misdrijf, compleet met politiewagens en geel afzettingslint. Op de foto zag je ook de fietsjes en het speelgoed van Michael en Teresa in de voortuin liggen. In veel opzichten was die foto nog onheilspellender dan het lijk zelf, dat ik niet op de foto had maar wel probeerde te krijgen. De foto vertelde heel duidelijk dat daar kinderen woonden, dat er dus kinderen betrokken waren bij een misdrijf zo gruwelijk dat de meeste inwoners van Ford County nog steeds moeite hadden om te geloven dat het echt gebeurd was.

Wat hadden de kinderen gezien? Dat was de brandende vraag.

Ik beantwoordde die vraag niet in de *Times*, maar ik kwam er wel zo dicht mogelijk bij. Ik beschreef het huis en de indeling daarvan. Gebruikmakend van een niet met naam genoemde bron, veronderstelde ik dat de bedden van de kinderen ongeveer tien meter van dat van hun moeder vandaan stonden. De kinderen vluchtten eerder dan Rhoda het huis uit; ze waren hevig ontdaan toen ze bij de buren aankwamen; ze waren onderzocht door een arts in Clanton en ondergingen een of andere therapie bij hun familie in Missouri. Ze hadden erg veel gezien.

Zouden ze een getuigenverklaring afleggen op een proces? Beslist niet, zei Baggy, daar waren ze veel te jong voor. Maar ik plukte de vraag uit de lucht en stelde hem toch maar. Op die manier gaf ik de lezers weer iets om over te piekeren en te discussiëren. Nadat ik de mogelijkheid had geopperd dat de kinderen in een rechtszaal zouden verschijnen, zei ik tot slot dat zo'n scenario volgens 'deskundigen' onwaarschijnlijk was. Baggy vond het prachtig dat hij als deskundige werd opgevoerd.

Rhoda's necrologie was zo lang als ik hem kon maken, en gezien de traditie van de *Times* was dat niet ongewoon.

Op dinsdagavond om een uur of tien gingen we de krant drukken; woensdagmorgen om zeven uur lag hij in de rekken op het plein. De oplage was ten tijde van het faillissement gezakt tot minder dan twaalfhonderd exemplaren, maar na een maand van mijn onbevreesde leiderschap hadden we bijna vijfentwintighonderd abonnees; vijfduizend was een realistisch doel.

Het nummer waarin de moord op Rhoda Kassellaw werd beschreven, drukten we in achtduizend exemplaren af, die we overal achterlieten, bij de deur van de cafetaria's aan het plein, op de gangen van de rechtbank, op het bureau van alle ambtenaren van de county, in de hal van de banken. We stuurden drieduizend gratis exemplaren naar potentiële abonnees. Het was een plotselinge, eenmalige promotieactie.

Volgens Wiley was het de eerste moord in acht jaar. En dan nog een Padgitt ook! Het was een geweldig sensationeel verhaal en ik greep mijn kans. Ja zeker, ik kickte op de sensatie, op de gruwelen, op de bloedvlekken. Ja zeker, het was riooljournalistiek, maar wat kon mij dat schelen?

Ik kon niet weten dat de reactie zo snel en zo onaangenaam zou zijn.

Op donderdagmorgen om negen uur zat de grote rechtszaal op de eerste verdieping van de rechtbank van Ford County helemaal vol. Deze zaal was het domein van de edelachtbare Reed Loopus, een oudere rechter uit Tyler County die acht keer per jaar naar Clanton kwam om recht te doen geschieden. Hij was een legendarische oude strijder die met ijzeren vuist regeerde en volgens Baggy – die het grootste deel van zijn werktijd op de rechtbank rondhing en daar roddelverhalen oppikte dan wel de wereld in hielp – ook een volkomen eerlijke rechter die op de een of andere manier kans had gezien buiten de tentakels van het Padgitt-geld te blijven. Misschien omdat hij uit een andere county kwam, was rechter Loopus van mening dat misdadigers langdurig opgesloten moesten worden, bij voorkeur in dwangarbeiderskampen, al kon hij niemand meer daartoe veroordelen.

Op de maandag na de moord waren de Padgitt-advocaten al druk in de weer om Danny uit de cel te krijgen. Rechter Loopus was bezig met een proces in een andere county – hij ging over zes county's – en weigerde zich tot een snelle borgtochtzitting te laten overhalen. In plaats daarvan bepaalde hij dat die zitting zou plaatsvinden op donderdagmorgen om negen uur. Daardoor kreeg de stad een paar dagen om erover na te denken en te speculeren.

Omdat ik tot de pers behoorde, ja zelfs de eigenaar van de plaatselijke krant was, achtte ik het mijn plicht om vroeg te arriveren en een goede plaats te bemachtigen. Zeker, ik voelde me een beetje zelfvoldaan. De andere toeschouwers waren daar uit nieuwsgierigheid. Ik daarentegen was daar uit hoofde van mijn beroep. Toen de menigte binnenkwam, zaten Baggy en ik al op de tweede rij.

Danny Padgitts advocaat was een zekere Lucien Wilbanks, een man die ik snel zou leren haten. Hij was de laatste telg van wat eens een vooraanstaande familie van advocaten en bankiers en zo was geweest. De familie Wilbanks had lang en hard gewerkt om Clanton op te bouwen, en toen kwam Lucien en hielp hij de goede naam van de familie bijna helemaal naar de filistijnen. Hij beschouwde zichzelf als een radicale advocaat, en dat was in 1970 in dat deel van de wereld een zeldzaam verschijnsel. Hij had een baard, vloekte als een bootwerker, was een zware drinker en verdedigde bij voorkeur verkrachters en moordenaars en ontuchtplegers. Hij was het enige blanke lid van de NAACP in Ford County, en dat was daar op zichzelf al genoeg om overhoop geschoten te worden. Het kon hem niet schelen.

Lucien Wilbanks was grof en brutaal, een gemene rotzak, en op die ochtend wachtte hij tot iedereen in de rechtszaal was gaan zitten – net voordat rechter Loopus binnenkwam – en liep toen langzaam naar mij toe. Hij had een exemplaar van de nieuwste *Times* in zijn hand en terwijl hij daarmee zwaaide, begon hij te schelden. 'Jij miezerig huftertje!' zei hij vrij hard, en het was meteen doodstil in de rechtszaal. 'Wie denk jij wel dat je bent?'

Ik was te verbaasd om een antwoord te geven. Ik voelde dat Baggy van me vandaan schoof. Alle aanwezigen in de rechtszaal keken naar mij, en ik wist dat ik iets moest zeggen. 'Ik vertel alleen maar de waarheid,' kon ik met enige moeite uitbrengen, al deed ik mijn best de nodige overtuiging in mijn woorden te leggen.

'Het is je reinste riooljournalistiek!' bulderde hij. 'Smerige sensatiezucht!' De krant bevond zich maar enkele centimeters van mijn neus vandaan.

'Dank u,' zei ik als een echte wijsneus. Er waren minstens vijf hulpsheriffs in de zaal, en geen van hen maakte ook maar enigszins aanstalten om een eind aan deze scène te maken.

'We dienen morgen een eis in!' zei hij met felle ogen. 'We eisen een schadevergoeding van een miljoen dollar!'

'Ik heb advocaten,' zei ik, plotseling bang dat ik straks net zo failliet zou zijn als de familie Caudle. Lucien gooide de krant op mijn schoot, draaide zich toen om en liep naar zijn tafel terug. Ik kon nu eindelijk uitademen; mijn hart bonkte. Ik voelde dat mijn wangen brandden van angst en verlegenheid.

Maar het lukte me een stompzinnige grijns op mijn gezicht te houden. Ik mocht de mensen niet laten zien dat ik, de uitgever/hoofdredacteur van hun krant, bang voor iets was. Maar een schadevergoeding van een miljoen dollar! Ik dacht meteen aan mijn oma in Memphis. Dat zou een moeilijk gesprek worden.

Er was enige commotie achter de rechtersstoel en een parketwacht maakte een deur open. 'Iedereen opstaan,' zei hij. Rechter Loopus schuifelde de zaal in, naar zijn stoel. Zijn vale zwarte toga sleepte achter hem aan. Eenmaal gezeten, keek hij naar de publieke tribune en zei: 'Goedemorgen. Geen slechte opkomst voor een borgtochtzitting.' Zulke routinezaken trokken meestal helemaal geen volk, behalve de verdachte, zijn advocaat en misschien zijn moeder. Deze keer zaten er driehonderd mensen in de zaal.

Het was dan ook niet zomaar een borgtochtzitting. Het was de eerste ronde van een verkrachtings- en moordproces, en bijna niemand in Clanton wilde dat missen. Zoals ik heel goed wist, zouden de meeste mensen het proces niet kunnen bijwonen. Ze waren aangewezen op de *Times*, en ik was van plan ze alle details te geven.

Telkens als ik naar Lucien Wilbanks keek, dacht ik aan de eis van een miljoen dollar. Hij zou toch niet echt tegen mijn krant gaan procederen? Op grond waarvan? Ik had me niet schuldig gemaakt aan laster.

Rechter Loopus knikte naar een andere parketwacht en er ging een zijdeur open. Danny Padgitt werd binnengeleid, zijn handen geboeid bij zijn middel. Hij droeg een pas gestreken wit overhemd, een kakibroek en loafers. Hij was gladgeschoren en vertoonde geen enkel letsel. Hij was 24, een jaar ouder dan ik, maar hij leek veel jonger. Hij was glad en knap, en ik dacht onwillekeurig dat hij eruitzag als een typische student. Hij zag kans om rustig te lopen en zelfs te grijnzen toen de parketwacht de handboeien afdeed. Hij keek om zich heen naar het publiek en scheen zelfs even van de aandacht te genieten. Hij straalde al het zelfvertrouwen uit van iemand wiens familie over onbeperkte geldmiddelen beschikt en die middelen zou gebruiken om hem uit deze kleine narigheid te halen.

Recht achter hem, op de eerste rij achter de balie, zaten zijn ouders en nog meer Padgitts. Zijn vader Gill, kleinzoon van de beruchte Clovis Padgitt, had gestudeerd en was volgens de geruchten de grootste geldwitwasser van de bende. Zijn moeder was goedgekleed en enigszins aantrekkelijk, wat ik nogal ongewoon vond voor iemand die dom genoeg was geweest om voor een huwelijk in de Padgitt-familie en levenslange opsluiting op dat eiland te kiezen.

'Ik heb haar nooit eerder gezien,' fluisterde Baggy tegen me.

'Hoe vaak heb je Gill gezien?' vroeg ik.

'Misschien twee keer in de afgelopen twintig jaar.'

Het Openbaar Ministerie werd vertegenwoordigd door de officier van justitie van de county, een parttimer die Rocky Childers heette. Rechter Loopus sprak hem aan: 'Meneer Childers, ik neem aan dat het Openbaar Ministerie bezwaar maakt tegen vrijlating op borgtocht?'

Childers stond op en zei: 'Ja, edelachtbare.'

'Op welke gronden?'

'De gruwelijke aard van de misdrijven, edelachtbare. Een gewelddadige verkrachting in het eigen bed van het slachtoffer, in het bijzijn van haar kleine kinderen. Moord met minstens twee messteken. De poging tot vlucht van de verdachte, de heer Padgitt.' Childers' woorden sneden door de stille rechtszaal. 'De kans dat we de heer Padgitt nooit meer terugzien als hij de cel verlaat.'

Lucien Wilbanks popelde om op te staan en met kibbelen te beginnen. Hij was meteen op de been. 'Daar maken we bezwaar tegen, edelachtbare. Mijn cliënt heeft een blanco strafblad en is nooit eerder gearresteerd.'

Rechter Loopus keek rustig over zijn leesbril en zei: 'Meneer Wilbanks, ik hoop echt dat dit de eerste en laatste keer is dat u iemand in deze procedure onderbreekt. Ik stel voor dat u gaat zitten. Als het hof eraan toe is om naar u te luisteren, zal u dat worden medegedeeld.' Zijn woorden waren ijzig, bijna bitter, en ik vroeg me af hoe vaak die twee de degens al hadden gekruist in deze rechtszaal.

Lucien Wilbanks zat er helemaal niet mee; zijn huid was zo dik als leer.

Childers gaf ons een geschiedenislesje. Elf jaar eerder, in 1959, was een zekere Gerald Padgitt in staat van beschuldiging gesteld omdat hij auto's zou hebben gestolen in Tupelo. Het duurde een jaar voordat er twee hulpsheriffs waren gevonden die bereid waren naar Padgitt Island te gaan en een dagvaarding uit te reiken, en hoewel ze in leven bleven, hadden ze geen succes. Gerald Padgitt was het land uit gevlucht of hield zich ergens schuil op het eiland. 'Waar hij ook is,' zei Childers, 'hij is nooit gearresteerd, nooit gevonden.'
'Heb jij ooit van Gerald Padgitt gehoord?' fluisterde ik tegen Baggy.
'Nee.'
'Als deze verdachte op borgtocht wordt vrijgelaten, edelachtbare, zien we hem nooit meer terug. Zo simpel ligt het.' Childers ging zitten.
'Meneer Wilbanks,' zei de edelachtbare.
Lucien stond langzaam op en wuifde met zijn hand naar Childers. 'Zoals gewoonlijk is de aanklager een beetje in de war,' begon hij vriendelijk. 'Gerald Padgitt wordt niet van deze misdrijven beschuldigd. Ik vertegenwoordig hem niet en eigenlijk kan het me ook geen moer schelen wat er met hem is gebeurd.'
'Let op uw taalgebruik,' zei Loopus.
'Hij staat hier niet terecht. Het gaat hier nu om Danny Padgitt, een jongeman met een blanco strafblad.'
'Bezit uw cliënt onroerend goed in deze county?' vroeg Loopus.
'Nee. Hij is nog maar 24.'
'Laten we reëel blijven, meneer Wilbanks. Ik weet dat zijn familie vele hectaren bezit. Ik sta alleen vrijlating op borgtocht toe wanneer al dat grondbezit als onderpand voor zijn terugkeer dient.'
'Dat is buitensporig,' gromde Lucien.
'Dat zijn de misdrijven waarvan hij wordt beschuldigd ook.'
Lucien gooide zijn schrijfblok op de tafel. 'Geeft u me een minuut om met de familie te overleggen.'
Dit wekte nogal wat commotie onder de Padgitts. Ze overlegden met Wilbanks achter de tafel van de verdediging en ze waren het van het begin af niet met elkaar eens. Het was bijna grappig om die schatrijke schurken het hoofd te zien schudden en kwaad op elkaar te zien worden. Familieruzies zijn altijd snel en fel, zeker wanneer er geld op het spel staat, en iedere aanwezige Padgitt had blijkbaar een andere mening over de weg die ze moesten volgen. Je moest er niet aan denken hoe het eraan toeging als ze hun buit verdeelden.

Lucien merkte dat een akkoord er niet in zat. Om verlegenheid te voorkomen wendde hij zich tot de rechter. 'Dat is onmogelijk, edelachtbare,' zei hij. 'Het Padgitt-land is eigendom van minstens veertig mensen, van wie de meesten niet in deze rechtszaal aanwezig zijn. Wat het hof verlangt, is arbitrair en bezwaarlijk.'
'Ik geef u een paar dagen de tijd om het te regelen,' zei Loopus, die het blijkbaar wel prettig vond dat hij het hun zo moeilijk maakte.
'Nee, edelachtbare. Het is gewoon niet redelijk. Mijn cliënt heeft recht op een redelijke borgsom, net als iedere andere verdachte.'
'Dan wordt hij niet op borgtocht vrijgelaten tot aan de voorbereidende hoorzitting.'
'We zien af van de voorbereidende hoorzitting.'
'Zoals u wenst,' zei Loopus, die aantekeningen maakte.
'En we verzoeken u de zaak zo spoedig mogelijk aan de jury van onderzoek voor te leggen.'
'Alles op zijn tijd, meneer Wilbanks, net als alle andere zaken.'
'Want we zullen zo spoedig mogelijk een verandering van rechtbank eisen.' Lucien zei dat met luide stem, alsof het een belangrijke proclamatie was.
'Vindt u niet dat het daar een beetje vroeg voor is?' zei Loopus.
'Mijn cliënt kan nooit een eerlijk proces krijgen in deze county.'
Wilbanks keek in de rechtszaal om zich heen. Hij sloeg bijna geen acht op de rechter, die voorlopig alleen maar nieuwsgierig naar hem keek.
'Er wordt al aan gewerkt om mijn cliënt te beschuldigen, te berechten en te veroordelen voordat hij de kans heeft gehad zich te verdedigen, en ik vind dat het hof onmiddellijk tussenbeide moet komen door een zwijgbevel op te leggen.'
Lucien Wilbanks was de enige die een zwijgbevel opgelegd moest krijgen.
'Wat bedoelt u hiermee, meneer Wilbanks?' vroeg Loopus.
'Hebt u de plaatselijke krant gezien, edelachtbare?'
'Al een tijdje niet.'
Alle ogen leken opeens op mij gericht te zijn, en opnieuw bleef mijn hart stilstaan.
Wilbanks keek mij woedend aan en ging verder: 'Voorpaginaverhalen, bloederige foto's, bronnen die niet met naam genoemd worden, genoeg halve waarheden en zinspelingen om iedere onschuldige veroordeeld te krijgen!'

Baggy schoof weer van me vandaan, en ik voelde me heel erg alleen. Lucien liep met grote stappen door de rechtszaal en gooide een exemplaar voor de rechter neer. 'Kijkt u hier maar eens naar,' gromde hij. Loopus zette zijn leesbril op, nam de *Times* ter hand en liet zich in zijn fraaie leren stoel zakken. Hij begon te lezen en blijkbaar had hij helemaal geen haast.
Hij was een langzame lezer. Op een gegeven moment begon mijn hart weer te functioneren, en dan ook meteen met de heftigheid van een pneumatische hamer. En ik merkte dat mijn kraag nat was waar hij tegen mijn nek aan kwam. Loopus had de eerste pagina gelezen en vouwde de krant langzaam open. Het was stil in de rechtszaal. Zou hij me nu meteen in de cel gooien? Een parketwacht met een hoofdknikje opdracht geven me in de boeien te slaan en weg te voeren? Ik was geen jurist. Ik was zojuist bedreigd met een eis van een miljoen dollar, en nog wel door een man die vast en zeker veel van zulke eisen had ingediend. En nu las de rechter mijn sensationele verslag, terwijl de hele stad op zijn beslissing wachtte.
Omdat er veel priemende blikken op mij werden gericht, deed ik maar net of ik wat op mijn schrijfblok zat te krabbelen, al kon ik zelf niet lezen wat ik schreef. Ik deed mijn best om geen enkele emotie te tonen, maar het liefst zou ik de rechtszaal uit rennen en naar Memphis terug racen.
Het krantenpapier ritselde, en de edelachtbare was eindelijk klaar. Hij boog zich enigszins voorover naar de microfoon en sprak woorden uit die onmiddellijk maakten dat mijn carrière niet meer stuk kon. Hij zei: 'Het is erg goed geschreven. Met veel betrokkenheid, misschien een beetje macaber, maar zeker niet over de schreef.'
Ik bleef op het papier krabbelen, alsof ik dat niet had gehoord. In een plotselinge, onvoorziene en nogal aangrijpende schermutseling had ik zojuist de overhand behaald op de Padgitts en Lucien Wilbanks. 'Gefeliciteerd,' fluisterde Baggy.
Loopus vouwde de krant weer op en legde hem neer. Hij liet Wilbanks een paar minuten tekeergaan over lekken bij de politie, lekken bij het Openbaar Ministerie, potentiële lekken vanuit de jury van onderzoek, lekken waar op de een of andere manier een samenzwering achter zat van niet nader genoemde mensen die van plan waren zijn cliënt oneerlijk te behandelen. In werkelijkheid voerde hij alleen maar een show op voor de Padgitts. Het was hem niet

gelukt Danny op borgtocht vrij te krijgen en hij moest de familie nu imponeren met zijn ijver.
Loopus trapte daar niet in.
Zoals we algauw zouden ontdekken, had Lucien alleen maar een rookgordijn opgetrokken. Hij was helemaal niet van plan de zaak uit Ford County weg te halen.

6

Toen ik de *Times* kocht, was het prehistorische gebouw van de krant bij de koop inbegrepen. Het had erg weinig waarde. Het stond aan de zuidkant van het plein en maakte deel uit van een rij van vier vervallen gebouwen die tegen elkaar aan stonden en daar ooit waren gebouwd door iemand die haast had: hoog en smal, drie verdiepingen, met een souterrain waar alle personeelsleden bang voor waren en waar ze liever helemaal niet kwamen. Aan de voorkant waren kamers met versleten vloerbedekking vol vlekken en afbladderende muren, en de geur van de pijprook uit de afgelopen honderd jaar was niet meer uit de plafonds te krijgen.
Achterin, zo ver mogelijk van de straat vandaan, stond de drukpers. Elke dinsdagavond wekte Hardy, onze drukker, de oude drukpers op de een of andere manier tot leven en slaagde hij erin weer een nummer van onze krant te produceren. In de ruimte waar hij werkte, hing de scherpe lucht van drukinkt.
In de kamer op de begane grond bogen de boekenplanken door onder het gewicht van stoffige boekdelen die in geen tientallen jaren waren geopend; geschiedwerken en Shakespeare en Ierse poëzie en volkomen verouderde Britse encyclopedieën. Vlek dacht dat zulke boeken indruk maakten op bezoekers.
Als je voor het raam aan de voorkant stond en door de smoezelige ruitjes keek, door het woord TIMES dat iemand daar lang geleden op

had geschilderd, zag je de rechtbank van Ford County en een bronzen beeld van een schildwacht uit het zuidelijke leger. Op een plaquette op het voetstuk werden de namen opgesomd van de 61 jongens uit de county die in de Burgeroorlog waren gesneuveld, vooral bij Shiloh.

De schildwacht was ook te zien vanuit mijn kamer op de eerste verdieping. Ook die had veel boekenplanken, en daar stond Vleks persoonlijke bibliotheek, een eclectische verzameling die er net zo verwaarloosd uitzag als de boeken beneden. Het zou jaren duren voordat ik een van die boeken ter hand nam.

De kamer was ruim en rommelig, met allemaal nutteloze voorwerpen en waardeloze dossiers en met namaakportretten van zuidelijke generaals aan de muren. Ik hield van die kamer. Toen Vlek wegging, nam hij niets mee, en na een paar maanden ging ik ervan uit dat niemand geïnteresseerd was in zijn spullen. Daarom bleef alles liggen waar het was. De verwaarlozing ging gewoon door, ik deed niets met die dingen, en geleidelijk werden ze mijn eigendom. Ik deed zijn persoonlijke dingen – brieven, bankafschriften, notities, ansichtkaarten – in dozen en zette die in een van de vele ongebruikte kamers langs de gang, waar ze stof bleven verzamelen en langzaam wegrotten.

Mijn kamer had openslaande deuren naar een balkon met een smeedijzeren hek, en er was daar genoeg ruimte voor vier mensen die in rieten stoelen zaten en naar het plein keken. Niet dat er veel te zien was, maar het was een prettige manier om de tijd door te komen, vooral wanneer je er iets bij te drinken had.

Baggy wilde altijd wel iets drinken. Hij bracht na het avondeten een fles whisky mee en we namen onze positie op de schommelstoelen in. De hele stad praatte nog over de borgtochtzitting. Algemeen werd aangenomen dat Lucien Wilbanks en Mackey Don Coley het binnen de kortste keren voor elkaar zouden krijgen dat Danny Padgitt vrijkwam. Er zouden beloften worden gedaan; er zou geld van hand tot hand gaan; sheriff Coley zou op de een of andere manier persoonlijk garanderen dat de jongen op het proces verscheen. Maar rechter Loopus had andere plannen.

Baggy's vrouw was verpleegster in het ziekenhuis. Ze zat in de nachtdienst van de spoedgevallenafdeling. Hij werkte overdag, voorzover je zijn nogal lome waarnemingen van wat er in het stadje gebeurde nog werk kon noemen. Ze zagen elkaar bijna nooit, en dat was maar goed ook, want ze hadden altijd ruzie. Hun volwassen kinderen waren gevlucht, zodat zij tweeën waren overgebleven om hun eigen kleine oorlog te voeren. Na een paar glazen begon Baggy altijd venijnige opmerkingen over zijn vrouw te maken. Hij was 52, leek minstens zeventig, en ik vermoedde dat de drank de voornaamste reden van zijn vroegtijdige veroudering en zijn constante echtelijke ruzie was.

'We hebben ze een poepie laten ruiken,' zei hij trots. 'Nooit eerder is een krantenverhaal zo duidelijk van alle blaam gezuiverd. In een openbare rechtszitting.'

'Wat houdt zo'n zwijgbevel in?' vroeg ik. Ik was een slecht geïnformeerd groentje, en dat wist iedereen. Het had geen enkele zin om te doen alsof ik iets wist terwijl ik het niet wist.

'Ik heb er nooit een gezien. Ik heb ervan gehoord, en ik denk dat rechters ze vroeger gebruikten om advocaten en procesvoerders hun mond te laten houden.'

'Dus het is niet van toepassing op kranten?'

'Welnee. Wilbanks speelde gewoon op het publiek. Die kerel is lid van de ACLU, het enige lid hier in Ford County. Hij kent het Eerste Amendement. Een rechter kan een krant nooit verbieden iets af te drukken. Dit was een slechte dag voor hem, het was duidelijk dat zijn cliënt in de cel bleef, en dus hij moest zich uitsloven. Typisch iets voor advocaten. Dat leren ze op de universiteit.'

'Dus je denkt niet dat ze tegen ons gaan procederen?'

'Natuurlijk niet. Ten eerste hebben ze geen poot om op te staan. We hebben niemand belasterd. Zeker, we zijn een beetje losjes met bepaalde feiten omgesprongen, maar dat waren allemaal bijzaken en waarschijnlijk was het nog waar ook. Ten tweede, als Wilbanks een eis wilde indienen, zou hij dat hier hebben gedaan, in Ford County. Dezelfde rechtbank, dezelfde rechtszaal, dezelfde rechter, de edelachtbare Loopus, die vanmorgen onze verhalen heeft gelezen en heeft gezegd dat ze prima in orde waren. Die eis is al getorpedeerd voordat Wilbanks het eerste woord heeft getypt. Fantastisch.'

Ik voelde me bepaald niet fantastisch. Ik had me zorgen gemaakt over die eis van een miljoen dollar en me afgevraagd waar ik zo'n enorme som vandaan kon halen. De whisky begon te werken en ik ontspande. Het was donderdagavond in Clanton en er waren weinig mensen op straat. Alle winkels en kantoren aan het plein waren gesloten.

Zoals gewoonlijk had Baggy's ontspanning zich al veel eerder ingezet. Margaret had me toegefluisterd dat hij whisky als ontbijt nam. Hij en een eenbenige advocaat, een zekere Major, mochten bij hun koffie ook graag een slokje nemen. Ze zaten dan op het balkon van Majors kantoor, aan de andere kant van het plein, en rookten en dronken en praatten over recht en politiek terwijl de rechtbank tot leven kwam. Major was zijn been kwijtgeraakt in Guadalcanal, tenminste, volgens zijn versie van de Tweede Wereldoorlog. Zijn advocatenpraktijk was zo gespecialiseerd dat hij in feite alleen maar testamenten uittypte voor oude mensen. Hij typte ze zelf, hij had geen secretaresse nodig. Hij werkte ongeveer net zo hard als Baggy, en de twee mannen waren vaak in de rechtszaal te zien, half beneveld als toeschouwers bij het zoveelste proces.
'Ik denk dat Mackey Don die jongen in de suite heeft,' zei Baggy. De woorden kwamen er al wat onduidelijk uit.
'De suite?' vroeg ik.
'Ja, heb je de cellen vanbinnen gezien?'
'Nee.'
'Die zijn niet geschikt voor dieren. Geen verwarming, geen frisse lucht, het sanitair werkt vaak niet. Smerige leefomstandigheden. Vies eten. En nu heb ik het nog over de blanken. De zwarten zitten in het andere eind, allemaal in één langgerekte cel. Hun enige toilet is een gat in de vloer.'
'Ik moet er niet aan denken.'
'Het is een schande voor de county, maar jammer genoeg is het in de meeste andere plaatsen hier in de buurt niks beter. Hoe dan ook, er is één kleine cel met airconditioning en vloerbedekking, een schoon bed, kleurentelevisie, goed voedsel. Die cel heet de suite en daar zet Mackey Don zijn favorieten in.'
In gedachten maakte ik aantekeningen. Voor Baggy was dit allemaal heel gewoon. Voor mij, tot voor kort nog student in de journalistiek, zat er een sensationeel verhaal aan te komen. 'Je denkt dat Padgitt in de suite zit?'
'Waarschijnlijk wel. Hij had zijn eigen kleren aan in de rechtszaal.'
'In tegenstelling tot?'
'Die oranje gevangenisoveralls die alle anderen dragen. Die heb je nog nooit gezien?'
Ja, ik had ze gezien. Ik was een keer op de rechtbank geweest, een maand of zo geleden, en ik herinnerde me nu plotseling dat ik daar

twee of drie verdachten had zien zitten, in afwachting van een rechter. Ze hadden oranje overalls gedragen, de ene wat valer dan de andere. Op de voor- en achterkant stond GEVANGENIS FORD COUNTY gedrukt.
Baggy nam een slokje en legde het uit. 'Weet je, wat de voorbereidende zittingen en zo betreft, komen de verdachten, als ze nog in de cel zitten, altijd in die overalls naar de rechtbank. Vroeger liet Mackey Don ze die overalls zelfs dragen als hun eigenlijke proces begonnen was. Het is Lucien Wilbanks een keer gelukt een veroordeling nietig te laten verklaren door aan te tonen dat de jury bevooroordeeld was omdat zijn cliënt er in dat oranje boevenpakkie hartstikke schuldig uitzag. En hij had gelijk. Het valt niet mee om een jury van je onschuld te overtuigen wanneer je rubberen badslippers draagt en erbij loopt als een gevangenisboef.'
Voor de zoveelste keer stond ik versteld van de achterlijkheid van Mississippi. Ik zag al voor me hoe een verdachte, vooral een zwarte, tegenover een jury stond en een eerlijk proces verwachtte, terwijl hij gevangeniskleding droeg die ontworpen was om op een kilometer afstand zichtbaar te zijn. 'Nog steeds de oorlog aan het uitvechten', was een slogan die ik een paar keer in Ford County had gehoord. Er heerste hier een frustrerend verzet tegen alle verandering, vooral op het gebied van misdaad en straf.

De volgende dag liep ik om een uur of twaalf naar het gebouw van sheriff Coley. Ik ging daar zogenaamd heen om hem vragen over de moord op Kassellaw te stellen, maar in werkelijkheid wilde ik vooral zo veel mogelijk gedetineerden zien. Zijn secretaresse zei nogal grof tegen me dat hij in bespreking was, en dat was mij best.
Twee gedetineerden waren het kantoor aan het schoonmaken. Buiten trokken twee anderen onkruid uit een bloembed. Ik liep om het gebouw heen en zag achter het gebouw een veldje met een basketbaldoel. Zes gedetineerden hingen in de schaduw van een kleine eik rond. Aan de oostkant van het gebouw zag ik drie gedetineerden voor een raam staan, achter tralies. Ze keken naar mij.
Dertien gedetineerden in totaal. Dertien oranje overalls.
Ik benaderde Wileys neefje om meer over het cellencomplex te weten te komen. Eerst wilde hij niet veel vertellen, maar hij had intens de pest aan sheriff Coley en dacht dat hij me kon vertrouwen. Hij bevestigde wat Baggy al vermoedde, Danny Padgitt leidde

een goed leven in een cel met airconditioning en kreeg te eten wat hij maar wilde. Hij kleedde zich zoals hij wilde, damde met de sheriff zelf en zat de hele dag te telefoneren.

Het volgende nummer van de *Times* versterkte mijn reputatie als nietsontziende, onbevreesde, 23-jarige idioot. Op de voorpagina stond een grote foto van Danny Padgitt die de rechtbank werd binnengeleid voor zijn borgtochtzitting. Hij had handboeien om en droeg gewone kleren. Hij keek ook met een van zijn gepatenteerde verachtelijke blikken in de camera. Daarboven stond de vette kop: GEEN BORGTOCHT VOOR DANNY PADGITT. Het verhaal was lang en gedetailleerd.

Er stond een ander verhaal naast, bijna net zo lang en nog veel scandaleuzer. Ik vertelde uitvoerig wat een anonieme bron me over de condities van Danny's gevangenschap had verteld. Ik somde alle mogelijke voorrechten op die hij genoot, inclusief de potjes dammen met sheriff Coley. Ik schreef over het voedsel dat hij kreeg, de kleurentelevisie, het onbeperkte gebruik van de telefoon. Alles wat ik maar enigszins kon verifiëren. Toen vergeleek ik dat alles met de leefomstandigheden van de andere 21 gedetineerden.

Op pagina twee zette ik een oude zwartwitfoto van vier verdachten die de rechtbank worden binnengeleid. Alle vier droegen ze natuurlijk een overall. Alle vier hadden ze handboeien en ongekamd haar. Ik maakte de gezichten zwart om die gedetineerden, wie het ook waren, niet nog meer in verlegenheid te brengen. Hun zaken waren allang afgehandeld.

Naast die archieffoto zette ik een andere foto van Danny Padgitt die de rechtbank werd binnengeleid. Als je die handboeien even wegdacht, had hij net zo goed naar een feestje kunnen gaan. Het contrast was schokkend. Die jongen werd in de watten gelegd door sheriff Coley, die tot dan toe had geweigerd de zaak met mij te bespreken. Een grote vergissing.

In het verhaal zette ik uiteen wat ik allemaal had gedaan om de sheriff te spreken te krijgen. Mijn telefoontjes waren niet beantwoord. Ik was twee keer naar hem toe gegaan en hij wilde me niet ontvangen. Ik had een lijst met vragen voor hem achtergelaten, en hij had ze niet beantwoord. Ik schiep het beeld van een agressieve jonge verslaggever die wanhopig op zoek was naar de waarheid en door een gekozen functionaris werd tegengewerkt.

Omdat Lucien Wilbanks een van de minst populaire mensen in

Clanton was, nam ik hem ook in het strijdgewoel op. Ik gebruikte de telefoon, waarvan ik algauw ontdekte dat het een grote gelijkmaker was, en belde vier keer naar zijn kantoor voordat hij me terugbelde. Eerst wilde hij niets over zijn cliënt of de aanklachten zeggen, maar toen ik vragen over zijn Danny's behandeling in het cellencomplex bleef stellen, kon hij zich niet meer inhouden. 'Ik ga niet over die verrekte gevangenis, jongen!' gromde hij, en ik kon bijna zien hoe zijn rode ogen me fel aankeken. Ik nam dat citaat van hem in mijn artikel op.
'Hebt u uw cliënt in de cel gesproken?' vroeg ik.
'Natuurlijk.'
'Wat voor kleren had hij aan?'
'Heb je niks beters om over te schrijven?'
'Nee. Wat droeg hij?'
'Nou, hij was niet naakt.'
Dat was een te mooi citaat om te laten liggen, en dus zette ik het met vette letters in een kadertje.
Met een verkrachter/moordenaar, een corrupte sheriff en een radicale advocaat aan de ene kant, en ik in mijn eentje aan de andere kant, kon ik gewoon niet verliezen. De reactie op het verhaal was verbijsterend. Baggy en Wiley meldden dat de cafetaria's gonsden van de bewondering voor de moedige jonge hoofdredacteur van de krant. Iedereen had al heel lang de pest aan de Padgitts en Lucien. Nu werd het tijd om Coley de laan uit te sturen.
Margaret zei dat we werden overspoeld met telefoontjes van lezers die kwaad waren omdat Danny zo in de watten werd gelegd. Wileys neefje meldde dat er chaos in de cellen heerste en dat Mackey Don ruzie had met zijn hulpsheriffs. Hij was een moordenaar aan het verwennen en 1971 was een verkiezingsjaar. De mensen waren daar kwaad om en ze konden allemaal hun baan verliezen.

Die twee weken bij de *Times* waren van cruciaal belang voor het voortbestaan van die krant. De lezers hunkerden naar bijzonderheden, en dankzij een goede timing, stom geluk en een beetje lef gaf ik ze precies wat ze wilden. De krant kwam plotseling tot leven; hij was een machtsfactor geworden. Hij werd vertrouwd. De mensen wilden dat hij gedetailleerd en onbevreesd verslag deed van de gebeurtenissen.
Baggy en Margaret vertelden me dat Vlek die bloederige foto's

nooit zou hebben gebruikt en nooit zulke dingen over de sheriff zou hebben geschreven. Maar ze waren nog steeds erg terughoudend. Ik kan niet zeggen dat mijn voortvarendheid mijn mensen meer moed had gegeven. De *Times* was een eenmanskrant met nogal zwakke medewerkers, en dat zou zo blijven.

Het kon me niet veel schelen. Ik vertelde de waarheid en er moest maar van komen wat ervan kwam. Ik was een plaatselijke held. Het aantal abonnementen vloog omhoog naar bijna drieduizend. De advertentie-inkomsten vertweevoudigden. Ik liet niet alleen een nieuw licht in de county schijnen, maar verdiende ook geld.

7

Het was een nogal elementaire brandbom, en als hij tot ontploffing was gekomen, zou onze drukkerijruimte snel zijn verwoest. Het vuur zou daar gevoed zijn door allerlei chemicaliën en maar liefst dertig liter drukinkt, en daarna zou het zich snel door het hele gebouw hebben verspreid. Er was geen sprinklerinstallatie of brandalarm, en na een paar minuten zou het al de vraag zijn geweest hoeveel van de twee bovenverdiepingen nog gered kon worden. Waarschijnlijk niet veel. Ga er maar van uit dat de brandbom, als hij in de vroege uurtjes van donderdagmorgen op de juiste manier tot ontploffing was gekomen, het grootste deel van de vier gebouwen die daar naast elkaar stonden in de as zou hebben gelegd.
De bom stond onheilspellend, en nog intact, naast een stapel oude kranten in de drukkerijruimte. Hij werd ontdekt door de dorpsidioot. Of misschien moet ik zeggen, een van de dorpsidioten. Clanton had daar meer dan zijn portie van.
Hij heette Piston en toen ik de krant kocht, had ik hem erbij gekregen, net als het gebouw en de antieke drukpers en de onaangeroerde bibliotheken boven en beneden. Piston was niet officieel bij de *Times* in dienst, maar hij kwam toch elke vrijdag zijn vijftig dollar in contanten halen. Geen cheque. Voor dat geld veegde hij soms de vloer en verplaatste hij soms het stof op de ramen aan de voorkant, en als er iemand er iets van zei, sjouwde hij het afval naar buiten.

Hij hield zich niet aan werktijden en kwam wanneer het hem uitkwam, geloofde niet in aankloppen als er een bespreking aan de gang was, mocht graag onze telefoons gebruiken en onze koffie drinken, en hoewel hij op het eerste gezicht nogal sinister overkwam – de ogen ver uit elkaar achter jampotglazen, een veel te grote truckerspet diep over de ogen, een slordige baard, afschuwelijk grote voortanden – deed hij geen vlieg kwaad. Hij deed karweitjes voor een aantal bedrijven aan het plein en kon zich op de een of andere manier in leven houden. Niemand wist waar hij woonde, of met wie, of hoe hij zich door de stad verplaatste. Hoe minder we over Piston wisten, hoe beter.
Piston kwam donderdagmorgen in alle vroegte – hij had al tientallen jaren een sleutel – en zei dat hij eerst iets had horen tikken. Bij nader onderzoek zag hij drie plastic jerrycans van twintig liter, samengebonden met een houten kistje, op de vloer staan. Het tikkende geluid kwam uit het kistje. Piston kwam al vele jaren in de drukkerijruimte en hielp Hardy wel eens op donderdagavond. Hij voerde dan het papier in.
Bij de meeste mensen zou de nieuwsgierigheid snel zijn overgegaan in paniek, maar bij Piston duurde dat een tijdje. Nadat hij aan de jerrycans had geschud om er zeker van te zijn dat er inderdaad benzine in zat, en nadat hij had vastgesteld dat alles met gevaarlijk uitziende draden aan elkaar was gebonden, liep hij naar Margarets kamer en belde Hardy. Hij zei dat het ding steeds harder ging tikken.
Hardy belde de politie, en om een uur of negen werd ik wakker gemaakt met het nieuws.
Toen ik in het centrum van Clanton aankwam, was daar bijna alles al ontruimd. Piston zat op de motorkap van een auto, inmiddels diep ontreddred omdat hij ternauwernood aan een groot gevaar ontsnapt was. Hij werd bijgestaan door een paar kennissen en een ambulancechauffeur, en blijkbaar vond hij al die aandacht wel prettig.
Wiley Meek had de bom gefotografeerd voordat de politie de jerrycans met benzine weghaalde en veilig in het steegje achter het gebouw zette. 'De halve binnenstad zou eraan zijn gegaan,' was Wileys ondeskundige opinie over de bom. Hij liep nerveus heen en weer en legde alle opwinding vast voor toekomstig gebruik.
De korpscommandant van de politie legde me uit dat de omgeving

was afgezet, omdat het houten kistje nog niet geopend was en de inhoud daarvan nog steeds tikte. 'Het kan ontploffen,' zei hij ernstig, alsof hij de eerste was die slim genoeg was om het gevaar in te zien. Ik betwijfelde of hij veel ervaring met bommen had, maar ik deed niet moeilijk. Iemand van het forensisch lab van Mississippi ging in allerijl op weg. De autoriteiten besloten dat de vier gebouwen leeg zouden blijven totdat deze expert klaar was met zijn werk.
Een bom in Clanton! Het nieuws verspreidde zich sneller dan het vuur zou hebben gedaan, en overal kwam het werk stil te liggen. De kantoren van de county liepen leeg, evenals de banken en winkels en cafetaria's, en algauw vormden zich grote groepen nieuwsgierigen aan de overkant van de straat, onder de grote eiken aan de zuidkant van de rechtbank, op veilige afstand. Ze vergaapten zich aan ons kleine gebouw, angstig en zorgelijk maar natuurlijk ook belust op een beetje sensatie. Ze hadden nog nooit een bomexplosie gezien.
De stadspolitie van Clanton had gezelschap gekregen van de hulpsheriffs, en algauw waren alle geüniformeerde wetsdienaren uit de county aanwezig. Ze krioelden over de trottoirs en deden helemaal niets. Sheriff Coley en de korpscommandant overlegden met elkaar, keken naar de menigte aan de overkant en blaften toen bevelen in deze en gene richting, maar voorzover ik kon zien, trok niemand zich daar iets van aan. Het was voor iedereen zonneklaar dat de stad en de county geen enkele procedure voor bomdreigingen hadden.
Baggy moest iets te drinken hebben. Voor mij was het nog te vroeg. Ik liep achter hem aan naar de achterkant van de rechtbank, waar we een smalle trap opgingen die ik nog niet had opgemerkt. We liepen een klein gangetje door en gingen nog eens twintig treden omhoog naar een vuil kamertje met een laag plafond. 'Dit was vroeger de jurykamer,' zei hij. 'Daarna werd het de juridische bibliotheek.'
'Wat is het nu?' vroeg ik, bijna bang voor het antwoord.
'De Toog. Snap je? Toog? Advocaten? Toga?'
'Ik snap het.' Er stond een tafel met inklapbare poten die duidelijk al jaren in gebruik was. Daaromheen stonden zes verschillende stoelen, allemaal afdankertjes die van het ene countykantoor naar het andere waren gegaan en uiteindelijk in dit smoezelige kamertje terechtgekomen waren.

In een van de hoeken stond een kleine koelkast met een hangslot. Baggy had natuurlijk een sleutel, en in de koelkast stond een fles whisky. Hij goot een royale dosis in een kartonnen bekertje en zei: 'Pak een stoel.' We trokken twee stoelen naar het raam en keken naar het tafereel dat we zojuist hadden verlaten. 'Goed uitzicht, hè?' zei hij trots.
'Hoe vaak kom je hier?'
'Zo'n twee keer per week, soms vaker. We pokeren elke dinsdag- en donderdagmiddag om twaalf uur.'
'Wie zijn er lid van de club?'
'Het is een geheim genootschap.' Hij nam een slokje en smakte met zijn lippen alsof hij een maand in de woestijn had gezeten. Een spin zocht zich een weg door een dik web op het raam. Het stof lag meer dan een centimeter dik op het kozijn.
'Ik denk dat ze het niet meer in hun vingers hebben,' zei hij, neerkijkend op al die opwinding.
'Ze?' Ik durfde het bijna niet te vragen.
'De Padgitts.' Hij zei dat met een zekere voldoening en liet de woorden nog even voor me in de lucht hangen.
'Weet je zeker dat het de Padgitts zijn?' vroeg ik.
Baggy dacht dat hij alles wist, en in ongeveer de helft van de gevallen had hij gelijk. Hij grijnsde en bromde, nam nog een slokje en zei toen: 'Ze steken al een eeuwigheid gebouwen in brand. Dat is een van hun trucs: verzekeringsfraude. Ze hebben de verzekeringsmaatschappijen een fortuin afhandig gemaakt.' Een vlug slokje. 'Maar het is vreemd dat ze benzine hebben gebruikt. De betere brandstichter werkt niet met benzine, want dat is zo terug te vinden. Wist je dat?'
'Nee.'
'Het is zo. Een goede brandinspecteur ruikt benzine meteen nadat het vuur gedoofd is. Benzine betekent brandstichting. Brandstichting betekent geen verzekeringsgeld.' Een slokje. 'Natuurlijk wilden ze je in dit geval waarschijnlijk laten weten dat het brandstichting was. Dat is wel logisch, hè?'
Op dat moment vond ik niets logisch. Ik was te verward om veel te kunnen zeggen.
Ik kon het praten gerust aan Baggy overlaten. 'Nu ik erover nadenk, is dat waarschijnlijk ook de reden waarom de bom niet ontploft is. Ze wilden dat je hem zag. Als hij afging, had de county het zonder

de *Times* moeten stellen, en dat zou sommige mensen kwaad maken. Al zouden sommige andere mensen erg blij zijn.'
'Dank je.'
'Hoe dan ook, dat verklaart het beter. Het was een subtiele vorm van intimidatie.'
'Subtiel?'
'Ja, vergeleken met wat er had kunnen gebeuren. Geloof me, die kerels weten hoe je een gebouw in de fik zet. Je hebt geluk gehad.'
Ik zag dat hij zich al snel van de krant had gedistantieerd. 'Ik' had geluk gehad, niet 'we'.
De whisky had de weg naar zijn hersenen gevonden en maakte zijn tong los. 'Zo'n drie jaar geleden, misschien vier, was er een grote brand in een van hun houtzagerijen, die aan Highway 401, net buiten het eiland. Ze steken nooit iets op het eiland in brand, omdat ze niet willen dat de autoriteiten daar komen rondsnuffelen. Nou, de verzekeringsmaatschappij rook onraad, weigerde te betalen, en Lucien Wilbanks diende een grote eis in. Het kwam tot een proces voor de edelachtbare Reed Loopus. Ik heb daar elk woord van gehoord.' Een lange, bevredigende slok.
'Wie won er?'
Hij deed net of hij me niet hoorde, want het verhaal was nog niet helemaal verteld. 'Het was een grote brand. De brandweer van Clanton ging er met alle wagens op af. De vrijwillige brandweer uit Karaway ging ook, iedere boerenknuppel met een sirene reed met gillende sirenes naar Padgitt Island. De jongens hier krijgen van niets zo'n kick als van een grote brand. En misschien ook van een bom, maar ik kan me niet herinneren wanneer we hier ooit een bom hadden.'
'En...'
'Highway 401 loopt door wat laaggelegen grond bij Padgitt Island, echte moerasgrond. Er is een brug over Masseys Creek, en toen de brandweerwagens met grote snelheid op die brug af kwamen, zagen ze dat er een pick-uptruck op zijn kant lag, alsof hij was omgevallen. De weg was volledig geblokkeerd; ze konden niet om die truck heen omdat er alleen maar moeras en water was.' Hij smakte met zijn lippen en schonk zich nog wat in. Het werd tijd dat ik iets zei, maar wat ik ook zei, het zou volkomen genegeerd worden. Dit was de manier waarop Baggy het liefst werd aangemoedigd.
'Van wie was die pick-up?' vroeg ik. De woorden waren nog maar

net mijn mond uit of hij schudde al met zijn hoofd, alsof die vraag volkomen misplaatst was.

'Het vuur woedde als de hel. Er ontstond een hele rij brandweerwagens op de 401, omdat een of andere idioot zijn pick-up had laten kantelen. Ze hebben hem nooit gevonden. De bestuurder was nergens te bekennen. De eigenaar ook niet, want de truck stond op niemands naam. Geen nummerborden. Het registratienummer was weggevijld. De pick-up werd door niemand opgeëist. Hij had ook niet veel schade opgelopen. Dat bleek allemaal op het proces. Iedereen wist dat de Padgitts de brand hadden aangestoken en een van hun gestolen pick-ups hadden gebruikt om de weg te blokkeren, maar de verzekeringsmaatschappij kon het niet bewijzen.'

Beneden had sheriff Coley zijn megafoon opgeduikeld. Hij vroeg de mensen om van de straat voor ons gebouw vandaan te blijven. Zijn krijsende stem had bepaald geen kalmerende uitwerking.

'Dus de verzekeringsmaatschappij verloor?' zei ik, want ik wilde weten hoe het afliep.

'Een schitterend proces. Het duurde drie dagen. Wilbanks kan het meestal wel op een akkoordje gooien met een of twee mensen in de jury. Dat doet hij al jaren en hij is nooit betrapt. Verder kent hij iedereen in de county. De verzekeringsjongens kwamen uit Jackson, en ze hadden geen flauw idee. De jury bleef twee uur in beraad en kwam toen terug en wees de claim toe, honderdduizend dollar. Voor de goede orde deden ze er bij wijze van boete nog een extra schadevergoeding van een miljoen bovenop.'

'Eén komma één miljoen!' zei ik.

'Ja. De eerste schadevergoeding van een miljoen dollar in Ford County. Het duurde ongeveer een jaar tot het hooggerechtshof de bijl in het vonnis zette en de extra schadevergoeding eraf haalde.'

Het was geen geruststellend idee dat Lucien Wilbanks zoveel invloed op juryleden had. Baggy liet zijn whisky even staan en keek naar iets op straat. 'Dit is een slecht teken, jongen,' zei hij ten slotte. 'Erg slecht.'

Ik was zijn baas en vond het niet prettig om met 'jongen' aangesproken te worden, maar ik ging er niet op in. Ik had wel wat anders aan mijn hoofd. 'De intimidatie?' zei ik.

'Ja. De Padgitts komen bijna nooit van het eiland af. Het feit dat ze deze show hier opvoeren, betekent dat ze klaar zijn voor oorlog. Als ze de krant kunnen intimideren, zullen ze het ook met de jury pro-

beren. De sheriff hebben ze al in hun zak zitten.'
'Maar Wilbanks zei dat hij het proces ergens anders wil laten houden.'
Hij snoof en vond zijn glas terug. 'Reken daar maar niet op, jongen.'
'Wil je me Willie noemen?' Vreemd dat ik me nu aan die naam vastklampte.
'Reken daar maar niet op, Willie. Die jongen is schuldig. Hij maakt alleen een kans wanneer ze de jury omkopen of bang maken. Tien tegen één dat het proces hier in dit gebouw wordt gehouden.'

Nadat iedereen twee uur vergeefs had gewacht tot de grond zou gaan schudden, was het stadje klaar voor de lunch. De menigte ging uiteen. De deskundige van het forensisch lab kwam eindelijk aan en ging in de drukkerijruimte aan het werk. Ik mocht het gebouw niet in, en dat vond ik prima.
Margaret, Wiley en ik aten een broodje in de koepel op het gazon van de rechtbank. We aten in stilte en praatten daarna wat, en al die tijd keken we alle drie naar ons kantoor aan de overkant van de straat. Nu en dan zagen mensen ons zitten en kwamen ze naar ons toe voor een moeizaam gesprekje. Wat zeg je tegen bomslachtoffers als de bom niet afgaat? Gelukkig hadden ze in Clanton weinig ervaring met bommen. Sommigen zeiden dat ze met ons mee leefden, en een paar mensen boden hulp aan.
Sheriff Coley kwam naar ons toe en bracht zijn voorlopig verslag uit over de bom. Het uurwerk was afkomstig uit een opwindwekker; die kon je overal kopen. Op het eerste gezicht dacht de deskundige dat er een probleem was met de bedrading. Erg amateuristisch, zei hij.
'Hoe gaat u dit onderzoeken?' vroeg ik een beetje scherp.
'We zoeken naar vingerafdrukken en kijken of we getuigen kunnen vinden. Zoals gebruikelijk.'
'Gaat u met de Padgitts praten?' vroeg ik, nog scherper. Per slot van rekening waren mijn personeelsleden erbij. En hoewel ik doodsbang was, wilde ik toch de indruk wekken dat ik voor niets en niemand bang was.
'Weet jij iets wat ik niet weet?' was zijn wedervraag.
'Dat zijn toch verdachten?'
'Ben jij tegenwoordig de sheriff?'

'Het zijn de meest ervaren brandstichters in de county. Ze steken al jaren straffeloos gebouwen in de fik. Hun advocaat heeft me vorige week in de rechtszaal bedreigd. We hebben Danny Padgitt twee keer op de voorpagina gehad. Als zij geen verdachten zijn, wie dan wel?'
'Ga maar gerust je verhaal schrijven, jongen. Noem ze maar met naam en toenaam. Blijkbaar zet je alles op alles om een proces aan je broek te krijgen.'
'Ik neem de krant voor mijn rekening,' zei ik. 'U de misdadigers.'
Hij tikte tegen zijn hoed voor Margaret en liep weg.
'Volgend jaar wil hij herkozen worden,' zei Wiley, terwijl we Coley een babbeltje zagen maken met twee dames bij een drinkfonteintje. 'Ik hoop dat hij een tegenstander heeft.'

De intimidatie ging door, ten koste van Wiley. Hij woonde anderhalve kilometer van het stadje vandaan in een boerderij van twee hectare, waar zijn vrouw eenden hield en watermeloenen verbouwde. Toen hij die avond bij zijn huis was aangekomen en uit zijn auto stapte, sprongen twee kerels vanuit de struiken op hem af en gingen hem te lijf. De grootste van de twee sloeg hem neer en schopte hem in zijn gezicht, terwijl de ander op zijn achterbank ging zoeken en twee camera's tevoorschijn haalde. Wiley was 58 jaar en ex-marinier, en op een gegeven moment zag hij kans om een schop uit te delen waarmee hij de grootste van de twee belagers tegen de grond kreeg. Daar sloegen ze op elkaar in, en net toen Wiley de overhand begon te krijgen, sloeg de andere kerel hem met een van zijn camera's op zijn hoofd. Wiley zei dat hij zich niet veel herinnerde van wat er daarna gebeurde.
Zijn vrouw hoorde uiteindelijk het kabaal. Ze trof Wiley bewusteloos op de grond aan. Beide camera's waren verbrijzeld. Ze bracht hem naar binnen, legde ijszakken op zijn gezicht en stelde vast dat hij niets had gebroken. De ex-marinier wilde niet naar het ziekenhuis.
Er kwam een hulpsheriff die proces-verbaal opmaakte. Wiley had maar een glimp van zijn belagers opgevangen en hij had ze in elk geval nooit eerder gezien. 'Die zitten alweer op het eiland,' zei hij. 'Jullie vinden ze nooit.'
Zijn vrouw haalde hem over, en een uur later belden ze me vanuit het ziekenhuis. Ik mocht tussen de röntgenfoto's door even bij

hem. Zijn gezicht was een puinhoop, maar hij kon nog lachen. Hij pakte mijn hand vast en trok me dicht naar zich toe. 'Volgende week op de voorpagina,' zei hij tussen zijn gespleten lippen en gezwollen kaken door.

Een paar uur later verliet ik het ziekenhuis en reed ik een heel eind door de omgeving. Ik keek steeds weer in mijn spiegeltje, want ik verwachte half en half een volgende lading Padgitts met knallende geweren achter me aan te krijgen.

Het was geen wetteloze county, waar georganiseerde misdadigers de fatsoenlijke burgers terroriseerden. Het was precies het tegenovergestelde, er was weinig criminaliteit. Corruptie werd algemeen afgekeurd. Ik had gelijk en zij hadden ongelijk, en ik verdomde het om me op mijn kop te laten zitten. Ik zou een pistool kopen; alle andere mensen daar in de buurt hadden er twee of drie. En zo nodig zou ik een soort lijfwacht inhuren. Naarmate het moordproces naderde, zou mijn krant zelfs nog minder een blad voor de mond nemen.

8

Voordat de krant failliet ging en ik aan mijn onwaarschijnlijke opkomst in Ford County begon, had ik een fascinerend verhaal gehoord over een familie die daar woonde. Vlek was er nooit achteraan gegaan omdat hij een beetje research zou moeten doen en naar de andere kant van het spoor zou moeten gaan.

Nu de krant van mij was, vond ik het een te mooi verhaal om te laten schieten.

In Lowtown, de gekleurde wijk, woonde een buitengewoon echtpaar, Calia en Esau Ruffin. Ze waren al meer dan veertig jaar getrouwd en hadden acht kinderen grootgebracht, van wie zeven aan de universiteit hadden gestudeerd én hoogleraar waren geworden. Over het laatste kind was niet veel bekend, maar volgens Margaret heette hij Sam en hield hij zich schuil voor de politie.

Ik belde naar het huis en mevrouw Ruffin nam de telefoon op. Ik vertelde wie ik was en wat ik wilde, en ze scheen alles al van me af te weten. Ze zei dat ze al vijftig jaar de *Times* grondig las, alles, ook de necrologieën en kleine advertenties, en even later zei ze dat de krant nu in veel betere handen was. Langere verhalen. Minder fouten. Meer nieuws. Ze sprak langzaam en duidelijk, met een precieze dictie die ik niet meer had gehoord sinds ik uit Syracuse was vertrokken.

Toen ik er eindelijk tussen kon komen, bedankte ik haar en zei ik

dat ik graag met haar opmerkelijke familie wilde komen praten. Ze voelde zich gevleid en stond erop dat ik zou blijven lunchen.
Zo begon een ongewone vriendschap die mijn ogen opende voor veel dingen, waaronder zeker de zuidelijke cuisine.

Mijn moeder overleed toen ik dertien was. Ze was anorectisch; er waren maar vier dragers nodig. Ze woog nog geen vijftig kilo en zag eruit als een geest. Anorexia was een van haar vele problemen.
Omdat ze niet at, kookte ze ook niet. Ik kan me niet herinneren dat ze ooit een warme maaltijd voor me heeft klaargemaakt. Het ontbijt bestond uit een kom cornflakes, het middageten uit een boterham met beleg en het avondeten uit een diepvriesmaaltijd die ik meestal in mijn eentje voor de televisie opat. Ik was enig kind en mijn vader was nooit thuis, en dat was maar goed ook, want als hij er was, hadden ze altijd bonje. Hij wilde eten, zij niet. Ze maakten ruzie om alles.
Ik had nooit honger; in de bijkeuken was altijd genoeg pindakaas en ontbijtvlokken en dergelijke. Ik at wel eens bij een vriendje en stond er altijd versteld van dat echte gezinnen eten klaarmaakten en zoveel tijd aan tafel doorbrachten. Bij ons in huis was eten gewoon niet belangrijk.
Als tiener leefde ik op diepvriesmaaltijden. Als student leefde ik op bier en pizza's. In de eerste 23 jaar van mijn leven at ik alleen als ik honger had. Dat was verkeerd, ontdekte ik algauw in Clanton. In het Zuiden heeft eten weinig met honger te maken.

Het huis van de Ruffins stond in een van de betere gedeelten van Lowtown, in een rij keurig onderhouden kleine huisjes. De huisnummers stonden op de brievenbussen, en toen ik de auto langs de kant zette, glimlachte ik om het witte paaltjeshek en de bloemen – pioenen en irissen – die langs het trottoir stonden. Het was begin april, ik had de kap van mijn Spitfire omlaag, en toen ik de motor afzette, rook ik iets heerlijks. Koteletten!
Calia Ruffin kwam me tegemoet bij het lage zwaaihekje dat toegang tot haar smetteloze voortuin verschafte. Ze was een stevig-gebouwde vrouw, breed in de schouders en de romp, met een stevige handdruk die aanvoelde als die van een man. Ze had grijs haar en je kon aan haar zien dat ze al die kinderen had grootgebracht, maar als ze glimlachte, en dat deed ze de hele tijd, schitterden haar perfecte tanden. Ik had nog nooit zulke mooie tanden gezien.

'Ik ben zo blij dat u er bent,' zei ze, halverwege het klinkerpad. Ik was ook blij. Het was ongeveer twaalf uur. Zoals wel vaker had ik om die tijd nog geen hap gegeten, en de geuren die van de veranda kwamen aanzweven, maakten me duizelig.

'Een mooi huis,' zei ik, kijkend naar de voorkant. De buitenmuren waren van overnaadse planken die fonkelwit waren geverfd, en wekten de indruk dat er regelmatig iemand met een kwast overheen ging. Een groene veranda met een metalen dak strekte zich over de hele voorkant uit.

'Dank u. We hebben het al dertig jaar.'

Ik wist dat de meeste huizen in Lowton eigendom waren van blanke huisjesmelkers aan de andere kant van het spoor. In 1970 was het voor zwarten geen geringe prestatie om een eigen huis te hebben.

'Wie is uw tuinman?' vroeg ik toen ik even bleef staan om aan een gele roos te ruiken. Er waren overal bloemen, langs het pad, langs de veranda, langs beide perceelgrenzen. 'Dat zal ik dan wel zijn,' zei ze met een lachje. Haar tanden schitterden weer in het zonlicht.

Drie treden op naar de veranda, en daar was het, het feestmaal! Een kleine tafel naast het verandahek was gedekt voor twee personen: wit katoenen tafellaken, witte servetten, bloemen in een vaasje, een grote kan ijsthee en minstens vier afgedekte schalen.

'Wie komen er?' vroeg ik.

'O, alleen wij tweeën. Esau komt later misschien ook nog even.'

'Er is genoeg eten voor een heel leger.' Ik haalde zo diep mogelijk adem en mijn maag knorde van voorpret.

'Laten we gaan eten,' zei ze, 'voordat het koud wordt.'

Ik hield me in, liep nonchalant naar de tafel en schoof haar stoel voor haar aan. Ze vond het prachtig dat ik zo'n heer was. Ik ging tegenover haar zitten en wilde net de deksels van de schalen rukken en me storten op wat het ook was dat ik aantrof, toen ze allebei mijn handen vastpakte en haar hoofd liet zakken. Ze begon te bidden.

Het zou een lang gebed worden. Ze dankte de Heer voor alles wat goed was, inclusief mij, haar 'nieuwe vriend'. Ze bad voor hen die ziek waren en voor hen die dat konden worden. Ze bad voor regen en zon en gezondheid en nederigheid en geduld, en hoewel ik bang begon te worden dat het eten koud zou worden, raakte ik in de ban van haar stem. Ze sprak langzaam; over elk woord was nagedacht.

Haar dictie was perfect; elke medeklinker werd gelijk behandeld en alle komma's en punten kwamen tot hun recht. Ik moest mijn ogen even opendoen om er zeker van te zijn dat ik niet droomde. Ik had een zuidelijke zwarte nog nooit zo horen spreken; een zuidelijke blanke trouwens ook niet.

Ik keek nog een keer. Ze sprak tot haar Heer, en ze zag er volkomen tevreden uit. Gedurende enkele seconden was ik het eten helemaal vergeten. Ze kneep even in mijn handen en richtte zich tot de Almachtige met een welsprekendheid die je alleen door jaren van oefening kon verwerven. Ze citeerde uit de bijbel, de King James-versie om precies te zijn, en het was een beetje vreemd om haar woorden als 'gij' en 'uwer' en 'zijt' en 'waartoe' te horen gebruiken. Maar ze wist precies wat ze deed. Ik heb me nooit dichter bij God gevoeld als toen ik met die erg vrome vrouw aan tafel zat.

Ik kon me niet voorstellen dat ze ook zo'n lang gebed uitsprak aan een tafel met acht kinderen. Maar toch had ik het gevoel dat iedereen stil werd als Calia Ruffin bad.

Ze besloot met een eindsprint, een lange uitbarsting waarin ze ook nog om de vergeving van haar zonden vroeg, al konden dat er nooit veel zijn, en ook om die van mijn zonden, nou, ze moest eens weten...

Ze liet me los en begon deksels van schalen te nemen. In de eerste schaal zat een stapel koteletten in een dikke saus die uien en pepers en nog veel andere ingrediënten bevatte. Er kwam nog meer damp tegen mijn gezicht aan en ik had zin om met mijn vingers te eten. In de tweede schaal zat een berg gele maïs, bestrooid met groene pepers, nog heet van het fornuis. Er was gekookte okra, en terwijl ze begon op te scheppen, zei ze dat ze de okra liever kookte dan bakte, omdat ze bang was dat er anders te veel vet in haar voeding kwam. Ze had vroeger geleerd alles te bakken en te frituren, van tomaten tot augurken, en ze was tot het besef gekomen dat zoiets niet goed voor je gezondheid was. Er waren wasbonen, ook niet gebakken of gefrituurd, maar gekookt met blokjes ham en spek. Er was een schaal met kleine rode tomaten, besprenkeld met peper en olijfolie. Ze was een van de erg weinige koks in deze streek die olijfolie gebruikten, zei ze terwijl ze verder ging met haar verhaal en intussen mijn grote bord volschepte. Ik hing aan haar lippen.

Een zoon in Milwaukee stuurde haar goede olijfolie, want die was in Clanton niet te koop.

Ze verontschuldigde zich omdat de tomaten in de winkel gekocht waren; die van haarzelf zaten nog aan de stokken en zouden pas tegen de zomer rijp zijn. De maïs, okra en wasbonen kwamen wel uit haar tuin en waren vorig jaar augustus ingeblikt. Eigenlijk waren de enige 'verse' groenten de boerenkool, of 'voorjaarskool', zoals zij ze noemde.

Op het midden van de tafel stond een afgedekte grote zwarte koekenpan, en toen ze het servet eraf haalde, bleek er minstens twee kilo warm maïsbrood in te zitten. Ze nam er een groot stuk uit, legde dat midden op mijn bord en zei: 'Zo. Nu kunt u beginnen.' Ik had nog nooit zoveel voedsel voor me gehad. Het feestmaal begon.

Ik deed mijn best langzaam te eten, maar dat was onmogelijk. Ik was met een lege maag aangekomen, en door al die heerlijke geuren, die prachtig gedekte tafel, dat nogal lange gebed en die zorgvuldige beschrijving van elk gerecht was ik uitgehongerd geraakt. Ik viel op het eten aan, en intussen praatte zij rustig door.

Het grootste deel van de maaltijd kwam uit haar tuin. Zij en Esau verbouwden vier soorten tomaten, wasbonen, snijbonen, zwartoogerwten, crowdererwten, komkommers, aubergines, mosterdgroente, rapen, rode uien, gewone uien, voorjaarsuien, kool, okra, nieuwe rode aardappelen, roodbruine aardappelen, wortelen, bieten, maïs, groene pepers, wratmeloenen, twee soorten watermeloen en een paar andere dingen die ze zich op dat moment niet kon herinneren. De koteletten kwamen van haar broer, die nog in het oude huis van de familie buiten de stad woonde. Hij slachtte elke winter twee varkens voor hen en die deden ze in hun diepvrieskist. In ruil daarvoor voorzagen ze hem van verse groenten.

'We eten geen chemicaliën,' zei ze, terwijl ze zag hoe ik me volstopte. 'Alles is natuurlijk.'

Daar smaakte het zeker naar.

'Maar het is allemaal geconserveerd, weet u, van de winter. 's Zomers smaakt het beter. Dan plukken we de dingen en eten ze een paar uur later op. Komt u dan ook bij ons eten, meneer Traynor?'

Ik bromde en knikte en zag op de een of andere manier kans de boodschap over te brengen dat ik wilde terugkomen wanneer ze maar wilde.

'Wilt u mijn tuin zien?' vroeg ze.

Ik knikte opnieuw, mijn beide wangen helemaal vol.

'Goed. Hij is achter het huis. U kunt wat sla en andere groente plukken. Die komt mooi op.'

'Geweldig,' kon ik nog uitbrengen.
'Ik denk dat een vrijgezel als u alle hulp nodig heeft die hij kan krijgen.'
'Hoe wist u dat ik vrijgezel was?' Ik nam een slok thee. Die had ook als dessert kunnen dienen, zoveel suiker zat erin.
'De mensen praten over u. Dingen worden doorverteld. Er zijn niet veel geheimen in Clanton, aan geen van beide kanten van het spoor.'
'Wat hebt u nog meer gehoord?'
'Eens kijken. U huurt van de Hocutts. U bent uit het Noorden gekomen.'
'Memphis.'
'Zo ver weg?'
'Het is maar een uur rijden.'
'Het was maar een grapje. Een van mijn dochters heeft daar gestudeerd.'
Ik had veel vragen over haar kinderen, maar ik was er nog niet aan toe om aantekeningen te maken. Mijn beide handen hadden het druk met het eten. Op een gegeven moment noemde ik haar miss Calia, in plaats van mevrouw Ruffin.
'Het is Callie,' zei ze. 'Zegt u maar miss Callie.' Een van de eerste gewoonten die ik in Clanton had opgepikt, is dat je de dames, ongeacht hun leeftijd, altijd aanspreekt door 'miss' voor hun naam te zetten. Miss Brown, miss Webster, als het om dames van zekere leeftijd ging. Miss Martha, miss Sara, als ze jonger waren. Het was een teken van hoffelijkheid en welgemanierdheid, en omdat ik geen van beide bezat, was het belangrijk dat ik zo veel mogelijk van de plaatselijke gewoonten overnam.
'Waar komt de naam Calia vandaan?' vroeg ik.
'Het is Italiaans,' zei ze, alsof dat alles verklaarde. Ze at wat wasbonen. Ik sneed een kotelet aan stukken. Toen zei ik: 'Italiaans?'
'Ja, dat was mijn eerste taal. Het is een lang verhaal, een van de vele. Hebben ze echt geprobeerd het gebouw van de krant plat te branden?'
'Ja,' zei ik. Ik vroeg me af of ik deze zwarte vrouw in een afgelegen deel van Mississippi zojuist had horen zeggen dat haar eerste taal Italiaans was.
'En ze hebben meneer Meek aangevallen?'
'Ja.'

'Wie zijn ze?'
'Dat weten we nog niet. Sheriff Coley stelt een onderzoek in.' Ik was benieuwd naar haar reactie op onze sheriff. Terwijl ik wachtte, nam ik nog een stuk maïsbrood. Straks zou de boter van mijn kin druipen.
'Hij is al een hele tijd sheriff, nietwaar?' zei ze.
Natuurlijk wist ze precies in welk jaar Mackey Don Coley voor het eerst een verkiezingsoverwinning had gekocht. 'Wat vindt u van hem?' vroeg ik.
Ze dronk wat thee en dacht na. Miss Callie flapte er nooit iets uit, zeker niet als het over andere mensen ging. 'Aan deze kant van het spoor is een goede sheriff iemand die de gokkers en drankstokers en pooiers bij de rest van ons vandaan houdt. In dat opzicht heeft meneer Coley goed werk geleverd.'
'Mag ik u iets vragen?'
'Ja zeker. U bent journalist.'
'U spreekt erg goed, erg nauwkeurig. Hoeveel opleiding hebt u?'
Dat was een gevoelige vraag in een samenleving waar het onderwijs al vele tientallen jaren op een laag pitje staat. Het was 1970, en Mississippi had nog steeds geen openbare kleuterscholen en geen leerplicht.
Ze lachte, zodat ik die tanden weer kon zien. 'Ik ben tot en met de negende klas gekomen, meneer Traynor.'
'De negende klas?'
'Ja, maar ik verkeerde in een ongewone situatie. Ik had een geweldige leraar. Dat is ook een lang verhaal.'
Ik begon te beseffen dat de geweldige verhalen die miss Callie me beloofde maanden, misschien zelfs jaren in beslag zouden nemen. Misschien zou ze ze hier op de veranda kunnen vertellen, tijdens wekelijkse feestmalen.
'We bewaren dat wel voor later,' zei ze. 'Hoe gaat het met meneer Caudle?'
'Niet goed. Hij wil zijn huis niet meer uit.'
'Een goede man. Hij zal altijd een warm plekje hebben in de harten van de zwarte gemeenschap. Hij had zoveel moed.'
Ik dacht dat Vleks 'moed' meer te maken had met zijn wens om extra veel necrologieën te kunnen schrijven dan met zijn afkeer van rassendiscriminatie. Maar ik wist nu hoe belangrijk de dood voor zwarte mensen was, het ritueel van de wake, die vaak een week

duurde, de marathondiensten met open kist en veel geweeklaag, de kilometerslange begrafenisstoeten, en ten slotte het laatste afscheid aan het graf, een uiterst emotionele gebeurtenis. Toen Vlek zijn necrologieënpagina zo radicaal voor zwarten had opengesteld, was hij in Lowtown een held geworden.

'Een goede man,' zei ik, terwijl ik mijn derde kotelet nam. Ik begon er een beetje moeite mee te krijgen, maar er stond nog zoveel voedsel op tafel!

'U doet hem eer aan met uw necrologieën,' zei ze met een warme glimlach.

'Dank u. Ik ben het nog aan het leren.'

'U bent ook moedig, meneer Traynor.'

'Wilt u me Willie noemen? Ik ben pas 23.'

'Ik geef de voorkeur aan meneer Traynor.' En daarmee was dat geregeld. Het zou nog vier jaar duren voordat ze me bij mijn voornaam noemde. 'U bent niet bang voor de familie Padgitt,' zei ze.

Dat was nieuws voor mij. 'Het hoort bij mijn werk,' zei ik.

'Denkt u dat de intimidatie doorgaat?'

'Waarschijnlijk wel. Ze zijn gewend hun zin te krijgen. Het zijn gewelddadige, meedogenloze mensen, maar de persvrijheid mag niet verloren gaan.' Wie nam ik in de maling? Nog één bom of mishandeling en ik was voor zonsopgang in Memphis terug.

Ze hield op met eten en richtte haar blik weer op de straat, al keek ze naar niets in het bijzonder. Ze was diep in gedachten verzonken. Ik bleef me natuurlijk volstoppen.

Ten slotte zei ze: 'Die arme kleine kinderen. Dat ze hun moeder zo moesten zien.'

Bij die gedachte kwam mijn vork eindelijk tot stilstand. Ik veegde mijn mond af, haalde diep adem en liet het voedsel even tot rust komen. Het gruwelijke misdrijf werkte op ieders verbeelding; dagenlang had Clanton over weinig anders gefluisterd. En zoals dan altijd gebeurt, werden de verhalen en geruchten versterkt, ontstonden er verschillende versies die zich op hun beurt ook weer uitbreidden en vertakten. Ik was benieuwd wat voor verhalen er in Lowtown de ronde deden.

'U vertelde me door de telefoon dat u de *Times* al vijftig jaar leest,' zei ik, bijna boerend.

'Ja zeker.'

'Kunt u zich een gruwelijker misdrijf herinneren?'

Ze dacht even aan al die vijftig jaren en schudde toen langzaam met haar hoofd. 'Nee.'
'Hebt u ooit een Padgitt ontmoet?'
'Nee. Ze blijven op het eiland. Dat hebben ze altijd al gedaan. Zelfs hun zwarten blijven daar. Ze stoken whisky, doen aan voodoo, alle mogelijke onzin.'
'Voodoo?'
'Ja. Dat is algemeen bekend aan deze kant van het spoor. De mensen hier gaan niet met Padgitt-zwarten om en hebben dat ook nooit gedaan.'
'Geloven de mensen aan deze kant van het spoor dat Danny Padgitt haar heeft verkracht en vermoord?'
'Degenen die uw krant lezen, zeker wel.'
Dat stak me meer dan ze ooit zou weten. 'Wij brengen alleen verslag uit van de feiten,' zei ik zelfvoldaan. 'De jongen is gearresteerd. Hij is in staat van beschuldiging gesteld. Hij zit in de cel op zijn proces te wachten.'
'Is iemand niet onschuldig tot zijn schuld bewezen is?'
Weer een onbehaaglijke beweging aan mijn kant van de tafel. 'Natuurlijk.'
'Denkt u dat het eerlijk was om een foto van hem met handboeien en bloed op zijn shirt af te drukken?' Ik verbaasde me over haar gevoel voor eerlijkheid. Waarom zou zij, of een andere zwarte in Ford County, zich er druk om maken of Danny Padgitt eerlijk werd behandeld? Bijna niemand had zich er ooit druk over gemaakt of zwarte verdachten een fatsoenlijke behandeling van de politie of de pers kregen.
'Hij had bloed op zijn shirt toen hij in het gebouw van de sheriff aankwam. Wij hebben dat bloed er niet op gedaan.' We genoten geen van beiden van deze kleine discussie. Ik nam een slokje thee en het kostte me moeite om het door te slikken. Ik zat propvol.
Ze keek me met een van die glimlachjes aan en had het lef om te zeggen: 'Een toetje? Ik heb een bananenpudding gebakken.'
Ik kon niet nee zeggen. En ik kon ook geen hap meer op. Het was tijd voor een compromis. 'Zullen we nog even wachten? Dan kan het eten een beetje zakken.'
'Neemt u dan wat meer thee,' zei ze, terwijl ze mijn glas al bijvulde. Omdat ademhalen me moeite kostte, leunde ik zo veel mogelijk in mijn stoel achterover en besloot ik me als een journalist te gedra-

gen. Miss Callie, die veel minder had gegeten dan ik, nam nog een portie okra.

Volgens Baggy was Sam Ruffin de eerste zwarte student geweest die zich bij een van de blanke scholen in Clanton had ingeschreven. Dat gebeurde in 1964, toen Sam twaalf jaar was en in de zevende klas zat. Het was voor iedereen een moeilijke ervaring geweest, zeker voor Sam zelf. Baggy waarschuwde me dat miss Callie misschien niet over haar jongste kind wilde praten. Er was een arrestatiebevel tegen hem uitgevaardigd en hij was uit Clanton weggevlucht.

Eerst voelde ze er weinig voor. In 1963 hadden de rechtbanken bepaald dat een blank schooldistrict geen zwarte leerlingen meer mocht weigeren. Gedwongen integratie lag toen nog jaren in het verschiet. Sam was haar jongste, en toen zij en Esau besloten hem naar de blanke school te laten gaan, hoopten ze dat andere zwarte gezinnen hun voorbeeld zouden volgen. Dat gebeurde niet, en twee jaar lang was Sam de enige zwarte leerling op de Clanton Junior High School. Hij werd gepest en geslagen, maar hij leerde algauw terug te vechten en na verloop van tijd werd hij met rust gelaten. Hij smeekte zijn ouders hem naar de zwarte school over te plaatsen, maar ze hielden voet bij stuk. Het kwam uiteindelijk wel goed, zeiden ze steeds weer tegen zichzelf. De strijd om de opheffing van rassenscheiding woedde in het hele Zuiden en er werd zwarten voortdurend beloofd dat het mandaat van 'Brown versus Board of Education' zou worden uitgevoerd.

'Het is moeilijk te geloven dat het nu 1970 is en dat de scholen hier nog steeds rassenscheiding toepassen,' zei ze. De ene na de andere rechterlijke beslissing beukte tegen het blanke verzet in het Zuiden, maar zoals gewoonlijk vocht Mississippi tot het bittere einde. De meeste blanken die ik in Clanton kende, waren ervan overtuigd dat hun scholen nooit zwarten zouden toelaten. Ik, een noorderling uit Memphis, zag de dingen zoals ze waren.

'Hebt u er spijt van dat u Sam naar de blanke school hebt gestuurd?'

'Soms wel. Iemand moest moedig zijn. Het was pijnlijk om te zien dat hij erg ongelukkig was, maar we hadden een standpunt ingenomen. We wilden ons niet terugtrekken.'

'Hoe gaat het nu met hem?'

'Sam is ook een verhaal waarover ik later misschien wil praten,

meneer Traynor, of misschien ook niet. Wilt u mijn tuin zien?'
Het was meer een bevel dan een uitnodiging. Ik liep achter haar aan door het huis, door een smalle gang met tientallen ingelijste foto's van kinderen en kleinkinderen. Het interieur was even onberispelijk als de buitenkant van het huis. De keuken kwam uit op de achterveranda, en van daaruit strekte de hof van Eden zich tot de achterschutting uit. Er werd geen vierkante meter verspild.
Het was een ansichtkaart van prachtige kleuren, strakke rijen lage en hoge planten, met smalle onverharde voetpaden die Callie en Esau konden gebruiken om hun groenteweelde te verzorgen.
'Wat doet u met al dat voedsel?' vroeg ik verbaasd.
'We eten wat op, verkopen wat en geven het meeste weg. Er heeft hier niemand honger.' Op dat moment deed mijn maag meer pijn dan ik ooit had meegemaakt. Honger zei me op dat moment niets. Ik liep achter haar aan de tuin in. We liepen langzaam over de voetpaden en ze wees me het kruidenperk aan, en de meloenen en alle andere heerlijke vruchten en groenten die zij en Esau met zoveel zorg verbouwden. Ze zei iets over elke plant, ook over een enkel stukje onkruid dat ze bijna woedend uit de grond trok en in wat hoge stokplanten gooide. Ze kon niet door die tuin lopen zonder op zulke details te letten. Ze zocht naar insecten, doodde een lelijke groene worm op een tomatenplant, zocht naar onkruid, prentte zich in welke karweitjes ze Esau zou laten doen. Dat wandelingetje door de tuin deed wonderen voor mijn spijsvertering.
Dus daar komt voedsel vandaan, dacht ik, onwetend als ik was. Wat had ik anders verwacht? Ik was een stadsjongen en was nog nooit eerder in een groentetuin geweest. Ik had veel vragen, die allemaal banaal waren, en dus hield ik mijn mond.
Ze bekeek een maïsplant en was niet blij met wat het ook was dat ze zag. Ze trok een sperzieboon los, brak hem in tweeën, analyseerde hem als een wetenschappelijk onderzoeker en opperde toen voorzichtig dat ze veel meer zon nodig hadden. Ze zag weer wat onkruid en zei dat ze Esau aan het wieden zou zetten zodra hij thuis was. Ik benijdde Esau niet.

Na drie uren en nadat ik me weer had volgestopt met bananenpudding, verliet ik het huis van de Ruffins. Ik had ook een zak 'voorjaarskool' bij me, al had ik geen idee wat ik daarmee moest doen, en maar heel weinig aantekeningen voor een verhaal. Ik had ook een uitnodiging om de volgende donderdag terug te komen voor een lunch. Ook had ik miss Callies met de hand geschreven lijst van alle fouten die ze in de *Times* van die week had aangetroffen. Het waren bijna allemaal druk- en spelfouten, twaalf in totaal. Onder Vlek was het gemiddelde ongeveer twintig geweest. Het lag nu rond de tien. Het was een levenslange gewoonte van haar. 'Sommige mensen houden van kruiswoordpuzzels,' zei ze. 'Ik mag graag naar fouten zoeken.'

Het viel niet mee dat niet persoonlijk op te vatten. In elk geval was het niet haar bedoeling om kritiek op iemand uit te oefenen. Ik nam me voor om de kopij met veel meer enthousiasme te controleren.

Ik nam afscheid van haar met het gevoel dat ik aan een nieuwe, waardevolle vriendschap was begonnen.

9

We zetten weer een grote foto op de voorpagina. Het was Wileys opname van de bom voordat de politie hem ontmantelde. De kop daarboven schreeuwde: BOM IN GEBOUW *TIMES*.
Mijn verhaal begon met Piston en zijn bijzondere ontdekking. Het bevatte alle details die ik bevestigd kon krijgen, en ook een paar andere. Geen commentaar van de korpscommandant van de politie, enkele vrijblijvende zinnen van sheriff Coley. Het verhaal eindigde met een overzicht van de bevindingen van het forensisch lab en met de voorspelling dat de bom, als hij was ontploft, 'enorme' schade aan de gebouwen op de zuidkant van het plein zou hebben aangericht.
Wiley wilde niet dat ik een foto van zijn deerlijk gehavende gezicht afdrukte, al smeekte ik hem daar wanhopig om. Op de onderste helft van de voorpagina zette ik de kop: FOTOGRAAF *TIMES* BIJ HUIS AANGEVALLEN. Opnieuw liet ik geen enkel detail weg, al stond Wiley erop dat hij de tekst mocht redigeren.
In beide verhalen legde ik, zonder enige poging tot subtiliteit, verband tussen de twee misdrijven en suggereerde ik nogal krachtig dat de autoriteiten, met name sheriff Coley, erg weinig deden om nieuwe intimidaties te voorkomen. Ik noemde de Padgitts niet één keer. Dat hoefde ook niet. Iedereen in de county wist dat ze mij en mijn krant onder druk probeerden te zetten.

Vlek was te lui geweest om hoofdredactioneel commentaar te schrijven. In de tijd dat ik daar werkte, had hij er maar één geschreven. Een afgevaardigde uit Oregon had een idioot wetsvoorstel ingediend dat over het omhakken van sequoia's ging; meer omhakken of misschien minder, dat was niet helemaal duidelijk. Daar had Vlek zich kwaad over gemaakt. Twee weken lang werkte hij aan een commentaar en uiteindelijk drukte hij een tirade van tweeduizend woorden af. Het was voor iedereen met een goede schoolopleiding duidelijk dat hij met een pen in zijn ene en een woordenboek in zijn andere hand had zitten schrijven. De eerste alinea bevatte meer zeslettergreepwoorden dan iedereen ooit bij elkaar had gezien en was dan ook nagenoeg onleesbaar. Vlek was geschokt toen er geen reactie uit de gemeenschap kwam. Hij had een stroom van steunbetuigingen verwacht. Er zullen maar weinig lezers zijn geweest die zich door de stroom van moeilijke woorden heen hadden geworsteld tot het eind.

Ten slotte werd er drie weken later een met de hand geschreven briefje onder de buitendeur van het gebouw door geschoven. Er stond in:

Geachte hoofdredacteur,
Het spijt me dat u zich zo druk maakte om de sequoia's, die we hier in Mississippi niet hebben. Als het Huis van Afgevaardigden zich met pulphout gaat bemoeien, wilt u ons dat dan laten weten?

De brief was niet ondertekend, maar Vlek nam hem toch op. Hij was blij dat er tenminste iemand was die aandacht aan zijn commentaar had geschonken. Baggy vertelde me later dat het briefje was geschreven door een van zijn drinkmaatjes in de rechtbank.

Mijn hoofdredactioneel commentaar begon aldus: 'Een vrije en onbelemmerde pers is van cruciaal belang voor een democratisch bestuur.' Zonder hoogdravend of prekerig te worden zette ik in vier alinea's uiteen hoe groot de rol was die een energieke onderzoekskrant kon spelen, niet alleen voor het land maar ook voor elke kleine gemeenschap. Ik zegde toe dat de *Times* zich er niet van zou laten weerhouden om verslag te doen van plaatselijke misdrijven, of het nu om verkrachting of moord of om corruptie van functionarissen ging.

Het was een moedig en ronduit briljant stuk werk. De mensen

stonden aan mijn kant. Per slot van rekening ging dit tussen enerzijds de *Times* en anderzijds de Padgitts en hun sheriff. We namen het op tegen slechte mensen, en hoewel ze gevaarlijk waren, liet ik me blijkbaar niet bang maken. Ik zei steeds weer tegen mezelf dat ik moedig moest zijn, en in feite kon ik ook niet anders. Wat kon mijn krant anders doen, de moord op Kassellaw links laten liggen? Positieve dingen over Danny Padgitt vertellen?
Mijn personeel vond het een prachtig commentaar. Margaret zei dat het haar trots maakte om voor de *Times* te werken. Wiley, die nog niet van zijn verwondingen was hersteld, liep nu met een pistool rond en had wel zin in een gevecht. 'Geef ze van katoen, groentje,' zei hij.
Alleen Baggy was sceptisch. 'Je brengt jezelf in groot gevaar,' zei hij. En miss Callie noemde me weer moedig. De volgende donderdag duurde de lunch maar twee uur en was Esau er ook bij. Ik begon deze keer echt aantekeningen te maken over haar familie. En wat nog belangrijker was: ze had in het nummer van die week maar drie fouten aangetroffen.

Op vrijdag was ik in het begin van de middag alleen in mijn kamer, toen beneden iemand luidruchtig binnenkwam en met veel lawaai naar boven stampte. Hij duwde mijn deur open zonder zelfs maar 'hallo' te zeggen en stak zijn beide handen in zijn broekzakken. Hij kwam me vaag bekend voor; we hadden elkaar ergens op het plein ontmoet.
'Heb jij ook een van deze dingen, jongen?' gromde hij en hij trok zijn rechterhand met een ruk uit zijn zak, en meteen was het of mijn hart en longen verstijfden. Hij schoof een glanzend pistool over mijn bureau alsof het een stel sleutels was. Het ding draaide een paar seconden wild in het rond en bleef toen recht voor me liggen. Gelukkig wees de loop naar de ramen.
Hij dook over het bureau, stak zijn grote hand uit en zei: 'Harry Rex Vonner, aangenaam.' Ik was te verbaasd om iets te zeggen of te doen, maar uiteindelijk gaf ik hem een beschamend slap handje. Ik keek nog steeds naar dat pistool.
'Het is een Smith & Wesson .38, zes patronen, verdomd goed vuurwapen. Heb jij er een?'
Ik schudde van nee. Alleen al die naam joeg huiveringen door me heen.

Harry Rex had een grote zwarte sigaar in de linkerkant van zijn mond. Die sigaar zag eruit alsof hij daar het grootste deel van de dag al had gezeten en langzaam uit elkaar aan het vallen was, als een prop pruimtabak. Er kwam geen rook uit, want hij was niet aangestoken. Harry Rex liet zijn kolossale lijf in een leren stoel zakken alsof hij van plan was een paar uur te blijven.
'Jij bent hartstikke stom, weet je dat?' Hij gromde dat meer dan dat hij het zei. Toen wist ik waar ik die naam eerder had gehoord. Hij was advocaat en Baggy had hem eens de gemeenste echtscheidingsadvocaat in de county genoemd. Hij had een groot vlezig gezicht met kort haar dat alle kanten op stak, als stro dat door de wind verwaaid was. Zijn oude pak zat onder de vlekken en de kreukels en verkondigde aan de wereld dat het Harry Rex allemaal geen donder kon schelen.
'Wat moet ik hiermee doen?' vroeg ik, wijzend naar het pistool.
'Eerst laad je het, ik zal je wat kogels geven, en dan stop je het in je zak en neem je het overal mee naartoe, en als een van die Padgittschurken achter de struiken vandaan springt, knal je hem recht tussen zijn ogen.' Om de boodschap nog duidelijker te maken bewoog hij zijn wijsvinger als een kogel door de lucht en stak hij zichzelf tussen zijn ogen.
'Het is niet geladen?'
'Welnee. Weet jij dan niks van vuurwapens?'
'Eigenlijk niet.'
'Nou, dan moet je dat maar snel leren, jongen, als je zo doorgaat.'
'Is het zo erg?'
'Ik heb een keer een scheiding gedaan, een jaar of tien geleden, denk ik, voor een man wiens jonge vrouw graag stiekem naar het bordeel mocht gaan om een paar dollar te verdienen. De man werkte op een olieplatform en omdat hij bijna altijd weg was, had hij geen idee wat ze uitspookte. Ten slotte kwam hij erachter. De Padgitts waren eigenaar van dat bordeel en een van hen zag wel wat in de jongedame.' Op de een of andere manier bleef de sigaar op zijn plaats, op en neer gaand met het verhaal. 'Mijn cliënt was overmand door verdriet en wilde bloed zien. En hij kreeg het te zien. Op een avond wachtten ze hem op en sloegen hem in elkaar.'
'Ze?'
'De Padgitts natuurlijk, of handlangers van hen.'
'Handlangers?'

'Ja, ze hebben allerlei criminelen die voor ze werken. Benenbrekers, bommengooiers, autodieven, huurmoordenaars.'
Hij liet dat 'huurmoordenaars' in de lucht hangen terwijl hij me ineen zag krimpen. Hij zag eruit als iemand die eindeloos verhalen kon vertellen zonder zich ooit om de waarheid te bekommeren. Harry Rex had een gemene grijns en een twinkeling in zijn ogen, en ik verdacht hem er sterk van dat hij overdreef.
'En natuurlijk zijn ze nooit gepakt,' zei ik.
'Padgitts worden nooit gepakt.'
'Hoe is het verder gegaan met je cliënt?'
'Die lag een paar maanden in het ziekenhuis. Het hersenletsel was nogal ernstig. Van de ene instelling naar de andere, erg triest. Zijn hele gezin ging eronderdoor. Hij kwam aan de Golfkust terecht, waar ze hem in de staatssenaat hebben gekozen.'
Ik knikte en glimlachte om wat ik hoopte dat een leugen was, maar ik ging er niet verder op in. Zonder de sigaar met zijn handen aan te raken, maakte hij een of andere beweging met zijn tong en hield hij zijn hoofd schuin, en toen gleed het ding naar de rechterkant van zijn mond.
'Hou je van geit?' vroeg hij.
'Hè?'
'Geit?'
'Nee. Ik wist niet dat je die kon eten.'
'We roosteren er vanmiddag een. Op de eerste vrijdag van elke maand geef ik een geitenfeest in mijn blokhut in het bos. Een beetje muziek, koud bier, plezier, zo'n vijftig mensen, allemaal zorgvuldig door mij geselecteerd, de crème de la crème. Geen artsen, geen bankiers, geen country-club-klootzakken. Alleen mensen met stijl. Waarom kom je niet langs? Ik heb een schietbaan achter het meertje. Ik neem het pistool mee en dan kunnen we kijken hoe dat verrekte ding werkt.'

Harry Rex' rit van tien minuten buiten de stad nam bijna een halfuur in beslag, en dat terwijl ik over een verharde weg reed. Toen ik de 'derde kreek voorbij Hecks oude Union 76-station' overstak, liet ik het asfalt achter me en sloeg ik een grindpad in. Een tijdlang was het een mooi grindpad met brievenbussen als tekenen van beschaving, maar na vijf kilometer hield de postroute op, en het grind ook. Toen ik een 'verroeste Massey Ferguson-tractor zonder banden' passeerde, ging ik linksaf een zandweg op. Op zijn primitieve kaart werd het een varkenspad genoemd, al had ik nog nooit zo'n pad gezien. Nadat het varkenspad in een dicht woud was verdwenen, dacht ik erover om terug te gaan. Mijn Spitfire was niet ontworpen voor dit terrein. Toen ik het dak van zijn blokhut zag, had ik drie kwartier gereden.

Er was een prikkeldraadomheining met een open metalen poort, en ik stopte daar omdat een jongeman met een geweer dat wilde. Hij hield het geweer op zijn schouder en keek smalend naar mijn auto.
'Wat is dit er voor een?' bromde hij.
'Een Triumph Spitfire. Hij is Engels.' Ik glimlachte en deed mijn best om hem niet te kwetsen. Waarom had je voor een geitenfeest een gewapende bewaker nodig? Hij had het boerse uiterlijk van iemand die nog nooit een auto had gezien die in een ander land was gemaakt.
'Hoe heet je?' vroeg hij.
'Willie Traynor.'
Ik denk dat hij zich door dat 'Willie' enigszins gerustgesteld voelde, en hij knikte naar het hek. 'Mooie auto,' zei hij toen ik doorreed.
Er waren meer pick-uptrucks dan personenauto's. Er werd lukraak geparkeerd op een veld voor de blokhut. Merle Haggard jengelde door twee luidsprekers die in de ramen waren gezet. Een groepje gasten stond over een kuil gebogen waaruit rook opsteeg. Daar werd blijkbaar de geit geroosterd. Een andere groep was hoefijzers aan het gooien naast de blokhut. Drie goedgeklede dames zaten op de veranda en dronken iets wat zeker geen bier was. Harry Rex kwam naar me toe en begroette me hartelijk.
'Wie is die jongen met dat geweer?' vroeg ik.
'O, die. Dat is Duffy, het neefje van mijn eerste vrouw.'
'Waarom staat hij daar?' Als er iets illegaals op het geitenfeest gebeurde, wilde ik dat tenminste van tevoren weten.
'Maak je geen zorgen. Duffy heeft ze niet allemaal op een rijtje, en het geweer is niet geladen. Hij bewaakt al jaren niks.'
Ik glimlachte alsof het volkomen logisch was. Hij nam me mee naar de kuil, en daar zag ik mijn eerste geit, dood of levend. Met uitzondering van kop en huid zag hij er nog intact uit. Ik werd aan de vele koks voorgesteld. Bij elke naam kreeg ik een beroep te horen: advocaat, borgtochtman, autohandelaar, boer. Terwijl ik zag hoe de geit langzaam aan een spit ronddraaide, leerde ik algauw dat er veel ver-

schillende theorieën over het roosteren van geiten waren. Harry Rex gaf me een biertje en we gingen naar de blokhut, waar we praatten met iedereen die we tegenkwamen. Een secretaresse, een 'corrupte makelaar', de huidige echtgenote van Harry Rex. Zo te zien vonden ze het allemaal fijn de nieuwe eigenaar van de *Times* te ontmoeten.

De blokhut stond aan de rand van een modderige vijver, het soort plas waar slangen graag leven. Boven het water was een terras gebouwd, en daar bewogen we ons door de menigte. Harry Rex vond het prachtig om me aan zijn vrienden voor te stellen. 'Hij is een goede jongen, helemaal niet zo'n Ivy League-klootzak,' zei hij meer dan eens. Ik vond het niet prettig om een 'jongen' te worden genoemd, maar ik begon eraan gewend te raken.

Ik kwam in een groepje terecht waartoe ook twee dames behoorden die eruitzagen alsof ze jaren in de plaatselijke kroegen hadden doorgebracht. Dikke oogmake-up, getoupeerd haar, strakke kleren, en ze hadden meteen belangstelling voor mij. Het gesprek begon met de bom, de aanval op Wiley Meek en de wolk van angst die de Padgitts over de county hadden uitgespreid. Ik gedroeg me alsof het allemaal gewoon een routinekwestie in mijn lange en kleurrijke journalistieke carrière was. Ze bestookten me met vragen en ik praatte meer dan ik wilde.

Harry Rex kwam bij ons staan en gaf me een verdacht uitziend jampotje met een doorzichtige vloeistof. 'Langzaam drinken,' zei hij, ongeveer zoals een vader zou doen.

'Wat is het?' vroeg ik. Ik zag dat anderen stonden te kijken.

'Perzikbrandewijn.'

'Waarom zit het in een jampot?' vroeg ik.

'Zo maken ze het,' zei hij.

'Het is illegale stook,' zei een van de beschilderde dames. Ze sprak met ervaring.

Deze plattelanders zouden niet vaak een 'Ivy Leaguer' zijn eerste slok illegale stook zien nemen, en de mensen kwamen dichter om ons heen staan. Ik was er zeker van dat ik in de afgelopen vijf jaar op Syracuse meer alcohol had genuttigd dan ieder ander die hier aanwezig was, dus ik had alle vertrouwen. Ik hief het jampotje, zei 'Cheers' en nam een piepklein slokje. Ik smakte met mijn lippen en zei: 'Niet slecht.' En probeerde te glimlachen als een eerstejaars op een corpsfeest.

Het branden begon bij mijn lippen, het punt waar de vloeistof met mij in contact was gekomen, en verspreidde zich toen snel over mijn tong en tandvlees, en tegen de tijd dat het tot het achterste deel van mijn keel was doorgedrongen, dacht ik dat ik letterlijk in brand stond. Ze keken allemaal toe. Harry Rex nam een klein slokje uit zijn jampot.
'Waar komt het vandaan?' vroeg ik zo nonchalant mogelijk. De vlammen ontsnapten tussen mijn tanden door.
'Niet ver hiervandaan,' zei iemand.
Geschroeid en verdoofd nam ik nog een slokje. Ik hoopte dat de menigte even niet op me zou letten. Vreemd genoeg proefde ik bij de derde slok een perziksmaak, alsof mijn smaakpapillen eerst geschokt moesten worden voordat ze aan het werk konden gaan. Toen duidelijk was dat ik geen vuur zou spuwen of zou braken of schreeuwen, kwamen de gesprekken weer op gang. Harry Rex, die me blijkbaar zo gauw mogelijk wegwijs wilde maken, hield me een bord met iets gebakkens voor. 'Neem hier eens een van,' zei hij.
'Wat is dat?' vroeg ik achterdochtig.
Mijn beide beschilderde dames trokken hun neus op en wendden zich af, alsof ze misselijk werden van de geur. 'Een specialiteit,' zei een van hen.
'Wat dan?'
Harry Rex stak er een in zijn mond om te bewijzen dat ze niet giftig waren en duwde het bord toen dichter naar me toe. 'Toe dan,' zei hij, kauwend op zijn delicatesse.
De mensen keken weer, en dus koos ik het kleinste stukje uit en stopte het in mijn mond. Het was rubberig spul en het smaakte bitter en vies. De geur deed me aan een boerenerf denken. Ik kauwde zo hard mogelijk, slikte het door en liet er een slok illegale stook op volgen. Gedurende enkele seconden dacht ik dat ik zou flauwvallen.
'Varkensdarmen, jongen,' zei Harry Rex, en hij sloeg me op de rug. Hij gooide er weer een in zijn grote mond en hield me het bord voor. 'Waar is de geit?' kon ik nog vragen. Alles beter dan dit.
Wat was er mis met bier en pizza? Waarom eten en drinken deze mensen zulke verschrikkelijke dingen?
Harry Rex liep weg. De smerige lucht van de varkensdarmen trok als rook achter hem aan. Ik zette het jampotje op de reling, in de hoop dat het zou omvallen. Ik zag anderen hun illegale stook aan

elkaar doorgeven. Eén jampotje was meestal genoeg voor een hele groep. Niemand maakte zich druk om bacillen of zoiets. Geen enkel bacterie kon zich binnen een meter afstand van dat gemene bocht in leven houden.

Ik verontschuldigde me en zei dat ik naar het toilet moest. Op dat moment kwam Harry Rex met twee pistolen en een doos munitie door de achterdeur van de blokhut naar buiten. 'We gaan wat oefenen voor het donker wordt,' zei hij. 'Kom mee.'

We bleven bij het geitenspit staan, waar een cowboy, hij heette Rafe, zich bij ons voegde. 'Rafe is mijn runner,' zei Harry Rex toen we met zijn drieën het bos in liepen.

'Wat is een runner?' vroeg ik.

'Hij runt zaken.'

'Ik achtervolg de ambulances,' zei Rafe behulpzaam. 'Al rijdt de ambulance meestal achter mij.'

Ik had nog zoveel te leren, al ging ik echt wel vooruit. Varkensdarmen en illegale stook op één dag, dat was geen geringe prestatie. We liepen zo'n honderd meter over een oude veldweg, door wat bos, en kwamen toen uit op een open plek. Tussen twee imposante eiken had Harry Rex een halve cirkel van hooibalen gebouwd, zo'n zeven meter hoog. In het midden hing een wit beddenlaken, en daarop waren de primitieve contouren van een mens te zien. Een aanvaller. De vijand. Het doelwit.

Het verbaasde me niet dat Rafe ook een wapen bij zich bleek te hebben. Harry Rex gaf me het mijne. 'Het zit zo,' begon hij de les. 'Dit is een revolver met dubbele beweging. Er zitten zes patronen in. Als je hier drukt, komt de cilinder naar buiten.' Rafe stak zijn hand uit en laadde vlug zes kogels, iets wat hij blijkbaar al vele, vele malen had gedaan. 'Zo klap je hem terug, en dan kun je schieten.'

We stonden zo'n vijftien meter van het doelwit vandaan. Ik kon de muziek uit de blokhut nog horen. Wat zouden de andere gasten denken als ze schoten hoorden? Niets. Dat gebeurde zo vaak.

Rafe pakte mijn revolver en ging met zijn gezicht naar het doelwit staan. 'Om te beginnen spreid je je benen zo ver als je schouders breed zijn. Je gaat een beetje door de knieën, gebruikt beide handen op deze manier en haalt dan met je rechterwijsvinger de trekker over.' Hij demonstreerde het terwijl hij dat zei, en natuurlijk leek het allemaal een fluitje van een cent. Ik stond nog geen anderhalve meter van hem vandaan toen hij schoot, en de harde knal ging als

een schok door me heen. Waarom moest het zo'n hard geluid zijn? Ik had nog nooit een echt schot gehoord.
Het tweede schot raakte het doelwit recht in zijn borst, en de volgende vier kwamen in de buurt van zijn middenrif terecht. Hij draaide zich naar me om, klapte de cilinder opzij, liet de lege hulzen eruit vallen en zei: 'Nu jij.'
Met bevende handen nam ik het wapen aan. Het was warm en er hing kruitlucht om ons heen. Ik slaagde erin de zes patronen in de gaten te steken en de cilinder dicht te klappen zonder dat er gewonden vielen. Ik keek naar het doelwit, bracht met beide handen de revolver omhoog, dook ineen als iemand in een slechte film, deed mijn ogen dicht en haalde de trekker over. Het was een gevoel, en een geluid, alsof er een kleine bom ontplofte.
'Je moet je ogen openhouden, verdomme,' gromde Harry Rex.
'Wat heb ik geraakt?'
'Die heuvel achter die eiken.'
'Nog een keer,' zei Rafe.
Ik probeerde langs het vizier te kijken, maar dat trilde te erg om van enig nut te zijn. Ik haalde de trekker weer over, ditmaal met mijn ogen open, en wachtte af waar mijn kogel insloeg. Ik zag geen ingangswond in de buurt van het doelwit.
'Hij miste het laken,' mompelde Rafe achter me.
'Nog eens,' zei Harry Rex.
Ik deed het, en opnieuw kon ik niet zien waar de kogel terechtkwam. Rafe pakte voorzichtig mijn linkerhand vast en leidde me drie meter naar voren. 'Je doet het goed,' zei hij. 'We hebben genoeg munitie.'
Met het vierde schot miste ik het hooi, en Harry Rex zei: 'De Padgitts zitten wel goed.'
'Het komt door de drank,' zei ik.
'Je moet alleen wat oefenen,' zei Rafe en hij leidde me weer naar voren. Mijn handen zweetten, mijn hart roffelde, mijn oren galmden.
Met het vijfde schot raakte ik het laken, nog net in de rechterbovenhoek, meer dan anderhalve meter van het doel vandaan. Met nummer zes miste ik alles weer en hoorde ik de kogel in een tak van een van de eiken slaan.
'Mooi schot,' zei Harry Rex. 'Je had bijna een eekhoorn te pakken.'
'Hou je kop,' zei ik.

'Rustig maar,' zei Rafe. 'Je bent te gespannen.' Hij hielp me herladen, en ditmaal hield hij mijn hand rond de revolver vast. 'Diep ademhalen,' zei hij over mijn schouder. 'Uitademen vlak voordat je de trekker overhaalt.' Hij hield de revolver op zijn plaats terwijl ik langs het vizier keek, en toen ik schoot, kreeg het doelwit de kogel in zijn kruis.
'Dit begint erop te lijken,' zei Harry Rex.
Rafe liet me los en als een revolverheld in een western vuurde ik de volgende vijf kogels af. Ze raakten allemaal het laken en één zou het oor van het doelwit hebben weggescheurd. Rafe gaf blijk van waardering en we laadden het wapen weer.
Harry Rex had een 9mm Glock pistool uit zijn grote collectie meegenomen, en terwijl de zon langzaam over de horizon zakte, schoten we om beurten. Hij was goed en had er geen moeite mee om op vijftien meter afstand tien kogels achter elkaar in de borst van het doelwit te pompen. Na vier rondjes begon ik te ontspannen en zag ik er een sport in. Rafe was een erg goede leraar, en terwijl ik gestaag vooruitging, gaf hij me nu en dan een tip. 'Alleen maar een kwestie van oefenen,' zei hij steeds weer.
Toen we klaar waren, zei Harry Rex: 'Die revolver mag je houden. Je mag hier altijd komen oefenen.'
'Dank je,' zei ik. Als een echte zuiderling stak ik het wapen in mijn zak. Ik was blij dat het ritueel voorbij was en dat ik iets had gedaan wat iedere andere man in de county al op zijn twaalfde verjaardag had gedaan. Niet dat ik me nu veiliger voelde. Als er een Padgitt uit de struiken zou springen, zou hij het voordeel van de verrassing hebben, en ook het voordeel van jarenlang schijfschieten. Ik zag al voor me hoe ik in het donker met mijn eigen revolver aan het klungelen was en eindelijk een kogel afvuurde die meer kans maakte mijzelf te raken dan mijn belager.
Toen we door het bos terugliepen, zei Harry Rex achter me: 'Dat gebleekte blondje dat je hebt ontmoet, Carleen.'
'Ja,' zei ik, plotseling nerveus.
'Ze valt op je.'
Carleen had minstens veertig erg zware jaren achter de knopen. Ik wist niet wat ik moest zeggen.
'Ze is altijd goed voor een duik in de koffer.'
Ik betwijfelde of Carleen veel koffers in Ford County had gemist.
'Nee, dank je,' zei ik. 'Ik heb een meisje in Memphis.'

'Nou en?'
'Goed antwoord,' mompelde Rafe.
'Een meisje hier, een meisje daar. Wat maakt het uit?'
'Ik zal wat met je afspreken, Harry Rex,' zei ik. 'Als ik je hulp nodig heb bij het oppikken van vrouwen, laat ik het je weten.'
'Alleen maar een duik in de koffer,' mompelde hij.
Ik had geen meisje in Memphis, maar ik kende er wel een paar. Ik reed nog liever helemaal daarheen dan dat ik me verlaagde tot types als Carleen.

De geit had een heel aparte smaak. Hij was niet echt lekker, maar na de varkensdarmen smaakte hij lang niet zo slecht als ik had verwacht. Hij was taai en in een plakkerige barbecuesaus gesmoord, die waarschijnlijk royaal werd gebruikt om de smaak van het vlees te maskeren. Ik speelde met een plakje ervan en spoelde het weg met bier. We waren weer op het terras, met Loretta Lynn op de achtergrond. De illegale stook was een tijdje rondgegaan en sommige gasten dansten boven het meertje. Omdat Carleen al eerder met iemand anders weg was gegaan, voelde ik me veilig. Harry Rex zat in de buurt en vertelde iedereen hoe goed ik de eekhoorns en konijnen had kunnen raken. Hij had een groot talent voor het vertellen van verhalen.
Ik was een vreemde eend in de bijt, maar er werd alles aan gedaan om me erbij te laten horen. Toen ik over de donkere wegen naar huis reed, stelde ik mezelf de vraag die ik elke dag stelde. Wat deed ik in Ford County, Mississippi?

10

De revolver was te groot voor mijn zak. Een paar uur probeerde ik ermee te lopen, maar ik was doodsbang dat het ding dicht bij mijn edele delen zou afgaan. Daarom stopte ik hem in een versleten leren aktetas die mijn vader me had gegeven. Drie dagen ging die tas overal met me mee, zelfs wanneer ik ging lunchen, en toen kreeg ik daar ook genoeg van. Na een week liet ik het wapen onder de zitting van mijn auto liggen, en na drie weken dacht ik er al bijna niet meer aan. Ik ging niet naar de blokhut om te oefenen, al ging ik wel naar nog een paar geitenfeesten, waar ik de varkensdarmen, de illegale stook en de steeds agressievere Carleen zorgvuldig uit de weg ging.
Het was rustig in de county, de stilte voor de storm van het proces. De *Times* schreef niets over de zaak, omdat er niets gebeurde. De Padgitts weigerden nog steeds hun land in te zetten om Danny op borgtocht vrij te krijgen, en dus bleef hij logeren in sheriff Coleys speciale cel. Hij keek televisie, kaartte of damde, rustte eens lekker uit en kreeg veel beter voedsel dan de gewone gedetineerden.
De eerste week van mei was rechter Loopus weer in de stad, en toen dacht ik ook weer terug aan mijn vertrouwde Smith & Wesson.
Lucien Wilbanks had een verzoek ingediend om het proces naar een andere rechtbank te verplaatsen, en de rechter had bepaald dat daarover op maandagmorgen negen uur een hoorzitting zou plaats-

vinden. Het leek wel of de halve county was komen opdagen. In elk geval de meeste vaste klanten van rond het plein. Baggy en ik gingen al vroeg naar de rechtszaal en bemachtigden goede plaatsen.
De verdachte hoefde zelf niet aanwezig te zijn, maar blijkbaar wilde sheriff Coley met hem pronken. Hij werd binnengeleid met handboeien om en in een nieuwe oranje overall gestoken. Iedereen keek naar mij. De macht van de pers had verandering teweeggebracht.
'Het is een truc,' fluisterde Baggy.
'Wat?'
'Ze hopen dat we een foto van Danny in zijn leuke gevangenispakje afdrukken. Dan kan Wilbanks naar de rechter rennen en beweren dat jurykandidaten hier in Clanton bij voorbaat al beïnvloed zijn. Trap daar niet in.'
Ik schrok weer van mijn eigen naïviteit. Ik had Wiley voor het gebouw van de sheriff gezet zodat hij Padgitt te pakken zou krijgen als ze hem in de auto zetten. Ik stelde me al een grote voorpaginafoto van hem in zijn oranje overall voor.
Lucien Wilbanks kwam door de deur achter de rechtersstoel de zaal binnen. Zoals gewoonlijk maakte hij een norse, geërgerde indruk, alsof hij zojuist een discussie met de rechter had verloren. Hij liep naar de tafel van de verdediging, gooide zijn schrijfblok neer en keek naar het publiek. Zijn blik vestigde zich op mij. Hij kneep zijn ogen enigszins samen en klemde zijn kaken op elkaar, en ik dacht dat hij over de tafel zou springen om me te lijf te gaan. Zijn cliënt draaide zich om en begon ook te kijken. Iemand wees, en de heer Danny Padgitt zelf begon fel naar me te kijken alsof ik wel eens zijn volgende slachtoffer zou kunnen zijn. Het kostte me moeite om adem te halen, maar ik deed mijn best kalm te blijven. Baggy schoof weer wat van me vandaan.
Op de eerste rij achter de verdedigingstafel zaten een stuk of wat Padgitts, allemaal ouder dan Danny. Ook zij keken nu naar mij, en ik had me nog nooit zo kwetsbaar gevoeld als op dat moment. Het waren gewelddadige mannen die bij misdaad, intimidatie, benen breken en moorden leefden, en ik zat met hen in dezelfde kamer, terwijl zij ervan droomden dat ze mijn keel zouden doorsnijden.
Een parketwacht riep ons tot de orde en iedereen stond op omdat de edelachtbare binnenkwam. 'Gaat u zitten,' zei hij.
Loopus keek in de papieren terwijl we wachtten, en toen schoof hij zijn leesbril recht en zei: 'Dit is een verzoek om de zaak naar een

andere rechtbank te verwijzen, ingediend door de verdediging. Meneer Wilbanks, hoeveel getuigen hebt u?'
'Een stuk of zes. We zullen zien hoe het gaat.'
'En het Openbaar Ministerie?'
Een klein dik kaal mannetje in een zwart pak kwam kwiek overeind en zei: 'Ongeveer evenveel.' Hij heette Ernie Gaddis en hij was al heel lang parttime officier van justitie. Hij kwam uit Tyler County.
'Ik wil hier niet de hele dag zitten,' mompelde Loopus, alsof hij voor 's middags een partijtje golf op het programma had staan. 'Roep uw eerste getuige op, meneer Wilbanks.'
'Walter Pickard.'
Die naam was mij onbekend. Nu was dat niet zo vreemd, maar Baggy had ook nog nooit van hem gehoord. Uit de eerste vragen bleek dat hij meer dan twintig jaar in Karaway had gewoond en elke zondag naar de kerk en elke donderdag naar de Rotary ging. Om de kost te verdienen bezat hij een kleine meubelfabriek.
'Die koopt zeker hout van de Padgitts,' fluisterde Baggy.
Pickards vrouw was onderwijzeres. Hij was coach bij het jeugdhonkbal geweest en hij was actief in de padvinderij. Lucien bleef doorvragen en wist op meesterlijke wijze duidelijk te maken dat meneer Pickard zijn gemeenschap erg goed kende.
Karaway was een kleinere plaats, dertig kilometer ten westen van Clanton. Vlek had die plaats altijd verwaarloosd en we verkochten daar erg weinig kranten. En nog minder advertentieruimte. In mijn jeugdige gretigheid had ik er al over gedacht om mijn imperium uit te breiden. Als ik een klein weekblad in Karaway begon, kon ik daar misschien duizend exemplaren van verkopen, dacht ik.
'Wanneer hebt u voor het eerst gehoord dat mevrouw Kassellaw was vermoord?' vroeg Wilbanks.
'Een paar dagen nadat het was gebeurd,' zei Pickard. 'Het nieuws dringt soms langzaam tot Karaway door.'
'Wie vertelde het u?'
'Een van mijn personeelsleden kwam met het verhaal aanzetten. Ze heeft een broer die in de buurt van Beech Hill woont, waar het gebeurd is.'
'Hebt u gehoord dat iemand voor de moord is gearresteerd?' vroeg Lucien. Hij sloop als een verveelde kat door de rechtszaal. Hij deed alsof hij alleen maar formaliteiten afwerkte, maar intussen ontging hem niets.

'Ja, het gerucht ging dat een van de jonge Padgitts was gearresteerd.'
'Hebt u dat later kunnen bevestigen?'
'Ja.'
'Hoe?'
'Ik zag het verhaal in de *Ford County Times*. Er stond een grote foto van Danny Padgitt op de voorpagina, naast een grote foto van Rhoda Kassellaw.'
'Hebt u de verslagen in de *Times* gelezen?'
'Ja.'
'En hebt u een mening ontwikkeld over de schuld of onschuld van meneer Padgitt?'
'Hij leek me schuldig. Op de foto had hij bloed op zijn kleren. Zijn foto stond naast dat van het slachtoffer, weet u, precies naast elkaar. Er stond een kolossale kop boven, zoiets als DANNY PADGITT GEARRESTEERD VOOR MOORD.'
'Dus u nam aan dat hij schuldig was?'
'Je kon moeilijk iets anders denken.'
'Hoe wordt in Karaway op de moord gereageerd?'
'Iedereen is geschokt en woedend. Dit is een vreedzame county. Zulke zware misdaden komen hier bijna nooit voor.'
'Geloven de mensen daar volgens u in het algemeen dat Danny Padgitt mevrouw Kassellaw heeft verkracht en vermoord?'
'Ja, zeker na de manier waarop het in de krant is gekomen.'
Ik voelde dat er van alle kanten naar me werd gekeken, maar ik zei steeds weer tegen mezelf dat we niets verkeerds hadden gedaan. De mensen verdachten Danny Padgitt omdat die vuile schoft het ook gedaan had.
'Denkt u dat meneer Padgitt hier in Ford County een eerlijk proces kan verwachten?'
'Nee.'
'Waarop baseert u die mening?'
'De krant heeft hem al schuldig bevonden en veroordeeld.'
'Denkt u dat uw mening wordt gedeeld door de meesten van uw vrienden en buren in Karaway?'
'Ja.'
'Dank u.'
Ernie Gaddis stond op. Hij hield een schrijfblok in zijn hand alsof het een wapen was. 'U zit in de meubelbranche, meneer Pickard?'
'Ja, dat klopt.'

'U koopt uw hout hier ter plaatse in?'
'Ja.'
'Van wie?'
Pickard ging even verzitten en dacht over de vraag na. 'Gates Brothers, Henderson, Tiffee, Voyles & Sons, misschien nog een paar andere firma's.'
'Voyles is van de Padgitts,' fluisterde Baggy.
'Koopt u ook hout van de Padgitts?' vroeg Gaddis.
'Nee.'
'Nu niet, en vroeger ook niet?'
'Nee.'
'Is een van die houtbedrijven eigendom van de Padgitts?'
'Niet dat ik weet.'
Het was een feit dat niemand met zekerheid wist wat de Padgitts in eigendom hadden. Al tientallen jaren hadden ze hun tentakels in allerlei bedrijfstakken zitten, legitiem of niet. Pickard mag in Clanton dan niet zo bekend zijn geweest, maar op dat moment werd hij ervan verdacht een zakenrelatie met de Padgitts te onderhouden. Waarom zou hij anders een getuigenis afleggen om Danny te helpen?
Gaddis gooide het over een andere boeg. 'Nou, u zei dat u vooral op grond van die verrekte foto veronderstelde dat die jongen schuldig is, nietwaar?'
'Hij leek daardoor wel erg verdacht.'
'Hebt u het hele verhaal gelezen?'
'Ik geloof van wel.'
'Hebt u ook gelezen dat Danny Padgitt een auto-ongeluk had gehad, dat hij gewond was geraakt en dat hij ook van rijden onder invloed werd beschuldigd?'
'Ja, ik geloof dat ik dat ook heb gelezen.'
'Wilt u dat ik het u laat zien?'
'Nee, ik weet het nog.'
'Goed, waarom neemt u dan voetstoots aan dat het bloed van het slachtoffer was en niet van meneer Padgitt zelf?'
Pickard verschoof weer op zijn stoel en keek geërgerd. 'Ik zei alleen maar dat hij door die foto's en die verhalen, als je ze bij elkaar nam, schuldig leek.'
'Hebt u ooit deel uitgemaakt van een jury, meneer Pickard?'
'Nee.'

'Begrijpt u wat bedoeld wordt als ze zeggen dat iemand onschuldig is tot zijn schuld bewezen is?'
'Ja.'
'Begrijpt u dat het Openbaar Ministerie moet bewijzen dat meneer Padgitt schuldig is, en wel zo dat er geen redelijke twijfel aan zijn schuld meer bestaat?'
'Ja.'
'Gelooft u dat iemand die van een misdrijf wordt beschuldigd recht heeft op een eerlijk proces?'
'Ja, natuurlijk.'
'Goed. Dan zullen we eens veronderstellen dat u een oproep krijgt om lid van de jury in deze zaak te worden. U hebt de krantenberichten gelezen, naar de verhalen geluisterd die de ronde doen, alle geruchten, al die dingen, en u komt deze rechtszaal binnen voor het proces. U hebt al gezegd dat u denkt dat meneer Padgitt schuldig is. We zullen veronderstellen dat u inderdaad in de jury wordt opgenomen. We zullen veronderstellen dat meneer Wilbanks, een erg bekwame en ervaren advocaat, de bewijsvoering van de aanklager bestrijdt en dat hij u laat twijfelen aan onze bewijsvoering. We zullen eens aannemen dat u gaat twijfelen, meneer Pickard. Zou u op dat moment de uitspraak "niet schuldig" kunnen doen?'
Hij knikte tijdens de hele redenering en zei nu: 'Ja, onder die omstandigheden wel.'
'Dus hoe u nu ook over schuld of onschuld denkt, u zou bereid zijn naar de argumenten te luisteren en alles zorgvuldig af te wegen voordat u een beslissing nam?'
Het antwoord lag zo voor de hand dat Pickard niets anders kon doen dan 'Ja' zeggen.
'Natuurlijk,' beaamde Gaddis. 'En uw vrouw? U had het over haar. Ze is onderwijzeres, nietwaar? Ze zou zich toch net zo onbevooroordeeld opstellen als u?'
'Ik denk van wel. Ja.'
'En de rotarians in Karaway? Zijn die net zo redelijk als u?'
'Ik neem aan van wel.'
'En uw werknemers, meneer Pickard? U neemt ongetwijfeld eerlijke, redelijke mensen in dienst. Die zouden toch ook wat ze hebben gelezen en gehoord links laten liggen en deze jongen rechtvaardig beoordelen, nietwaar?'
'Ik denk van wel.'

'Geen vragen meer, edelachtbare.'
Pickard verliet vlug de getuigenbank en maakte dat hij de rechtszaal uit kwam. Lucien Wilbanks stond op en zei met nogal luide stem: 'Edelachtbare, de verdediging roept de heer Willie Traynor op.'
Een baksteen tegen zijn neus had de heer Willie Traynor niet harder kunnen treffen. Ik hapte naar lucht en hoorde Baggy te luid zeggen: 'O, shit.'
Harry Rex zat met een stel andere advocaten in de jurybox om de festiviteiten in zich op te nemen. Terwijl ik wankelend overeind kwam, keek ik hem smekend om hulp aan. Hij stond ook op.
'Edelachtbare,' zei hij. 'Ik vertegenwoordig de heer Traynor, en deze jongeman is er niet van in kennis gesteld dat hij getuige zou zijn.'
Hup, Harry Rex! Doe iets!
De rechter haalde zijn schouders op en zei: 'Nou en? Hij is er. Wat maakt het uit?' Er klonk geen enkele twijfel in zijn stem door, en ik wist dat ik geen kant op kon.
'Nou, er is de kwestie van de voorbereiding. Een getuige heeft het recht om te worden voorbereid.'
'Hij is toch de hoofdredacteur van de krant?'
'Dat klopt.'
Lucien Wilbanks liep naar de jurybank toe alsof hij Harry Rex een kaakstoot ging verkopen. Hij zei: 'Edelachtbare, hij is geen procesvoerder en hij zal ook niet als getuige in het proces optreden. Hij heeft de verhalen geschreven. We willen hem horen.'
'Het is een hinderlaag, rechter,' zei Harry Rex.
'U kunt weer gaan zitten, meneer Vonner,' zei de edelachtbare tegen Harry Rex. Ik ging in de getuigenbank zitten en vuurde een blik op Harry Rex af: goed werk, advocaat.
Een parketwacht ging voor me staan en vroeg: 'Bent u gewapend?'
'Wat?' Ik had mijn zenuwen nauwelijks onder controle en begreep er niets van.
'Een vuurwapen. Hebt u een vuurwapen?'
'Ja.'
'Wilt u dat aan mij afgeven?'
'Eh, het ligt in de auto.' De meeste toeschouwers vonden dat grappig. Blijkbaar mag je in Mississippi geen getuigenverklaring afleggen als je gewapend bent. Weer zo'n stomme regel. Even later werd die regel volkomen begrijpelijk. Als ik een pistool had gehad, zou ik meteen op Lucien Wilbanks hebben geschoten.

De parketwacht liet me zweren de waarheid te spreken, en ik zag dat Wilbanks begon te ijsberen. De menigte achter hem leek opeens nog groter. Hij begon vriendelijk genoeg, stelde eerst een paar inleidende vragen over mijzelf en de aankoop van de krant. Ik kon de vragen beantwoorden, al was ik wel op mijn hoede. Hij wilde ergens naartoe, maar ik had geen idee wat dat was.
Het publiek genoot ervan. Mijn plotselinge overname van de *Times* was nog steeds het onderwerp van veel speculaties, en daar stond ik dan opeens, duidelijk zichtbaar voor iedereen, en ik vertelde onder ede wat ik had gedaan.
Na een paar minuten van beleefdheden stond Gaddis – van wie ik aannam dat hij aan mijn kant stond, want Lucien stond dat zeker niet – van zijn stoel op en zei: 'Edelachtbare, dit is allemaal erg informatief, maar waar gaat het precies heen?'
'Goede vraag. Meneer Wilbanks?'
'Nog even geduld, edelachtbare.'
Lucien haalde exemplaren van de *Times* tevoorschijn en gaf ze aan mij, Gaddis en Loopus. Hij keek mij aan en zei: 'Voor de goede orde, meneer Traynor. Hoeveel abonnees heeft de *Times* op dit moment?'
'Ongeveer 4.200,' antwoordde ik een beetje trots. Toen de krant failliet ging, had Vlek al zijn abonnees verspild, op twaalfhonderd na.
'En hoeveel exemplaren worden er los verkocht?'
'Ongeveer duizend.'
Een klein jaar geleden had ik op de tweede verdieping van een studentenhuis in Syracuse in de staat New York gewoond, was ik soms naar college gegaan, had ik mijn best gedaan om een goede strijder in de seksuele revolutie te worden, had ik buitensporige hoeveelheden alcohol gedronken, hasj gerookt, uitgeslapen wanneer ik maar wilde, en was ik, voor de broodnodige lichaamsbeweging, naar de eerste de beste antioorlogsdemonstratie gegaan om tegen de politie te schreeuwen. Ik dacht toen dat ik problemen had. Het was me plotseling een raadsel hoe ik binnen een jaar in een getuigenbank op de rechtbank van Ford County terecht was gekomen.
Toch keken op dat cruciale moment in mijn nieuwe carrière enkele honderden van mijn medeburgers, en abonnees, naar mij. Dit was niet het moment om kwetsbaar over te komen.
'Hoeveel procent van uw kranten wordt verkocht in Ford County,

meneer Traynor?' vroeg hij, zo nonchalant alsof we aan de koffie zaten en wat zaken bespraken.
'Bijna alles. Ik weet de exacte cijfers niet.'
'Nou, is er losse verkoop buiten Ford County?'
'Nee.'
Gaddis deed weer een zwakke reddingspoging. Hij stond op en zei: 'Edelachtbare, alstublieft, waar leidt dit naartoe?'
Wilbanks verhief plotseling zijn stem en wees met zijn vinger naar boven. 'Ik zal proberen aan te tonen, edelachtbare, dat jurykandidaten in deze county vergiftigd zijn door de sensationele berichtgeving in de *Ford County Times*. Gelukkig, en terecht, is de krant niet in andere delen van de staat te zien of te lezen geweest. Het is niet alleen redelijk, maar ook noodzakelijk dat het proces in een andere plaats wordt gehouden.'
Het woord 'vergiftigd' veranderde de sfeer in de zaal drastisch. Het stak me en maakte me bang, en opnieuw vroeg ik me af of ik iets verkeerds had gedaan. Ik zocht troost bij Baggy, maar hij dook weg achter de dame die voor hem zat.
'Ik bepaal wel wat redelijk en noodzakelijk is, meneer Wilbanks. Gaat u verder,' zei rechter Loopus op scherpe toon.
Wilbanks hield de krant omhoog en wees naar de voorpagina. 'Ik heb het nu over de foto van mijn cliënt,' zei hij. 'Wie heeft deze foto gemaakt?'
'Wiley Meek, onze fotograaf.'
'En wie nam het besluit om deze foto op de voorpagina te zetten?'
'Ik.'
'En het formaat? Wie besliste daarover?'
'Ik.'
'Hebt u erbij stilgestaan dat u daarmee misschien sensatie wekte?'
Nou en of. Sensatie, daar was het me om te doen geweest. 'Nee,' antwoordde ik rustig. 'Het was gewoon de enige foto die we op dat moment van Danny Padgitt hadden. Hij was gewoon de enige die voor het misdrijf was gearresteerd. We drukten die foto af. Dat zou ik opnieuw doen.'
Ik verbaasde me over mijn eigen arrogantie. Ik keek even naar Harry Rex en zag een van zijn gemene grijnzen. Hij knikte. Geef ze van katoen, jongen.
'Dus volgens u was het redelijk om deze foto af te drukken?'
'Ik denk niet dat het onredelijk was.'

'Geeft u antwoord op mijn vraag. Was het naar uw mening redelijk?'
'Ja, het was redelijk, en het was accuraat.'
Wilbanks leek dat even op zich in te laten werken en sloeg het toen in zijn geheugen op om het later te gebruiken. 'In uw verslag staat een nogal gedetailleerde beschrijving van het interieur van het huis van Rhoda Kassellaw. Wanneer hebt u dat huis vanbinnen bekeken?'
'Dat heb ik niet.'
'Wanneer bent u in het huis geweest?'
'Ik ben daar niet geweest.'
'U hebt het interieur van het huis nooit gezien?'
'Nee.'
Hij sloeg de krant open, keek er even in en zei toen: 'U meldt dat de slaapkamer van de twee kleine kinderen van mevrouw Kassellaw iets verderop aan een korte gang lag, ongeveer vijf meter van haar slaapkamerdeur vandaan, en u schat dat hun bedden ongeveer tien meter van het hare vandaan stonden. Hoe weet u dat?'
'Ik heb een bron.'
'Een bron. Is uw bron in het huis geweest?'
'Ja.'
'Is uw bron een politieman of een hulpsheriff?'
'Zijn identiteit is vertrouwelijk.'
'Hoeveel vertrouwelijke bronnen hebt u voor deze verhalen gebruikt?'
'Meerdere.'
Uit mijn journalistiekstudie herinnerde ik me vaag het geval van een verslaggever die in een soortgelijke situatie op bronnen vertrouwde en daarna weigerde hun identiteit prijs te geven. Op de een of andere manier had de rechter zich daar kwaad over gemaakt en hem bevolen zijn bronnen bekend te maken. Toen hij opnieuw weigerde, had de rechter hem wegens minachting van de rechtbank veroordeeld en had de politie hem in de gevangenis gegooid, waar hij vele weken bleef zitten zonder te vertellen wie zijn informanten waren. Ik wist niet meer hoe het was afgelopen, maar de verslaggever werd uiteindelijk vrijgelaten en de persvrijheid was gered.
Plotseling zag ik al voor me hoe ik door sheriff Coley werd geboeid en weggesleurd, schreeuwend om Harry Rex, en hoe ik vervolgens in de cel werd gegooid, waar ze me al mijn kleren uittrokken en me zo'n oranje overall gaven.

In elk geval zou het een goudmijn voor de *Times* zijn. Goh, de verhalen die ik van daaruit zou kunnen schrijven!

Wilbanks ging verder: 'U meldt dat de kinderen in een shocktoestand verkeerden. Hoe weet u dat?'

'Ik heb met meneer Deece gesproken, de buurman.'

'Gebruikte hij het woord "shock"?'

'Ja.'

'U meldt dat de kinderen op de avond van het misdrijf door een arts hier in Clanton zijn onderzocht. Hoe wist u dat?'

'Ik had een bron, en later werd het door de arts bevestigd.'

'En u meldt dat de kinderen nu bij familie in Missouri zijn en een soort therapie ondergaan. Wie heeft u dat verteld?'

'Ik heb met hun tante gesproken.'

Hij gooide de krant op de tafel en deed een paar stappen in mijn richting. Zijn bloeddoorlopen ogen werden zo nauw als spleetjes en keken me woedend aan. Op dit moment zou de revolver van pas zijn gekomen.

'In werkelijkheid, meneer Traynor, wilde u het onmiskenbare beeld schilderen dat die twee kleine onschuldige kinderen hebben gezien dat hun moeder in haar eigen bed werd verkracht en vermoord. Is dat niet zo?'

Ik haalde diep adem en dacht over mijn antwoord na. De hele zaal wachtte in stilte. 'Ik heb de feiten zo accuraat mogelijk weergegeven,' zei ik en ik keek strak naar Baggy, die weliswaar nog steeds om de dame heen keek die voor hem zat maar nu tenminste naar me knikte.

'Om kranten te verkopen ging u af op anonieme bronnen en halve waarheden en roddelverhalen en wilde speculaties en dat alles om dit verhaal zo sensationeel mogelijk te maken.'

'Ik heb de feiten zo accuraat mogelijk weergegeven,' zei ik opnieuw. Ik deed mijn best kalm te blijven.

Hij snoof en zei: 'O, ja?' Hij pakte de krant weer op en zei: 'Ik citeer: "Zullen de kinderen een getuigenverklaring afleggen op het proces?" Hebt u dat geschreven, meneer Traynor?'

Ik kon het niet ontkennen. Ik kon mezelf wel voor het hoofd slaan. Het was het laatste deel van de verslagen, en Baggy en ik hadden er nog over gekibbeld. We hadden allebei onze twijfels gehad, en achteraf hadden we op ons gevoel moeten afgaan.

Ontkennen was niet mogelijk. 'Ja,' zei ik.

'Op welke accurate feiten baseerde u die vraag?'
'Het was een vraag die ik na het misdrijf vele malen had horen stellen,' zei ik.
Hij gooide de krant als een vies vod op zijn tafel en schudde zogenaamd verbaasd met zijn hoofd. 'Er zijn twee kinderen, nietwaar, meneer Traynor?'
'Ja. Een jongen en een meisje.'
'Hoe oud is de kleine jongen?'
'Vijf.'
'En hoe oud is het kleine meisje?'
'Drie.'
'En hoe oud bent u, meneer Traynor?'
'Drieëntwintig.'
'En hoeveel processen hebt u in uw 23 jaren bijgewoond als verslaggever?'
'Geen enkel.'
'Hoeveel processen hebt u in een andere hoedanigheid bijgewoond?'
'Geen enkel.'
'U bent dus onwetend op het terrein van processen. Welk juridisch onderzoek hebt u gedaan om u goed op deze verhalen voor te bereiden?'
Op dat moment zou ik de revolver waarschijnlijk op mezelf hebben gericht.
'Juridisch onderzoek?' herhaalde ik, alsof hij een andere taal sprak.
'Ja, meneer Traynor. Hoeveel gevallen hebt u ontdekt van kinderen van vijf jaar of jonger die een getuigenverklaring mochten afleggen in een strafzaak?'
Ik keek in de richting van Baggy, die blijkbaar onder de houten tafel was gedoken. 'Geen enkel,' zei ik.
'Precies, meneer Traynor. Geen enkel. In de geschiedenis van deze staat heeft geen enkel kind van onder de elf jaar ooit een getuigenverklaring afgelegd in een strafzaak. Wilt u dat ergens noteren, en eraan denken wanneer u weer eens uw lezers wilt ophitsen met riooljournalistiek?'
'Zo is het wel genoeg, meneer Wilbanks,' zei rechter Loopus, een beetje te vriendelijk, vond ik. Ik denk dat hij en de andere juristen, waarschijnlijk Harry Rex ook, het prachtig vonden om iemand te zien afslachten die zich in juridische zaken had gemengd en het

helemaal verkeerd had aangepakt. Zelfs Gaddis scheen het wel leuk te vinden.

Lucien was verstandig genoeg om op te houden zolang het bloed nog vloeide. Hij gromde iets in de trant van: 'Ik ben klaar met hem.' Gaddis had geen vragen. De parketwacht gaf me een teken dat ik uit de getuigenbank moest komen, en ik deed mijn uiterste best om rechtop naar de tribune terug te lopen, waar Baggy nog ineengedoken zat, als een zwerfhond in een hagelbui.

De rest van de zitting maakte ik notities, maar dat was alleen maar een vergeefse poging om belangrijk te lijken. Ik voelde de blikken. Ik was vernederd en wilde me een paar dagen in mijn kamer opsluiten.

Wilbanks hield ten slotte een bezield betoog om de zaak naar een andere plaats verwezen te krijgen, ver weg, misschien zelfs naar de Golfkust, waar misschien ook een paar mensen van het misdrijf hadden gehoord maar waar niemand 'vergiftigd' was door de verslaggeving in de *Times*. Hij ging tekeer tegen mij en mijn krant, en hij overdreef. Gaddis herinnerde de rechter in zijn slotopmerkingen aan een oud gezegde: 'Harde en bittere woorden wijzen op een zwakke zaak.'

Ik noteerde dat. Toen haastte ik me de rechtszaal uit, alsof ik een belangrijke deadline te halen had.

11

Tegen het eind van de volgende morgen kwam Baggy mijn kamer binnenstormen met het nieuws dat Lucien Wilbanks zojuist zijn verzoek om de zaak naar een andere rechtbank te verwijzen had ingetrokken. Zoals gewoonlijk zat hij vol analyses.

Zijn eerste wijdlopige opinie hield in dat de Padgitts niet wilden dat het proces naar een andere county werd verplaatst. Ze wisten dat Danny hartstikke schuldig was en dat hij door een deugdelijk geselecteerde jury bijna zeker veroordeeld zou worden. Ze maakten alleen een kans met juryleden die ze konden omkopen of intimideren. Aangezien een schuldigverklaring altijd anoniem moest zijn, hadden ze maar één stem ten gunste van Danny nodig. Eén stem en de jury zou zichzelf uitschakelen; de rechter zou verplicht zijn het proces ongeldig te verklaren. Er zou vast en zeker een nieuw proces komen, maar dat zou hetzelfde resultaat hebben. Na drie of vier pogingen zou het Openbaar Ministerie het opgeven.

Ik wist dat Baggy de hele ochtend op de rechtbank was geweest, waar hij met zijn clubje de hoorzitting van de plaats van het proces had besproken en de conclusies van de advocaten had overgenomen. Hij vertelde me dat Lucien Wilbanks twee redenen had gehad om de hoorzitting van de vorige dag in scène te zetten. Ten eerste wilde Lucien de *Times* verleiden om weer een grote foto van Danny af te drukken, ditmaal in gevangeniskleren. Ten tweede wilde Wilbanks mij in de getuigenbank krijgen om me in een kwaad daglicht te zetten. 'En dat is hem gelukt ook,' zei Baggy.

'Dank je, Baggy,' zei ik.

Wilbanks bereidde de weg voor het proces, waarvan hij de hele tijd al had geweten dat het in Clanton zou plaatsvinden, en hij wilde dat de *Times* zich terughoudender ging opstellen.

Ten derde, of vierde, had Lucien Wilbanks nog nooit een gelegenheid gemist om een show op te voeren voor een publiek. Baggy had dat vaak meegemaakt en vertelde er een paar verhalen over.

Ik weet niet of ik al die redeneringen van hem heb gevolgd, maar op dat moment zou ik ook geen andere verklaring weten. Het leek me een grote verspilling van tijd en moeite om een hoorzitting van twee uur te laten houden terwijl je heel goed wist dat het allemaal maar show was. Maar ja, ik nam aan dat er nog wel ergere dingen in rechtszalen gebeurden.

Het derde feestmaal was stoofvlees, en we aten het op de veranda terwijl het gestaag regende.

Zoals gewoonlijk bekende ik dat ik nog nooit stoofvlees had gehad, en dus beschreef miss Callie me tot in details het recept en de bereiding. Ze nam het deksel van een grote smeedijzeren pan op het midden van de tafel en deed haar ogen dicht toen het machtige aroma daaruit opsteeg. Ik was nog maar een uur wakker, en op dat moment had ik zelfs het tafelkleed kunnen eten.

Het was haar eenvoudigste gerecht, zei ze. Je nam een staartstuk van het rund, liet het vet erop zitten, legde het op de bodem van de pan en bedekte het met nieuwe aardappelen, uien, rapen, wortelen en bieten; je deed er wat zout, peper en water bij, zette dat alles op een laag pitje in de oven en liet het vijf uur pruttelen. Ze schepte mijn bord vol vlees en groenten en goot een dikke saus over alles. 'Die paarse kleur krijgt het van de bieten,' legde ze uit.

Ze vroeg me of ik het gebed wilde zeggen, en ik wilde dat niet doen. Het was lang geleden dat ik voor het laatst had gebeden. Zij kon dat veel beter. Ze pakte mijn handen vast en we deden onze ogen dicht. Terwijl ze het woord tot de hemel richtte, tikte de regen op het metalen dak boven ons hoofd.

'Waar is Esau?' vroeg ik na mijn eerste drie grote happen.

'Op zijn werk. Soms kan hij vrij krijgen in de middagpauze, maar vaak niet.'

Er was iets wat haar bezighield, en ten slotte zei ze: 'Mag ik u een vraag stellen die een beetje persoonlijk is?'
'Ja, dat is goed.'
'Bent u een christenkind?'
'Nou en of. Mijn moeder ging met Pasen altijd met me naar de kerk.'
Dat was niet goed genoeg. Ik wist niet waar het haar om begonnen was, maar dit was het niet. 'Welke kerk?'
'Episcopaals. De St. Luke in Memphis.'
'Ik weet niet of we die ook in Clanton hebben.'
'Ik heb er geen een gezien.' Niet dat ik er ijverig naar had gezocht. 'Naar welke kerk gaat u?' vroeg ik.
'De Kerk van God in Christus,' antwoordde ze vlug, en er lag meteen een serene gloed op haar gezicht. 'Mijn voorganger is dominee Thurston Small, een goede man Gods. En ook een goede prediker. Je moet eens naar hem komen luisteren.'
Ik had verhalen over de kerkdiensten van zwarten gehoord, en dat ze de hele zondag in de kerk doorbrachten, en dat de diensten tot laat in de avond doorgingen en pas eindigden wanneer de geest eindelijk uitgeput was. Ik wist nog hoeveel moeite het me had gekost om de episcopaalse paasdiensten uit te zitten, die volgens de wet niet langer dan een uur mochten duren.
'Komen er ook blanke mensen in uw kerk?' vroeg ik.
'Alleen in de verkiezingsjaren. Dan komen er politici rondsnuffelen als honden. Ze doen een heleboel beloften.'
'Blijven ze de hele dienst?'
'O, nee. Daar hebben ze het altijd te druk voor.'
'Dus je mag komen en gaan?'
'U, meneer Traynor, mag dat. Voor u maken we een uitzondering.'
Ze begon aan een lang verhaal over haar kerk, die binnen loopafstand van haar huis stond, en over een brand die de kerk nog niet zoveel jaar geleden in de as had gelegd. De brandweer, die zijn kazerne natuurlijk aan de blanke kant van de stad had, had nooit veel haast als er een oproep uit Lowtown kwam. Hun kerk waren ze kwijt, maar het was een zegen! Dominee Small bracht zijn gemeente op de been. Bijna drie jaar kwamen ze bijeen in een pakhuis dat hun ter beschikking was gesteld door Virgil Mabry, een goed christen. Het gebouw stond een blok van Main Street vandaan en veel blanken vonden het geen prettig idee dat zwarten ter kerke gingen

in hun deel van de stad. Maar Mabry hield voet bij stuk. Dominee Small kreeg het geld bij elkaar, en drie jaar na de brand knipten ze het lint door van een nieuw bedehuis, dat twee keer zo groot was als het oude. En nu zat de kerk elke zondag vol.

Ik vond het geweldig als ze praatte. Het gaf me de kans om nonstop te eten, en dat had de hoogste prioriteit. Toch werd ik nog steeds geboeid door haar exacte dictie, haar intonatie en haar woordenschat, die zich op universiteitsniveau bevond.

Toen ze klaar was met het verhaal over de nieuwe kerk, vroeg ze: 'Leest u vaak in de bijbel?'

'Nee.' Ik schudde mijn hoofd en kauwde op een warme raap.

'Nooit?'

Aan liegen viel niet te denken. 'Nooit.'

Dat stelde haar weer teleur. 'Hoe vaak bidt u?'

Ik dacht even na en zei: 'Eén keer per week. Hier.'

Ze legde langzaam haar mes en vork naast haar bord en keek me met gefronste wenkbrauwen aan, alsof ze iets diepzinnigs ging zeggen. 'Meneer Traynor, als u niet naar de kerk gaat, de bijbel niet leest en niet bidt, weet ik nog niet zo zeker of u echt een christenkind bent.'

Ik wist dat ook niet zo zeker. Ik bleef kauwen, want dan hoefde ik niet te praten en mezelf verdedigen. Ze ging verder: 'Jezus zei: "Oordeelt niet, opdat gij niet geoordeeld wordt." Het is niet aan mij om een oordeel te vellen over iemands ziel, maar ik moet bekennen dat ik me zorgen maak om de uwe.'

Ik maakte me ook zorgen, maar niet zo erg dat het ten koste van de lunch mocht gaan.

'Weet u wat er gebeurt met degenen die buiten de wil van God leven?' vroeg ze.

Niet veel goeds, zoveel wist ik ook nog wel. Maar ik had te veel honger en ik was te bang om antwoord te geven. Ze was nu aan het preken, niet aan het eten, en ik genoot hier niet van.

'Paulus schreef in Romeinen: "Want de bezoldiging der zonde is de dood, maar de genadegift Gods is het eeuwige leven, door Jezus Christus, onze Heere." Weet u wat dat betekent, meneer Traynor?'

Ik had daar wel een idee van. Ik knikte en nam een hap rundvlees. Had ze de hele bijbel uit haar hoofd geleerd? Kreeg ik het nu allemaal te horen?

'De dood is altijd fysiek, maar een spirituele dood betekent een eeu-

wigheid weg van onze Heer Jezus. De dood betekent een eeuwigheid in de hel, meneer Traynor. Begrijpt u dat?'
Ze maakte de dingen erg duidelijk. 'Kunnen we van onderwerp veranderen?' vroeg ik.
Miss Callie glimlachte plotseling en zei: 'Natuurlijk. U bent mijn gast en ik moet ervoor zorgen dat u zich welkom voelt.' Ze pakte haar vork weer op en we aten door en luisterden naar de regen.
'Het is een erg nat voorjaar geweest,' zei ze na een tijd. 'Goed voor bonen, maar mijn tomaten en meloenen hebben zonneschijn nodig.'
Ik vond het een prettig idee dat ze aan toekomstige maaltijden dacht. Mijn verhaal over miss Callie en haar opmerkelijke kinderen was bijna klaar. Ik deed extra lang over de research omdat ik graag nog een paar donderdagen op haar veranda wilde komen lunchen. Aanvankelijk had ik me schuldig gevoeld omdat er zoveel voedsel alleen voor mij werd klaargemaakt; we aten er maar een fractie van. Maar ze verzekerde me dat er niets werd weggegooid. Zij en Esau en misschien nog wat vrienden zouden ervoor zorgen dat alles wat er overbleef deugdelijk werd verstouwd. 'Tegenwoordig kook ik nog maar drie keer per week,' gaf ze een beetje beschaamd toe.
Het toetje bestond uit perzikgebak en vanille-ijs. We besloten een uur te wachten om eerst het eten te laten zakken. Ze zette twee koppen sterke zwarte koffie en we gingen naar de schommelstoelen, waar we ons werk deden. Ik haalde mijn schrijfblok en pen tevoorschijn en begon vragen te bedenken. Miss Callie vond het prachtig als ik dingen opschreef die ze zei.
Zeven kinderen hadden Italiaanse namen: Alberto (Al), Leonardo (Leon), Massimo (Max), Roberto (Bobby), Gloria, Carlota en Mario. Alleen Sam, de jongste en degene die volgens de geruchten op de vlucht was voor justitie, had een Amerikaanse naam. De tweede keer dat ik langskwam had ze me verteld dat ze in een Italiaans gezin was grootgebracht, hier in Ford County, maar dat was een erg lang verhaal en dat kwam nog wel een keer.
Haar zeven kinderen met Italiaanse namen waren allemaal de beste van hun klas geweest op de Burley Street High School, de school voor zwarten. Ze waren ieder afgestudeerd en gaven nu les op de universiteit. Met de biografische bijzonderheden waren vele pagina's te vullen, en miss Callie kon terecht uren over haar kinderen praten.

En dus praatte ze. Ik maakte notities, schommelde zachtjes in mijn stoel heen en weer, luisterde naar de regen en viel ten slotte in slaap.

12

Baggy was niet zo enthousiast over het Ruffin-verhaal. 'Het is eigenlijk geen nieuws,' zei hij toen hij het had gelezen. Waarschijnlijk had Hardy hem gewaarschuwd dat ik van plan was een groot voorpaginaverhaal over een familie van zwarten af te drukken. 'Zulke dingen staan meestal op pagina vijf,' zei hij.
Bij gebrek aan een moord was voorpaginanieuws in Baggy's ogen een proces tussen twee buren over de perceelgrens, in de rechtszaal uitgevochten zonder jury, met een handvol half slapende advocaten en een negentigjarige rechter die uit het graf was teruggehaald om een uitspraak over zulke dingen te doen.
In 1967 had Wilson Caudle lef getoond door zwarte necrologieën op te nemen, maar in de drie jaar daarna had de *Times* niet veel belangstelling meer gehad voor alles wat er aan de andere kant van het spoor gebeurde. Wiley Meek voelde er weinig voor om met me mee te gaan en Callie en Esau voor hun huis op de foto te zetten. Ik kreeg voor elkaar dat die foto op een donderdagmiddag werd genomen. Gebakken meerval, maïskoekjes en koolsla. Wiley at tot hij moeite kreeg met ademhalen.
Margaret reageerde ook nogal schichtig op het verhaal over de Ruffins, maar zoals altijd legde ze zich bij de beslissing van de baas neer. Eigenlijk kon niemand op de krant veel enthousiasme voor het idee opbrengen. Het kon me niet schelen. Ik deed wat ik dacht

dat goed was; bovendien lag er een groot proces in het verschiet.
En dus wijdde de *Times* op woensdag 20 mei 1970, in een week waarin er absoluut niets over de Kassellaw-moord te schrijven viel, meer dan de helft van de voorpagina aan de familie Ruffin. Het begon met een grote kop: FAMILIE RUFFIN TELT ZEVEN HOOGLERAREN. Daaronder stond een grote foto van Callie en Esau die op hun verandatrap zaten, trots glimlachend naar de camera. Daaronder stonden de schoolportretten van hun kinderen, van Al tot en met Sam. Mijn verhaal begon aldus:

Toen Calia Harris zich gedwongen zag om in de tiende klas van school te gaan, beloofde ze zichzelf dat haar kinderen niet alleen de middelbare school zouden afmaken maar ook de kans zouden krijgen om door te studeren. Het was 1926, en Calia, of Callie zoals ze liever wordt genoemd, was vijftien jaar, de oudste van vier kinderen. School werd een luxe toen haar vader aan tuberculose stierf. Callie werkte voor de familie DeJarnette tot 1929, en toen trouwde ze met Esau Ruffin, timmerman en parttime prediker. Ze huurden voor vijftien dollar per maand een kleine twee-onder-een-kapwoning in Lowtown en begonnen elke cent opzij te leggen. Alles wat ze konden sparen, zouden ze nodig hebben.
In 1931 werd Alberto geboren.

In 1970 was Alberto Ruffin hoogleraar in de sociologie aan de universiteit van Iowa. Leonardo Ruffin was hoogleraar in de biologie aan Purdue. Massimo Ruffin was hoogleraar in de economie aan de universiteit van Toledo. Roberto Ruffin was hoogleraar in de geschiedenis aan Marquette. Gloria Ruffin Sanderford doceerde Italiaans aan Duke. Carlota Ruffin was hoogleraar stadswetenschappen aan de UCLA. Mario Ruffin was kortgeleden gepromoveerd in de middeleeuwse literatuur en was hoogleraar aan het Grinnell College in Iowa. Ik noemde Sam wel maar weidde niet over hem uit.
Door de telefoon had ik met alle zeven hoogleraren gepraat, en ik zette veel citaten van hen in mijn verhaal. De thema's waren de gebruikelijke: liefde, opoffering, discipline, hard werken, aanmoediging, geloof in God, geloof in de familie, ambitie, doorzettingsvermogen, afkeer van luiheid en mislukkingen. Ze hadden alle zeven een succesverhaal waarmee je een heel nummer van de *Times* zou kunnen vullen. Ze hadden ieder minstens één fulltime baan

gehad terwijl ze studeerden. De meesten hadden twee banen gehad. De ouderen hielpen de jongeren. Mario vertelde me dat hij elke maand kleine cheques van zijn broers en zussen en ouders kreeg.
De vijf oudsten hadden hun studie zoveel prioriteit gegeven dat ze hun huwelijk hadden uitgesteld tot ze eind twintig of begin dertig waren. Carlota en Mario waren nog steeds alleenstaand. Zo ook werd de volgende generatie zorgvuldig gepland. Leon had het oudste kleinkind; dat was vijf jaar. Er waren er vijf in totaal. Max en zijn vrouw verwachtten hun tweede.
Er was zoveel over de Ruffins te schrijven dat ik die week alleen deel 1 publiceerde. Toen ik de volgende dag naar Lowtown ging om te lunchen, stond miss Callie met tranen in haar ogen op me te wachten. Esau was er ook. Hij gaf me een stevige handdruk en een stuntelige, mannelijke omhelzing. We aten een lamsschotel en praatten over de reacties op het verhaal. Het verhaal was in Lowtown het gesprek van de dag. De buren kwamen elke woensdagmiddag en donderdagmorgen met extra exemplaren van de krant. Ik had ieder van de professoren ook een exemplaar gestuurd.
Toen we aan de koffie met appelpasteitjes zaten, parkeerde hun voorganger, dominee Thurston Small, zijn auto in de straat en kwam hij naar de veranda lopen. Ik werd aan hem voorgesteld en hij wilde me blijkbaar graag ontmoeten. Hij accepteerde vlug een toetje en begon aan een lang verhaal over het belang van het Ruffin-verhaal voor de zwarte gemeenschap van Clanton. Necrologieën waren prima, en in de meeste andere zuidelijke plaatsen kregen overleden zwarten nog steeds geen enkele aandacht. Dankzij meneer Caudle werd er vooruitgang geboekt op dat front. Maar zo'n groot en waardig portret van een opmerkelijke zwarte familie op de voorpagina was een reusachtige stap in de richting van raciale verdraagzaamheid in Clanton. Ik dacht daar anders over. Het was gewoon een goed human interest-verhaal over miss Callie Ruffin en haar buitengewone familie.
De dominee hield van eten en hij mocht ook graag overdrijven. Bij zijn tweede pasteitje herhaalde hij zichzelf met zijn lof voor het verhaal. Hij gaf niet te kennen dat hij gauw zou vertrekken, en dus nam ik ten slotte afscheid.

Piston was niet alleen de onofficiële en enigszins onbetrouwbare schoonmaker van een aantal bedrijven rond het plein, daarnaast had hij ook nog een officieus koeriersbedrijf. Zo ongeveer om het uur verscheen hij in de deuropening van zijn cliënten – vooral advocatenkantoren, maar ook de drie banken, een paar makelaars, verzekeringsagenten en de *Times* – en bleef daar dan enkele ogenblikken staan wachten op iets wat moest worden bezorgd. Als een secretaresse met haar hoofd schudde, ging hij naar zijn volgende adres. Als er een brief of pakje moest worden bezorgd, wachtten de secretaresses tot Piston kwam. Hij nam het aan, wat het ook was, en draafde ermee naar de bestemming. Als het meer dan vijf kilo woog, kon je het wel vergeten. Omdat hij lopend was, bleef zijn dienstverlening beperkt tot het plein en misschien een of twee huizenblokken daar omheen. Op bijna alle uren van de werkdag kon je Piston in de binnenstad zien, lopend, als hij geen pakje had, en dravend als hij er wel een had.

In de meeste gevallen ging het om brieven tussen advocatenkantoren. Piston was veel sneller dan de post, en ook veel goedkoper. Hij bracht niets in rekening. Hij zei dat hij het voor de samenleving deed, al verwachtte hij met de kerst wel een ham of een taart.

Tegen het eind van vrijdagmorgen bezorgde hij een met de hand geadresseerde brief van Lucien Wilbanks. Ik durfde hem bijna niet open te maken. Zou dit de eis van een miljoen dollar zijn waarmee hij had gedreigd? Er stond:

Geachte heer Traynor,
Ik heb uw artikel over de familie Ruffin, een erg opmerkelijk stel mensen, met veel genoegen gelezen. Ik had van hun prestaties gehoord, maar uw verhaal verschafte me veel inzicht. Ik heb bewondering voor uw moed.
Ik hoop dat u in deze positieve trant zult voortgaan.
Geheel de uwe,
Lucien Wilbanks

Ik had de pest aan die man, maar wie zou dat briefje niet op prijs hebben gesteld? Hij genoot van zijn reputatie als onbezonnen radicale progressieveling die voor onpopulaire zaken streed. Dat deed wel afbreuk aan zijn steun. En ik wist ook dat die steun maar tijdelijk was.

Er kwamen geen andere brieven. Geen anonieme telefoontjes. Geen bedreigingen. De schoolvakantie was begonnen en het was erg warm. De dreigende, gevreesde opmars naar rassengelijkheid zat eraan te komen. De goegemeente van Ford County had belangrijker zaken aan het hoofd.

Na tien jaar van spanning en strijd om burgerrechten voor zwarten, waren veel blanke Mississippianen bang dat het einde nabij was. Als de federale gerechtshoven de scholen konden integreren, zouden dan nu kerken en woonwijken aan de beurt zijn?

De volgende dag ging Baggy naar een openbare bijeenkomst in het souterrain van een kerk. De organisatoren wilden nagaan hoeveel steun er was voor een particuliere blanke school in Clanton. Er kwamen veel mensen op af, angstig, woedend, vast van plan hun kinderen te beschermen. Een advocaat gaf een uiteenzetting over de verschillende federale processen die nog liepen en kwam tot slot met de deprimerende opinie dat het eerste rechterlijk mandaat die zomer verwacht werd. Hij voorspelde dat zwarte kinderen uit de klassen tien tot en met twaalf naar de Clanton High School gestuurd zouden worden en dat blanke kinderen uit de klassen zeven tot en met negen naar Burley Street in Lowtown zouden moeten. Mannen schudden hun hoofd en vrouwen begonnen te huilen. Het idee dat blanke kinderen het spoor moesten oversteken, was gewoon onaanvaardbaar.

Er werd een nieuwe school opgericht. Ze verzochten ons het verhaal niet te publiceren, in elk geval voorlopig nog niet. De organisatoren wilden de financiering rond hebben voordat ze in de openbaarheid traden. We gingen op hun verzoek in. Ik wilde een controverse vermijden.

Een federale rechter in Memphis gaf bevel tot een uitgebreide schoolbusdienst die het stadje uiteenscheurde. Zwarte kinderen uit de binnenstad werden naar de blanke buitenwijken gebracht en kwamen dan onderweg de blanke kinderen tegen die in de andere richting gingen. De spanningen liepen nu nog hoger op, en ik had steeds minder zin om onder de mensen te komen.

Het zou een lange, hete zomer worden. Het leek wel of we wachtten tot de dingen tot een uitbarsting kwamen.

Ik sloeg een week over en bracht toen het tweede deel van miss Callies verhaal. Onder op de voorpagina zette ik recente foto's van de zeven Ruffin-hoogleraren. In mijn artikel vertelde ik waar ze nu waren en wat ze deden. Zonder uitzondering zeiden ze veel van

Clanton en Mississippi te houden, al was geen van hen van plan om ooit voorgoed terug te keren. Ze weigerden een oordeel uit te spreken over een plaats die hen naar inferieure scholen had gestuurd, aan de ene kant van het spoor had gehouden, had belet te stemmen, in de meeste restaurants te eten en water te drinken uit het fonteintje bij de rechtbank. Ze wilden niets negatiefs over Clanton zeggen. In plaats daarvan dankten ze God voor zijn goedheid, voor hun gezondheid, hun familie, hun ouders en de kansen die ze hadden gekregen.

Ik stond versteld van hun nederigheid en vriendelijkheid. Ze zeiden alle zeven dat ze me in de kerstvakantie graag wilden ontmoeten. We konden dan op miss Callies veranda zitten en pecanpastei eten en verhalen vertellen.

Ik besloot mijn lange verhaal met een interessante bijzonderheid. Wanneer een Ruffin-kind zijn ouderlijk huis verliet, kreeg hij of zij opdracht van Esau om minstens één brief per week aan hun moeder te schrijven. En dat deden ze, en er kwam nooit een eind aan de brieven. Op een gegeven moment besloot Esau dat Callie een brief per dag moest krijgen. Zeven hoogleraren. Zeven dagen per week. En dus schreef Alberto zijn brief op zondag en deed hem dan op de bus. Leonardo schreef de zijne op maandag, en deed hem dan op de bus. Enzovoort. Op sommige dagen kreeg Callie twee of drie brieven, op andere dagen geen enkele. Maar het was altijd spannend om naar de brievenbus te lopen.

En ze bewaarde alle brieven. In een kast in de slaapkamer aan de voorkant liet ze me een stapel kartonnen dozen zien, allemaal gevuld met honderden brieven van haar kinderen.

'Ik zal ze u ooit laten lezen,' zei ze, maar om de een of andere reden geloofde ik haar niet. En ik wilde ze ook niet lezen. Ze zouden veel te persoonlijk zijn.

13

Ernie Gaddis, de officier van justitie, diende een verzoek in om het aantal jurykandidaten te vergroten. Volgens Baggy, die met de dag deskundiger werd, riep de griffier van de rechtbank in een strafzaak gemiddeld zo'n veertig mensen op voor jurydienst. Er kwamen zo'n vijfendertig opdagen en minstens vijf van hen waren te oud of te ziek om in aanmerking te komen. Gaddis schreef in zijn verzoek dat de zaak-Kassellaw steeds meer in de publiciteit was gekomen en dat het daardoor moeilijker was geworden om onpartijdige juryleden te krijgen. Hij vroeg het hof om minstens honderd jurykandidaten op te roepen.
Wat hij er niet bij vertelde, maar wat iedereen wist, was dat het voor de Padgitts moeilijker zou zijn om honderd mensen te intimideren dan veertig. Lucien Wilbanks maakte onmiddellijk bezwaar en vroeg om een hoorzitting. Rechter Loopus vond dat niet nodig en gaf opdracht het aantal jurykandidaten te vergroten. Hij nam ook het ongewone besluit de lijst met jurykandidaten te verzegelen. Baggy en zijn drinkmaatjes, en alle anderen die op de rechtbank rondhingen, waren geschokt. Dit was nog nooit vertoond. De advocaten en procesvoerders kregen altijd twee weken voor het proces een complete lijst van jurykandidaten.
Het rechterlijk bevel werd algemeen als een grote tegenslag voor de Padgitts gezien. Als ze niet wisten wie de jurykandidaten waren,

hoe konden ze hen dan omkopen of bang maken?
Toen vroeg Gaddis aan het hof om de juryoproepen met de post te laten versturen, in plaats van ze door de mensen van de sheriff te laten uitreiken. Loopus vond dat ook wel een goed idee. Blijkbaar wist hij dat de Padgitts en onze sheriff twee handen op één buik waren. Zoals te verwachten was, protesteerde Lucien Wilbanks met klem tegen dat plan. In zijn nogal koortsachtige reactie bracht hij naar voren dat rechter Loopus zijn cliënt anders en onredelijk behandelde. Toen ik zijn betoog las, verbaasde het me dat hij zoveel bladzijden lang zo helder kon razen en tieren.
Het werd duidelijk dat rechter Loopus van plan was het proces veilig en zonder inmenging van buitenaf te laten verlopen. In de jaren vijftig, voordat hij rechter werd, was hij de officier van justitie geweest, en hij stond erom bekend dat hij geneigd was de kant van de aanklager te kiezen. In elk geval had hij weinig op met de Padgitts en hun corrupte machinaties. Daar kwam nog bij dat de zaak tegen Danny Padgitt op papier (en zeker op mijn krantenpapier) waterdicht leek te zijn.
Op maandag 15 juni verstuurde de griffier van de rechtbank onder grote geheimhouding honderd oproepen voor jurydienst aan geregistreerde kiezers in heel Ford County. Een daarvan kwam in de intensief gebruikte brievenbus van miss Callie Ruffin, en toen ik op donderdag bij haar kwam lunchen, liet ze hem aan me zien.

In 1970 bestond Ford County voor 26 procent uit zwarten en voor 74 procent uit blanken. De categorieën 'overigen' en degenen die tussen blank en zwart in zaten bleven ver onder de één procent. Zes jaar na de tumultueuze zomer van 1964 en de grootscheepse actie om zwarten als kiezer in te schrijven, en vijf jaar na de Voting Rights Act van 1965, namen nog maar weinig zwarten de moeite zich als kiezer te registreren. Bij de verkiezingen van 1967 had bijna zeventig procent van de kiesgerechtigde blanken in de county gestemd, terwijl maar twaalf procent van de zwarten dat had gedaan. Acties om zwarten tot registratie te bewegen stuitten in Lowtown op algehele onverschilligheid. Een van de redenen daarvoor was het feit dat de county zo blank was dat er toch nooit een zwarte in een openbaar ambt kon worden gekozen. Dus waarom zouden ze de moeite nemen?
Een andere reden waren de vanouds bestaande misstanden bij de

registratie. Al honderd jaar maakten blanken gebruik van allerlei trucs om zwarten buiten de kiezersregisters te houden. Kiezersbelasting, alfabetisme-examen, de lijst was lang en deprimerend.
Toch was er nog een andere reden waarom de meeste zwarten er weinig voor voelden om zich in enig opzicht bij blanke autoriteiten te registreren. Registratie kon leiden tot meer belastingen, meer toezicht, meer overheidsbemoeienis, meer problemen. Registratie kon betekenen dat je in jury's zitting moest nemen.
Volgens Harry Rex, een iets betrouwbaarder informant in rechtbankaangelegenheden dan Baggy, was er in Ford County nog nooit een zwart jurylid geweest. Aangezien jurykandidaten uit de kiezersregistratie werden gehaald, en nergens anders uit, werden er maar weinig zwarten opgeroepen. Degenen die de eerste ondervragingsronden overleefden, werden meestal weggestuurd voordat de definitieve twaalf juryleden werden benoemd. In strafzaken verzette de aanklager zich altijd tegen zwarten, omdat die te veel aan de kant van de verdachte zouden staan. In civiele zaken wilde de aangeklaagde ze niet in de jury hebben omdat ze te royaal met het geld van anderen zouden zijn.
Niettemin waren deze theorieën in Ford County nog nooit in de praktijk uitgeprobeerd.

Callie en Esau Ruffin registreerden zich in 1951 als kiezer. Ze gingen samen naar de griffie van de rechtbank en verzochten aan de lijst van kiezers te worden toegevoegd. De griffiemedewerkster gaf hun, zoals haar was geleerd, een gelamineerd kaartje met het woord 'Onafhankelijkheidsverklaring' op de bovenrand. De tekst was in het Duits geschreven.
De medewerkster, die veronderstelde dat de heer en mevrouw Ruffin net zo ongeletterd waren als de meeste zwarten in Ford County, zei: 'Kunt u dit lezen?'
'Dat is geen Engels,' zei Callie. 'Dat is Duits.'
'Kunt u het lezen?' vroeg de medewerkster. Ze besefte dat ze haar handen vol zou krijgen aan dit echtpaar.
'Ik kan er net zoveel van lezen als u,' zei Callie beleefd.
De griffiemedewerkster nam het kaartje terug en gaf een ander kaartje. 'Kunt u dit lezen?' vroeg ze.
'Ja,' zei Callie. 'Dat zijn de amendementen op de grondwet.'
'Wat staat er bij nummer acht?'

Callie las het langzaam en zei toen: 'Het Achtste Amendement verbiedt buitensporige boetes en wrede straffen.'
Ongeveer op dat moment – dat hing ervan af op wiens versie je afging – boog Esau zich naar voren en zei: 'We zijn huiseigenaren.' Hij legde de eigendomsakte van hun huis op de balie en de griffiemedewerkster bekeek hem. Eigendom van onroerend goed was geen vereiste om te mogen stemmen, maar als je zwart was, telde het zwaar mee. Omdat ze niet wist wat ze anders kon doen, zei ze: 'Goed. De kiezersbelasting is twee dollar per persoon.' Esau overhandigde het geld, en vanaf dat moment stonden ze met 31 andere zwarten, onder wie geen enkele andere vrouw, in het kiezersregister. Ze sloegen nooit een verkiezing over. Het had miss Callie altijd gestoord dat zo weinig van haar vrienden zich lieten registreren, maar ze had het te druk met de opvoeding van haar acht kinderen gehad om daar veel aan te kunnen doen. Ford County bleef verschoond van de rassenonlusten die het grootste deel van de staat teisterden, en er werd daar dan ook nooit een georganiseerde actie ondernomen om zwarten in het kiezersregister te krijgen.

Eerst kon ik niet zien of ze angstig of opgewonden was. Misschien wist ze dat zelf ook niet. De eerste zwarte vrouw in het kiezersregister zou nu misschien het eerste zwarte jurylid worden. Ze was nooit voor een uitdaging teruggedeinsd, maar ze vond het wel een groot moreel probleem om over een medemens te oordelen. '"Oordeelt niet, opdat gij niet geoordeeld wordt,"' zei ze meer dan eens. Het was een citaat van Jezus.
'Maar als iedereen zich aan die regel uit de Schrift hield, zou ons hele rechtsstelsel toch instorten?' vroeg ik.
'Dat weet ik niet,' zei ze en ze wendde haar ogen af. Ik had miss Callie nog nooit zo zorgelijk meegemaakt.
We aten gebraden kip met aardappelpuree en jus. Esau had geen vrij kunnen krijgen om thuis te lunchen.
'Hoe kan ik over iemand oordelen van wie ik weet dat hij schuldig is?' vroeg ze.
'Eerst luistert u naar de bewijsvoering,' zei ik. 'U bent niet bevooroordeeld. Dat zal niet zo moeilijk zijn.'
'Maar u weet dat hij haar heeft vermoord. U hebt dat zelf in uw krant gezegd.' Haar genadeloze eerlijkheid kwam elke keer hard aan.

'We hebben alleen maar verslag gedaan van de feiten, miss Callie. Als de feiten hem schuldig laten lijken, dan zij dat zo.'
Er viel die dag vaak een lange stilte in ons gesprek. Ze was diep in gedachten verzonken en at weinig.
'En de doodstraf?' vroeg ze. 'Zullen ze die jongen in de gaskamer willen stoppen?'
'Ja, mevrouw. Het is een moordzaak.'
'Wie beslist of hij ter dood gebracht moet worden?'
'De jury.'
'O, nee.'
Daarna kon ze niet meer eten. Ze zei dat haar bloeddruk al hoog was sinds ze de juryoproep had ontvangen. Ze was al naar de dokter geweest. Ik hielp haar naar de bank in de huiskamer en ging een glas water met ijs voor haar halen. Ze drong erop aan dat ik mijn lunch zou opeten, en dat deed ik met alle genoegen. Ik at in stilte. Later ging het wat beter met haar en zaten we in de schommelstoelen op de veranda. We praatten over van alles behalve Danny Padgitt en zijn proces.
Ten slotte had ik succes toen ik haar naar de Italiaanse invloed in haar leven vroeg. Tijdens onze eerste lunch had ze me verteld dat ze eerder Italiaans dan Engels had geleerd. Zeven van haar acht kinderen hadden een Italiaanse naam.
Ze moest me een lang verhaal vertellen. Ik had helemaal niets anders te doen.

In de jaren negentig van de negentiende eeuw ging de prijs van katoen sterk omhoog doordat de wereldvraag toenam. De vruchtbare gebieden in het Zuiden stonden onder druk om meer te produceren. De grote plantagebezitters in de Mississippidelta zochten koortsachtig naar mogelijkheden om hun oogsten te vergroten, maar ze hadden te kampen met een groot tekort aan arbeidskrachten. Veel van de zwarten die fysiek geschikt waren om te werken, waren weggevlucht uit het land waarop hun voorouders als slaven hadden gezwoegd. Ze waren naar het Noorden gegaan waar ze op beter werk en in elk geval op een beter leven konden rekenen. Zoals te begrijpen was, hadden de achterblijvers niet veel zin om voor een schandalig laag loon in de katoen te werken.
De planters besloten hardwerkende Europeanen naar hun plantages te laten overkomen. Via contacten met Italiaanse arbeidsbemid-

delaars in New York en New Orleans werden er mensen benaderd, toezeggingen gedaan, leugens verteld, contracten vervalst, en in 1895 arriveerde de eerste scheepslading met families in de delta. Ze kwamen uit het noorden van Italië, de streek van Emilia-Romagna bij Verona. Voor het grootste deel waren ze laaggeschoold en spraken ze weinig Engels, al beseften ze in elke taal algauw dat ze het slachtoffer van grootscheepse oplichterij waren geworden. Ze kregen erbarmelijk slechte woonruimte in een subtropisch klimaat, en terwijl ze hun strijd tegen de malaria, de muskieten, de slangen en het bedorven drinkwater leverden, kregen ze te horen dat ze katoen moesten oogsten voor een loon waar niemand van zou kunnen leven. Ze zagen zich gedwongen om tegen een schandalig hoge rente geld te lenen van de plantagebezitters. Hun eten en andere benodigdheden kwamen uit de winkel van hun werkgever, en de prijzen waren daar duizelingwekkend hoog.

Omdat de Italianen hard werkten, wilden de planters er nog meer hebben. Ze lieten zich van hun beste kant zien, deden nog meer toezeggingen aan nog meer Italiaanse arbeidsbemiddelaars, en de immigranten bleven komen. Dat was het begin van contractarbeid, en de Italianen werden slechter behandeld dan de meeste zwarte plantagearbeiders.

In de loop van de tijd werden er pogingen gedaan om winsten te delen en land in eigendom over te dragen, maar de katoenmarkten schommelden zo wild op en neer dat van die regelingen nooit veel terechtkwam. Na twintig jaar van uitbuiting trokken de Italianen weg en was het experiment verleden tijd.

Degenen die in de delta bleven, werden nog tientallen jaren als tweederangsburgers beschouwd. Ze werden niet toegelaten op scholen, en als katholieken waren ze ook niet welkom in kerken. De countryclubs waren verboden terrein voor hen. Ze waren 'spaghettivreters' en zaten helemaal onder op de maatschappelijke ladder. Maar omdat ze hard werkten en hun geld spaarden, kregen ze geleidelijk land in bezit.

De familie Rossetti kwam in 1902 bij Leland, Mississippi, aan. Ze kwamen uit een dorp in de buurt van Bologna en hadden de pech dat ze naar de verkeerde arbeidsbemiddelaar in die stad hadden geluisterd. Het echtpaar Rossetti bracht vier dochters mee, van wie de oudste de twaalfjarige Nicola was. Hoewel ze in het eerste jaar vaak honger leden, hadden ze altijd genoeg eten om in leven te blij-

ven. Ze waren zonder een cent in Amerika aangekomen, en na drie jaar contractarbeid hadden ze een schuld van zesduizend dollar bij de plantage opgelopen, zonder enige mogelijkheid om dat geld terug te betalen. Ze vluchtten in het holst van de nacht uit de delta weg en reden in een goederenwagon naar Memphis, waar een ver familielid hen opnam.
Op vijftienjarige leeftijd was Nicola adembenemend mooi. Lang donker haar, bruine ogen, een klassieke Italiaanse schoonheid. Ze leek ouder dan ze was en kreeg een baan in een kledingzaak door tegen de eigenaar te zeggen dat ze achttien was. Na drie dagen deed de eigenaar haar een huwelijksaanzoek. Hij was bereid van zijn vrouw, met wie hij al twintig jaar getrouwd was, te scheiden en zijn kinderen vaarwel te zeggen, als Nicola met hem wilde weglopen. Ze zei nee. Hij bood haar vader vijfduizend dollar aan om hem aan zijn kant te krijgen. Rossetti zei nee.
In die tijd gingen de rijke boerenfamilies uit het noorden van Mississippi naar Memphis om te winkelen en elkaar te ontmoeten, meestal binnen loopafstand van het Peabody Hotel. En daar had Zachary DeJarnette uit Clanton het grote geluk dat hij Nicola Rossetti tegen het lijf liep. Twee weken later waren ze getrouwd.
Hij was 31, weduwnaar zonder kinderen en op zoek naar een vrouw. Hij was ook de grootste planter in Ford County, waar de bodem niet zo vruchtbaar was als in de delta, maar nog profijtelijk als je er maar genoeg van had. DeJarnette had bijna tweeduizend hectare van zijn familie geërfd. Zijn grootvader was ooit eigenaar van de grootvader van Calia Ruffin geweest.
Aan het huwelijk waren voorwaarden verbonden. Nicola was erg verstandig voor haar leeftijd, en ze wilde ook erg graag haar familie beschermen. Ze hadden al zoveel geleden. Ze zag haar kans en greep die met beide handen aan. Voordat ze akkoord ging met het huwelijk, moest DeJarnette beloven dat hij niet alleen haar vader als bedrijfsleider op zijn boerderij in dienst zou nemen maar de familie ook aan erg comfortabele huisvesting zou helpen. Hij verklaarde zich bereid de drie jongere zusjes een opleiding te laten volgen. Hij was bereid de contractschulden in de delta af te betalen. DeJarnette was zo smoorverliefd dat hij tot alles bereid zou zijn geweest.
De eerste Italianen in Ford County arriveerden niet in een gammele ossenwagen, maar in een eersteklasrijtuig van de Illinois Central Rail Line. Een ontvangstcomité laadde hun gloednieuwe bagage uit

en hielp hen in twee Ford Model T's uit 1904. De Rossetti's werden als vorsten binnengehaald en gingen met DeJarnette van het ene naar het andere feestje in Clanton. In het stadje gonsde het meteen van de verhalen over de schoonheid van de bruid. Er was sprake van een grote huwelijksplechtigheid, want in Memphis hadden ze alleen tijd voor een korte dienst gehad, maar omdat er geen katholieke kerk in Clanton was, moesten ze van dat idee afzien. De bruid en bruidegom hadden het nog niet over de lastige kwestie van het geloof gehad. In die tijd zou DeJarnette meteen ja hebben gezegd als Nicola hem had gevraagd zich tot het hindoeïsme te bekeren.

Eindelijk kwamen ze bij het grote huis aan de rand van de stad. Toen de Rossetti's de lange oprijlaan opreden en het statige landhuis zagen dat al voor de Burgeroorlog door de eerste DeJarnette gebouwd was, barstten ze allemaal in tranen uit.

Er werd besloten dat ze daar zouden wonen totdat een opzichtershuis kon worden verbouwd. Nicola nam haar plichten als dame des huizes op zich en deed haar best om zwanger te worden. Haar jongere zusjes kregen privé-leraren en spraken binnen enkele weken goed Engels. Haar vader bracht elke dag met zijn schoonzoon door, die maar drie jaar jonger was dan hij, en leerde van hem hoe je een plantage moest leiden.

En mevrouw Rossetti ging naar de keuken, waar ze Callies moeder, India, leerde kennen.

'Mijn grootmoeder kookte voor de DeJarnettes, en mijn moeder deed dat ook,' zei miss Callie. 'Ik dacht dat ik dat ook zou doen, maar het is anders gelopen.'

'Hadden Zack en Nicola kinderen?' vroeg ik. Ik zat achter mijn derde of vierde glas thee. Die was warm en het ijs was gesmolten. Miss Callie had twee uur gepraat en ze dacht helemaal niet meer aan de juryoproep en het moordproces.

'Nee. Dat was erg triest, want ze wilden zo graag kinderen. Toen ik in 1911 werd geboren, haalde Nicola me praktisch bij mijn moeder vandaan. Ze wilde absoluut dat ik een Italiaanse naam kreeg. Ze hield me bij zich in het grote huis. Mijn moeder vond dat niet erg, ze had genoeg andere kinderen, en bovendien was ze zelf ook de hele dag in het huis.'

'Wat deed uw vader?' vroeg ik.

'Die werkte op de boerderij. Dat was een goede plaats om te werken, en te wonen. We hadden veel geluk, want de DeJarnettes zorg-

den goed voor ons. Het waren goede, eerlijke mensen. Veel zwarten hadden het slechter getroffen. In die tijd werd je leven beheerst door de blanke die eigenaar van je huis was. Als hij gemeen en agressief was, leidde je een ellendig leven. De DeJarnettes waren geweldige mensen. Mijn vader, grootvader en overgrootvader werkten op hun land, en ze zijn nooit slecht behandeld.'
'En Nicola?'
Ze glimlachte voor het eerst in een uur. 'God heeft me gezegend. Ik had twee moeders. Ze liet me kleren dragen die ze in Memphis had gekocht. Toen ik een peuter was, leerde ze me Italiaans spreken, terwijl ik nog bezig was Engels te leren. Ze leerde me lezen toen ik drie jaar was.'
'U spreekt nog steeds Italiaans?'
'Nee. Het is lang geleden. Ze vertelde graag verhalen over de tijd dat ze nog in Italië woonde, en ze beloofde dat ze me op een dag daarheen zou brengen, dat ik de kanalen van Venetië zou zien, en het Vaticaan in Rome, en de toren van Pisa. Ze zong graag en ze leerde me veel over de opera.'
'Was ze ontwikkeld?'
'Haar moeder had een beetje onderwijs gehad, meneer Rossetti niet, en ze had ervoor gezorgd dat Nicola en haar zusjes leerden lezen en schrijven. Ze beloofde me dat ik ergens in het Noorden zou gaan studeren, of misschien zelfs in Europa, waar de mensen verdraagzamer waren. Hier in het Zuiden was in de jaren twintig het idee dat een zwarte vrouw ging studeren nog ronduit krankzinnig.'
Het verhaal leidde in veel richtingen. Ik wilde er iets van vastleggen, maar ik had geen schrijfblok meegebracht. Ik zag het voor me: een jong zwart meisje dat vijftig jaar geleden in Mississippi in een statig negentiende-eeuws landhuis woonde en Italiaans sprak en naar de opera luisterde. Dat moest wel een unieke situatie zijn geweest.
'Werkte je in het huis?' vroeg ik.
'Ja zeker, toen ik ouder werd. Ik was huishoudster, maar ik hoefde nooit zo hard te werken als de anderen. Nicola wilde me dicht bij zich hebben. Minstens een uur per dag zaten we in haar salon en oefenden we met spreken. Ze wilde per se haar Italiaanse accent kwijtraken, en ze wilde dat ik een perfecte dictie kreeg. Er was een gepensioneerde onderwijzeres uit de stad, een zekere juffrouw Tucker, een oude vrijster, ik zal haar nooit vergeten, en Nicola stuurde elke ochtend een auto om haar op te halen. Bij de thee lazen we een

les en juffrouw Tucker verbeterde dan zelfs de kleinste spraakfout. We leerden grammatica. We leerden moeilijke woorden. Nicola bleef oefenen tot ze perfect Engels sprak.'
'En het plan om u te laten studeren?'
Ze was plotseling erg moe. De tijd van het verhalen vertellen was voorbij. 'Ach, meneer Traynor, dat was erg droevig. In de jaren twintig is meneer DeJarnette alles kwijtgeraakt. Hij had veel in spoorwegen en schepen en aandelen en zo belegd, en hij was alles bijna van de ene op de andere dag kwijt. Hij schoot zich een kogel door het hoofd, maar dat is een ander verhaal.'
'Wat gebeurde er met Nicola?'
'Het lukte haar het grote huis te houden tot aan de Tweede Wereldoorlog. Toen ging ze met meneer en mevrouw Rossetti naar Memphis terug. We schreven elkaar jarenlang elke week een brief; ik heb ze nog steeds. Vier jaar geleden is ze gestorven, ze was 76. Ik heb een maand gehuild. Ik huil nog steeds als ik aan haar denk. Wat hield ik veel van die vrouw.' Haar stem stierf weg en ik wist uit ervaring dat ze nu aan een dutje toe was.
Die avond begroef ik me in het archief van de *Times*. Op 12 september 1930 was er een voorpaginaverhaal over de zelfmoord van Zachary DeJarnette. Moedeloos geworden door het verlies van zijn vermogen had hij een nieuw testament en een afscheidsbrief voor zijn vrouw Nicola achtergelaten. Daarna was hij, om de dingen voor iedereen gemakkelijker te maken, naar het uitvaartbedrijf in Clanton gereden. Hij liep met een dubbelloops jachtgeweer door de achterdeur naar binnen, ging op zoek naar de balsemkamer, ging daar zitten, trok een schoen uit, stak het geweer in zijn mond en haalde de trekker over met zijn grote teen.

14

Op maandag 22 juni kwamen alle honderd jurykandidaten, op acht na, naar de rechtbank voor het proces van Danny Padgitt. Zoals algauw bleek, waren er vier overleden en waren vier gewoon verdwenen. De rest keek voor het merendeel erg gespannen. Baggy zei dat jurykandidaten bij aankomst meestal nog niet weten om wat voor zaak het gaat. Maar in het geval van het Padgitt-proces lag het anders. Iedereen in Ford County wist dat de grote dag eindelijk was aangebroken.
In een klein stadje zijn er maar weinig dingen die zoveel publiek trekken als een goed moordproces, en al lang voor negen uur die morgen zat de rechtszaal vol. De jurykandidaten namen de ene kant in beslag, de toeschouwers de andere kant. Het oude balkon boog bijna door boven ons hoofd. Overal stonden mensen. Bij wijze van machtsvertoon liet sheriff Coley alle beschikbare geüniformeerden rondlopen. Ze keken allemaal erg gewichtig, maar deden niets productiefs. Wat een ideaal moment om een bankoverval te plegen, dacht ik.
Baggy en ik zaten op de voorste rij. Hij had de griffier er inmiddels van overtuigd dat wij recht hadden op een persaccreditatie, en dus op speciale plaatsen. Naast me zat een verslaggever van de krant in Tupelo, een sympathieke man die naar goedkope pijptabak rook. Ik vertelde hem de bijzonderheden van de moord, maar wel vertrou-

welijk natuurlijk. Blijkbaar was hij onder de indruk van wat ik allemaal wist.

De Padgitts waren op volle sterkte verschenen. Ze zaten in stoelen die naar de tafel van de verdediging waren getrokken en pleegden fluisterend overleg met Danny en Lucien Wilbanks, als een stel dieven, en dat waren ze natuurlijk ook. Ze waren arrogant en sinister en onwillekeurig haatte ik ze stuk voor stuk. Ik kende ze niet bij naam; weinig mensen kenden hun naam. Maar toen ik naar ze keek, vroeg ik me af wie van hen de klungelige brandstichter was geweest die met jerrycans benzine onze drukkerijruimte was binnengeslopen. Ik had mijn pistool in mijn aktetas. Zij zullen die van hen ook wel bij de hand hebben gehad. Een verkeerde beweging hier of daar en er zou meteen een ouderwets vuurgevecht losbarsten. Als sheriff Coley en zijn slecht getrainde maar schietgrage jongens zich er dan ook nog mee bemoeiden, zou de halve stad worden neergeknald.

Ik zag sommige Padgitts even naar me kijken, maar ze maakten zich drukker om de jurykandidaten dan om mij. Ze keken aandachtig naar hen toen ze achter elkaar de rechtszaal binnenkwamen en hun instructies van de griffier kregen. De Padgitts en hun advocaten keken in lijsten die ze ergens hadden gevonden. Ze pleegden overleg. Danny droeg goede maar informele kleren, een wit overhemd met lange mouwen en een gestreken kakibroek. Zoals Wilbanks hem had opgedragen, glimlachte hij veel, alsof hij werkelijk een leuke jongen was wiens onschuld straks aan het licht zou komen.

Aan de andere kant van het gangpad keken Ernie Gaddis en zijn kleinere team ook naar de jurykandidaten. Gaddis had twee medewerkers. De een was zijn assistent en de ander, Hank Hooten, was parttime aanklager. De assistent droeg de mappen en aktetassen. Hooten fungeerde blijkbaar vooral als klankbord voor Ernie, iemand met wie hij kon overleggen.

Baggy boog zich naar me toe alsof het tijd was om te fluisteren. 'Die kerel daar, bruin pak,' zei hij, knikkend in de richting van Hooten. 'Hij deed het met Rhoda Kassellaw.'

Ik was geschokt en dat was aan mijn gezicht te zien. Ik keek Baggy met grote ogen aan. Hij knikte zelfvoldaan en zei wat hij altijd zei als hij de primeur van iets heel rottigs had. 'Dat zeg ik je,' fluisterde hij. Daarmee bedoelde hij dat hij er niet aan twijfelde. Baggy zat er vaak naast, maar hij twijfelde nooit.

Hooten leek een jaar of veertig, hij was vroeg grijs, goedgekleed, redelijk knap. 'Waar komt hij vandaan?' fluisterde ik. Het was rumoerig in de rechtszaal, want rechter Loopus was er nog niet.
'Hier vandaan. Hij doet wat onroerendgoedzaken, dingen waar niet veel druk achter zit. Een echte lul. Een paar keer gescheiden, altijd op de versiertoer.'
'Weet Gaddis dat zijn assistent met het slachtoffer omging?'
'Natuurlijk niet. Ernie zou hem meteen van de zaak afhalen.'
'Denk je dat Wilbanks het weet?'
'Wie zal het zeggen?' zei Baggy nog zelfvoldaner dan tevoren. Het leek wel of hij ze persoonlijk in bed had betrapt en daarover had gezwegen tot aan dit moment in de rechtszaal. Ik wist niet of ik hem kon geloven.
Miss Callie arriveerde een paar minuten voor negen. Esau leidde haar de rechtszaal in, maar moest toen weggaan omdat hij geen plaats kon vinden. Ze meldde zich aan bij de griffier en werd in de derde rij gezet, waar ze een vragenlijst kreeg voorgelegd. Ze keek of ze mij zag, maar er waren te veel mensen tussen ons in. Ik telde vier andere zwarten onder de jurykandidaten.
Een parketwacht riep dat we moesten opstaan, en het klonk alsof een stel paarden op hol sloeg. Rechter Loopus zei dat we konden gaan zitten, en de vloer trilde. Hij ging meteen aan het werk en was blijkbaar in een goed humeur. Hij had een rechtszaal vol kiezers en hij wilde over twee jaar herkozen worden, al had hij nooit een tegenstander gehad. Zes jurykandidaten mochten vertrekken, omdat ze ouder dan 65 waren. Vijf mochten om medische redenen vertrekken. De ochtend sleepte zich voort. Ik kon mijn blik niet van Hank Hooten afhouden. Hij zag er inderdaad uit als een versierder.
Toen de eerste vragen waren afgehandeld, waren er nog 79 gekwalificeerde jurykandidaten over. Miss Callie zat nu op de tweede rij, geen goed teken als ze liever geen jurylid wilde worden. Rechter Loopus gaf het woord aan Ernie Gaddis, die zich weer aan de jurykandidaten voorstelde en wijdlopig uiteenzette dat hij daar was namens de staat Mississippi, de belastingbetalers, de burgers die hem hadden gekozen om de criminelen te vervolgen. Hij was de advocaat van het volk.
Hij ging Danny Padgitt vervolgen, die door een jury van onderzoek, die uit hun medeburgers had bestaan, in staat van beschuldiging was gesteld inzake de verkrachting van en moord op Rhoda

Kassellaw. Ernie vroeg of het mogelijk was dat iemand niet over de moord had gehoord. Er ging niet één hand omhoog.

Ernie praatte al dertig jaar tegen jury's. Hij was vriendelijk en sprak vlot en wekte de indruk dat je bijna alles met hem kon bespreken, zelfs in een openbare rechtszitting. Hij begaf zich geleidelijk op het terrein van de intimidatie. Heeft iemand buiten uw familie contact met u opgenomen over deze zaak? Een vreemde? Heeft een vriend geprobeerd uw mening te beïnvloeden? Uw oproep is over de post verstuurd; de jurylijst is verzegeld achter slot en grendel bewaard. Niemand zou mogen weten dat u een jurykandidaat bent. Heeft iemand u daarover aangesproken? Heeft iemand u bedreigd? Heeft iemand u iets aangeboden? Toen Ernie die vragen aan de orde stelde, werd het erg stil in de rechtszaal.

Niemand stak zijn hand op; dat werd ook niet verwacht. Maar Ernie bracht de boodschap over dat deze mensen, de Padgitts, zich aan de zelfkant van Ford County bevonden. Hij liet een donkere wolk boven hen hangen en wekte de indruk dat hij, de officier van justitie en de advocaat van het volk, de waarheid kende.

Hij begon aan het slot van zijn betoog met een vraag die als een geweerschot door de lucht sneed. 'Weet u allemaal dat het wederrechtelijk beïnvloeden van de jury een misdrijf is?'

Blijkbaar wisten ze dat.

'En dat ik, als officier van justitie, eenieder die zich daaraan schuldig maakt zal vervolgen en aanklagen? Ik zal die persoon voor het gerecht slepen en mijn uiterste best doen om hem veroordeeld te krijgen. Begrijpt u dat?'

Toen Ernie klaar was, hadden we allemaal het gevoel dat we wederrechtelijk beïnvloed waren. Het leek wel of iedereen die over de zaak praatte, en dat was natuurlijk iedereen in de county, gevaar liep door Ernie te worden aangeklaagd en tot in het graf te worden achtervolgd.

'Hij doet het goed,' fluisterde de journalist uit Tupelo.

Lucien Wilbanks zette eerst langdurig en nogal saai uiteen dat iemand onschuldig was tot zijn schuld bewezen was. Dat was de grondslag van de Amerikaanse jurisprudentie, zei hij. Wat ze ook in de plaatselijke krant hadden gelezen – en nu wierp hij een smalende blik in mijn richting – zijn cliënt, die daar dat op dat moment zat, was onschuldig. En als iemand daar anders over dacht, was het zijn of haar plicht om zijn of haar hand op te steken en dat te zeggen.

Niemand reageerde. 'Goed. Dan zegt u met uw stilzwijgen tegen

het hof dat u, u allen, op dit moment naar Danny Padgitt kunt kijken en zeggen dat hij onschuldig is. Kunt u dat?' Hij bestookte hen veel te lang met dat soort dingen, en ging toen over op de bewijslast. Dat werd weer een lezing over de grote uitdaging waarvoor het Openbaar Ministerie zich gesteld zag: bewijzen dat de schuld van zijn cliënt boven elke redelijke twijfel verheven was.
Die twee beschermingsmechanismen – het vermoeden van onschuld en het bewijs dat boven redelijke twijfel verheven moest zijn – waren ons allen, ook de juryleden, toegekend door de wijze mannen die de grondwet hadden geschreven.
Het liep tegen de middag en iedereen keek uit naar de middagpauze. Wilbanks merkte dat blijkbaar niet en zeverde maar door. Toen hij om kwart over twaalf ging zitten, zei rechter Loopus dat hij uitgehongerd was. We zouden pauzeren tot twee uur.
Baggy en ik aten een broodje in de Toog. We deden dat met een paar van zijn maatjes, drie oudere, aan lager wal geraakte advocaten die in geen jaren een proces hadden overgeslagen. Baggy had zin in een glas whisky, maar om de een of andere vreemde reden vond hij dat zijn plicht zwaarder woog. Zijn maatjes vonden dat niet. De griffier had ons een lijst gegeven van de juryleden zoals ze op dat moment op de tribune zaten. Miss Callie was nummer 22, de eerste zwarte en de derde vrouw.
De mannen waren het erover eens dat de verdediging haar niet zou afwijzen, omdat ze zwart was en omdat zwarten, volgens de gangbare theorie, sympathiseerden met mensen die van een misdrijf werden beschuldigd. Ik begreep niet goed hoe een zwarte persoon kon sympathiseren met een blanke schurk als Danny Padgitt, maar de advocaten waren ervan overtuigd dat Lucien Wilbanks haar graag zou accepteren.
Volgens dezelfde theorie zou de aanklager tot een van zijn arbitraire, dwingende wrakingen besluiten en haar van de lijst schrappen. Nee, zei Chick Elliot, de oudste en drankzuchtigste van het stel. 'Ik zou haar nemen, als ik aanklager was,' zei hij en hij sloeg weer een fikse slok whisky achterover.
'Waarom?' vroeg Baggy.
'Omdat we haar nu zo goed kennen, dankzij de *Times*. Ze komt over als een verstandige, godvrezende, bijbellezende patriot, iemand die al die kinderen heeft opgevoed met harde hand en een snelle trap tegen hun achterste als ze niet deden wat ze zei.'

'Dat ben ik met je eens,' zei Tackett, de jongste van de drie. Maar Tackett had de neiging met alle winden mee te waaien. 'Voor de aanklager zou ze het ideale jurylid zijn. Daar komt nog bij dat ze een vrouw is. Het gaat om verkrachting. Ik zou alle vrouwen nemen die ik kon krijgen.'
Ze argumenteerden een uur. Het was mijn eerste sessie met hen, en plotseling begreep ik hoe Baggy aan zoveel verschillende opinies over zoveel kwesties kwam. Hoewel ik mijn best deed het niet te laten blijken, was ik bang dat mijn lange, positieve verhalen over miss Callie haar duur zouden komen te staan.

Na de lunchpauze begon rechter Loopus aan de ernstigste fase van de ondervraging, de doodstraf. Hij legde uit wat een halsmisdrijf was en welke procedures zouden worden gevolgd, en daarna gaf hij het woord aan Ernie Gaddis.
Jurykandidaat nummer elf was lid van een of ander obscuur kerkgenootschap en hij maakte erg goed duidelijk dat hij er nooit voor zou stemmen om iemand naar de gaskamer te sturen. Jurykandidaat nummer 34 had in twee oorlogen gevochten en bracht nogal duidelijk naar voren dat de doodstraf niet vaak genoeg werd toegepast. Dat was natuurlijk koren op de molen van Ernie, die de jurykandidaten een voor een vroeg wat hun houding was ten opzichte van het oordelen over anderen en het opleggen van de doodstraf. Ten slotte kwam hij bij miss Callie. 'Zo, mevrouw Ruffin, ik heb over u gelezen en u lijkt me een erg gelovige vrouw. Is dat juist?'
'Ja zeker, ik hou van de Heer,' antwoordde ze, luid en duidelijk.
'Hebt u er moeite mee om over een ander mens te oordelen?'
'Ja, dat heb ik.'
'Wilt u van uw juryplicht ontheven worden?'
'Nee. Het is mijn plicht als burger om hier te zijn, net als al deze andere mensen.'
'En als u deel uitmaakt van de jury, en de jury vindt dat meneer Padgitt schuldig is aan deze misdrijven, kunt u er dan voor stemmen om hem ter dood te veroordelen?'
'Ik zou dat beslist niet graag willen.'
'Mijn vraag was: "Kunt u dat?"'
'Ik kan me aan de wet houden, net als deze andere mensen. Als de wet zegt dat we de doodstraf in overweging moeten nemen, kan ik me aan de wet houden.'

Vier uur later was Calia Ruffin het laatste jurylid dat werd benoemd, ze was de eerste zwarte die deel uitmaakte van een jury in Ford County. De drinkebroers in de Toog hadden gelijk gekregen. De verdediging wilde haar omdat ze zwart was. De aanklagers wilden haar omdat ze haar zo goed kenden. Bovendien moest Ernie Gaddis zijn wrakingen voor personen bewaren die hij nog minder graag in de jury wilde hebben.
Die avond zat ik alleen in mijn kamer aan een artikel over de eerste dag van het proces en de selectie van de juryleden te werken. Beneden hoorde ik een vertrouwd geluid. Harry Rex had een bepaalde manier om de voordeur open te duwen en over de houten vloeren te lopen. Iedereen van de *Times* wist altijd meteen dat hij was binnengekomen, op welk uur van de dag dat ook gebeurde. 'Willie!' riep hij van beneden.
'Boven,' riep ik terug.
Hij stommelde de trap op en plofte in zijn favoriete stoel neer. 'Wat vind je van de juryleden?' zei hij. Blijkbaar was hij volkomen nuchter.
'Ik ken er maar een van,' zei ik. 'Hoeveel ken jij er?'
'Zeven.'
'Denk je dat ze miss Callie hebben uitgekozen vanwege mijn verhalen?'
'Ja,' zei hij, meedogenloos wreed als hij was. 'Iedereen heeft het over haar. Beide kanten hadden het gevoel dat ze haar kenden. Het is 1970 en we hebben nog nooit een zwart jurylid gehad. Ze leek mij net zo goed als ieder ander. Maak je je zorgen?'
'Ja, eigenlijk wel.'
'Waarom? Wat is er verkeerd aan om in een jury te zitten? Het wordt tijd dat we daar ook zwarten in hebben. Zij en haar man hebben altijd graag barrières willen doorbreken. En het is ook niet gevaarlijk. Nou ja, normaal gesproken is het niet gevaarlijk.'
Ik had miss Callie niet meer gesproken en dat zou tot na het proces ook niet meer gebeuren. Rechter Loopus hield de juryleden de rest van de week in afzondering. Ze zouden inmiddels in een motel in een andere plaats zitten.
'Zitten er verdachte types in de jury?' vroeg ik.
'Zou kunnen. Iedereen maakt zich zorgen over die invalide jongen uit de buurt van Dumas. Fargarson. Hij liep rugletsel op in een houtzagerij die van zijn oom was. Die oom kocht vele jaren geleden

hout van de Padgitts. Die jongen heeft niet zo'n goede mentaliteit. Gaddis wilde hem eruit gooien, maar hij was door zijn wrakingen heen.'
De invalide jongen liep met een stok en was minstens 25 jaar. Harry Rex noemde iedereen die jonger was dan hij, en vooral mij, altijd 'jongen'.
'Maar met de Padgitts weet je het nooit,' ging hij verder. 'Ach, misschien hebben ze de halve jury al in hun zak zitten.'
'Dat geloof je toch niet echt?'
'Nee, maar het zou me ook niet verbazen als de juryleden het niet eens werden. Misschien krijgt Ernie die jongen pas na twee of drie pogingen te pakken.'
'Maar hij wordt veroordeeld, nietwaar?' Het idee dat Danny Padgitt aan zijn straf zou ontkomen, maakte me doodsbang. Ik had veel van mezelf in het stadje Clanton geïnvesteerd, en als het rechtsstelsel hier zo corrupt was, wilde ik niet blijven.
'Zeker weten.'
'Goed. De doodstraf?'
'Uiteindelijk wel, denk ik. Hier wonen allemaal vrome mensen, Willie. Oog om oog en meer van die onzin. Loopus zal alles doen wat hij kan om Ernie aan een doodvonnis te helpen.'
Toen beging ik de fout hem te vragen waarom hij zo laat nog werkte. Een echtscheidingscliënt was voor zaken de stad uit gegaan, maar was stiekem teruggekomen om zijn vrouw met haar vriendje te betrappen. De cliënt en Harry Rex hadden de afgelopen twee uur in een geleende pick-up achter een motel ten noorden van de stad doorgebracht, zo'n motel waar de kamers per uur werden verhuurd. Het bleek dat de vrouw twee vriendjes had. Hij had een halfuur nodig om dat verhaal te vertellen.

15

Op dinsdagmorgen gingen er bijna twee uren verloren doordat de juristen in de kamer van de rechter over een stuk of wat fel betwiste verzoeken kibbelden. 'Het zal wel om de foto's gaan,' zei Baggy meermalen. 'Ze maken altijd ruzie om de foto's.' Omdat wij niet bij hun schermutselingen aanwezig mochten zijn, zaten we ongeduldig te wachten in de rechtszaal, waar we onze goede plaatsen bezet moesten houden. Met hanenpoten waarop iedere oude rot in het journalistenvak jaloers zou zijn, schreef ik bladzijden vol met nutteloze aantekeningen. Dat geschrijf hield me bezig en het gaf me ook de kans om de blikken van de Padgitts te ontwijken. Omdat de jury de zaal uit was, richtten ze hun aandacht op de toeschouwers, vooral op mij.
De juryleden zaten opgesloten in hun kamer, met hulpsheriffs voor de deur, alsof iemand er iets mee zou bereiken door hen aan te vallen. De jurykamer bevond zich op de eerste verdieping, met grote ramen die over de oostkant van het gazon van de rechtbank uitkeken. Aan de onderkant van een van die ramen zat een lawaaierige airconditioning. Als die op volle toeren draaide, was hij op het hele plein te horen. Ik dacht aan miss Callie en haar bloeddruk. Ik wist dat ze de bijbel las en misschien bracht dat haar tot rust. Ik had Esau vroeg op de ochtend gebeld. Hij had er veel moeite mee dat ze in afzondering werd gehouden.

Esau zat op de achterste rij en net als de rest geduldig af te wachten. Toen rechter Loopus en de advocaten eindelijk verschenen, zagen ze eruit alsof ze met elkaar op de vuist waren geweest. De rechter knikte de parketwacht toe en de juryleden werden binnengeleid. Hij heette hen welkom, bedankte hen, informeerde naar hun huisvesting, verontschuldigde zich voor het ongemak, verontschuldigde zich voor het uitstel van die ochtend en zegde toe dat er wat meer vaart achter zou worden gezet.

Ernie Gaddis ging achter het spreekgestoelte staan en begon aan zijn openingsbetoog voor de jury. Hij had een geel schrijfblok, maar hij keek er niet op. Erg efficiënt zette hij puntsgewijs de bewijsvoering van het Openbaar Ministerie tegen Danny Padgitt uiteen. Wanneer alle bewijzen waren aangevoerd, en alle getuigen waren ondervraagd, en de juristen niets meer te zeggen hadden, en de rechter had gesproken, zou het aan de jury zijn om recht te doen. Hij twijfelde er geen moment aan dat ze Danny Padgitt schuldig zouden bevinden aan verkrachting en moord. Hij gebruikte geen woord te veel, en elk woord trof doel. Gelukkig was hij niet lang aan het woord. Zijn zelfverzekerde toon en de bondigheid van zijn betoog maakten duidelijk dat hij over de feiten en bewijzen beschikte en dat hij zijn vonnis zou krijgen. Hij had geen lange, emotionele argumenten nodig om de jury te overtuigen.

Baggy mocht graag zeggen: 'Als een advocaat of een officier een zwakke zaak heeft, praat hij des te meer.'

Vreemd genoeg stelde Lucien Wilbanks zijn openingsbetoog uit totdat hij zijn getuigen zou oproepen, een mogelijkheid die bijna nooit werd benut. 'Hij voert iets in zijn schild,' mompelde Baggy, alsof hij Luciens gedachten kon lezen. 'Dat was te verwachten.'

De eerste getuige à charge was sheriff Coley zelf. Het hoorde bij zijn werk om als getuige op te treden in strafzaken, maar het was de vraag of hij ooit had gedacht dat hij dat nog eens tegen een Padgitt zou doen. Over een paar maanden waren er weer sheriffverkiezingen. Het was belangrijk voor hem dat hij goed op de kiezers overkwam.

Ernie had deze ondervraging zorgvuldig voorbereid, en onder zijn leiding namen ze de gebeurtenissen rond het misdrijf door. Ernie had grote plattegronden van het huis van Kassellaw, het huis van Deece, de wegen rond Beech Hill, de exacte plaats waar Danny Padgitt was gearresteerd. Hij had foto's van de omgeving. En toen

liet hij foto's zien van Rhoda's lijk, foto's van twintig bij dertig centimeter die rondgingen onder de juryleden. Hun reacties waren verbazingwekkend. Ze keken allemaal geschokt. Sommigen huiverden. Een paar monden gingen open. Miss Callie deed haar ogen dicht en leek te bidden. Een ander vrouwelijk jurylid, Barbara Baldwin, liet meteen haar mond openvallen en wendde zich af. Toen keek ze Danny Padgitt aan alsof ze hem ter plekke zou willen neerschieten. 'O, mijn god,' mompelde een van de mannen. Een ander hield zijn hand voor zijn mond alsof hij moest overgeven.
De juryleden zaten in gecapitonneerde draaistoelen die een beetje konden schommelen. Toen de gruwelijke foto's rondgingen, bleef niet één stoel op zijn plaats. De foto's wekten vooroordelen bij de juryleden, maar ze waren toch toelaatbaar, en toen ik zag hoeveel beroering ze in de jurybanken teweegbrachten, dacht ik dat Danny Padgitt zo goed als dood was. Rechter Loopus liet er maar zes als bewijsstukken toe. Eén zou al genoeg zijn geweest.
Het was net één uur geweest, en iedereen had behoefte aan een pauze. Ik geloofde niet dat de juryleden veel trek hadden.

De tweede getuige à charge was een van Rhoda's zussen uit Missouri. Ze heette Ginger McClure, en ik had na de moord een paar keer met haar gesproken. Toen ze besefte dat ik in Syracuse had gestudeerd en niet uit Ford County kwam, was ze een beetje ontdooid. Ze had me na enig aandringen een foto voor de necrologie gestuurd. Later had ze me gebeld en gevraagd of ik haar de nummers van de *Times* wilde sturen waarin Rhoda's zaak aan de orde kwam. Ze zei dat ze niet veel informatie van het Openbaar Ministerie kreeg.
Ginger was slank en roodharig, erg aantrekkelijk en goedgekleed, en toen ze in de getuigenbank ging zitten, waren alle ogen op haar gericht.
Volgens Baggy werd er altijd een familielid van het slachtoffer als getuige opgeroepen. De dood werd pas echt als de nabestaanden in de getuigenbank verschenen en de juryleden aankeken.
Ernie wilde dat Ginger door de juryleden werd gezien en dat ze hun medeleven wekte. Hij wilde de jury er ook aan herinneren dat de moordenaar twee kleine kinderen willens en wetens van hun moeder had beroofd. Haar getuigenverklaring was kort. Lucien Wilbanks was zo verstandig haar niet aan een kruisverhoor te onder-

werpen. Toen ze mocht gaan, liep ze naar een gereserveerde stoel, dicht bij de stoel van Ernie Gaddis. Ze trad op als vertegenwoordiger van de familie. Iedereen keek naar haar, tot de volgende getuige werd opgeroepen.

Het was weer tijd voor het bloed. Een patholoog-anatoom van het forensisch lab was opgeroepen om de sectie te bespreken. Hoewel hij veel foto's had, werd daar niet één van gebruikt. Dat was ook niet nodig. In lekentermen was de doodsoorzaak duidelijk: bloedverlies. Er was een steekwond van tien centimeter; die begon net onder haar linkeroor en ging bijna recht omlaag. Hij was bijna vijf centimeter diep, en het was zijn opinie – en hij had veel steekwonden gezien – dat de wond was veroorzaakt door een snelle en krachtige haal met een mes waarvan het lemmet ongeveer vijftien centimeter lang en twee of drie centimeter breed was. De persoon die het mes had gebruikt, was hoogstwaarschijnlijk rechtshandig. De linkerhalsslagader was volledig doorgesneden, en op dat moment had het slachtoffer nog maar enkele minuten te leven gehad. De andere steekwond was zeventien centimeter lang, twee centimeter diep, en leidde van de punt van de kin naar het rechteroor, dat bijna in tweeën was gesneden. Deze wond zou op zichzelf waarschijnlijk niet tot de dood hebben geleid.

De patholoog-anatoom beschreef die wonden alsof hij het over een tekenbeet had. Het was niets ongewoons. Niets bijzonders. In zijn vak zag hij elke dag zulke gruwelijke dingen en praatte hij daar in rechtszalen over. Maar voor alle anderen in de zaal waren het schokkende dingen. Op een gegeven moment keken alle juryleden naar Danny Padgitt en namen ze zich stilzwijgend voor om hem schuldig te verklaren.

Lucien Wilbanks begon zijn kruisverhoor vriendelijk genoeg. Die twee hadden al vaker met elkaar te maken gehad. Hij liet de patholoog-anatoom toegeven dat sommige van zijn opinies fout zouden kunnen zijn, bijvoorbeeld zijn opinie over de grootte van het moordwapen en de rechtshandigheid van de dader. 'Ik heb gezegd dat het waarschijnlijk zo was,' zei de dokter geduldig. Ik kreeg de indruk dat hij al zo vaak onder vuur was genomen dat hij door niets meer van zijn stuk te brengen was. Wilbanks porde hem nog wat aan, maar hij lette er wel op dat hij niet meer over het vernietigende bewijsmateriaal sprak. De jury had al genoeg over de steekwonden gehoord; het zou dom zijn om daar weer over te beginnen.

Er was nog een patholoog-anatoom opgeroepen. Tijdens de sectie had hij het lichaam grondig onderzocht en een aantal dingen geconstateerd die iets over de identiteit van de moordenaar vertelden. In de vaginale zone had hij sperma gevonden dat volkomen consistent was met Danny Padgitts bloedgroep. Onder de nagel van Rhoda's rechterwijsvinger had hij een minuscuul stukje menselijke huid gevonden. Ook dat kwam overeen met de bloedgroep van de verdachte.
In het kruisverhoor vroeg Lucien Wilbanks hem of hij de heer Padgitt persoonlijk had onderzocht. Nee, dat had hij niet. Op welke plek van zijn lichaam was de heer Padgitt op die manier gekrabd?
'Ik heb hem niet onderzocht,' zei de patholoog-anatoom.
'Hebt u foto's van hem bestudeerd?'
'Nee.'
'Dus als dat stukje huid van hem was, kunt u niet tegen de jury zeggen waar het vandaan kwam.'
'Helaas niet.'
Na vier uur van aanschouwelijke getuigenverklaringen was iedereen in de rechtszaal doodmoe. Rechter Loopus stuurde de jury weg met de strenge waarschuwing dat ze geen contact met de buitenwereld mochten hebben. Dat leek me nogal overdreven, want ze werden ergens verborgen gehouden en door de politie bewaakt.
Baggy en ik gingen vlug naar de krant terug en typten koortsachtig door tot bijna tien uur die avond. Het was dinsdag, en Hardy wilde de persen liever niet later dan elf uur aanzetten. In de zeldzame weken dat zich geen technische problemen voordeden, kon hij in nog geen drie uur tijd vijfduizend exemplaren drukken.
Hardy ging zo snel mogelijk aan het zetten. Er was geen tijd voor correcties en proeven, maar ik maakte me niet zo druk om dit nummer, want miss Callie zat in de jury en kon niet naar fouten zoeken. Zodra we klaar waren, ging Baggy aan de fles en wilde hij zo gauw mogelijk vertrekken. Ik was al op weg naar mijn eigen kamer, toen Ginger McClure door de voordeur kwam binnenlopen en me begroette alsof we oude vrienden waren. Ze droeg een strakke spijkerbroek en een rode blouse. Ze vroeg of ik iets te drinken had. Niet op de krant, maar dat weerhield ons niet.
We stapten in mijn Spitfire en reden naar Quincy's, waar ik een sixpack Schlitz-bier kocht. Ze wilde Rhoda's huis nog één keer zien, vanaf de weg, niet te dichtbij. Toen we die kant op reden, infor-

meerde ik voorzichtig naar de twee kinderen. Ze woonden allebei bij een andere zus – Ginger had me meteen verteld dat ze kortgeleden was gescheiden – en waren allebei in intensieve therapie. Het jongetje leek bijna normaal, al was hij soms langdurig stil. Het meisje was er veel erger aan toe. Ze had steeds nachtmerries over haar moeder en ze plaste steeds in haar broek. Vaak lag ze in foetushouding op haar vingers te zuigen en erbarmelijk te kreunen. De artsen probeerden allerlei medicijnen.

De kinderen wilden geen van beiden tegen de familie of de artsen zeggen hoeveel ze die avond hadden gezien. 'Ze zagen dat hun moeder werd verkracht en gestoken,' zei ze, toen ze het eerste biertje op had. Dat van mij was nog half vol.

Het huis van de Deeces zag eruit alsof meneer en mevrouw Deece dagenlang hadden geslapen. We reden het grindpad op van wat eens het gezellige kleine huisje van de Kassellaws was geweest. Het was leeg en donker en zag er verlaten uit. Er stond een bord met TE KOOP in de tuin. Het huis was het enige van waarde in Rhoda's nalatenschap. De opbrengst zou naar de kinderen gaan.

Op verzoek van Ginger deed ik de lichten uit en zette ik de motor af. Dat was geen goed idee, want de buren waren natuurlijk nerveus. Daar komt nog bij dat mijn Triumph Spitfire de enige in zijn soort in Ford County was en als zodanig erg in de gaten liep.

Ze legde haar hand voorzichtig op de mijne en zei: 'Hoe is hij in het huis gekomen?'

'Ze hebben voetafdrukken bij de patiodeur aangetroffen. Waarschijnlijk zat die niet op slot.' En in een lange stilte lieten we allebei de aanval nog eens door ons hoofd gaan, de verkrachting, het mes, de kinderen die door de duisternis renden, schreeuwend dat meneer Deece hun moeder moest redden.

'Had je een nauwe band met haar?' vroeg ik, en toen hoorde ik in de verte een auto naderen.

'Toen we nog kinderen waren wel, maar de laatste tijd niet. Ze is tien jaar geleden uit huis gegaan.'

'Hoe vaak heb je haar hier opgezocht?'

'Twee keer. Ik ben ook verhuisd, naar Californië. Het contact ging min of meer verloren. Na de dood van haar man smeekten we haar om naar Springfield terug te gaan, maar ze zei dat het haar hier beviel. In werkelijkheid kon ze nooit goed met mijn moeder overweg.'

Een pick-uptruck ging langzamer rijden op de weg recht achter ons. Ik deed net alsof ik me nergens zorgen over maakte, maar ik wist hoe gevaarlijk de dingen op zo'n afgelegen plaats in het donker konden zijn. Ginger keek naar het huis, in beslag genomen door gruwelijke beelden, en had blijkbaar niets gehoord. Gelukkig stopte de truck niet.

'Laten we gaan,' zei ze met een kneepje in mijn hand. 'Ik ben bang.' Toen we wegreden, zag ik Deece in de schaduw van zijn garage staan, met een jachtgeweer in zijn handen. Hij was als laatste getuige à charge opgeroepen.

Ginger logeerde in een motel, maar daar wilde ze niet heen. Het was erg laat, het aantal mogelijkheden was beperkt, en dus reden we naar het huis van de Hocutts, waar ik haar de trap op leidde, over de katten heen, naar mijn appartement.

'Haal je niets in je hoofd,' zei ze, terwijl ze haar schoenen uittrapte en op de bank ging zitten. 'Ik ben niet in de stemming.'

'Ik ook niet,' loog ik.

Ze sprak bijna luchthartig, alsof ze gemakkelijk van stemming kon veranderen en we dan aan de gang konden gaan. Ik wilde best even wachten.

Er stond nog wat koud bier in de keuken en we gingen zitten alsof we tot zonsopgang zouden blijven praten. 'Vertel me over je familie,' zei ze.

Dat was niet mijn beste onderwerp, maar voor deze dame wilde ik mijn best wel doen. 'Ik ben enig kind. Mijn moeder stierf toen ik dertien was. Mijn vader woont in Memphis, in een oud familiehuis dat hij nooit uit komt omdat hij in zijn hoofd net zo gammel is als het huis. Hij heeft een kantoor op zolder, waar hij de hele dag aandelen en obligaties zit te verhandelen. Ik weet niet hoe goed hij dat doet, maar ik heb het gevoel dat hij meer verliest dan wint. We spreken elkaar eens per maand door de telefoon.'

'Ben je rijk?'

'Nee, mijn oma is rijk. De moeder van mijn moeder, BeeBee. Ze heeft me het geld geleend om de krant te kopen.'

Ze nam een slokje bier en dacht daarover na. 'Wij waren met drie zussen, nu met twee. We waren in onze jeugd nogal wild. Mijn vader ging op een avond naar de melkboer en kwam nooit meer terug. Mijn moeder heeft het daarna nog twee keer geprobeerd, maar het wil gewoon niet lukken. Ik ben gescheiden. Mijn oudere

zus is gescheiden. Rhoda is dood.' Ze tikte met haar fles tegen de mijne. 'Op twee gebroken gezinnen.'
Daar dronken we op.
Gescheiden, kinderloos, wild en erg leuk om te zien. Ik zou uren met Ginger kunnen doorbrengen.
Ze vroeg naar Ford County en de mensen daar, Lucien Wilbanks, de Padgitts, sheriff Coley, enzovoort. Ik praatte en praatte en wachtte tot haar stemming veranderde.
Dat gebeurde niet. Toen het twee uur was geweest, strekte ze zich op de bank uit, en ik ging in mijn eentje naar bed.

16

Drie van de Hocutts – Max, Wilma en Gilma – hingen bij de garage onder mijn appartement rond toen Ginger en ik een paar uur later vertrokken. Ik denk dat ze haar wilden ontmoeten. Toen ik hen opgewekt aan elkaar voorstelde, keken ze haar minachtend aan. Ik verwachtte eigenlijk dat Max iets belachelijks zou zeggen in de trant van: 'Toen we je dit appartement verhuurden, dachten we niet aan buitenechtelijke seks.' Maar er werd niets beledigends gezegd en we reden vlug naar de krant. Daar sprong ze in haar auto en reed weg.
Het nieuwste nummer lag in plafondhoge stapels in de voorkamer. Ik pakte een exemplaar en keek het vlug door. De kop was tamelijk ingetogen: PROCES DANNY PADGITT BEGINT: JURY IN AFZONDERING. Er stonden geen foto's van de verdachte bij. We hadden daar al genoeg van verzameld, en ik wilde volgende week een grote foto afdrukken, wanneer we, hopelijk, de rotschoft konden vastleggen als hij na het aanhoren van zijn doodvonnis de rechtbank verliet. Baggy en ik hadden de kolommen volgeschreven met de dingen die we in de eerste twee dagen hadden gezien en gehoord, en ik was erg trots op ons werk. Het was feitelijk, informatief, gedetailleerd, goed geschreven en helemaal niet sensationeel. Het proces zelf was al boeiend genoeg. En trouwens, wat het wekken van sensatie betrof, had ik mijn lesje al geleerd. Om acht uur die ochtend werden er op

de rechtbank en op het plein gratis exemplaren van de *Times* verspreid.

Op woensdagochtend waren er geen schermutselingen voor aanvang van de zitting. Om precies negen uur werden de juryleden naar binnen geleid en riep Ernie Gaddis zijn volgende getuige op. Hij heette Chub Brooner en hij werkte al lang als rechercheur voor de sheriff. Volgens Baggy en Harry Rex stond Brooner alom bekend om zijn onbekwaamheid.

Om de jury wakker te maken en de aandacht van de rest van ons te krijgen haalde Gaddis het bloederige witte shirt tevoorschijn dat Danny Padgitt had gedragen op de avond dat hij werd gearresteerd. Het was niet gewassen; de bloedvlekken waren donkerbruin. Terwijl Ernie met Brooner praatte, bewoog hij het shirt voorzichtig in het rond om het aan iedereen in de zaal te laten zien. Een hulpsheriff die Grice heette had het Danny Padgitt uitgetrokken, in het bijzijn van Brooner en sheriff Coley. Het onderzoek had twee bloedgroepen aan het licht gebracht: 0 positief en B positief. Uit nader onderzoek door het forensisch lab was gebleken dat het B positief-bloed overeenkwam met het bloed van Rhoda Kassellaw.

Ik keek naar Ginger toen ze naar het shirt keek. Na een paar minuten wendde ze haar ogen af en begon ze iets te schrijven. Zoals niemand hoefde te verbazen, zag ze er op haar tweede dag in de rechtszaal nog beter uit. Ik maakte me grote zorgen over hoe ze zich voelde.

Het shirt was aan de voorkant gescheurd. Danny had zich gesneden toen hij na het ongeluk uit zijn truck kroop. Hij had twaalf hechtingen. Brooner legde dat vrij goed aan de jury uit. Toen haalde Ernie een schildersezel tevoorschijn en zette daar twee vergrote foto's op van de voetafdrukken die op de patio van Rhoda's huis waren aangetroffen. Hij ging naar de tafel met bewijsstukken en pakte de schoenen op die Padgitt had gedragen toen hij werd gearresteerd. Brooner klungelde zich door een getuigenverklaring heen die veel vlotter had kunnen verlopen, maar uiteindelijk was duidelijk dat de schoenen bij de afdrukken pasten.

Brooner was doodsbang voor Lucien Wilbanks en begon bij de eerste vraag al te stamelen. Lucien ging wijselijk voorbij aan het feit dat Rhoda's bloed op Danny's shirt was aangetroffen en bestookte Brooner in plaats daarvan met vragen over het wetenschappelijk

onderzoek naar voetafdrukken. De rechercheur had niet zo'n uitgebreide opleiding gehad, gaf hij ten slotte toe. Lucien concentreerde zich op een stel ribbels op de hak van de rechterschoen, en Brooner kon ze niet op de afdruk terugvinden. Vanwege het gewicht en de beweging laat een hak meestal een betere afdruk achter dan de rest van de zool. Dat had Brooner zelf verklaard. Lucien viel hem er zo lang mee lastig dat iedereen in de war raakte, en ik moest toegeven dat ik zelf ook aan die voetafdrukken ging twijfelen. Niet dat het er iets toe deed. Er was genoeg ander bewijs.
'Droeg de heer Padgitt handschoenen toen hij werd gearresteerd?' vroeg Lucien.
'Dat weet ik niet. Ik heb hem niet gearresteerd.'
'Nou, u en uw collega's hebben wel zijn shirt en schoenen uitgetrokken. Hebt u ook handschoenen uitgetrokken?'
'Niet voorzover ik weet.'
'U hebt het hele dossier over het bewijsmateriaal doorgenomen, meneer Brooner?'
'Ja.'
'En als hoofd van het onderzoek bent u bekend met alle aspecten van deze zaak, nietwaar?'
'Ja.'
'Hebt u ergens iets zien staan over handschoenen die door de heer Padgitt zijn gedragen of die hem zijn afgenomen?'
'Nee.'
'Goed. Hebt u op de plaats van het misdrijf naar vingerafdrukken gezocht?'
'Ja.'
'Dat is routine, nietwaar?'
'Ja, dat doen we altijd.'
'En natuurlijk hebt u de vingerafdrukken van de heer Padgitt genomen toen hij werd gearresteerd, nietwaar?'
'Ja.'
'Goed. Hoeveel vingerafdrukken van de heer Padgitt hebt u op de plaats van het misdrijf aangetroffen?'
'Geen.'
'Niet één, hè?'
'Geen.'
Dat vond Lucien een goed moment om zijn kruisverhoor af te sluiten. Het was moeilijk te geloven dat de moordenaar het huis was

binnengegaan, zich daar een tijdje had verscholen, zijn slachtoffer had verkracht en vermoord, en daarna was ontkomen zonder vingerafdrukken achter te laten. Maar Chub Brooner was niet iemand die veel vertrouwen wekte. Omdat hij de leiding van het onderzoek had gehad, was de kans erg groot dat er tientallen vingerafdrukken over het hoofd waren gezien.

Rechter Loopus kondigde de ochtendpauze aan, en toen de juryleden opstonden om weg te gaan, had ik even oogcontact met miss Callie. Er verscheen een gigantische grijns op haar gezicht. Ze knikte, alsof ze wilde zeggen: 'Maak je om mij maar geen zorgen.'

We strekten onze benen en fluisterden over wat we zojuist hadden gehoord. Ik was blij dat zoveel mensen in de rechtszaal de *Times* lazen. Ik liep naar de balie en boog me naar Ginger toe. 'Gaat het goed?' vroeg ik.

'Ik wil alleen maar naar huis,' zei ze zachtjes.

'Heb je zin in lunch?'

'Oké.'

De laatste getuige à charge was Aaron Deece. Hij liep vlak voor elf uur naar de getuigenbank, en we hoorden wat hij zich van die avond herinnerde. Ernie Gaddis stelde een aantal vragen om hem een beeld te laten geven van Rhoda en haar twee kinderen. Ze hadden zeven jaar naast de Deeces gewoond, ideale buren, geweldige mensen. Hij miste ze erg, kon niet geloven dat ze er niet meer waren. Op een gegeven moment pinkte Deece een traan weg.

Dit had niets te maken met de kwesties waar het in deze rechtszaal om ging. Lucien liet hem een paar minuten begaan, maar stond toen op en zei beleefd: 'Edelachtbare, dit is erg ontroerend, maar het is volstrekt niet relevant.'

'Gaat u verder, meneer Gaddis,' zei rechter Loopus.

Deece beschreef de avond, de tijd, de temperatuur, het weer. Hij hoorde de paniekstem van de kleine Michael, vijf jaar oud, zijn naam roepen, om hulp roepen. Hij trof de kinderen buiten aan, in hun pyjama, nat van de dauw, hevig ontdaan. Hij nam ze mee naar binnen en zijn vrouw legde dekens over ze heen. Hij trok zijn schoenen aan, pakte zijn geweren en vloog het huis uit. Toen zag hij Rhoda. Ze kwam naar hem toe gestrompeld. Ze was naakt en ze zat, afgezien van haar gezicht, helemaal onder het bloed. Hij tilde haar op, droeg haar naar de veranda en legde haar op een schommelbank.

Lucien was opgestaan en wachtte.
'Zei ze iets?' vroeg Ernie.
'Edelachtbare, ik maak er bezwaar tegen dat deze getuige uitspraken doet over wat het slachtoffer zei. Dat is duidelijk uit de tweede hand.'
'Uw bezwaar is genoteerd, meneer Wilbanks. We hebben hierover in mijn kamer gediscussieerd, en het is in het verslag opgenomen. U mag de vraag beantwoorden, meneer Deece.'
Deece slikte, ademde in en uit, en keek de jury aan. 'Twee of drie keer zei ze: "Het was Danny Padgitt. Het was Danny Padgitt."'
Om die woorden extra geladen te maken liet Ernie ze even als pistoolschoten door de lucht galmen en door de rechtszaal ricochetteren. Intussen deed hij alsof hij in zijn aantekeningen keek. 'Hebt u Danny Padgitt ooit ontmoet, meneer Deece?'
'Nee.'
'Had u zijn naam voor die avond ooit gehoord?'
'Nee.'
'Zei ze nog iets anders?'
'Het laatste wat ze zei, was: "Zorg voor mijn kinderen."'
Ginger hield een papieren zakdoekje bij haar ogen. Miss Callie zat te bidden. Sommige juryleden hadden hun ogen neergeslagen.
Hij maakte zijn verhaal af: hij belde de sheriff; zijn vrouw hield de kinderen in een slaapkamer met de deur op slot; hij nam een douche omdat hij onder het bloed zat; de hulpsheriffs deden hun onderzoek; de ambulance haalde het lichaam weg; hij en zijn vrouw bleven tot ongeveer twee uur 's nachts bij de kinderen en reden toen met hen naar het ziekenhuis in Clanton. Ze bleven bij hen tot er een familielid uit Missouri was gekomen.
Omdat zijn getuigenverklaring niets bevatte wat betwist of in twijfel getrokken kon worden, zag Wilbanks af van een kruisverhoor. Het Openbaar Ministerie had geen getuigen meer, en we verlieten de zaal om te gaan lunchen. Ik reed Ginger naar Karaway, waar het enige Mexicaanse restaurant was dat ik kende, en we aten enchiladas onder een eik en praatten over alle mogelijke dingen behalve het proces. Ze was neerslachtig en wilde uit Ford County vertrekken om er nooit meer terug te komen.
Ik wilde erg graag dat ze bleef.

Lucien Wilbanks begon zijn verdediging met een kleine peptalk over de aardige jongeman die Danny Padgitt werkelijk was. Hij had de middelbare school met goede cijfers afgesloten, maakte lange uren in het houtbedrijf van zijn familie en droomde ervan om op een dag voor zichzelf te beginnen. Hij had een blanco strafblad. Hij was maar één keer met de politie in aanraking gekomen, en dat was toen hij op zestienjarige leeftijd een bon wegens te hard rijden kreeg.

Lucien had in de loop van de jaren geleerd mensen te overtuigen, maar eigenlijk was deze uitdaging te groot voor hem. Het was onmogelijk om de schijn te wekken dat Padgitt een warm en zachtaardig mens was. In de zaal werd onrustig gereageerd, en hier en daar zag ik een grijns. Maar wij waren niet degenen die over deze zaak beslisten. Lucien richtte zich tot de juryleden. Hij keek hen in de ogen en niemand wist of hij en zijn cliënt al een paar stemmen hadden gekocht.

Nu was Danny geen heilige, zei hij. Zoals de meeste aantrekkelijke jongemannen had hij gemerkt dat hij graag in het gezelschap van dames verkeerde. Jammer genoeg had hij de verkeerde ontmoet, een vrouw die al met iemand anders getrouwd was. Danny was bij haar op de avond dat Rhoda Kassellaw werd vermoord.

'Luister naar mij!' riep hij de juryleden toe. 'Mijn cliënt heeft Rhoda Kassellaw niet vermoord! Op het tijdstip van die gruwelijke moord was hij bij een andere vrouw, in haar huis niet ver van de Kassellaws vandaan. Hij heeft een waterdicht alibi.'

Deze bekendmaking zoog alle lucht uit de rechtszaal, en gedurende een lange minuut wachtten we op de volgende verrassing. Lucien had een geweldig gevoel voor dramatiek. 'Deze vrouw, zijn minnares, zal onze eerste getuige zijn,' zei hij.

Nadat Lucien zijn openingsbetoog had afgesloten, brachten ze haar binnen. Ze heette Lydia Vince. Ik vroeg Baggy of hij haar kende en hij fluisterde terug dat hij nooit van haar had gehoord; hij kende helemaal geen Vinces in Beech Hill. Ook anderen in de zaal zaten te fluisteren. Mensen probeerden haar thuis te brengen, en gezien de gefronste, verbaasde gezichten en ontkennende blikken leek het erop dat die vrouw een volslagen onbekende was. Luciens inleidende vragen brachten aan het licht dat ze in maart in een huurhuis aan Hurt Road woonde maar inmiddels naar Tupelo was verhuisd, dat zij en haar man in een echtscheidingsprocedure verwikkeld waren, dat ze één kind had, dat ze was opgegroeid in Tyler County en dat ze momenteel geen werk had. Ze was ongeveer dertig jaar, redelijk

aantrekkelijk op een goedkope manier – kort rokje, strakke bloes over royale borsten, geblondeerd haar – en ze was doodsbang voor de procedure.
Zij en Danny hadden ongeveer een jaar een overspelige relatie gehad. Ik keek even naar miss Callie en zoals ik al had verwacht, viel dat helemaal niet goed.
Op de avond dat Rhoda werd vermoord, was Danny bij haar thuis. Malcolm Vince, haar man, was in Memphis en deed daar iets met de jongens, ze wist echt niet wat. Hij was in die tijd veel weg geweest. Zij en Danny hadden twee keer gevrijd, en om een uur of twaalf wilde hij net vertrekken, toen de wagen van haar man het pad op kwam rijden. Danny glipte door de achterdeur naar buiten en verdween.
Het was een schok dat deze getrouwde vrouw in een openbare rechtszitting toegaf dat ze overspel had gepleegd. Dat was opzet. Het was de bedoeling dat de jury er daardoor van overtuigd raakte dat ze de waarheid sprak. Niemand, respectabel of niet, zou zoiets ooit toegeven. Het was schadelijk voor haar reputatie, voorzover ze daar iets om gaf. Het zou in elk geval gevolgen hebben voor haar scheiding en misschien zelfs de voogdij over haar kind in gevaar brengen. Misschien zou haar man zelfs tegen Danny Padgitt kunnen procederen wegens aantasting van zijn huwelijk, maar ik denk niet dat de juryleden zo ver vooruit dachten.
Haar antwoorden op Luciens vragen waren kort en erg goed ingestudeerd. Ze keek geen moment naar de juryleden of haar zogenaamde ex-minnaar. In plaats daarvan hield ze haar ogen neergeslagen en leek het of ze naar Luciens schoenen keek. De advocaat en de getuige letten er goed op dat ze binnen het afgesproken scenario bleven. 'Ze liegt,' fluisterde Baggy nogal hard, en ik was het met hem eens.
Toen de ondervraging door Lucien voorbij was, stond Eddie Gaddis op en liep hij doelbewust naar het spreekgestoelte, waarbij hij met grote argwaan naar de overspelige vrouw keek. Hij hield zijn leesbril op het puntje van zijn neus en keek daar met gefronste wenkbrauwen en half dichtgeknepen oogjes bovenuit. Net een leraar die een slechte leerling op bedrog heeft betrapt.
'Mevrouw Vince, dat huis aan Hurt Road. Wie was daar de eigenaar van?'
'Jack Hagel.'

'Hoe lang hebt u daar gewoond?'
'Ongeveer een jaar.'
'Hebt u een huurcontract getekend?'
Ze aarzelde een fractie van een seconde te lang en zei toen: 'Mijn man misschien wel. Dat weet ik echt niet meer.'
'Hoeveel was de huur per maand?'
'Driehonderd dollar.'
Ernie schreef elk antwoord zorgvuldig op, alsof hij alle bijzonderheden grondig zou onderzoeken en eventuele leugens aan het licht zou brengen.
'Wanneer hebt u dat huis verlaten?'
'Dat weet ik niet, zo'n twee maanden geleden.'
'Hoe lang hebt u in Ford County gewoond?'
'Dat weet ik niet, een paar jaar.'
'Hebt u zich ooit als kiezer in Ford County laten registreren?'
'Nee.'
'En uw man?'
'Nee.'
'Hoe heet hij ook weer?'
'Malcolm Vince.'
'Waar woont hij nu?'
'Dat weet ik niet zeker. Hij verandert vaak van adres. Laatst hoorde ik dat hij ergens in de buurt van Tupelo zat.'
'En u gaat nu scheiden?'
'Ja.'
'Wanneer hebt u het verzoek tot echtscheiding ingediend?'
Ze keek vlug op naar Lucien, die aandachtig luisterde maar haar niet wilde aankijken. 'We hebben de papieren nog niet ingediend,' zei ze.
'Sorry, maar ik dacht dat u zei dat u in een echtscheidingsprocedure verwikkeld was.'
'We zijn uit elkaar, en we hebben allebei een advocaat genomen.'
'En wie is uw advocaat?'
'Meneer Wilbanks.'
Lucien kromp ineen, alsof dat nieuw voor hem was. Ernie liet die woorden even bezinken en ging toen verder: 'Wie is de advocaat van uw man?'
'Ik weet zijn naam niet meer.'
'Vraagt hij de scheiding aan, of doet u dat?'

'Het is wederzijds.'
'Met hoeveel andere mannen bent u naar bed geweest?'
'Alleen met Danny.'
'O. En u woont in Tupelo, nietwaar?'
'Ja.'
'U zegt dat u geen werk hebt?'
'Op dit moment niet.'
'En u leeft gescheiden van uw man?'
'Ik zei net dat we uit elkaar zijn gegaan.'
'Waar woont u in Tupelo?'
'Een appartement.'
'Hoeveel is de huur?'
'Tweehonderd per maand.'
'En u woont daar met uw kind?'
'Ja.'
'Werkt het kind?'
'Het kind is vijf jaar.'
'Hoe betaalt u dan de huur en het gas en licht?'
'Ik red me wel.' Niemand zou haar antwoord kunnen geloven.
'In wat voor auto rijdt u?'
Ze aarzelde weer. Het was het soort vraag waarvan het antwoord met een paar telefoontjes was te verifiëren. 'Een Mustang 1968.'
'Dat is een mooie auto. Sinds wanneer hebt u die?'
Opnieuw was er een papieren spoor, en zelfs Lydia, die niet erg snugger was, zag de val. 'Sinds een paar maanden,' zei ze uitdagend.
'Staat de auto op uw naam?'
'Ja.'
'Staat het huurcontract van het appartement op uw naam?'
'Ja.'
Papieren, papieren. Ze kon er niet over liegen, en ze kon zich die dingen absoluut niet veroorloven. Ernie pakte wat aantekeningen van Hank Hooten aan en keek er argwanend naar.
'Hoe lang ging u met Danny Padgitt naar bed?'
'Meestal een kwartier.'
In de gespannen rechtszaal wekte dat antwoord hier en daar op de lachspieren. Ernie zette zijn bril af, poetste de glazen met het uiteinde van zijn das, keek haar met een gemene grijns aan en formuleerde de vraag opnieuw. 'Hoe lang heeft uw verhouding met Danny Padgitt geduurd?'

'Bijna een jaar.'
'Waar hebt u hem voor het eerst ontmoet?'
'In de clubs langs de staatsgrens.'
'Heeft iemand u tweeën aan elkaar voorgesteld?'
'Dat weet ik echt niet meer. Hij was er, ik was er, we gingen dansen. Van het een kwam het ander.'
Het leed geen enkele twijfel dat Lydia Vince vele avonden in vele kroegen had doorgebracht en dat ze nooit voor een nieuwe danspartner was teruggedeinsd. Ernie had alleen nog een paar leugens nodig die hij kon aantonen.
Hij stelde vragen over haar achtergronden en die van haar man: geboortedatum, opleiding, huwelijk, werk, familie. Namen en data en gebeurtenissen waarvan kon worden vastgesteld of ze echt of vals waren. Ze was te koop. De Padgitts hadden een getuige opgeduikeld die ze konden kopen.
Toen we laat die middag de rechtszaal verlieten, voelde ik me helemaal niet op mijn gemak. Ik was er vele maanden van overtuigd geweest dat Rhoda Kassellaw door Danny Padgitt was vermoord, en ik twijfelde daar nog steeds niet aan. Maar de juryleden hadden plotseling iets waarmee ze zichzelf konden uitschakelen. Een beëdigde getuige had een gruwelijke daad van meineed gepleegd, maar een jurylid kon nu in alle redelijkheid twijfels koesteren.

Ginger was nog somberder gestemd dan ik, en we besloten ons te bezatten. We kochten hamburgers en frites en een krat bier en gingen naar haar kleine motelkamer, waar we onze angst en onze afschuw van een corrupt rechtsstelsel in bier verzopen. Ze zei meer dan eens dat haar familie, hoe gebroken die ook al was, zich niet overeind zou kunnen houden als Danny Padgitt werd vrijgelaten. Haar moeder was toch al labiel, en als Padgitt werd vrijgesproken, zou dat haar wel eens over de rand kunnen duwen. Wat zouden ze op een dag tegen Rhoda's kinderen zeggen?
We probeerden televisie te kijken, maar niets kon onze aandacht vasthouden. We hadden er genoeg van om ons zorgen te maken over het proces. Net toen ik op het punt stond om in slaap te vallen, kwam Ginger naakt uit de badkamer, en de nacht nam een keer ten goede. We vrijden tot de alcohol de overhand kreeg en we in slaap vielen.

17

Zonder dat ik het wist – en er was geen reden waarom ik het zou moeten weten, want ik was een nieuwkomer in deze gemeenschap en ik wist helemaal niets van juridische zaken, en trouwens, ik had letterlijk mijn handen vol aan Ginger en gedurende enkele geweldige uren hadden we geen belangstelling meer voor het proces – vond er die woensdag vlak na het einde van de rechtszitting een geheime ontmoeting plaats. Ernie Gaddis ging naar Harry Rex' kantoor om nog wat te drinken en ze gaven allebei toe dat ze moesten kotsen van Lydia's getuigenverklaring. Ze begonnen telefoongesprekken te voeren, en binnen een uur hadden ze een stel advocaten opgetrommeld die ze konden vertrouwen, en ook een paar politici.
Ze waren het er allemaal over eens dat de Padgitts pogingen deden om iemand vrij te krijgen wiens schuld in feite al bewezen was. Het was hun gelukt een getuige te vinden die ze konden omkopen. Lydia werd er natuurlijk voor betaald om dat verzonnen verhaal te vertellen, en ze was hetzij te arm hetzij te dom om in te zien hoe riskant het was om meineed te plegen. Evengoed had ze de jury een reden gegeven, desnoods een zwakke reden, om aan de bewijsvoering van het Openbaar Ministerie te twijfelen.
Een vrijspraak in zo'n duidelijke zaak zou de hele stad woedend maken. Het zou een aanfluiting van het rechtsstelsel zijn. Als de jury niet tot een besluit kon komen, zou er een totaal verkeerd sig-

naal worden afgegeven: in Ford County was het recht te koop. Ernie, Harry Rex en de andere advocaten werkten er elke dag hard aan om het stelsel ten voordele van hun cliënten te manipuleren, maar ze hielden zich wel altijd aan de regels. Het stelsel werkte omdat de rechters en juryleden onpartijdig en onbevooroordeeld waren. Als ze Lucien Wilbanks en de Padgitts het proces lieten corrumperen, zou de schade onherstelbaar zijn.

Ze waren het er ook over eens dat de jury misschien niet tot unanimiteit zou komen. Als geloofwaardige getuige liet Lydia Vince veel te wensen over, maar de juryleden hadden niet zo'n fijne neus voor verzonnen getuigenverklaringen en corrupte cliënten. De advocaten vonden allemaal dat Fargarson, 'de invalide jongen', vijandig tegenover het Openbaar Ministerie stond. Ze hadden twee hele zittingsdagen, bijna vijftien uur, naar de juryleden gekeken en dachten dat ze inmiddels veel van hun gezichten konden aflezen.

Ze maakten zich ook zorgen over iemand die ze John Deere noemden, naar het tractormerk. Zijn werkelijke naam was Mo Teale en hij was al meer dan twintig jaar monteur in een tractorwerkplaats. Hij was een eenvoudige man met een beperkte garderobe. Tegen het eind van maandagmiddag, toen de jury definitief was samengesteld en rechter Loopus hen naar huis stuurde om vlug hun koffers te pakken voor de bus, had Mo alleen maar zijn weekvoorraad werkkleding ingepakt. Elke morgen verscheen hij in een lichtgeel overhemd met groene afwerking en een groene broek met gele afwerking, alsof hij aan de zoveelste dag van energiek sleutelen zou beginnen.

Mo ging met zijn armen over elkaar zitten en fronste zijn wenkbrauwen zodra Ernie Gaddis opstond. Zijn lichaamstaal kwam onheilspellend over op de aanklagers.

Harry Rex vond het belangrijk dat ze Lydia's man op konden sporen. Als ze de scheiding zouden doorzetten, zou het waarschijnlijk een venijnig gevecht worden. Het was moeilijk te geloven dat Lydia echt een verhouding met Danny Padgitt had gehad, maar tegelijk zag het ernaar uit dat die vrouw niet wars was van buitenechtelijke activiteiten. De echtgenoot zou misschien dingen kunnen zeggen die ernstig afbreuk deden aan Lydia's verklaring.

Ernie wilde zich in haar privé-leven verdiepen. Hij wilde haar financiën in een dubieus daglicht stellen, zodat hij tegen de jury kon roepen: 'Hoe kan ze zo comfortabel leven als ze werkloos is en in scheiding ligt?'

'Omdat ze 25.000 dollar van de Padgitts heeft gekregen,' zei een van de advocaten. In de loop van de avond werd steeds meer gespeculeerd over de hoogte van het bedrag waarmee ze was omgekocht. Om Malcolm Vince op te sporen belden Harry Rex en twee anderen eerst naar iedere advocaat tot op vijf county's in de omtrek. Om een uur of tien die avond hadden ze een advocaat aan de lijn in Corinth, twee uur rijden van Clanton vandaan, die zei dat hij een keer met een zekere Malcolm Vince had gepraat over een scheiding, maar hij was toen niet Vinces advocaat geworden. Vince woonde in een caravan ergens in de rimboe bij de grens met Tishomingo County. De advocaat wist niet meer waar hij werkte, maar hij wist zeker dat hij het adres in een dossier op kantoor had. De officier van justitie zelf kwam aan de telefoon en haalde de advocaat over om naar zijn kantoor terug te gaan.
Om acht uur de volgende morgen, omstreeks de tijd toen ik Ginger in het motel achterliet, was rechter Loopus bereid een dagvaarding voor Malcolm Vince te tekenen. Twintig minuten later hield een politieman in Corinth een vorkheftruck aan en zei hij tegen de man die erop zat dat hij was gedagvaard om in een moordproces in Ford County te verschijnen.
'Waarvoor?' wilde Vince weten.
'Ik volg alleen maar bevelen op,' zei de politieman.
'Wat moet ik doen?'
'Je kunt twee dingen doen,' legde de agent uit. 'Je kunt hier bij mij blijven tot ze je komen halen, of we gaan nu weg en werken het af.'
Malcolms baas zei dat hij kon gaan, als hij maar snel terugkwam.
Na negentig minuten vertraging werd de jury binnengebracht. John Deere was nog net zo elegant gekleed als de vorige keren, maar de rest begon er vermoeid uit te zien. Het leek wel of het proces al een maand aan de gang was.
Miss Callie wachtte tot ik haar aankeek en liet toen een ingetogen grijnslachje zien, niet die kenmerkende stralende lach van haar. Ze had nog steeds een klein Nieuw Testament in haar hand.
Ernie stond op en zei tegen het hof dat hij geen vragen meer had voor Lydia Vince. Lucien zei dat hij ook klaar met haar was. Ernie zei dat hij een tegengetuige had die hij graag buiten de orde om zou willen oproepen. Lucien Wilbanks maakte bezwaar en ze kibbelden erover bij de rechter. Toen Lucien hoorde wie de getuige was, schrok hij daar zichtbaar van. Een goed teken.

Blijkbaar was rechter Loopus ook bang voor een onbevredigende jurybeslissing. Hij wees het bezwaar van de verdediging af, en de volkomen verbijsterde Malcolm Vince werd de stampvolle rechtszaal binnengeroepen om in de getuigenbank plaats te nemen. Ernie had nog geen tien minuten met hem in een achterkamer doorgebracht en was dus niet alleen verrast maar ook nagenoeg onvoorbereid.

Ernie begon langzaam, met de elementaire dingen: naam, adres, werk, recente familiegeschiedenis. Malcolm gaf met enige tegenzin toe dat hij met Lydia getrouwd was. Hij zei dat hij, net als zij, aan de echtverbintenis wilde ontsnappen. Zijn recente arbeidsverleden was op zijn best gezegd onregelmatig, maar hij probeerde haar vijftig dollar per week te sturen voor het kind.

Hij wist dat ze werkloos was maar een mooie woning had. 'U betaalt niet voor haar woning?' vroeg Ernie met grote argwaan en met een behoedzame blik op de jury.

'Nee, dat doe ik niet.'

'Betaalt haar familie voor haar woning?'

'Haar familie zou nog niet één nacht in een motel kunnen betalen,' zei Malcolm met enige voldoening.

Zodra ze de getuigenbank had verlaten, was Lydia de rechtszaal uitgegaan, en op dit moment was ze waarschijnlijk al bezig het land uit te vluchten. Haar optreden was voltooid en ze had haar geld in ontvangst genomen. Ze zou nooit meer terug naar Ford County gaan. Het is de vraag of Malcolm zich zou hebben ingehouden als ze in de zaal had gezeten, maar nu ze er niet was, kon hij zoveel venijnige opmerkingen maken als hij wilde.

'U hebt geen nauwe band met haar familie?' vroeg Ernie zo nonchalant mogelijk.

'De meesten zitten in de gevangenis.'

'O. Ze heeft gisteren gezegd dat ze een paar maanden geleden een Ford Mustang 1968 heeft gekocht. Hebt u haar bij die aankoop geholpen?'

'Nee.'

'Enig idee hoe deze werkloze vrouw die aankoop kon doen?' vroeg Ernie met een blik op Danny Padgitt.

'Nee.'

'Weet u of ze de laatste tijd nog meer ongewone aankopen heeft gedaan?'

Malcolm keek naar de jury, zag een paar vriendelijke gezichten en zei: 'Ja, ze heeft een nieuwe kleurentelevisie voor zichzelf en een nieuwe motor voor haar broer gekocht.'
Het leek wel of iedereen aan de tafel van de verdediging was opgehouden met ademhalen. Het was hun strategie geweest dat ze Lydia stiekem naar binnen haalden, haar al haar leugens lieten vertellen, haar uit de getuigenbank haalden en dan zo snel mogelijk op een juryuitspraak zouden aansturen, voordat ze in diskrediet gebracht kon worden. Ze had maar erg weinig mensen in de county gekend en woonde nu op een uur afstand.
Die strategie viel op een rampzalige manier in duigen. De hele rechtszaal zag en voelde de spanning tussen Lucien en zijn cliënt.
'Kent u een zekere Danny Padgitt?' vroeg Ernie.
'Nooit van gehoord,' zei Malcolm.
'Uw vrouw heeft gisteren verklaard dat ze bijna een jaar een verhouding met hem heeft gehad.'
Je maakt niet vaak mee dat een nietsvermoedende echtgenoot in het openbaar met zulk nieuws wordt geconfronteerd, maar Malcolm hield zich goed. 'O, ja?' zei hij.
'Ja. Ze heeft verklaard dat er ongeveer twee maanden geleden een eind aan de verhouding is gekomen.'
'Nou, weet u, meneer, het kost me veel moeite om dat te geloven.'
'En waarom dan wel?'
Malcolm maakte nerveuze bewegingen en had plotseling grote belangstelling voor zijn voeten. 'Nou, het is nogal persoonlijk, weet u,' zei hij.
'Ja, meneer Vince, dat zal vast wel. Maar soms moeten persoonlijke zaken in de openbaarheid van een rechtszaal worden uitgesproken. Er staat hier een man terecht die van moord wordt beschuldigd. Dit is een serieuze zaak, en we moeten de waarheid weten.'
Malcolm zwaaide zijn linkerbeen over zijn rechterknie en krabde even over zijn kin. 'Nou, weet u, het zit zo. We zijn ongeveer twee jaar geleden opgehouden met seks. Daarom gingen we ook scheiden.'
'Was er een bijzondere reden waarom u opgehouden bent met seks?'
'Ja. Ze zei dat ze het verschrikkelijk vond om seks met me te hebben, dat ze daar kotsmisselijk van werd. Ze zei dat ze liever seks had met, nou, met vrouwen.'

Hoewel hij had geweten dat dit antwoord eraan zat te komen, lukte het Ernie om geschokt te kijken. Net als alle anderen. Hij ging van het spreekgestoelte vandaan en overlegde met Hank Hooten, een korte pauze om Malcolms woorden goed tot de juryleden te laten doordringen. Ten slotte zei hij: 'Geen vragen meer, edelachtbare.'

Lucien ging op Malcolm Vince af alsof hij in de loop van een geladen geweer keek. Hij ging een paar minuten behoedzaam te werk. Volgens Baggy stelt een goede advocaat op een proces nooit een vraag als hij het antwoord niet weet, zeker niet bij zo'n gevaarlijke getuige als Malcolm Vince. Lucien was een goede advocaat, en hij had geen idee wat Malcolm eruit zou flappen.
Malcolm gaf toe dat hij niets meer voor Lydia voelde, dat hij zo gauw mogelijk een scheiding wilde, dat de laatste paar jaar met haar niet prettig waren geweest, enzovoort. De gebruikelijke uitspraken van mensen die gaan scheiden. Van de moord op Kassellaw had hij de volgende ochtend gehoord. Hij was de vorige avond uit geweest en erg laat thuisgekomen. Lucien scoorde een erg zwak puntje door te bewijzen dat Lydia die avond inderdaad alleen was geweest, zoals ze had gezegd.
Maar dat haalde weinig uit. De juryleden en de rest van ons worstelden nog met de enormiteit van Lydia's zonden.

Na een lange pauze stond Lucien langzaam op en sprak hij de rechter aan. 'Edelachtbare, de verdediging heeft geen getuigen meer. Maar mijn cliënt wil zelf in de getuigenbank plaatsnemen. Ik wil duidelijk in het verslag zien vastgelegd dat hij dat tegen mijn advies in doet.'
'Het is genoteerd,' zei Loopus.
'Een erg stomme fout. Onvergeeflijk,' fluisterde Baggy zo luid dat de halve zaal het kon horen.
Danny Padgitt sprong overeind en liep met grote passen naar de getuigenbank. Zijn poging tot een glimlach kwam over als een grijns. Zijn poging tot zelfvertrouwen kwam over als arrogantie. Hij zwoer de waarheid te spreken, maar niemand verwachtte die te horen.
'Waarom wilt u met alle geweld een getuigenverklaring afleggen?' was Luciens eerste vraag, en het werd helemaal stil in de rechtszaal.

'Omdat ik deze beste mensen wil vertellen wat er werkelijk is gebeurd,' antwoordde hij, kijkend naar de juryleden.
'Vertel het hun dan maar,' zei Lucien en hij maakte een handgebaar in de richting van de jury.
Danny's versie van de gebeurtenissen was geweldig creatief, want er was niemand die hem kon tegenspreken. Lydia was weg en Rhoda was overleden. Hij begon met te zeggen dat hij een paar uur bij zijn vriendin Lydia Vince had doorgebracht, die een halve kilometer van Rhoda Kassellaw vandaan woonde. Hij wist precies waar Rhoda woonde, want hij had haar een paar keer opgezocht. Ze wilde een serieuze relatie, maar hij gaf te veel om Lydia. Ja, hij en Rhoda waren een of twee keer met elkaar naar bed geweest. Ze hadden elkaar in clubs bij de staatsgrens ontmoet en ze hadden vele uren met elkaar gedronken en gedanst. Ze was geil en had er zin in, en het was bekend dat ze met veel mannen naar bed ging.
Toen de ene belediging op de andere werd gestapeld, liet Ginger haar hoofd zakken en drukte ze haar handen tegen haar oren. Dat ontging de jury niet.
Padgitt geloofde geen snars van die onzin van Lydia's man over haar lesbische geaardheid. Die vrouw deed het graag met mannen. Malcolm loog alleen maar om de voogdij over hun kind te krijgen.
Padgitt was geen slechte getuige, maar hij zat daar dan ook voor zijn leven te pleiten. Al zijn antwoorden kwamen vlug, hij glimlachte vaak een beetje gemaakt naar de jury, en zijn verhaal was glad en soepel en zat te mooi in elkaar. Ik luisterde naar hem en keek naar de juryleden en zag daar niet veel medegevoel. Fargarson, de invalide jongen, keek nog net zo sceptisch als bij iedere andere getuige. John Deere zat nog met zijn armen over elkaar en keek nog even chagrijnig. Miss Callie moest niets van Padgitt hebben, maar ja, ze zou hem waarschijnlijk net zo gemakkelijk voor overspel naar de gevangenis sturen als voor moord.
Lucien hield het kort. Zijn cliënt stond al niet sterk, waarom zou hij het de aanklager nog gemakkelijker maken? Toen Lucien ging zitten, keek hij naar de oudere Padgitts alsof hij ze hartgrondig haatte. Toen zette hij zich schrap voor wat er ging komen.
Het kruisverhoor van zo'n schuldige crimineel is de droom van iedere aanklager. Ernie liep doelbewust op de tafel met bewijsstukken af en pakte Danny's bloederige shirt op. 'Bewijsstuk nummer acht,' zei hij tegen de griffier en hij hield het weer voor de jury omhoog.

'Waar hebt u dit shirt gekocht, meneer Padgitt?'
Danny verstijfde. Hij wist niet of hij moest ontkennen dat het van hem was, of de eigendom toegeven, of proberen zich te herinneren waar hij dat verrekte ding had gekocht.
'U hebt het toch niet gestolen?' bulderde Ernie hem toe.
'Nee.'
'Geeft u dan antwoord op mijn vraag, en denk er wel aan dat u onder ede staat. Waar hebt u dit shirt gekocht?' Terwijl Ernie dat zei, hield hij het shirt aan zijn vingertoppen voor zich omhoog, alsof het bloed nog nat was en vlekken kon maken op zijn pak.
'In Tupelo, denk ik. Ik weet het niet precies meer. Het is maar een shirt.'
'Hoe lang hebt u het gehad?'
Weer een stilte. Hoeveel mannen kunnen zich herinneren wanneer ze een bepaald shirt hebben gekocht?
'Een jaar of zo, denk ik. Ik hou geen administratie van kleren bij.'
'Ik ook niet,' zei Ernie. 'Toen u die avond met Lydia in bed lag, had u uw shirt toen uitgetrokken?'
Erg behoedzaam: 'Ja.'
'Waar was het toen u tweeën, eh, gemeenschap hadden?'
'Op de vloer, denk ik.'
Nu duidelijk was vastgesteld dat het shirt van hem was, kon Ernie de getuige afslachten. Hij pakte het rapport van het forensisch lab, las het aan Danny voor en vroeg hem hoe zijn eigen bloed op het shirt was gekomen. Dat leidde tot een discussie over zijn rijvaardigheid, zijn neiging om hard te rijden, het soort auto dat hij had en het feit dat hij te veel had gedronken toen hij een ongeluk kreeg met zijn pick-uptruck. Als je Ernie zo hoorde, was er nog nooit zo'n verschrikkelijk geval van rijden onder invloed geweest. Natuurlijk voelde Danny zich gekwetst en begon hij zich tegen Ernies scherpe, cynische vragen te verzetten.
Toen Rhoda's bloedvlekken. Als hij met Lydia in bed had gelegen, met het shirt op de vloer, hoe ter wereld kon Rhoda's bloed dan van haar slaapkamer in die van Lydia zijn gekomen, over een afstand van meer dan een halve kilometer?
Het was een complot, zei Danny. Hij kwam met een nieuwe theorie en groef een kuil waar hij nooit meer uit zou komen. Voor een schuldige misdadiger kan het gevaarlijk zijn om te lang alleen in een gevangeniscel te zitten. Nou, probeerde hij uit te leggen, het

kon zijn dat iemand zijn shirt met Rhoda's bloed had bevlekt, een theorie waar het publiek wel om kon lachen, of – en dat was waarschijnlijker – een of andere mysterieuze persoon die het shirt had onderzocht, had gewoon gelogen en dat alles om hem veroordeeld te krijgen. Beide scenario's waren voor Ernie natuurlijk een buitenkans, maar hij deelde de hardste klappen uit door te vragen waarom Danny, die het geld had om de beste advocaten uit de omgeving in te huren, geen eigen deskundige had ingehuurd die aan de jury had kunnen verklaren dat er met het bloedonderzoek was geknoeid. Misschien was er geen deskundige, omdat geen deskundige tot de belachelijke conclusies kon komen die Padgitt wenste.
Dat gold ook voor het sperma. Als Danny het bij Lydia had geproduceerd, hoe kon het dan bij Rhoda zijn? Geen punt, dat hoorde allemaal bij een groot complot om hem voor het misdrijf te laten opdraaien. De laboratoriumrapporten waren vervalst; de politie had zijn werk niet goed gedaan. Ernie bleef hem in de pan hakken tot we allemaal doodmoe waren.
Om halfeen stond Lucien op en stelde hij voor om een lunchpauze te houden. 'Ik ben nog niet klaar!' schreeuwde Ernie door de rechtszaal. Hij wilde Padgitt in de grond blijven stampen, voordat Lucien zijn eigen cliënt ging ondervragen en probeerde hem te rehabiliteren, een taak die onmogelijk leek. Padgitt hing in de touwen, murw gebeukt en happend naar lucht, en Ernie had geen zin om naar een neutrale hoek te gaan.
'Gaat u verder,' zei rechter Loopus, en Ernie schreeuwde plotseling tegen Padgitt: 'Wat hebt u met het mes gedaan?'
Iedereen schrok van de vraag, vooral de getuige, die letterlijk terugdeinsde en vlug zei: 'Ik, eh...' En toen was hij stil.
'Nou, wat? Kom op, meneer Padgitt, vertelt u ons wat u met het mes, het moordwapen, hebt gedaan.'
Danny schudde heftig met zijn hoofd. Zo te zien was hij te bang om iets te zeggen. 'Welk mes?' kon hij nog uitbrengen. Hij had niet schuldiger kunnen lijken als het mes uit zijn zak op de vloer was gevallen.
'Het mes dat u gebruikte om Rhoda Kassellaw te vermoorden.'
'Dat heb ik niet gedaan.'
Als een langzame, wrede beul zweeg Ernie een hele tijd, en toen overlegde hij weer even met Hank Hooten. Daarna pakte hij het sectierapport op en vroeg aan Danny of hij zich de getuigenverkla-

ring van de eerste patholoog-anatoom kon herinneren. Maakte zijn rapport ook deel uit van dat complot? Danny wist niet wat hij daarop moest zeggen. Al dat bewijsmateriaal werd tegen hem gebruikt, dus ja, dat rapport zou ook wel bedrog zijn.
En het stukje huid dat onder haar nagel was aangetroffen, maakte dat ook deel uit van het complot? En zijn eigen sperma? Enzovoort, enzovoort. Ernie bleef op hem in beuken. Nu en dan keek Lucien achterom naar Danny's vader, alsof hij wilde zeggen: zei ik het niet? Nu Danny in de getuigenbank zat, had Ernie opnieuw de gelegenheid om alle bewijzen op te sommen, en dat had een vernietigend effect. Danny's zwakke protest dat het allemaal een complot tegen hem was, was ronduit lachwekkend. Het was mooi om te zien hoe hij in het bijzijn van de jury finaal de grond in werd gestampt. De goeden wonnen van de slechten. Zo te zien was de jury eraan toe om geweren te pakken en een vuurpeloton te vormen.
Ernie gooide zijn schrijfblok op zijn tafel, alsof hij nu eindelijk wilde gaan lunchen. Toen stak hij zijn beide handen in zijn zakken, keek de getuige fel aan en zei: 'U hebt onder ede tegen deze jury gezegd dat u Rhoda Kassellaw niet hebt verkracht en vermoord?'
'Ik heb het niet gedaan.'
'U bent haar die zaterdagavond niet van de staatsgrens naar haar huis gevolgd?'
'Nee.'
'U bent niet door haar patiodeur naar binnen geglipt?'
'Nee.'
'U hebt u niet in haar kast verstopt tot ze haar kinderen naar bed had gebracht?'
'Nee.'
'En u hebt haar niet aangevallen toen ze haar slaapkamer in liep?'
'Nee.'
Lucien stond op en zei woedend: 'Ik maak bezwaar, edelachtbare. Meneer Gaddis legt een verklaring af.'
'Afgewezen!' snauwde Loopus hem toe. De rechter wilde een eerlijk proces. Na alle leugens die de verdediging had verteld, kreeg de aanklager alle vrijheid om de plaats van de moord te beschrijven.
'U hebt haar niet geblinddoekt met een sjaal?'
Padgitt schudde ononderbroken met zijn hoofd. Ernie naderde de climax van zijn vragenvuur.
'En haar slipje doorgesneden met uw mes?'

'Nee.'
'En u heb haar niet verkracht in haar eigen bed, terwijl haar twee kleine kinderen in een andere kamer lagen te slapen?'
'Dat heb ik niet gedaan.'
'En u hebt ze niet wakker gemaakt met uw lawaai?'
'Nee.'
Ernie liep zo dicht naar de getuigenbank toe als de rechter toestond, en hij keek de jury bedroefd aan. Toen draaide hij zich om naar Danny en zei: 'Michael en Teresa kwamen binnenrennen om te kijken wat er met hun moeder aan de hand was. Nietwaar, meneer Padgitt?'
'Dat weet ik niet.'
'En ze zagen u boven op haar, nietwaar?'
'Ik was daar niet.'
'Rhoda hoorde hun stemmen, nietwaar? Schreeuwden ze tegen u, smeekten ze u om van hun moeder af te komen?'
'Ik was daar niet.'
'En Rhoda deed wat iedere moeder zou doen, ze schreeuwde naar hen dat ze moesten wegrennen, nietwaar, meneer Padgitt?'
'Ik was daar niet.'
'U was daar niet!' bulderde Ernie, en het was of de muren ervan schudden. 'Uw shirt was daar, uw voetafdrukken waren daar, u liet uw sperma daar achter! Denkt u dat deze jury achterlijk is, meneer Padgitt?'
De getuige bleef zijn hoofd schudden. Ernie liep langzaam naar zijn stoel en trok hem onder de tafel vandaan. Voordat hij ging zitten, zei hij: 'U bent een verkrachter. U bent een moordenaar. En u bent ook een leugenaar, nietwaar, meneer Padgitt?'
Lucien stond op en riep: 'Ik protesteer, edelachtbare. Nu is het wel genoeg.'
'Toegewezen. Nog meer vragen, meneer Gaddis?'
'Nee, edelachtbare, het Openbaar Ministerie is klaar met deze getuige.'
'Hebt u nog vragen, meneer Wilbanks?'
'Nee, edelachtbare.'
'De getuige kan naar zijn plaats teruggaan.' Danny stond langzaam op. Weg was de grijns, de arrogante houding. Zijn gezicht was rood van woede en nat van het zweet.
Toen hij op het punt stond om uit de getuigenbank te komen en

naar de tafel van de verdediging terug te keren, draaide hij zich plotseling naar de jury om en zei hij iets wat de hele rechtszaal verbijsterde. Zijn gezicht was verwrongen van pure haat, en hij stak zijn rechterwijsvinger in de lucht. 'Als jullie me schuldig verklaren,' zei hij, 'krijg ik jullie allemaal te pakken.'
'Parketwacht!' zei rechter Loopus, terwijl hij zijn hamer pakte. 'Zo is het genoeg, meneer Padgitt.'
'Jullie allemaal!' zei Danny nog harder. Ernie sprong overeind, maar wist niets te zeggen. En waarom zou hij ook iets zeggen? De verdachte had zichzelf de das omgedaan. Lucien was overeind gesprongen; hij wist ook niet wat hij moest doen. Twee hulpsheriffs kwamen naar voren en duwden Padgitt naar de tafel van de verdediging. Toen hij wegliep, keek hij woedend naar de juryleden, alsof hij elk moment een granaat naar hen kon gooien.
Toen het weer rustig was in de zaal, merkte ik dat mijn hart nog bonkte van opwinding. Zelfs Baggy was te verbaasd om te spreken. 'We nemen een lunchpauze,' zei de edelachtbare, en we vluchtten de rechtszaal uit. Ik had geen honger meer. Ik had zin om naar huis te rennen en onder de douche te gaan staan.

18

Het proces werd om drie uur hervat. Alle juryleden waren aanwezig; de Padgitts hadden er niet één koudgemaakt in de lunchpauze. Miss Callie grijnsde even naar me, maar het was een gemaakte grijns.
Rechter Loopus legde de jury uit dat het nu tijd was voor de slotpleidooien, waarna hij de formele instructies aan hen zou voorlezen. Als dat allemaal was gebeurd, zouden ze in een paar uur een beslissing moeten nemen. Ze luisterden aandachtig, maar ik weet zeker dat ze nog nabeefden van de bedreiging die naar hun hoofd was geslingerd. De hele stad beefde na. De juryleden waren een dwarsdoorsnede van ons, de rest van de gemeenschap, en wie hen bedreigde, bedreigde ons allemaal.
Ernie begon, en binnen enkele minuten kwam hij weer met het bebloede shirt op de proppen. Hij keek wel uit dat hij niet overdreef. De juryleden begrepen het al. Ze kenden het bewijsmateriaal goed.
De officier van justitie ging grondig te werk, maar hij was verrassend gauw klaar. Toen hij voor het laatst op een schuldigverklaring aandrong, keken we naar de juryleden. Ik zag geen enkele sympathie voor de verdachte. Fargarson, de invalide jongen, knikte zelfs toen hij naar Ernies betoog luisterde. John Deere had zijn armen van elkaar genomen en luisterde naar elk woord.

Lucien was nog sneller klaar, maar hij had dan ook veel minder om mee te werken. Hij bracht eerst de laatste woorden van zijn cliënt tegen de jury ter sprake. Hij verontschuldigde zich voor zijn gedrag. Hij schreef het toe aan de druk waaronder de verdachte stond. Stelt u zich eens voor, zei hij tegen de juryleden, je bent 24 jaar en je toekomst bestaat uit levenslange gevangenisstraf of erger nog, de gaskamer. De druk waaronder zijn jonge cliënt stond – hij noemde hem steeds 'Danny', alsof het een onschuldige kleine jongen was – was zo enorm dat zijn geestelijke gezondheid gevaar liep.
Omdat hij niet kon ingaan op de krankzinnige complottheorie van zijn cliënt, en omdat hij wel beter wist dan op de bewijzen in te gaan, prees hij een halfuur lang de helden die de Amerikaanse grondwet hadden geschreven. Hij legde weer eens uit dat eenieder onschuldig is tot zijn schuld bewezen is, en dat bewijs moest dan boven elke redelijke twijfel verheven zijn. Zoals hij het uitlegde, ging ik me afvragen hoe het in godsnaam mogelijk was dat er ooit een misdadiger werd veroordeeld.
Het Openbaar Ministerie had de gelegenheid om te reageren; de verdediging niet. En dus kreeg Ernie het laatste woord. Hij ging niet meer op de bewijzen in en bracht ook de verdachte niet ter sprake, maar sprak in plaats daarvan over Rhoda. Haar jeugd en schoonheid, haar eenvoudige leven in Beech Hill, de dood van haar man, en de opgave om in haar eentje twee kleine kinderen groot te brengen.
Dat was erg effectief. De juryleden namen elk woord in zich op. 'We mogen haar niet vergeten,' was Ernies refrein. Als geoefend redenaar bewaarde hij het beste voor het laatst.
'En we mogen haar kinderen niet vergeten,' zei hij, terwijl hij in de ogen van de juryleden keek. 'Ze waren erbij toen ze stierf. Wat ze zagen, was zo gruwelijk dat ze het altijd met zich mee zullen dragen. Ze hebben een stem hier in de rechtszaal, en hun stem behoort aan u toe.'
Rechter Loopus las de juryleden zijn instructies voor en stuurde ze toen naar hun kamer om te overleggen. Het was vijf uur geweest. De winkels rond het plein waren dicht en de winkeliers en hun klanten waren allang naar huis. Op normale dagen is er dan weinig verkeer en kun je gemakkelijk parkeren.
Maar niet als er een jury aan het beraadslagen was!
Een groot deel van het publiek bleef op het gazon van de rechtbank

staan. Ze rookten en praatten en vroegen zich af hoeveel tijd de jury nodig zou hebben. Anderen gingen naar de cafetaria's voor een late kop koffie of een vroeg diner. Ginger ging met me mee naar de krant, waar we op het balkon zaten en naar de drukte bij de rechtbank keken. Ze was emotioneel uitgeput en wilde eigenlijk alleen nog maar uit Ford County weg.
'Hoe goed ken je Hank Hooten?' vroeg ze op een gegeven moment.
'Ik heb hem nooit ontmoet. Hoezo?'
'Hij sprak me onder de lunch aan. Hij zei dat hij Rhoda goed had gekend en zeker wist dat ze niet met iedereen naar bed ging, en beslist niet met Danny Padgitt. Ik zei tegen hem dat ik geen moment had geloofd dat ze iets met dat stuk uitschot had gehad.'
'Zei hij dat hij een relatie met haar had?' vroeg ik.
'Dat wilde hij niet zeggen, maar ik kreeg de indruk van wel. Toen we haar bezittingen aan het nakijken waren, een week of zo na de begrafenis, zag ik zijn naam en telefoonnummer in haar adressenboekje.'
'Je hebt Baggy ontmoet,' zei ik.
'Ja.'
'Nou, Baggy loopt hier al een eeuwigheid rond en denkt dat hij alles weet. Hij vertelde me maandag, toen het proces begon, dat Rhoda en Hank met elkaar omgingen. Hij zei dat Hank al een paar huwelijken achter de rug heeft en graag voor een grote versierder wil doorgaan.'
'Dus hij is niet getrouwd?'
'Ik geloof van niet. Ik zal het Baggy vragen.'
'Misschien zou ik me beter moeten voelen nu ik weet dat mijn zus met een jurist omging.'
'Waarom zou je je daardoor beter voelen?'
'Geen idee eigenlijk.'
Ze trapte haar schoenen met hoge hakken uit en haar korte rokje schoof nog verder omhoog over haar dijen. Ik begon erover te wrijven, en mijn gedachten dwaalden af van het proces.
Maar dat duurde niet lang. Er was commotie bij de voordeur van de rechtbank, en ik hoorde iemand iets over een 'uitspraak' roepen.

Na nog geen uur te hebben beraadslaagd, was de jury klaar. Toen de advocaten en toeschouwers op hun plaats zaten, zei rechter Loopus tegen een parketwacht: 'Breng ze binnen.'

'Zo schuldig als de hel,' fluisterde Baggy tegen me toen de deur openging en Fargarson als eerste met zijn manke been de zaal in kwam. 'Als ze snel klaar zijn, is het altijd schuldig.'
Voor de goede orde: Baggy had voorspeld dat de jury er niet uit zou komen. Maar ik zei daar maar niets van, tenminste niet op dat moment.
De voorzitter van de jury gaf een opgevouwen stuk papier aan de parketwacht, die het aan de rechter gaf. Loopus keek er een hele tijd naar en boog zich toen dicht naar de microfoon toe. 'Wil de verdachte opstaan?' zei hij. Padgitt en Lucien stonden allebei op, langzaam en stuntelig, alsof het vuurpeloton aan het richten was.
Rechter Loopus las voor: 'Ten aanzien van de eerste aanklacht, verkrachting, bevindt de jury de verdachte, Danny Padgitt, schuldig. Ten aanzien van de tweede aanklacht, moord met voorbedachten rade, bevindt de jury de verdachte, Danny Padgitt, schuldig.'
Lucien gaf geen krimp en Padgitt deed zijn best om dat ook niet te doen. Hij keek zo venijnig naar de juryleden als hij kon, maar die keken zo mogelijk nog venijniger terug.
'U kunt gaan zitten,' zei de rechter en toen wendde hij zich tot de jury. 'Dames en heren, ik dank u voor uw medewerking tot nu toe. Hiermee is het procesgedeelte afgesloten waarin over schuldig of onschuldig wordt beslist. We gaan nu over naar de fase waarin u moet beslissen of deze verdachte tot de dood of tot levenslange gevangenisstraf wordt veroordeeld. U zult nu naar uw hotel terugkeren, en wij verdagen de zitting tot negen uur morgenvroeg. Dank u en een goede nacht gewenst.'
Het was zo snel voorbij dat de meeste toeschouwers nog even stil op hun plaats bleven zitten. Ze leidden Padgitt weg, ditmaal in handboeien, en zijn familie bleef volslagen verbijsterd achter. Lucien had geen tijd om met ze te praten.
Baggy en ik gingen naar de krant, waar hij verwoed begon te typen. De deadline was pas over een paar dagen, maar we wilden dit vastleggen terwijl het nog vers in ons geheugen lag. Maar zoals altijd liet hij het na een halfuur afweten; de whisky riep. Het was bijna donker toen Ginger terugkwam. Ze droeg een strakke spijkerbroek, een strak shirt, en ze liet haar haar loshangen en had een blik in haar ogen die zei: 'Neem me ergens naartoe.'
We gingen weer naar Quincy's, waar ik weer een sixpack voor onderweg kocht, en met de kap omlaag en de warme lucht die langs

ons stroomde, gingen we op weg naar Memphis, anderhalf uur rijden.

Ze zei weinig, en ik drong niet aan. Ze was door haar familie gedwongen om het proces bij te wonen. Ze had er niet om gevraagd. Gelukkig had ze mij om een beetje plezier mee te maken. Ik zal die avond nooit vergeten. Ik reed over de donkere verlaten weggetjes, dronk koud bier, hand in hand met een mooie vrouw die me was komen halen, een vrouw met wie ik al naar bed was geweest en met wie ik dat zeker opnieuw zou doen.

Onze mooie kleine romance had nog maar een paar uur te gaan. Ik kon ze al bijna tellen. Baggy dacht dat de fase van de strafbepaling nog geen dag in beslag zou nemen, en in dat geval zou er morgen, vrijdag, al een eind aan het proces komen. Ginger wilde erg graag uit Clanton weg en weer naar huis, en natuurlijk kon ik niet met haar meegaan. Ik had in een atlas gekeken; Springfield, Missouri, was ver weg, minstens zes uur rijden. Het zou lastig zijn om te pendelen, al zou ik dat vast en zeker proberen, als ze het wilde.

Maar op de een of andere manier had ik het gevoel dat Ginger even snel uit mijn leven wilde verdwijnen als ze erin verschenen was. Ik wist zeker dat ze thuis een paar vriendjes had en dat ik daar niet welkom zou zijn. En als ze me in Springfield ontmoette, zou ze herinnerd worden aan Ford County en de verschrikkelijke dingen die daar gebeurd waren.

Ik gaf een kneepje in haar hand en nam me voor het beste van die laatste paar uren te maken.

In Memphis gingen we naar het hoge gebouw bij de rivier. De beroemdste eetgelegenheid in de stad was een restaurant dat Rendez-vous heette. Het was een van de herkenningspunten van de stad en het was eigendom van een Griekse familie. Bijna al het goede voedsel in Memphis werd klaargemaakt door Grieken of Italianen.

De binnenstad van Memphis was in 1970 niet veilig. Ik parkeerde in de garage en we liepen vlug door een steegje naar de deur van Rendez-vous. De rook uit de diepten van het gebouw kolkte uit ventilatiegaten en bleef als dichte mist tussen de gebouwen hangen. Het was de heerlijkste geur die ik ooit had geroken, en zoals de meeste andere gasten had ik een razende honger toen we een trap afgingen en het restaurant betraden.

Op donderdag was het niet druk. We wachtten vijf minuten, en toen ze mijn naam afriepen, liepen we achter een ober aan. Hij liep zigzag tussen de tafels door, en door kleinere vertrekken, steeds dieper de spelonken in. Hij knipoogde naar me en gaf ons een tafel voor twee in een donkere hoek. We bestelden spareribs en bier en betastten elkaar onder het wachten.

De schuldigverklaring was een enorme opluchting. Elke andere uitspraak van de jury zou een ramp voor het rechtsstelsel zijn geweest, en Ginger zou de stad zijn uitgevlucht om er nooit meer terug te komen. Nu zou ze morgen vluchten, maar voorlopig had ik haar nog. We dronken op de uitspraak van de jury. Voor Ginger betekende die uitspraak dat het recht inderdaad had gezegevierd. Voor mij ook, maar ik zou nu bovendien nog een nacht met haar krijgen. Ze at weinig, zodat ik mijn eigen portie spareribs opat en toen aan de hare begon. Ik vertelde haar over miss Callie en de lunches op haar veranda, over haar opmerkelijke kinderen, en haar achtergrond. Ginger zei dat ze miss Callie aanbad, zoals ze ook de elf andere juryleden aanbad.

Die bewondering zou niet van lange duur zijn.

Zoals ik had verwacht, zat mijn vader op de zolder, die hij altijd zijn kantoor noemde. Het was in werkelijkheid de bovenverdieping van een Victoriaanse toren aan de voorkant van ons vervallen, slecht onderhouden huis in de binnenstad van Memphis. Ginger wilde het zien, en in het donker leek het nog veel indrukwekkender dan bij daglicht. Het stond in een prachtige, lommerrijke oude buurt vol vervallen huizen, die eigendom waren van families die ooit welgesteld waren geweest en nu in nette armoede hun leven leidden.

'Wat doet hij daarboven?' vroeg ze. We zaten in mijn auto, met de motor uit, voor het huis. Mevrouw Duckworths stokoude schnauzer blafte van vier huizen verder naar ons.

'Dat heb ik je al verteld. Hij handelt in aandelen en obligaties.'
''s Avonds?'
'Hij doet marktresearch. Hij komt nooit buiten.'
'En hij verliest geld?'
'In elk geval maakt hij geen winst.'
'Gaan we hem gedag zeggen?'
'Nee. Daar wordt hij alleen maar kwaad van.'
'Wanneer heb je hem voor het laatst gezien?'
'Drie, vier maanden geleden.' Op een bezoek aan mijn vader zat ik

op dat moment niet te wachten. Ik brandde van verlangen en wilde zo gauw mogelijk beginnen. We reden de stad uit, de buitenwijken in, en ontdekten een Holiday Inn naast de snelweg.

19

Op vrijdagmorgen kwam Esau Ruffin me op de gang buiten de rechtszaal tegen. Hij had een aangename verrassing voor me. Drie van zijn zoons, Al, Max en Bobby (Alberto, Massimo en Roberto) waren bij hem en wilden me erg graag gedag zeggen. Ik had een maand geleden met alle drie gesproken, toen ik dat artikel over miss Callie en haar kinderen schreef. We gaven elkaar een hand en wisselden beleefdheden uit. Ze bedankten me voor mijn vriendschap met hun moeder, en voor de vriendelijke woorden die ik over hun familie had geschreven. Ze waren net zo hartelijk, sympathiek en welbespraakt als miss Callie.

Ze waren de vorige avond laat aangekomen om hun moeder morele steun te geven. Esau had in die hele week één keer met haar gesproken – ieder jurylid mocht één telefoongesprek voeren – en ze hield zich goed, maar maakte zich zorgen om haar bloeddruk.

We praatten even. Toen de menigte de rechtszaal binnen mocht gaan, gingen wij ook. Ze gingen recht achter me zitten. Toen miss Callie even later haar plaats innam, keek ze naar mij en zag ze haar drie zoons. Haar glimlach was net een bliksemschicht. De vermoeidheid rond haar ogen was op slag verdwenen.

Tijdens het proces had ik op haar gezicht een zekere trots gezien. Ze zat ergens waar geen enkele zwarte ooit had gezeten, schouder aan schouder met medeburgers, en oordeelde voor het eerst in Ford

County over een blanke. Ik wist uit ervaring hoe gespannen je je voelde als je je op onbekend terrein waagde.

Nu haar zoons erbij waren, was ze een en al trots en was alle angst van haar gezicht verdwenen. Ze ging een beetje meer rechtop zitten, en hoewel haar tot nu toe niets in de rechtszaal was ontgaan, ging haar blik nu in alle richtingen, want ze wilde alles in zich opnemen en haar taak volbrengen.

Rechter Loopus legde de juryleden uit dat in deze fase, waarin over de straf werd beslist, het Openbaar Ministerie verzwarende omstandigheden naar voren zou brengen om de doodstraf te eisen. De verdediging zou verzachtende omstandigheden aanvoeren. Hij verwachtte niet dat het lang zou duren. Het was vrijdag; het proces had al een eeuwigheid geduurd; de juryleden en alle anderen in Clanton wilden dat Padgitt werd afgevoerd, dan konden ze weer hun normale leven leiden.

Ernie Gaddis had de stemming in de rechtszaal goed ingeschat. Hij bedankte de juryleden voor hun schuldigverklaring en bekende dat hij het niet nodig vond nog meer getuigen op te roepen. Het misdrijf was zo afschuwelijk dat de feiten voor zichzelf spraken. Hij vroeg de juryleden aan de foto's van Rhoda op de schommelbank op de veranda van de Deeces te denken, en aan de verklaring van de patholoog-anatoom over haar gruwelijke verwondingen en de manier waarop ze was gestorven. En haar kinderen, alstublieft, vergeet u haar kinderen niet.

Alsof iemand ze zou kunnen vergeten.

Hij hield een bezielend pleidooi voor de doodstraf. Hij vertelde in het kort waarom wij, goede degelijke Amerikanen, daar zo krachtig in geloofden. Hij legde uit waarom het een straf en een afschrikwekkend middel was. Hij citeerde uit de bijbel.

In bijna dertig jaar waarin hij misdadigers had vervolgd in zes county's, had hij nog nooit een zaak meegemaakt die zo hevig smeekte om de doodstraf. Aan de juryleden te zien, was ik ervan overtuigd dat hij zijn zin zou krijgen.

Hij herinnerde de juryleden er tot slot aan dat ze op maandag allemaal waren geselecteerd nadat ze hadden beloofd dat ze zich aan de wet zouden houden. Hij las hun de wet voor die over de uitvoering van de doodstraf ging. 'De staat Mississippi heeft het bewijs geleverd,' zei hij, terwijl hij het dikke groene wetboek sloot. 'U hebt Danny Padgitt schuldig bevonden aan verkrachting en moord. De wet vraagt nu om de doodstraf. Het is uw plicht om die straf op te leggen.'

Ernies fascinerend optreden duurde 51 minuten – ik probeerde alles vast te legen – en toen hij klaar was, wist ik dat de jury Padgitt niet één maar twee keer zou hangen.

Volgens Baggy nam de verdachte, nadat hij tijdens het proces zijn onschuld had betuigd en toch door de jury schuldig was bevonden, meestal in de getuigenbank plaats en zei hij dan dat hij grote spijt had van het misdrijf waarvan hij de hele week had gezegd dat hij het niet had gepleegd. 'Ze smeken en huilen,' had Baggy gezegd. 'Het is een hele vertoning.'

Maar Padgitts catastrofe van de vorige dag belette hem om weer in de buurt van de jury te komen. Lucien riep zijn moeder, Lettie Padgitt, als getuige op. Ze was een vrouw van een jaar of vijftig met sympathieke trekken en kort grijzend haar, en ze droeg een zwarte jurk alsof ze al om de dood van haar zoon rouwde. Onder leiding van Lucien begon ze onzeker aan een getuigenverklaring waaraan je kon merken dat hij in zijn geheel op papier was gezet, tot en met de stilten die ze liet vallen. Ze had het over Danny, haar kleine jongen, die elke dag na schooltijd uit vissen ging, die zijn been brak toen hij uit een boomhut viel, en die in de vierde klas de spellingwedstrijd won. Hij was in die tijd nooit lastig geweest, helemaal niet. Sterker nog, in zijn hele jeugd had Danny nooit moeilijkheden veroorzaakt. Het was zo'n lieve jongen. Zijn twee oudere broers haalden altijd streken uit, maar Danny niet.

Die woorden waren zo onzinnig, zozeer ingegeven door eigenbelang, dat ze bijna lachwekkend waren. Maar er zaten drie moeders in de jury – miss Callie, Barbara Baldwin en Maxie Root – en Lucien mikte op een van hen. Hij had er maar één nodig.

Zoals te verwachten was, barstte mevrouw Padgitt algauw in tranen uit. Ze zou nooit geloven dat haar zoon zo'n verschrikkelijk misdrijf had gepleegd, maar als de jury het dacht, wilde ze proberen het te accepteren. Maar waarom zouden ze hem wegnemen? Waarom zouden ze haar kleine jongen doden? Wat zou de wereld ermee opschieten als hij ter dood werd gebracht?

Haar verdriet was echt. Haar emoties waren rauw en het viel niet mee om naar haar te kijken. Ieder mens zou medelijden krijgen met een moeder die op het punt stond een kind te verliezen. Ten slotte stortte ze in en liet Lucien haar snikken in de getuigenbank. Wat als een moeizaam optreden was begonnen, eindigde in een hartverscheurende smeekbede die de meeste juryleden dwong hun ogen neer te slaan en strak naar de vloer te kijken.

Lucien zei dat hij geen andere getuigen had. Hij en Ernie hielden nog een kort slotbetoog, en om elf uur werden de juryleden weer naar hun kamer gestuurd om te beraadslagen.

Ginger verdween in de menigte. Ik ging naar de krant en wachtte daar, en toen ze niet kwam opdagen, liep ik over het plein naar Harry Rex' kantoor. Hij liet zijn secretaresse broodjes halen en we aten in zijn rommelige vergaderkamer. Zoals de meeste advocaten in Clanton, had hij de hele week in de rechtszaal gezeten om een zaak bij te wonen waar hij geen enkel financieel belang bij had.

'Houdt je vriendinnetje stand?' vroeg hij met een mond vol kalkoen en Zwitserse kaas.

'Miss Callie?' vroeg ik.

'Ja. Gaat ze akkoord met de gaskamer?'

'Ik heb geen idee. We hebben er niet over gepraat.'

'We zijn niet zo zeker van haar, en ook niet van die verrekte invalide jongen.'

Harry Rex was zo intensief bij de zaak betrokken geraakt dat je zou denken dat hij voor Ernie Gaddis en het Openbaar Ministerie werkte. Maar hij was niet de enige advocaat in de stad die heimelijk achter de aanklager stond.

'Ze deden er nog geen uur over om hem schuldig te verklaren,' zei ik. 'Is dat geen goed teken?'

'Misschien wel, maar juryleden doen vreemde dingen als het zover is om een doodvonnis te tekenen.'

'Nou en? Dan krijgt hij levenslang. Als ik mag afgaan op wat ik over Parchman hoor, is levenslang in die gevangenis nog erger dan de gaskamer.'

'Levenslang is niet levenslang, Willie.' Hij veegde zijn gezicht af met een papieren zakdoekje.

Ik legde mijn broodje neer terwijl hij nog een hap nam.

'Wat is levenslang dan wel?' vroeg ik.

'Tien jaar, misschien nog minder.'

Ik probeerde dat te begrijpen. 'Je bedoelt dat levenslang in Mississippi tien jaar is?'

'Ja. Na tien jaar, bij goed gedrag nog eerder, komt een moordenaar

die levenslang heeft gekregen in aanmerking voor voorwaardelijke vrijlating. Krankzinnig, nietwaar?'
'Maar waarom...'
'Probeer het nou maar niet te begrijpen, Willie, het is nu eenmaal de wet. Zo is het al vijftig jaar. En weet je wat nog erger is? De jury weet dat niet. Je mag het ze niet vertellen. Wil je wat koolsla?'
Ik schudde mijn hoofd.
'Ons hoogverheven hooggerechtshof heeft gezegd dat juryleden misschien eerder de doodstraf zullen toekennen als ze weten hoe kort levenslang in werkelijkheid is. Daarom zou het onredelijk ten opzichte van de verdachte zijn.'
'Levenslang is tien jaar,' mompelde ik in mezelf. In Mississippi gaan op verkiezingsdagen de drankwinkels dicht, alsof de kiezers anders dronken worden en op de verkeerde mensen stemmen. Ook zo'n ongelooflijke wet.
'Zo is het,' zei Harry Rex en toen at hij zijn broodje op. Hij pakte een envelop van een plank, maakte hem open en schoof een grote zwartwitfoto naar me toe. 'Betrapt, jongen,' zei hij met een lachje.
Het was een foto van mij, genomen toen ik op donderdagmorgen schielijk uit Gingers kamer kwam. Ik zag er moe uit, alsof ik een kater had en schuldig was aan iets, maar vreemd genoeg leek ik ook erg voldaan.
'Wie heeft die foto gemaakt?' vroeg ik.
'Een van mijn jongens. Hij werkte aan een scheidingszaak, zag je communistische autootje 's avonds aankomen en wilde iets leuks doen.'
'Hij was de enige niet.'
'Ze is een vurig type. Hij probeerde een foto door de gordijnen te maken, maar dat lukte niet.'
'Zal ik hem voor je signeren?'
'Hou hem nou maar.'

Na drie uur van beraadslagingen stuurde de jury een briefje naar rechter Loopus. Ze konden het niet eens worden en boekten weinig vooruitgang. Hij riep een zitting bijeen en we renden de straat over. Als de jury niet tot een unanieme beslissing voor de doodstraf kon komen, moest de rechter levenslange gevangenisstraf opleggen.
Gespannen wachtte het publiek op de juryleden. Er was daar in die

jurykamer iets misgegaan. Hadden de Padgitts eindelijk hun slachtoffer gevonden?

Miss Callie had een ijzig gezicht, zoals ik nog nooit bij haar had meegemaakt. Het was te zien dat Barbara Baldwin had gehuild. Sommige mannen zagen eruit alsof ze met elkaar op de vuist waren geweest en zo snel mogelijk verder wilden gaan met knokken.

De voorzitter stond op en legde erg nerveus aan de edelachtbare uit dat de jury verdeeld was en dat er het afgelopen uur geen enkele vooruitgang was geboekt. Hij achtte de kans op een unanieme beslissing erg klein, en ze waren er allemaal aan toe om naar huis te gaan.

Rechter Loopus vroeg toen aan ieder jurylid of hij of zij dacht dat er een unanieme beslissing kon worden genomen. Ze zeiden unaniem van niet.

Ik voelde hoe er een golf van woede door de publieke tribune ging. Mensen schoven op hun stoel en fluisterden, en dat hielp de juryleden beslist niet verder.

Rechter Loopus ging toen over tot wat Baggy later een 'dynamietlading' noemde, een geïmproviseerde preek over naleving van de wet en het nakomen van beloften die in de fase van de juryselectie waren gedaan. Het was een strenge en langdurige vermaning, waarin ook nogal wat wanhoop doorklonk.

Het werkte niet. Twee uur later hoorde het publiek de rechter opnieuw zijn vragen aan de juryleden stellen, met hetzelfde resultaat. Hij bedankte hen nors en stuurde hen naar huis.

Toen ze weg waren, riep hij Danny Padgitt naar voren en gaf hem een uitbrander waar ik kippenvel van kreeg. Hij noemde hem een verkrachter, moordenaar, lafaard, leugenaar en vooral een dief, omdat hij twee kleine kinderen de enige ouder had afgenomen die ze nog hadden. Het was een verzengende, vernietigende scheldkanonnade. Ik probeerde het allemaal woord voor woord op te schrijven, maar het was zo fascinerend dat ik moest ophouden om te kunnen luisteren. Een razende straatprediker had een zondaar niet met zoveel krachttermen kunnen overladen.

Als hij de macht had, zou hij hem ter dood veroordelen en dan ook nog een snelle en pijnlijke dood.

Maar de wet was de wet, en hij moest zich eraan houden. Hij veroordeelde hem tot levenslang en beval sheriff Coley hem onmiddellijk naar de gevangenis van Parchman te vervoeren. Coley deed hem handboeien om en hij was weg.

Loopus sloeg met zijn hamer en maakte dat hij de zaal uitkwam. Achter in de rechtszaal was een vechtpartij uitgebroken doordat een van Danny's ooms tegen Doc Crull was opgebotst, een kapper uit Clanton die een berucht heethoofd was. Er kwam algauw een hele menigte op af en sommige mensen scholden de Padgitts uit en zeiden dat ze naar hun eiland terug moesten gaan. 'Rot op naar jullie moeras!' riep iemand de hele tijd. Hulpsheriffs haalden de ruziemakers uiteen, en de Padgitts verlieten de rechtszaal.
De menigte bleef nog een tijdje, alsof het proces nog niet helemaal voltooid was, alsof er nog niet helemaal recht was gedaan. Er werd woedend gevloekt, en ik begon nu wat beter te begrijpen hoe een lynchpartij begon.

Ginger kwam niet opdagen. Ze had gezegd dat ze na haar vertrek uit het motel naar de krant zou komen om afscheid te nemen, maar blijkbaar was ze van gedachten veranderd. Ik zag haar al met grote snelheid door de duisternis rijden, razend en tierend en de kilometers tellend tot ze Mississippi uit was. En ze had nog gelijk ook.
Aan ons avontuurtje van drie dagen kwam abrupt een eind, zoals we allebei hadden verwacht maar geen van beiden hadden willen toegeven. Ik kon me niet voorstellen dat onze wegen elkaar ooit weer zouden kruisen, en als dat gebeurde, zouden we gewoon weer een paar keer de koffer in duiken en daarna ieder verder gaan met ons eigen leven. Ze zou een heleboel mannen afwerken tot ze er een trof die ze wilde houden. Ik ging op het balkon van mijn kamer zitten en wachtte tot ze beneden zou parkeren, al wist ik dat ze waarschijnlijk al in Arkansas was. We waren de dag samen in bed begonnen en hadden zo gauw mogelijk naar de rechtbank willen gaan om de moordenaar van haar zus zijn doodvonnis te zien krijgen.
Nog niet van de opwinding bekomen, begon ik een commentaar over het vonnis te schrijven. Het zou een vernietigende aanval op het strafrecht van de staat Mississippi worden. Het zou een eerlijk en doorvoeld stuk worden, en het zou het ook goed doen bij het publiek.
Toen belde Esau. Hij was bij miss Callie in het ziekenhuis en vroeg of ik vlug wilde komen.
Ze was flauwgevallen toen ze buiten de rechtbank in haar auto wilde stappen. Esau en de drie zoons hadden haar meteen naar het ziekenhuis gebracht, en daar hadden ze verstandig aan gedaan. Haar

bloeddruk was gevaarlijk hoog, en de arts was bang dat ze een beroerte zou krijgen. Maar na een paar uur was ze gestabiliseerd en waren haar vooruitzichten beter. Ik hield even haar hand vast, zei dat ik erg trots op haar was, enzovoort. In werkelijkheid wilde ik vooral erg graag weten wat er in de jurykamer was voorgevallen.
Dat verhaal zou ik nooit te horen krijgen.
Tot middernacht zat ik in de ziekenhuiskantine koffie te drinken met Al, Max, Bobby en Esau. Ze had geen woord over de beraadslagingen van de jury gezegd.
We praatten over hen en hun broers en zussen, en hun kinderen en carrières en hoe het was om op te groeien in Clanton. De verhalen kwamen er een voor een uit, en het scheelde niet veel of ik haalde mijn pen en schrijfblok tevoorschijn.

20

In de eerste zes maanden dat ik in Clanton woonde, ontvluchtte ik die plaats meestal in de weekends. Er was zo weinig te doen. Afgezien van nu en dan een geitenfeest bij Harry Rex, en één afschuwelijke cocktailparty, waar ik twintig minuten na aankomst vertrok, waren er geen bijzondere gelegenheden geweest. Bijna alle mensen van mijn leeftijd waren getrouwd, en hun idee van een knalfuif was een 'ijsdiner' op zaterdagavond in een van de talloze kerken in de stad. Degenen die gingen studeren, kwamen meestal niet terug.
Uit verveling bracht ik het weekend wel eens in Memphis door, meestal in de flat van een vriend die bijna nooit thuis was. Ik maakte een paar trips naar New Orleans, waar een vroegere vriendin van de middelbare school nu woonde en van het uitgaansleven genoot. Maar de *Times* was in elk geval voorlopig van mij. Ik was een inwoner van Clanton. Ik moest eraan wennen om in een klein stadje te wonen, waar in het weekend niets gebeurde. De krant werd mijn toevluchtsoord.
Op zaterdag ging ik daar na het vonnis heen, om een uur of twaalf. Ik wilde nog een aantal verhalen over het proces schrijven, en mijn commentaar was ook nog lang niet af. Er lagen zeven brieven op de vloer, vlak bij de voordeur. Dat was al vele jaren een traditie bij de *Times*. De zeldzame keren dat Vlek iets had geschreven wat een

lezer tot een reactie verleidde, werd de ingezonden brief meestal persoonlijk gebracht en onder de voordeur door geschoven.
Vier brieven waren ondertekend, drie waren anoniem. Twee waren getypt, de rest was met de hand geschreven, één was bijna niet te lezen. Alle zeven briefschrijvers waren kwaad omdat Danny Padgitt er met levenslang vanaf was gekomen. De bloeddorst van het stadje verbaasde me helemaal niet. Daarnaast vond ik het verontrustend dat zes van de zeven briefschrijvers het over miss Callie hadden. De eerste brief was getypt en anoniem. Hij luidde:

Onze gemeenschap is naar een nieuw dieptepunt gezakt wanneer een schurk als Danny Padgitt kan moorden en verkrachten en er bijna zonder kleerscheuren vanaf komt. De aanwezigheid van een neger in de jury moet ons doen beseffen dat die mensen niet denken zoals fatsoenlijke blanke mensen denken.

Edith Caravelle uit Beech Hill schreef met een prachtig handschrift:

Ik woon op anderhalve kilometer afstand van de plaats waar de moord is gepleegd. Ik ben de moeder van twee tieners. Hoe leg ik hun het vonnis uit? In de bijbel staat: 'Oog om oog.' Blijkbaar geldt dat niet voor Ford County.

Een andere anonieme burger schreef op geparfumeerd roze briefpapier met bloemetjes langs de randen:

Kijk wat er gebeurt als zwarten een verantwoordelijke positie krijgen. Een jury die helemaal blank was, zou Padgitt in de rechtszaal hebben opgeknoopt. En nu zegt het hooggerechtshof tegen ons dat zwarten onze kinderen mogen lesgeven, ons als politieagent mogen bekeuren en zich verkiesbaar mogen stellen voor openbare ambten. God sta ons bij.

Als hoofdredacteur (en eigenaar en uitgever) had ik de volledige zeggenschap over wat er in de *Times* werd afgedrukt. Ik kon de brieven in de prullenbak gooien. Ik kon kiezen welke ik wilde afdrukken en daar eventueel het nodige in veranderen. Als het om controversiële zaken ging, wakkerden ingezonden brieven het vuur aan.

Ze hitsten de mensen op. En je verkocht er kranten mee, want die rubriek is de enige plaats waar je zulke dingen kon afdrukken. Verder waren ze helemaal gratis en gaven ze iedereen de kans zijn hart te luchten.

Toen ik de eerste serie brieven las, besloot ik niets af te drukken wat miss Callie zou kunnen schaden. Ik was kwaad omdat mensen dachten dat zij de andere juryleden had tegengewerkt en zodoende een doodvonnis had voorkomen.

Waarom wilden de mensen met alle geweld de enige zwarte in de jury de schuld van een onpopulair vonnis geven? En dat zonder enig bewijs? Ik nam me voor om uit te zoeken wat er werkelijk in de jurykamer was gebeurd, en ik dacht meteen aan Harry Rex. Baggy zou maandagmorgen natuurlijk met zijn gebruikelijke kater het redactielokaal binnenstrompelen en doen alsof hij precies wist welke standpunten de individuele juryleden hadden ingenomen. De kans was groot dat hij er helemaal naast zat. Als iemand achter de waarheid kon komen, was het Harry Rex.

Wiley Meek kwam langs en vertelde me de laatste nieuwtjes. In de cafetaria's liepen de gemoederen hoog op. Padgitt was een vies woord geworden. Lucien Wilbanks werd veracht, maar dat was niets nieuws. Sheriff Coley kon net zo goed meteen met pensioen gaan; hij zou nog geen vijftig stemmen krijgen. Twee tegenstanders lieten al nadrukkelijk van zich horen, en dat terwijl de verkiezingen pas over een halfjaar werden gehouden.

Volgens een van de verhalen die werden verteld hadden elf juryleden voor de gaskamer gestemd en was er één tegen geweest. 'Waarschijnlijk de nikker,' had iemand gezegd, en die had daarmee uiting gegeven aan de gevoelens die om zeven uur die morgen in de Tea Shoppe de overhand hadden gehad. Een hulpsheriff die de jurykamer had bewaakt, zou iemand die iemand kende hebben toegefluisterd dat het zes tegen zes was geweest, maar om negen uur werd daar in de cafetaria's geen geloof aan gehecht. Twee theorieën hadden die ochtend rond het plein de meeste aanhangers. De eerste hield in dat miss Callie de zaak had verpest, gewoon omdat ze zwart was. De tweede hield in dat de Padgitts twee of drie van de juryleden wat geld hadden toegestopt, zoals ze dat ook hadden gedaan met dat 'liegende kreng', Lydia Vince.

Wiley dacht dat de tweede theorie meer aanhangers had dan de eerste, hoewel veel mensen bereid waren zo ongeveer alles te geloven.

Ik constateerde dat wat er in die cafetaria's werd rondverteld van nul en generlei waarde was.

Tegen het eind van de zaterdagmiddag stak ik het spoor over en reed ik langzaam door Lowtown. In de straten was het een drukte van belang: kinderen op fietsen, basketbalwedstrijden, volle veranda's, muziek die uit de open deuren van de kroegen kwam, gelach van de mannen voor de winkels. Iedereen was buiten en maakte als het ware de spieren los voor de inspanningen van de zaterdagavond. Mensen zwaaiden en keken naar me. Ze verwonderden zich meer over mijn kleine autootje dan over mijn blanke huid.
Er waren veel mensen op miss Callies veranda. Al, Max en Bobby waren er, en ook dominee Thurston Small en een goedgeklede ouderling van de kerk. Esau was binnen om zijn vrouw te verzorgen. Ze was die ochtend uit het ziekenhuis ontslagen met de strikte opdracht nog drie dagen in bed te blijven en geen vinger uit te steken. Max bracht me naar haar slaapkamer.
Ze zat in bed, steunend op kussens, en las in de bijbel. Toen ze me zag, kwam er een stralende glimlach op haar gezicht, en ze zei: 'Meneer Traynor, wat aardig van u dat u bent gekomen. Gaat u zitten. Esau, geef meneer Traynor een kop thee.' Zoals altijd volgde Esau haar bevelen stipt op.
Ik ging in een harde houten stoel bij haar bed zitten. Ze leek me helemaal niet ziek. 'Ik maak me grote zorgen over de lunch van aanstaande donderdag,' begon ik en we lachten.
'Ik kook,' zei ze.
'Nee, dat doet u niet. Ik heb een beter idee. Ik breng het eten mee.'
'Waarom vind ik dat toch geen goed idee?'
'Ik koop het wel ergens. Iets lichts, bijvoorbeeld een sandwich.'
'Een sandwich lijkt me lekker,' zei ze en ze gaf een klopje op mijn knie. 'Mijn tomaten zijn binnenkort rijp.'
Ze hield op met kloppen en glimlachen en wendde even haar ogen af. 'We hebben geen goed werk geleverd, hè, meneer Traynor?' Het waren woorden vol droefheid en frustratie.
'Het is geen populair vonnis,' zei ik.
'Het is niet wat ik wilde,' zei ze.
En meer wilde ze er niet over zeggen, tot vele jaren later. Esau vertelde me later dat de andere elf juryleden op een bijbel hadden gezworen dat ze niets over hun beslissing zouden vertellen. Miss

Callie wilde niet op de bijbel zweren, maar ze gaf hun wel haar woord dat ze alles geheim zou houden.

Ik ging de kamer uit om haar te laten rusten. Daarna zat ik uren op de veranda te luisteren naar haar zoons en hun gasten, die over het leven praatten. Ik zat in een hoek thee te drinken en probeerde buiten hun gesprekken te blijven. Soms dwaalde mijn aandacht af en nam ik de geluiden van Lowtown op zaterdagavond in me op.

De dominee en de diaken gingen weg, zodat alleen de Ruffins op de veranda achterbleven. Het gesprek kwam uiteindelijk op het proces, en het vonnis, en hoe dachten ze daar aan de andere kant van het spoor over?

'Heeft hij de jury echt bedreigd?' vroeg Max me. Ik vertelde het verhaal, en Esau legde zo nodig wat nadruk op bepaalde bijzonderheden. De Ruffins waren net zo diep geschokt als de mensen die in de zaal aanwezig waren geweest.

'Gelukkig maar dat hij de rest van zijn leven achter de tralies zit,' zei Bobby, en ik had niet de moed om hun de waarheid te vertellen. Ze waren erg trots op hun moeder, zoals ze altijd al waren geweest.

Ik had genoeg van het proces. Om een uur of negen ging ik weg. Ik reed langzaam en doelloos door Lowtown. Ik miste Ginger en voelde me alleen.

Clanton was nog dagen woedend om het vonnis. We kregen achttien ingezonden brieven, waarvan ik er zes in het volgende nummer opnam. De helft was gewijd aan het proces, en dat wakkerde het vuur natuurlijk weer aan.

In de loop van die zomer begon ik het gevoel te krijgen dat het stadje altijd over Danny Padgitt en Rhoda Kassellaw zou blijven praten. Toen werden die twee plotseling verleden tijd. Van het ene op het andere moment, letterlijk binnen 24 uur, dacht niemand meer aan het proces.

Clanton, aan weerskanten van het spoor, had iets veel belangrijkers om zich druk over te maken.

DEEL 2

21

Met een algehele uitspraak die geen enkele ruimte voor twijfel of uitstel liet, beval het hooggerechtshof de onmiddellijke beëindiging van het gescheiden schoolsysteem. Geen vertragingstactieken meer, geen processen meer, geen beloften meer. Onmiddellijke integratie, en Clanton was net zo diep geschokt als alle andere plaatsen in het Zuiden.
Harry Rex gaf me de uitspraak van het hof en probeerde me de finesses uit te leggen. Zo heel erg ingewikkeld was het niet. Elk schooldistrict moest onmiddellijk het plan uitvoeren om tot gemengde scholen te komen.
'Dit gaat kranten verkopen,' voorspelde hij, met zijn niet-brandende sigaar stevig in zijn mondhoek.
In de hele stad werden meteen allerlei bijeenkomsten georganiseerd, en ik liep ze allemaal af. Op een smoorhete avond in het midden van juli vond er een openbare bijeenkomst plaats in de sporthal van de middelbare school. De tribunes zaten stampvol met bezorgde ouders. Walter Sullivan, de advocaat van de *Times*, was ook de juridisch adviseur van de onderwijscommissie. Hij was bijna voortdurend aan het woord, want hij was geen gekozen functionaris. De politici verscholen zich achter hem. Hij sprak duidelijke taal en zei dat over zes weken de scholen van Ford County voor iedereen opengesteld en volledig gemengd zou zijn.

Er werd een kleinere bijeenkomst gehouden in de zwarte school in Burley Street. Baggy en ik waren daar ook, samen met Wiley Meek, die foto's maakte. Opnieuw legde Sullivan de aanwezigen uit wat er te gebeuren stond. Hij werd twee keer onderbroken door applaus.

Het verschil tussen die twee bijeenkomsten was verbijsterend. De blanke ouders waren woedend en bang en ik zag een aantal vrouwen huilen. De noodlottige dag was eindelijk aangebroken. Op de zwarte school heerste een triomfantelijke stemming. De ouders waren bezorgd, maar ze waren ook blij dat hun kinderen eindelijk toegang kregen tot de betere scholen. Hoewel ze op de terreinen van huisvesting, arbeidsmarkt en medische zorg nog een lange weg te gaan hadden, was de integratie van de openbare scholen een enorme stap voorwaarts in hun strijd voor burgerrechten.

Miss Callie en Esau waren er ook. Ze werden door hun buren met veel respect behandeld. Zes jaar geleden waren ze met Sam naar de voordeur van de blanke school gelopen en hadden ze hem aan de leeuwen gevoerd. Drie jaar lang was hij de enige zwarte leerling in zijn klas geweest, en de familie had daar een prijs voor betaald. Nu leek het allemaal de moeite waard, in elk geval voor hen. Sam was er zelf niet bij.

Er was ook een bijeenkomst in de Eerste Baptistenkerk. Alleen blanken, en bijna allemaal welgestelde mensen. De organisatoren waren al bezig geweest geld in te zamelen voor een particuliere school, en daar was nu opeens haast bij. Er waren artsen en juristen, en de meeste country-clubtypes. Hun kinderen waren blijkbaar te goed om met zwarte kinderen naar school te gaan.

Ze dachten snel een plan uit om een school te openen in een leegstaande fabriek ten zuiden van het stadje. Het gebouw zou zo'n jaar of twee worden gehuurd, totdat ze voldoende geld hadden ingezameld. Ze zouden leraren in dienst nemen en boeken bestellen, maar het dringendste probleem, afgezien van de vlucht voor de zwarten, was het footballteam. Op sommige momenten laaide de hysterie hoog op, alsof een school die voor maar 75 procent blank was een ernstig gevaar voor hun kinderen vormde.

Ik schreef lange artikelen en drukte vette koppen af, en Harry Rex kreeg gelijk. De krant verkocht steeds beter. Eind juli 1970 kwam onze oplage boven de vijfduizend, een grote mijlpaal. Na Rhoda Kassellaw en de integratie van het onderwijs proefde ik iets van wat mijn vriend Nick Diener in Syracuse had gezegd: 'Als je een goed streekweekblad hebt, druk je geen kranten. Dan druk je geld.'

Ik had nieuws nodig, en dat was in Clanton niet altijd beschikbaar. In een slome week bracht ik een opgeklopt verhaal over het nieuwste verzoek dat in de zaak-Padgitt was ingediend. Ik zette het meestal onder aan de voorpagina en wekte de indruk dat de jongen elk moment de Parchman-gevangenis zou kunnen uitlopen. Ik weet niet of het mijn lezers nog veel kon schelen. Maar begin augustus kreeg de krant weer een duwtje in de rug toen Davey Bass me de rituelen van het schoolfootball uitlegde.

Wilson Caudle had zich niet voor sport geïnteresseerd, en dat was zijn goed recht, alleen leefden alle andere inwoners van Clanton op vrijdagavond helemaal mee met de Cougars. Hij zette Davey ergens achter in de krant en nam bijna nooit sportfoto's op. Ik rook geld, en de Cougars werden voorpaginanieuws.

Mijn footballcarrière eindigde in de negende klas door toedoen van een sadistische ex-marinier die mijn vriendelijke kleine school om de een of andere reden als coach had ingehuurd. In Memphis heerst in augustus een tropisch klimaat; footballtrainingen zouden dan verboden moeten zijn. Met mijn volledige uitrusting, inclusief helm, rende ik bij een temperatuur van 35 graden in een klamme vochtige atmosfeer rondjes om het trainingsveld, en om de een of andere reden vertikte de coach het ons water te geven. De tennisbanen lagen naast het veld, en toen ik klaar was met kotsen, keek ik in die richting en zag ik twee meisjes ballen overslaan met twee jongens. Omdat die meisjes erbij waren, zag het er allemaal erg leuk uit, maar ik keek vooral naar de grote flessen koud water die ze dronken wanneer ze maar wilden.

Ik verruilde football voor tennis en meisjes, en ik heb daar nooit een seconde spijt van gehad. Omdat mijn school zijn wedstrijden op zaterdagmiddag speelde, was ik niet grootgebracht in de religie van het vrijdagavondfootball.

Ik werd een fervente late bekeerling.

Toen de Cougars hun eerste training hadden, waren Davey en Wiley erbij om verslag te doen. We kwamen met een grote voorpaginafoto van vier spelers, twee blanken en twee zwarten en ook een foto van de coaches; een van de hulpcoaches was zwart. Davey schreef kolommen vol over het team en de spelers en de vooruitzichten, en dit was nog maar de eerste trainingsweek.

We versloegen de opening van het schooljaar en interviewden leerlingen, leraren en bestuurders, en onze houding was openlijk positief. Het moet gezegd worden dat Clanton weinig van de raciale onrust had die in augustus, toen de scholen opengingen, in de rest van het diepe Zuiden heerste.

De *Times* bracht grote verhalen over de cheerleaders, het muziekkorps, de teams van de middelbare school, alles wat we maar konden bedenken. En bij elk verhaal stonden foto's. Ik weet niet hoeveel jongens en meisjes buiten de pagina's van onze krant zijn gebleven, maar het zullen er niet veel zijn geweest.

De eerste footballwedstrijd was een jaarlijkse familieknokpartij tegen Karaway, een veel kleinere plaats die een veel betere coach had. Ik zat met Harry Rex op de tribune en we schreeuwden tot we schor waren. Alle kaartjes voor de wedstrijd waren verkocht en het publiek was grotendeels blank.

Maar die blanke mensen die zich zo heftig tegen zwarte leerlingen op hun scholen verzetten, lieten zich op die vrijdagavond van een heel andere kant zien. In het eerste kwart van de eerste wedstrijd was Ricky Patterson de grote ster. Hij was een kleine zwarte jongen die zo snel als de wind was. De eerste keer dat hij de bal in handen kreeg, rende hij er tachtig meter mee. De tweede keer kwam hij tot 45 meter, en daarna kwam de menigte juichend overeind zodra hij de bal in handen kreeg. Zes weken nadat het integratiebevel de stad had getroffen, zag ik bekrompen, onverdraagzame rednecks zich de longen uit hun lijf schreeuwen en op en neer springen wanneer Ricky de bal kreeg.

Clanton won met 34-30, dus maar amper, en ons verslag van de wedstrijd was schaamteloos. De hele voorpagina was gewijd aan football. We begonnen zelfs met een Speler van de week, met een studiebeursbeloning van honderd dollar die in een vaag fonds ging dat we pas na maanden geregeld hadden. Ricky was onze eerste prijswinnaar, en dat vereiste weer een interview en weer een foto.

Toen Clanton de eerste vier wedstrijden won, was de *Times* niet te beroerd om de supporters op te zwepen. Onze oplage bereikte de 5.500 exemplaren.

Op een erg warme dag, begin september, liep ik over het plein. Ik ging van de krant naar de bank en ik droeg zoals altijd een verbleekte spijkerbroek, verkreukeld katoenen overhemd met opgestroopte

mouwen, loafers, geen sokken. Ik was inmiddels 24 jaar en omdat ik een onderneming bezat, dacht ik geleidelijk minder aan mijn studententijd en meer aan mijn carrière. Heel geleidelijk. Ik had nog lang haar en kleedde me nog als een student. In het algemeen maakte ik me niet zo druk om mijn kleding of mijn imago.
Die onverschilligheid werd niet door iedereen gedeeld.
Meneer Mitlo greep me op het trottoir vast en duwde me zijn kleine herenkledingzaak in. 'Ik stond op u te wachten,' zei hij. Hij was een van de weinigen in Clanton die met een zwaar accent spraken. Hij was Hongaar en had een kleurrijke voorgeschiedenis. Toen hij uit Europa ontsnapte, liet hij een kind van twee achter. Hij stond op mijn lijst van human-interest-verhalen die ik kon schrijven als het footballseizoen voorbij was.
'Kijkt u toch eens naar uzelf!' zei hij smalend, toen ik in zijn winkel stond, naast een rek met riemen. Maar hij glimlachte en bij buitenlanders kun je botheid gemakkelijk aan taalproblemen toeschrijven.
Ik keek zo'n beetje naar mezelf. Wat was het probleem?
Blijkbaar waren er veel problemen. 'U bent een geletterd mens,' zei hij. 'Een erg belangrijke man in deze stad, en u kleedt u als, eh, nou...' Hij krabde over zijn baard, op zoek naar de juiste belediging. Ik wilde hem helpen. 'Een student.'
'Nee,' zei hij en hij bewoog zijn wijsvinger heen en weer om te kennen te geven dat geen enkele student zich ooit zo slecht had gekleed. Hij gaf de vergelijking maar op en ging verder met zijn preek.
'U bent uniek, hoeveel mensen zijn eigenaar van een krant? U hebt gestudeerd, en dat komt hier niet veel voor. En u komt uit het Noorden! U bent jong, maar u zou er niet zo... zo onrijp moeten uitzien. We moeten aan uw imago werken.'
We gingen aan het werk. Ik moest wel. Hij adverteerde veel in de *Times*, dus ik kon niet tegen hem zeggen dat hij kon opvliegen. Bovendien had hij gelijk. Mijn studententijd was voorbij; de revolutie was verleden tijd. Ik was aan Vietnam en de jaren zestig en de universiteit ontkomen, en hoewel ik er nog niet aan toe was om een brave huisvader te worden, voelde ik wel dat ik ouder werd.
'U moet pakken dragen,' besloot hij, terwijl hij in rekken met kleding zocht. Ik had gehoord dat Mitlo het geen punt vond om op bijvoorbeeld een bankdirecteur af te stappen en hem in het bijzijn

van een heleboel andere mensen de les te lezen over zijn foute overhemd en pak, of over een smoezelige stropdas. Hij en Harry Rex konden elkaar niet uitstaan.

Ik was niet van plan om grijze pakken te dragen. Hij haalde een lichtblauw seersucker pak tevoorschijn, pakte een wit overhemd en ging toen regelrecht naar het dassenrek, waar hij de perfecte rood-met-goud gestreepte vlinderdas ontdekte. 'Laten we dit eens proberen,' zei hij, toen hij klaar was met zijn keuze. 'Daar,' zei hij, wijzend naar een kleedkamer. Gelukkig was er verder niemand in de winkel. Ik moest wel.

Ik kreeg de vlinderstrik niet goed. Mitlo greep in en had het in een seconde voor elkaar. 'Veel beter,' zei hij, toen hij naar het eindproduct keek. Ik bekeek mezelf een hele tijd in de spiegel. Eerst wist ik niet wat ik ervan moest denken, maar toen vond ik de verandering wel interessant. Het pak gaf me persoonlijkheid en individualiteit. Of ik het nu wilde of niet, de outfit werd van mij. Ik moest deze kleding minstens één keer dragen.

Om het imago compleet te maken pakte hij een witte panamahoed die goed bij mijn wilde haren paste. Toen hij hem rechtzette, trok hij aan een pluk haar boven mijn oor en zei: 'Te veel haar. U bent een belangrijk man. Laat het knippen.'

Hij veranderde de broek en het jasje en streek het overhemd, en de volgende dag kwam ik mijn nieuwe outfit ophalen. Ik was van plan de kleren in ontvangst te nemen, ermee naar huis te gaan en dan te wachten en te wachten tot er een stille dag in het stadje was, en ze dan te dragen. Ik was van plan om dan regelrecht naar Mitlo te lopen, want dan kon hij me in zijn creatie zien.

Hij had natuurlijk andere plannen. Hij stond erop dat ik ze aanpaste, en toen ik dat deed, stond hij erop dat ik het hele plein rondliep om complimenten in ontvangst te nemen.

'Ik heb eigenlijk nogal haast,' zei ik. De civiele rechtbank was in zitting en het was druk in de stad.

'Ik sta erop,' zei hij theatraal, en hij bewoog zijn vinger heen en weer om te kennen te geven dat hij niet wilde onderhandelen.

Hij zette de hoed recht, en het laatste rekwisiet was een lange zwarte sigaar die hij afknipte, in mijn mond stopte en met een lucifer aanstak. 'Een krachtig imago,' zei hij trots. 'De enige uitgever van de stad. En nu naar buiten.'

Aanvankelijk werd ik door niemand herkend. Twee boeren die voor

de landbouwwinkel stonden, keken me vuil aan, maar hun kleding stond mij ook niet aan. Met die sigaar voelde ik me net Harry Rex. Maar die van mij was aangestoken en bleek erg sterk te zijn. Ik sprintte langs zijn kantoor. Gladys Wilkins leidde het verzekeringskantoor van haar man. Ze was een jaar of veertig, erg aantrekkelijk en altijd goedgekleed. Toen ze me zag, bleef ze staan en zei: 'Nee maar, meneer Traynor. Wat ziet u er gedistingeerd uit.'
'Dank u.'
'Het doet me denken aan Mark Twain.'
Ik liep door en voelde me wat beter. Twee secretaresses keken nog eens goed naar me. 'Mooi strikje,' riep een van hen naar mij. Clare Ruth Seagraves hield me staande en praatte maar door over iets wat ik maanden eerder had geschreven en was vergeten. Terwijl ze praatte, keek ze naar mijn pak en vlinderstrikje en hoed. Ze stoorde zich niet eens aan de sigaar. 'U ziet er heel goed uit, meneer Traynor,' zei ze ten slotte, en toen geneerde ze zich blijkbaar voor haar openhartigheid. Ik liep langzamer en langzamer rond het plein en kwam tot de conclusie dat Mitlo gelijk had. Ik was een geletterd mens, een uitgever, een vooraanstaand persoon in Clanton, al voelde ik me niet zo belangrijk, en misschien was ik inderdaad aan een nieuw imago toe.
Maar dan wel met minder sterke sigaren. Tegen de tijd dat ik het plein helemaal rond was, voelde ik me duizelig en moest ik gaan zitten.
Mitlo zei dat ik nog een blauw seersucker pak en twee lichtgrijze pakken moest kopen. Hij vond dat mijn garderobe niet zo donker moest zijn als die van een advocaat of een bankier, maar licht en koel en een beetje onconventioneel. Hij ging op zoek naar een paar unieke vlinderstrikjes en naar de juiste weefsels voor het najaar en de winter.
Binnen een maand was Clanton gewend aan een nieuw personage op het plein. Er werd op me gelet, vooral door de andere sekse. Harry Rex lachte me uit, maar zijn eigen kleding was minstens zo komisch.
De dames vonden het allemaal prachtig.

22

Eind september deden zich in één week twee opmerkelijke sterfgevallen voor. De eerste was Wilson Caudle. Hij overleed thuis, alleen, in de slaapkamer waarin hij zich had afgezonderd sinds de dag dat hij het gebouw van de *Times* had verlaten. Het was vreemd dat ik in de zes maanden dat ik eigenaar van de krant was nooit met hem had gesproken, maar ik had te veel te doen gehad om me daar druk om te maken. In elk geval wilde ik geen advies van Vlek. En triest genoeg kende ik niemand die hem in de afgelopen zes maanden had gezien of met hem had gepraat.
Hij stierf op een donderdag en werd op een zaterdag begraven. Op vrijdag ging ik naar Mitlo en pleegden we overleg over de gepaste begrafeniskleding voor iemand in mijn positie. Hij wilde per se dat ik een zwart pak droeg, en hij had precies de goede vlinderstrik. Die strik was smal en had zwarte en roodbruine strepen, erg waardig, erg respectabel, en toen ik hem in combinatie met het pak droeg, moest ik toegeven dat het allemaal erg indrukwekkend overkwam. Hij nam een zwarte vilten gleufhoed uit zijn persoonlijke verzameling en leende me die met alle genoegen voor de begrafenis. Hij zei vaak dat het een schande was dat Amerikaanse mannen geen hoeden meer droegen.
Ten slotte gaf hij me een glanzende zwarte wandelstok. Toen hij hem tevoorschijn haalde, keek ik verbaasd. 'Ik heb geen stok

nodig,' zei ik. Ik vond het een vreemd ding.
'Het is een wandelstok,' zei hij en hij hield hem me voor.
'Wat is het verschil?'
En toen begon hij aan een verbazingwekkend verhaal over de uiterst belangrijke rol die wandelstokken in de evolutie van de moderne Europese mannenmode hadden gespeeld. Hij ging er helemaal in op, en hoe meer hij in de ban van zijn eigen verhaal raakte, des te zwaarder werd zijn accent en des te minder kon ik ervan verstaan. Om hem tot zwijgen te brengen kocht ik de stok.
Toen ik de volgende dag voor Vleks begrafenis de methodistenkerk binnenliep, keken alle vrouwen naar me. Sommige mannen deden dat ook, en de meesten van hen zullen zich wel hebben afgevraagd wat ik in godsnaam met een zwarte hoed en een stok deed. Met een fluisterstem die net luid genoeg was om voor mij verstaanbaar te zijn, zei Stan Atcavage, mijn bankier, achter me: 'Hij zal wel voor ons gaan zingen en dansen.'
'Hij is weer bij Mitlo geweest,' fluisterde iemand terug.
Ik sloeg per ongeluk met de stok tegen de bank voor me, en de rouwenden schrokken van het geluid. Ik wist niet precies wat je met een stok deed als je voor een begrafenis in een kerkbank zat. Ik drukte hem tussen mijn benen en legde de hoed op mijn schoot. Als je een imago wilt opbouwen, is dat hard werken. Ik keek om me heen en zag Mitlo. Hij keek stralend naar me terug.
Het koor zette *Amazing Grace* in en we raakten in een sombere stemming. Dominee Clinkscale gaf een opsomming van de feiten uit Caudles leven: geboren in 1896, enig kind van onze dierbare Emma Caudle, weduwnaar zonder kinderen, veteraan uit de Eerste Wereldoorlog, meer dan vijftig jaar hoofdredacteur van het weekblad van onze county. Als zodanig verhief hij de necrologie tot een kunstvorm, en dat zou Vlek altijd tot eer strekken.
De dominee ging nog een tijdje door en toen verbrak een solist de monotonie. Het was mijn vierde begrafenis sinds ik in Clanton terecht was gekomen. Afgezien van die van mijn moeder was ik nooit eerder op een begrafenis geweest. In zo'n klein stadje waren het gebeurtenissen van de eerste orde, en vaak hoorde ik juweeltjes als 'Was het geen prachtige dienst?' en 'Hou je haaks, ik zie je op de begrafenis', en mijn favoriet: 'Ze zou het prachtig hebben gevonden.'
En dan was 'ze' natuurlijk de overledene.

Mensen namen vrij en trokken hun zondagse kleren aan. Als je niet naar begrafenissen ging, vonden ze je een rare. Omdat ze dat toch al van me vonden, was ik van plan de doden op gepaste wijze te eren.

Het tweede sterfgeval deed zich die avond voor, en toen ik er de maandag erop van hoorde, ging ik naar mijn appartement en zocht mijn revolver op.
Malcolm Vince werd twee keer in zijn hoofd geschoten toen hij een kroeg in een erg afgelegen deel van Tishomingo County verliet. Tishomingo was drooggelegd, de kroeg was illegaal en daarom diep in de rimboe verborgen.
Er waren geen getuigen van de moord. Malcolm had bier gedronken en gebiljart en zich in het algemeen netjes gedragen en geen moeilijkheden veroorzaakt. Twee kennissen van hem zeiden tegen de politie dat Malcolm om een uur of elf was vertrokken, nadat hij ongeveer drie uur in de kroeg had doorgebracht. Hij was in een goed humeur en hij was niet dronken. Hij zei hun gedag, liep naar buiten, en binnen enkele seconden hoorden ze schoten. Ze wisten bijna zeker dat hij niet gewapend was.
De kroeg stond aan het eind van een onverharde weg, en zo'n vierhonderd meter verderop was er een doorgang met een gewapende bewaker. In theorie was het de taak van die bewaker om de eigenaar te waarschuwen als er politieagenten of andere ongewenste types naderden. Tishomingo lag op de staatsgrens, en er waren vroeger vetes geweest met gangsters in Alabama. Kroegen waren favoriete plaatsen om rekeningen te vereffenen. De bewaker hoorde de schoten waarmee Malcolm werd gedood, en hij wist zeker dat daarna geen enkele auto was weggereden. Zo'n auto had hem moeten passeren.
Degene die Malcolm had gedood, was te voet door het bos gekomen om de moordaanslag te plegen. Ik praatte met de sheriff van Tishomingo County. Hij was van mening dat iemand het op Malcolm had voorzien. Het was in elk geval geen uit de hand gelopen kroegruzie.
'Enig idee wie het op meneer Vince voorzien kan hebben?' vroeg ik. Ik hoopte vurig dat Malcolm zich wat vijanden op een afstand van twee uur rijden had gemaakt.
'Geen idee,' zei hij. 'Die jongen woonde hier nog niet zo lang.'
Twee dagen droeg ik het pistool in mijn zak mee en toen kreeg ik

daar opnieuw genoeg van. Als de Padgitts mij of een van de juryleden te grazen wilden nemen, of rechter Loopus of Ernie Gaddis of wie ze ook maar schuldig achtten aan Danny's gevangenisstraf, konden we weinig doen om ze tegen te houden.

De krant van die week was aan Wilson Caudle gewijd. Ik haalde wat oude foto's uit het archief en vulde daarmee het grootste deel van de voorpagina. We drukten eerbewijzen en andere verhalen af, en een groot aantal betaalde overlijdensadvertenties van zijn vele vrienden. Ik verwerkte alles wat ik over hem had geschreven in de langste necrologie uit de geschiedenis van de krant.
Vlek verdiende dat.
Ik wist niet goed wat ik met het verhaal over Malcolm Vince aan moest. Hij was geen inwoner van Ford County en kwam dus eigenlijk niet in aanmerking voor een necrologie. Wat dat betrof, waren onze regels nogal flexibel. Een prominente inwoner van Ford County die naar een andere county was verhuisd, kwam nog steeds voor een necrologie in aanmerking, maar natuurlijk moest er dan wel iets te schrijven zijn. Iemand die alleen maar even in de county was geweest en geen familie had of geen bijdrage van betekenis had geleverd, kwam niet in aanmerking. En dat was het geval met Malcolm Vince.
Als ik het verhaal links liet liggen, zouden de Padgitts de voldoening beleven dat ze de hele county weer hadden geïntimideerd. Dan zouden ze ons weer bang hebben gemaakt. (Degenen die over de moord hadden gehoord, dachten allemaal dat de Padgitts erachter zaten.)
Als ik het verhaal links liet liggen, zou ik me door mijn angst laten leiden en voor mijn verantwoordelijkheid als journalist terugdeinzen. Baggy dacht dat het voorpaginamateriaal was, maar toen ik klaar was met ons afscheid van Caudle, was daar geen plaats meer. Ik zette het boven aan pagina drie, met de kop PADGITT-GETUIGE VERMOORD IN TISHOMINGO. Ik had er eerst MALCOLM VINCE VERMOORD IN TISHOMINGO boven willen zetten, maar Baggy vond dat we de naam Padgitt in combinatie met het woord 'moord' moesten gebruiken. Het verhaal telde driehonderd woorden.
Ik reed naar Corinth om wat rond te snuffelen. Harry Rex gaf me de naam van Malcolms scheidingsadvocaat, die Pud Perryman heette en een klein kantoor had. Dat kantoor bevond zich in Main

Street, tussen een kapperszaak en een Chinese naaister, en toen ik de deur opendeed, wist ik meteen dat Perryman de minst succesvolle advocaat was die ik ooit zou ontmoeten. Het pand rook naar verloren zaken, ontevreden cliënten en onbetaalde rekeningen. De vloerbedekking zat vol met vlekken en was versleten. Het meubilair stamde nog uit de jaren vijftig. Een ranzig waas van oude en nieuwe sigarettenrook hing in lagen tegen het plafond, gevaarlijk dicht bij mijn hoofd.

Perryman zelf vertoonde geen tekenen van welvaart. Hij was ongeveer 45, en hij was onverzorgd en ongeschoren en had rode ogen en een buikje. Zijn laatste kater trok maar langzaam weg. Hij vertelde me dat hij gespecialiseerd was in echtscheidingen en onroerend goed, en daarmee meende hij me te imponeren. Hetzij hij bracht niet genoeg in rekening, hetzij hij trok cliënten aan die weinig te verkopen of te betwisten hadden.

Hij had Malcolm in een maand niet gezien, zei hij, terwijl hij naar een dossier zocht in de chaos die op zijn bureau lag. Het echtscheidingsverzoek was niet ingediend. Zijn pogingen om met Lydia's advocaat tot overeenstemming te komen, hadden tot niets geleid.

'Ze is het nest ontvloden,' zei hij.

'Sorry?'

'Ze is weg. Na dat proces daar pakte ze haar spullen bij elkaar en reed weg. Ze nam het kind mee en verdween.'

Het kon me eigenlijk niet schelen wat er met Lydia was gebeurd. Het interesseerde me veel meer door wie Malcolm was doodgeschoten. Pud kwam met vage theorieën, maar die waren met een paar elementaire vragen door te prikken. Hij deed me aan Baggy denken, een rechtbankroddelaar die zelf een gerucht verzon als hij er niet binnen een uur eentje hoorde.

Lydia had geen vriendjes of broers of iemand anders die Malcolm misschien in het strijdgewoel van een echtscheidingszaak een kogel door het hoofd zou willen jagen. En natuurlijk was er helemaal geen echtscheiding. Het gevecht was nog niet eens begonnen!

Perryman wekte de indruk iemand te zijn die liever de hele dag zat te praten en te liegen dan dat hij aan zijn dossiers werkte. Ik zat bijna een uur in zijn kantoor, en toen ik eindelijk weg kon komen, liep ik vlug naar buiten want ik snakte naar frisse lucht.

Ik reed in een halfuur naar Iuka, de hoofdplaats van Tishomingo County, waar ik sheriff Spinner nog net op tijd trof om hem op een

lunch te kunnen trakteren. Onder de gebarbecuede kip in een drukke cafetaria vertelde hij me alles wat op dat moment over de moord bekend was. Het waren twee welgemikte schoten geweest van iemand die de omgeving goed kende. Ze hadden niets gevonden, geen voetafdrukken, geen patroonhulzen, niets. Het wapen was een .44 magnum geweest, en de twee schoten hadden Malcolms hoofd bijna weggeslagen. Om het aanschouwelijk te maken haalde hij zijn dienstrevolver uit zijn holster en gaf hem aan mij. 'Dit is een .44,' zei hij. Het ding was twee keer zo zwaar als mijn eigen schamele wapen. Ik had toch al niet veel honger, maar nu helemaal niet meer.
Ze hadden met alle kennissen van Malcolm gepraat die ze konden vinden. Malcolm had ongeveer vijf maanden in de omgeving gewoond. Hij had geen strafblad, was nooit gearresteerd, en er waren ook geen meldingen van knokpartijen, illegaal gokken, ordeverstoringen of dronkemansruzies geweest. Hij ging één keer per week naar de kroeg, waar hij biljartte en bier dronk en nooit zijn stem verhief. Hij had geen achterstallige leningen of rekeningen die hij meer dan zestig dagen geleden had moeten betalen. Niemand wist iets over clandestiene verhoudingen of jaloerse echtgenoten.
'Ik kan geen motief vinden,' zei de sheriff. 'Ik begrijp er niets van.'
Ik vertelde hem over Malcolms getuigenverklaring op het Padgitt-proces, en over Danny's bedreigingen aan het adres van de jury. Hij luisterde aandachtig en zei daarna niet veel meer. Ik kreeg duidelijk de indruk dat hij liever in Tishomingo County bleef en niets met de Padgitts te maken wilde hebben.
'Dat zou het motief kunnen zijn,' zei ik, toen ik klaar was.
'Wraak?'
'Ja. Het zijn kwaadaardige mensen.'
'O, ik heb van ze gehoord. We mogen blij zijn dat we niet in die jury zaten, hè?'
Op de terugweg naar Clanton moest ik steeds weer aan het gezicht van de sheriff denken op het moment dat hij dat zei. Er was niets meer over geweest van de arrogantie van een gewapende politieman. Spinner was erg blij dat hij twee county's van Clanton vandaan was en niets met de Padgitts te maken had.
Zijn onderzoek was vastgelopen. Dossier gesloten.

23

De enige jood in Clanton was Harvey Kohn, een kwieke kleine man die al tientallen jaren schoenen en damestasjes verkocht. Zijn winkel stond aan het plein, naast advocatenkantoor Sullivan, in een rij gebouwen die hij in de crisistijd had gekocht. Hij was weduwnaar en zijn kinderen waren Clanton na hun eindexamen ontvlucht. Eén keer per maand reed Kohn naar de dichtstbijzijnde synagoge in Tupelo.

Kohn's Shoes mikte op het hogere marktsegment, en dat was lastig in een kleine plaats als Clanton. De weinige rijke dames in het stadje gingen liever winkelen in Memphis, waar ze hogere prijzen konden betalen, zodat ze daar thuis over konden vertellen. Om zijn schoenen aantrekkelijk te maken zette Kohn er schokkend hoge prijzen op, om die meteen door te strepen en er veel lagere prijzen onder te zetten. Op die manier konden de dames, als ze hun nieuwste aankopen lieten zien, elke prijs noemen die ze maar wilden.

Hij stond zelf in de winkel en hij ging vroeg open en laat dicht. Als hulpje had hij altijd een scholier. Twee jaar voordat ik in Clanton aankwam, nam hij een zestienjarige zwarte jongen, Sam Ruffin, in dienst om het magazijn te beheren, het pand schoon te houden en de telefoon aan te nemen. Sam bleek een intelligente, ijverige jongen te zijn. Hij was beleefd, welgemanierd, goedgekleed, en algauw kon de winkel aan hem worden overgelaten wanneer Kohn om precies kwart voor twaalf naar huis ging voor een snelle lunch en een lang dutje.

Op een dag kwam een zekere Iris Durant om een uur of twaalf naar de winkel en trof ze Sam daar alleen aan. Iris was 41 jaar en moeder van twee tienerjongens, van wie er een bij Sam in de klas zat op de Clanton High School. Ze was enigszins aantrekkelijk, mocht graag flirten en minirokken dragen en koos bij Kohn meestal de meer extravagante schoenen. Ze probeerde een stuk of twintig paren, kocht niets en nam de tijd. Sam kende zijn waar en was erg voorzichtig met haar voeten.

De volgende dag kwam ze op dezelfde tijd terug, de rok korter en met nog meer make-up. Op blote voeten verleidde ze Sam op Kohns bureau in het kantoortje achter de kassa. Zo begon een hartstochtelijke verhouding die hun leven voorgoed zou veranderen.

Een paar keer per week ging Iris naar de schoenenwinkel. Sam vond een comfortabeler plaats op een oude bank op de bovenverdieping. Hij deed de winkel een kwartier op slot, deed de lichten uit en rende naar boven.

Iris' man was brigadier bij de staatspolitie van Mississippi. Toen hij zag hoeveel nieuwe schoenen ze in haar kast had, kreeg hij argwaan. Als echtgenoot van Iris was hij trouwens altijd al een beetje argwanend.

Hij nam Harry Rex in de arm om een onderzoek in te stellen. Een welp van de padvinderij had de minnaars ook kunnen betrappen. Drie dagen achtereen ging ze op dezelfde tijd naar Kohns winkel; drie dagen achtereen deed Sam vlug de voordeur op slot en keek hij daarbij schichtig in alle richtingen; drie dagen achtereen gingen de lichten uit, enzovoort. Op de vierde dag glipten Harry Rex en Rafe de achterkant van de winkel binnen. Ze hoorden geluiden op de bovenverdieping. Rafe stormde het liefdesnest binnen en verzamelde in vijf seconden genoeg bewijsmateriaal om beiden op de vlucht te jagen.

Kohn ontsloeg Sam een uur later. Harry Rex diende die middag het echtscheidingsverzoek in. Iris werd later met sneden, schaafwonden en een gebroken neus in het ziekenhuis opgenomen. Haar man beukte met zijn vuisten op haar in tot ze bewusteloos was. Toen het donker was, klopten drie geüniformeerde politieagenten op de deur van Sams huis in Lowtown. Ze vertelden zijn ouders dat hij door de politie werd gezocht in verband met een vage aanklacht wegens verduistering bij Kohn. Als hij werd veroordeeld, kon hij tot twintig jaar gevangenisstraf worden veroordeeld. Ze vertelden hun ook, natuurlijk in alle vertrouwen, dat Sam betrapt was op seks met een blanke vrouw, de vrouw van een andere man, en dat er een prijs op zijn hoofd was gezet. Vijfduizend dollar.

Iris verliet het stadje, met schande beladen, gescheiden, zonder haar kinderen, te bang om terug te keren.

Ik had verschillende versies van Sams verhaal gehoord. Toen ik in Clanton aankwam, was het al een oud verhaal, maar het was nog sensationeel genoeg om in veel gesprekken op te duiken. In het Zuiden was het niet ongewoon dat blanke mannen zwarte maîtresses hadden, maar waarschijnlijk was dit het eerste geval van een blanke vrouw die in Clanton de kleurengrens overstak.

Baggy had me het verhaal verteld. Harry Rex had het voor een groot deel bevestigd.

Miss Callie weigerde erover te praten. Sam was haar jongste, en hij kon niet meer thuis komen. Hij was gevlucht, ging niet meer naar school en leefde nu al twee jaar op de zak van zijn broers en zussen. En nu had hij mij gebeld.

Ik ging naar de rechtbank en groef in laden met oude dossiers. Uit niets bleek dat Sam Ruffin ooit in staat van beschuldiging was gesteld. Ik vroeg sheriff Coley of er een arrestatiebevel tegen hem van kracht was. Hij ontweek de vraag en wilde weten waarom ik me voor zo'n oude zaak interesseerde. Ik vroeg hem of Sam gearresteerd zou worden als hij naar huis ging. Ook daar kreeg ik geen direct antwoord op. 'Wees voorzichtig, meneer Traynor,' waarschuwde hij. Meer wilde hij niet zeggen.

Ik ging naar Harry Rex en vroeg hem naar de inmiddels legendarische prijs op Sams hoofd. Hij beschreef zijn cliënt, brigadier Durant, als een ex-marinier, een scherpschutter met allerlei wapens, een echte politieman, een driftkop die zich te kijk gezet voelde door Iris' onvoorzichtigheid en die dacht dat hij zijn eer alleen kon redden door haar minnaar te doden. Hij had erover gedacht om haar te doden, maar hij wilde niet naar de gevangenis. Het leek hem veiliger om een zwarte jongen te doden. Een jury in Ford County zou daar meer begrip voor hebben.

'En hij wil het zelf doen,' legde Harry Rex uit. 'Op die manier kan hij zich vijfduizend dollar besparen.'

Hij vond het prachtig om me zulk ijzingwekkend nieuws te vertellen, maar hij gaf wel toe dat hij zijn cliënt in anderhalf jaar niet had gezien en niet eens wist of Durant inmiddels al hertrouwd was.

Op donderdagmiddag gingen we aan de tafel op de veranda zitten en dankten we de Heer voor de verrukkelijke maaltijd die we zouden krijgen. Esau was op zijn werk.
In de nazomer waren de meeste groenten volgroeid, en we hadden al van veel vegetarische lunches genoten. Rode en gele tomaten, komkommers en uien in azijn, wasbonen, sperziebonen, erwten, okra, pompoen, gekookte aardappelen, maïs aan de kolf, en altijd warm maïsbrood. Nu het koeler werd en de bladeren begonnen te verkleuren, maakte miss Callie steviger maaltijden klaar: eendenstoofpot, lamsstoofpot, chili, rode bonen en rijst met vleessaus, en die goede oude rundvleesstoofschotel.
De maaltijd bestond die dag uit kip en noedels. Ik at langzaam, iets wat zij me had geleerd. Ik had mijn bord half leeg toen ik zei: 'Sam heeft me gebeld, miss Callie.'
Ze zweeg even, slikte en zei toen: 'Hoe gaat het met hem?'
'Goed. Hij wil met de kerstdagen naar huis komen. Hij zei dat alle anderen ook terugkomen, en hij wil erbij zijn.'
'Weet u waar hij is?' vroeg ze.
'Nee. U wel?'
'Nee.'
'Hij is in Memphis. Het is de bedoeling dat we elkaar daar morgen ontmoeten.'
'Waarom hebt u een ontmoeting met Sam?' Ze vond het blijkbaar vreemd dat ik erbij betrokken was.
'Hij wil dat ik hem help. Max en Bobby hebben hem over onze vriendschap verteld. Hij zei dat hij denkt dat ik een blanke ben die te vertrouwen is.'
'Het kan gevaarlijk zijn,' zei ze.
'Voor wie?'
'Voor hem en voor u.'
Haar arts maakte zich zorgen om haar gewicht. Zijzelf soms ook, maar niet altijd. Als ze erg machtige gerechten at, zoals stoofpotten en noedels, nam ze kleine porties en at ze langzaam. Het nieuws over Sam gaf haar een reden om helemaal niet meer te eten. Ze vouwde haar servet op en begon te praten.

Sam was midden in de nacht met een Greyhound-bus naar Memphis vertrokken. Hij belde Callie en Esau toen hij daar aankwam. De volgende dag reed een vriend met wat geld en kleren naar hem toe. Toen het verhaal van zijn verhouding met Iris zich als een lopend vuurtje door het stadje verspreidde, waren Callie en Esau ervan overtuigd dat hun jongste zoon door de politieagenten vermoord zou worden. Op alle uren van de dag en de nacht reden er patrouillewagens langs hun huis. Mensen belden hen anoniem op om hen te bedreigen en uit te schelden.

Kohn diende wat papieren bij de rechtbank in. De dag van een hoorzitting kwam en ging zonder dat Sam verscheen. Miss Callie kreeg nooit een officiële tenlastelegging te zien, maar ze wist ook niet hoe zoiets eruitzag.

Omdat Memphis te dichtbij leek, ging Sam naar Milwaukee en hield zich daar een paar maanden bij Bobby schuil. Hij zwierf nu al twee jaar van de ene broer of zus naar de andere. Hij reisde altijd 's nachts, was voortdurend bang dat iemand hem vond. De oudere Ruffin-kinderen belden vaak naar huis en schreven één keer per week, maar ze durfden het nooit over Sam te hebben. Iemand zou kunnen meeluisteren.

'Het was verkeerd van hem om zich op die manier met een vrouw in te laten,' zei miss Callie en ze nam een slokje thee. Ik had haar lunch grondig bedorven, maar niet de mijne. 'Maar hij was nog zo jong. Hij zat niet achter haar aan.'

De volgende dag werd ik de officieuze tussenpersoon van Sam Ruffin en zijn familie.

We ontmoetten elkaar in een cafetaria in een winkelcentrum, ergens in het zuiden van Memphis. Vanuit de verte keek hij een halfuur naar me terwijl ik zat te wachten. Toen dook hij uit het niets op en ging tegenover me zitten. In die twee jaar dat hij op de vlucht was, had hij een paar trucs geleerd.

Het voortvluchtige leven had sporen op zijn jeugdige gezicht achtergelaten. Uit gewoonte keek hij steeds naar links en rechts. Hij deed zijn uiterste best om me aan te kijken, maar dat lukte hem niet meer dan een paar seconden. Zoals ik had verwacht, was hij vriendelijk, welbespraakt en erg beleefd. En hij stelde het zeer op prijs dat ik voor hem wilde onderzoeken of hij geholpen kon worden.

Hij bedankte me voor mijn vriendschap met zijn moeder. Bobby in

Milwaukee had hem de verhalen in de *Times* laten zien. We praatten over zijn broers en zussen, zijn reizen van universiteit naar universiteit, van UCLA naar Duke, en naar Toledo, en naar Grinnell in Iowa. Dat leven kon hij niet veel langer leiden. Hij wilde erg graag dat de situatie thuis tot een oplossing kwam, dan kon hij weer een normaal leven leiden. Hij had de middelbare school afgemaakt in Milwaukee en was van plan uiteindelijk rechten te gaan studeren. Maar dat kon hij niet doen als hij op de vlucht was.
'Er wordt nogal wat druk op me uitgeoefend, weet je,' zei hij. 'Zeven broers en zussen, allemaal afgestudeerd.'
Ik vertelde hem dat ik vergeefs naar een tenlastelegging had gezocht, en dat ik bij sheriff Coley had geïnformeerd, en dat ik met Harry Rex had gepraat over de stemming waarin Durant nu zou verkeren. Sam bedankte me uitgebreid voor die informatie en voor mijn betrokkenheid.
'Je hoeft niet bang te zijn dat je wordt gearresteerd,' verzekerde ik hem. 'Maar je loopt wel het gevaar dat iemand een kogel op je afvuurt.'
'Ik word liever gearresteerd,' zei hij.
'Ik ook.'
'Hij is een erg gevaarlijke man,' zei Sam over Durant. Er volgde een verhaal, waarvan ik niet alle bijzonderheden begreep. Het scheen dat Iris nu in Memphis woonde. Sam hield het contact aan. Ze had hem verschrikkelijke dingen verteld over haar ex-man en haar twee tienerzoons en de dingen waarmee hij haar had bedreigd. Ze was nergens meer welkom in Ford County. Haar leven zou ook in gevaar kunnen verkeren. De jongens hadden meermalen gezegd dat ze haar haatten en dat ze haar nooit meer wilden zien.
Ze was een gebroken vrouw, geteisterd door schuldgevoelens en ten prooi aan een zenuwinstorting.
'En het is mijn schuld,' zei Sam. 'Ik ben beter opgevoed.'
Onze ontmoeting duurde een uur, en we beloofden dat we elkaar over een paar weken nog eens zouden treffen. Hij gaf me twee dikke brieven die hij aan zijn ouders had geschreven, en we namen afscheid. Hij werd door het winkelend publiek opgeslokt en ik vroeg me onwillekeurig af waar een jongen van achttien zich schuilhield. Hoe reisde hij, hoe verplaatste hij zich? Hoe hield hij zich van dag tot dag in leven? En Sam was geen straatjongen die had geleerd zich met zijn vuisten en zijn slimheid in leven te houden.

Ik vertelde Harry Rex over onze ontmoeting in Memphis. Ik had me tot doel gesteld Durant er op de een of andere manier van te overtuigen dat hij Sam met rust moest laten.

Omdat ik ervan uitging dat mijn naam al op een lijst van niet zo favorieten op Padgitt Island stond, had ik geen zin om aan nog zo'n lijst te worden toegevoegd. Ik liet Harry Rex geheimhouding zweren en geloofde dat hij met niemand over mijn rol als tussenpersoon zou praten.

Sam zou bereid zijn Ford County te verlaten, in het noorden van het land te gaan studeren en er waarschijnlijk ook de rest van zijn leven te blijven. De jongen wilde alleen zijn ouders zien, korte bezoeken aan Clanton brengen, en zijn leven leiden zonder dat hij de hele tijd achterom hoefde te kijken.

Het kon Harry Rex niet schelen, en hij wilde er ook niet bij betrokken raken. Hij beloofde dat hij de boodschap zou doorgeven aan Durant, maar hij gaf niet veel voor de kans dat die zich positief zou opstellen. 'Het is een grote hufter,' zei hij meer dan eens.

24

Begin december ging ik naar Tishomingo County terug om nog eens met sheriff Spinner te praten. Het verbaasde me niet dat het onderzoek naar de moord op Malcolm Vince niets nieuws had opgeleverd. Meer dan eens noemde Spinner het 'professioneel vakwerk'. Er was niets anders achtergebleven dan een lijk en twee kogels waarvan de herkomst onnaspeurbaar was. Zijn mannen hadden met alle mogelijke vrienden, kennissen en collega's van Vince gepraat en niemand gevonden die ook maar enige reden kon noemen waarom Malcolm op zo'n gewelddadige manier aan zijn eind was gekomen.
Spinner had ook met sheriff Mackey Don Coley gepraat, en zoals te verwachten was, had onze sheriff gezegd dat de moord waarschijnlijk niets te maken had met het Padgitt-proces in Ford County. Het leek erop dat de twee sheriffs elkaar al langer kenden, en ik was blij toen ik Spinner hoorde zeggen: 'Die ouwe Coley kan nog geen voetganger arresteren die in Main Street door rood licht loopt.'
Ik lachte erg hard en voegde er behulpzaam aan toe: 'Ja, en hij en de Padgitts kennen elkaar al erg lang.'
'Ik zei tegen hem dat jij hier aan het rondsnuffelen was. Hij zei: "Het loopt nog slecht met die jongen af." Ik dacht dat het je zou interesseren.'
'Bedankt,' zei ik. 'Coley en ik denken verschillend over dingen.'

'Over een paar maanden zijn er verkiezingen.'
'Ja. Ik hoorde dat Coley twee of drie tegenstanders heeft.'
'Eén is genoeg.'
Opnieuw beloofde hij te bellen als er nieuwe ontwikkelingen waren, maar we wisten allebei dat die er niet zouden komen. Ik verliet Iuka en reed naar Memphis.

Het had agent Durant goed gedaan om te horen dat zijn dreigementen nog steeds boven het hoofd van Sam Ruffin hingen. Harry Rex had uiteindelijk aan hem doorgegeven dat de jongen nog op de vlucht was maar erg graag naar huis wilde om zijn moeder te zien. Durant was niet hertrouwd. Hij was erg eenzaam en erg verbitterd en schaamde zich nog steeds voor de verhouding van zijn vrouw. Hij ging tegen Harry Rex tekeer en zei dat zijn leven was verwoest, en erger nog, dat zijn twee zoons werden uitgelachen en mishandeld om wat hun moeder had gedaan. De blanke kinderen op school pestten hen dagelijks. De zwarte kinderen, hun nieuwe klasgenoten op de Clanton High School, grijnsden en maakten er grappen over.
Beide jongens waren goede schutters en verwoede jagers, en de drie Durants hadden gezworen een kogel in Sam Ruffins hoofd te pompen als ze de kans kregen. Ze wisten precies waar de Ruffins in Lowtown woonden. Durant sprak over de jaarlijkse pelgrimstocht die veel zwarten uit het Noorden tegen de kerstdagen maakten. 'Als die jongen stiekem naar huis komt, staan we op hem te wachten,' verzekerde hij Harry Rex.
Hij had ook wat giftige woorden voor mij, vanwege mijn hartverwarmende verhalen over miss Callie en haar oudere kinderen. Hij vermoedde terecht dat ik het contact van de familie met Sam onderhield.
'Ik zou me er maar niet meer mee bemoeien,' waarschuwde Harry Rex me na zijn gesprek met Durant. 'Het is een gemene rotzak.'
Ik vond het zelf ook geen prettig idee dat iemand over mijn pijnlijke dood droomde.
Ik ontmoette Sam in een chauffeursrestaurant bij de staatsgrens, een kleine twee kilometer Tennessee in. Miss Callie had koekjes en pasteitjes en brieven en wat geld meegegeven in een grote kartonnen doos die op de passagiersplaats van mijn kleine Spitfire stond. Het was de eerste keer in twee jaar dat ze in enig opzicht met hem

in contact kon komen. Hij was een van haar brieven aan het lezen, maar het werd hem te veel en hij stopte hem weer in de envelop. 'Ik heb zo'n heimwee,' zei hij. Hij veegde zijn dikke tranen weg, terwijl hij ze tegelijk probeerde te verbergen voor de chauffeurs die dichtbij zaten te eten. Hij was een verdrietige, angstige kleine jongen.
Met genadeloze eerlijkheid vertelde ik hem over mijn gesprek met Harry Rex. Sam had in zijn naïviteit gedacht dat zijn aanbod om uit Ford County weg te blijven maar daar nu en dan op bezoek te komen aanvaardbaar zou zijn voor Durant. Hij had geen idee van de haatgevoelens die hij bij Durant had gewekt. Aan de andere kant scheen hij wel goed te begrijpen dat hij in gevaar verkeerde.
'Hij vermoordt je, Sam,' zei ik ernstig.
'En dan komt hij er gemakkelijk vanaf, hè?'
'Wat maakt dat voor jou uit? Jij bent dan nog net zo dood. Miss Callie wil liever dat je levend in het Noorden zit dan dood op het kerkhof van Clanton ligt.'
We spraken af elkaar over twee weken weer te ontmoeten. Hij was zijn kerstinkopen aan het doen en hij zou dan cadeaus voor zijn ouders en familie hebben.
We namen afscheid en verlieten het restaurant. Ik was bijna bij mijn auto toen ik besloot weer naar binnen te gaan en gebruik te maken van het toilet. Die bevond zich in het achterste deel van een rommelige geschenkenwinkel naast het restaurant. Ik keek uit een raam en zag Sam, erg argwanend, in een auto springen die door een blanke vrouw werd bestuurd. Ze leek me veel ouder dan hij, begin veertig. Iris, nam ik aan. Sommige mensen leren het nooit.

De Ruffins kwamen drie dagen voor Kerstmis aan. Miss Callie was al een week aan het koken geweest. Ze stuurde mij twee keer naar de winkel om extra voorraden in te slaan. Ik was al helemaal in de familie opgenomen en genoot alle voorrechten. De belangrijkste daarvan was het voorrecht om te eten wat ik wilde en wanneer ik maar wilde.
Toen ze in dat huis opgroeiden, draaide het leven van de kinderen om hun ouders, elkaar, de bijbel en de keukentafel. En in de vakanties had er altijd een schaal met het een of ander op de tafel gestaan, en nog twee of drie op het fornuis of in de oven. De woorden 'De pecanpasteien zijn klaar!' joegen schokgolven door het kleine huis, over de veranda en zelfs de straat op. De familie ging om de tafel

zitten en Esau dankte de Heer nogal vlug voor zijn gezin en hun gezondheid en het voedsel dat ze zouden eten. Daarna werden de pasteien in dikke wiggen gesneden, die op borden werden gelegd en in alle richtingen werden meegenomen.

Hetzelfde ritueel werd in acht genomen voor pompoenpasteien, kokosnootpasteien, aardbeientaart, en zo ging de lijst nog een tijdje door. En dat waren dan nog maar de kleine snacks om de tijd tussen de grote maaltijden te overbruggen.

In tegenstelling tot hun moeder waren de kinderen Ruffin helemaal niet dik. En ik kwam er algauw achter waarom. Ze klaagden dat ze niet meer zo goed konden eten. Waar zij woonden, was het eten smakeloos; vaak was het diepvries of massaproductie. Er was veel etnisch voedsel dat ze gewoon niet konden verwerken. En de mensen hadden zo'n haast bij het eten. De lijst met klachten werd steeds langer.

Volgens mij waren ze zo door miss Callies kookkunst verwend dat niets daar ooit tegenop kon.

Vooral Carlota, die vrijgezel was en stadswetenschappen doceerde aan de UCLA, kon erg mooi vertellen over de nieuwste idiote voedseltrends in Californië. Rauw voedsel was daar de nieuwste rage, de lunch bestond uit een bord met rauwe wortelen en rauwe selderie, en dat moest je dan allemaal wegspoelen met een klein kopje hete kruidenthee.

Gloria, die Italiaans doceerde op Duke, werd als de gelukkigste van de zeven beschouwd omdat ze nog in het Zuiden woonde. Zij en miss Callie vergeleken verschillende recepten voor dingen als maïsbrood, hachee en zelfs boerenkool. Die gesprekken werden vaak erg serieus, waarbij de mannen ook met opinies en opmerkingen kwamen, en meer dan eens kwam het tot een heftige discussie.

Na een lunch van drie uur vroeg Leon (Leonardo), die biologie doceerde op Purdue, of ik zin had om een eindje te rijden. Hij was de op een na oudste en had in tegenstelling tot de anderen een enigszins professorale houding. Hij had een baard, rookte pijp, droeg een tweed blazer met elleboogstukken, en had een woordenschat die je alleen krijgt door uren te oefenen.

We reden in zijn auto door de straten van Clanton. Hij vroeg naar Sam, en ik vertelde hem alles. Naar mijn mening was het voor Sam veel te gevaarlijk om naar Ford County te komen.

Hij vroeg ook naar het proces van Danny Padgitt. Ik had exempla-

ren van de *Times* naar alle Ruffins gestuurd. In een van Baggy's verslagen was het dreigement van Danny aan het adres van de juryleden uitgebreid aan de orde gekomen. Het exacte citaat was vet afgedrukt. 'Als jullie me schuldig verklaren, krijg ik jullie allemaal te pakken.'
'Komt hij ooit uit de gevangenis vrij?' vroeg Leon.
'Ja,' zei ik met tegenzin.
'Wanneer?'
'Dat weet niemand. Hij heeft levenslang voor moord gekregen, en levenslang voor verkrachting. Tien jaar is het maximum voor beide, maar hier in Mississippi zijn ze nogal eens gewend daarvan af te wijken.'
'Dus het is minimaal twintig jaar?' Hij dacht natuurlijk aan de leeftijd van zijn moeder. Ze was 59.
'Dat weet niemand zeker. Er is de mogelijkheid dat hij eerder wordt vrijgelaten wegens goed gedrag.'
Hij begreep er net zomin iets van als ik. Overigens had niemand die iets met justitie of met de gevangenis te maken had, mijn vragen over Danny's straf kunnen beantwoorden. In Mississippi was het een groot mysterie wanneer iemand werd vrijgelaten, en ik durfde niet te veel aan te dringen.
Leon vertelde me dat hij zijn moeder uitgebreid over de uitspraak van de jury had ondervraagd. Met name of ze voor levenslange gevangenisstraf had gestemd of voor de doodstraf. Ze had geantwoord dat de juryleden hadden gezworen niemand iets over hun beraadslagingen te vertellen. 'Wat weet jij ervan?' vroeg hij mij.
Niet veel. Ze had me duidelijk laten blijken dat ze het niet met het vonnis eens was geweest, maar zekerheid had ik niet. In de weken na het vonnis was er een stroom van speculaties op gang gekomen. De meeste vaste bezoekers van de rechtbank gingen er inmiddels van uit dat drie of misschien vier van de juryleden hadden geweigerd voor de doodstraf te stemmen. Miss Callie werd in het algemeen niet tot die groep gerekend.
'Hebben de Padgitts ze benaderd?' vroeg hij. We reden de lange lommerrijke oprijlaan van de Clanton High School op.
'Dat denken de meesten,' zei ik. 'Maar niemand weet het zeker. Het is in deze county veertig jaar geleden dat voor het laatst een blanke de doodstraf heeft gekregen.'
Hij zette de auto aan de kant en we keken naar de statige eikenhou-

ten deuren van de school. 'Dus de school is eindelijk gemengd,' zei hij.
'Ja.'
'Ik heb nooit gedacht dat ik dat nog zou meemaken.' Hij glimlachte erg voldaan. 'Vroeger droomde ik ervan dat ik naar deze school zou gaan. Toen ik een kleine jongen was, werkte mijn vader hier als schoonmaker, en zaterdags ging ik wel eens met hem mee en dan liep ik door die lange gangen en zag ik hoe mooi alles was. Ik begreep waarom ik hier niet welkom was, maar ik heb het nooit geaccepteerd.'
Omdat ik daar niet veel aan toe kon voegen, luisterde ik alleen maar. Hij maakte eerder een verdrietige dan een verbitterde indruk. Ten slotte reden we weg en gingen we het spoor over. Toen we in Lowtown terug waren, verbaasde ik me over het groot aantal mooie auto's met nummerborden uit andere staten die dicht op elkaar in de straten geparkeerd stonden. Grote families zaten op veranda's in de koude lucht; kinderen speelden in de tuinen en straten. Er kwamen nog meer auto's, allemaal met vrolijk verpakte cadeaus op de hoedenplank.
'Je bent thuis waar je moeder is,' zei Leon. 'En iedereen komt thuis met Kerstmis.'
Toen we bij miss Callies huis parkeerden, bedankte Leon me voor de vriendschap die ik met zijn moeder had gesloten. 'Ze heeft het erg vaak over je,' zei hij.
'Het is allemaal een kwestie van eten,' zei ik en we lachten allebei. Bij het hek kwam ons een nieuwe geur uit het huis tegemoet. Leon bleef meteen staan, snoof de lucht op en zei: 'Pompoenpastei.' De stem van de ervaring.
Op verschillende momenten bedankten alle zeven professoren me voor mijn vriendschap met miss Callie. Ze had haar leven met velen gedeeld, ze had veel goede vrienden, maar al meer dan acht maanden genoot ze vooral van de tijd die ze met mij doorbracht.
Ik verliet hen laat op de middag van de dag voor Kerstmis, toen ze op het punt stonden naar de kerk te gaan. Daarna zouden ze cadeaus uitwisselen en zingen. Er logeerden meer dan twintig Ruffins in het huis. Ik kon me niet voorstellen waar ze allemaal sliepen, en ik wist zeker dat het niemand iets uitmaakte.
Ik voelde me volkomen geaccepteerd, maar toch vond ik dat ik hen op een gegeven moment alleen moest laten. Er zouden tranen en

omhelzingen zijn, en liedjes en verhalen, en hoewel ze het vast niet erg vonden als ik daar bij was, wist ik dat er momenten waren waarop families alleen moesten zijn.

Maar wat wist ik van families?

Ik reed naar Memphis, waar al meer dan tien jaar geen kerstversiering meer was geweest in het huis van mijn kinderjaren. Mijn vader en ik aten in een Chinees restaurant niet ver van het huis. Terwijl ik de onsmakelijke wontonsoep naar binnen werkte, dacht ik onwillekeurig aan de chaos in miss Callies keuken en aan alle heerlijke gerechten die daar uit de oven kwamen.

Mijn vader probeerde de indruk te wekken dat hij in mijn krant geïnteresseerd was. Ik stuurde hem elke week een exemplaar, maar na een paar minuten kon ik al merken dat hij er nooit een woord in las. Hij maakte zich druk om een of ander onheilspellend verband tussen de oorlog in Zuidoost-Azië en de obligatiemarkt.

We aten snel en gingen toen ieder onze eigen weg. Triest genoeg hadden we er geen van beiden aan gedacht cadeaus voor de ander te kopen.

Op eerste kerstdag lunchte ik bij BeeBee, die in tegenstelling tot mijn vader erg blij was me te zien. Ze nodigde drie van haar kleine, blauwharige weduwvriendinnen uit voor sherry en ham, en we werden met zijn vijven tipsy. Ik vergastte hen op verhalen uit Ford County, sommige waarheidsgetrouw, andere sterk aangedikt. Door al mijn omgang met Baggy en Harry Rex leerde ik de kunst van het verhalen vertellen.

Om drie uur die middag deden we allemaal een dutje. De volgende morgen reed ik in alle vroegte naar Clanton terug.

25

Op een ijskoude dag, eind januari, galmden er schoten in de buurt van het plein. Ik zat aan mijn bureau in alle rust een verhaal te typen over Lamar Farlowe die kortgeleden in Chicago op een reünie van zijn oude parachutistenbataljon was geweest, toen een kogel op nog geen zeven meter afstand van mijn hoofd een ruit verbrijzelde. Zo kwam er een eind aan een slome nieuwsweek.
Mijn kogel was de tweede of derde van een vrij snelle serie. Ik liet me op de vloer vallen en er schoten meteen allerlei gedachten door mijn hoofd. Waar was mijn revolver? Vielen de Padgitts het stadje aan? Hadden agent Durant en zijn jongens het op me voorzien? Ik kroop naar mijn aktetas, en intussen bleven de schoten knallen. Het klonk alsof ze van de overkant van de straat kwamen, maar op dat moment kon ik dat echt niet nagaan. Het was of ze veel harder klonken nadat er een in mijn kamer was ingeslagen.
Ik maakte de aktetas leeg en herinnerde me toen dat de revolver in mijn auto of in mijn appartement lag. Ik was ongewapend en voelde me een zwakkeling omdat ik me niet kon verdedigen. En dat ondanks de goede training van Harry Rex en Rafe.
Ik was zo bang dat ik me niet kon bewegen. Toen dacht ik opeens aan Davey Bass in zijn kamer beneden. Zoals de meeste echte mannen in Clanton had hij een compleet wapenarsenaal bij de hand. Er lagen pistolen in zijn bureau en hij had twee jachtgeweren aan de

muur hangen voor het geval hij in de lunchpauze zin kreeg om een hert te gaan schieten. Iedereen die mij te pakken probeerde te krijgen, zou op hardnekkig verzet van mijn personeel stuiten. Tenminste, dat hoopte ik.

De schoten hielden even op. Ik hoorde chaos en kreten van paniek op straat. Het was bijna twee uur 's middags, normaal gesproken een drukke tijd in de stad. Ik kroop onder mijn bureau, zoals me in instructiefilms over wervelstormen was geleerd. Beneden hoorde ik Davey roepen: 'Blijf in je kamer!' Ik kon bijna voor me zien hoe hij daar beneden een 30.06 en een doos patronen pakte en vol verwachting in een deuropening ging staan. Volgens mij kon niemand een slechtere plaats uitzoeken om een vuurgevecht te beginnen. Rond het plein lagen duizenden vuurwapens voor het grijpen. Elke pick-uptruck had twee geweren in het raamrek en een jachtgeweer onder de zitting. Deze mensen wilden niets liever dan hun wapens pakken!

Het zou niet lang duren voordat de plaatselijke bevolking het vuur beantwoordde. En dan zou de oorlog pas goed losbarsten.

Toen begonnen de schoten weer. Ze kwamen niet dichterbij, dacht ik, terwijl ik daar onder dat bureau mijn best deed om normaal adem te halen en de dingen te analyseren. Terwijl de seconden langzaam voorbijtikten, besefte ik dat de aanval niet op mij gericht was. Mijn raam was toevallig in de buurt. Er kwamen sirenes aan, en toen waren er nog meer schoten te horen, nog meer schreeuwende stemmen. Wat was dit toch?

Beneden ging een telefoon en iemand nam vlug op.

'Willie! Je bent ongedeerd!' schreeuwde Davey onder aan de trap.

'Ja!'

'Er zit een sluipschutter op de rechtbank!'

'Geweldig!'

'Blijf in dekking!'

'Reken maar!'

Ik ontspande een beetje en kwam net genoeg tevoorschijn om mijn telefoon te pakken. Ik belde naar het huis van Wiley Meek, maar hij was al op weg naar ons toe. Toen kroop ik over de vloer naar een van de balkondeuren en maakte hem open. Blijkbaar trok dat de aandacht van onze sluipschutter. Hij schoot een ruitje kapot, een meter boven me, en de scherven regenden op me neer. Ik liet me op mijn buik vallen en hield geloof ik wel een uur lang op met ademhalen. Het geweervuur was meedogenloos. Wie hij ook was, het was duidelijk dat hij zich kwaad om iets maakte.

Acht schoten, en ze klonken harder nu ik buiten was. Een onderbreking van vijftien seconden waarin hij herlaadde, en toen weer acht schoten. Ik hoorde glas verbrijzelen, kogels die tegen muren ketsten, kogels die in hout sloegen. Ergens in het midden van die kogelregen verstilden de stemmen.

Toen ik weer kon bewegen, trok ik voorzichtig een van de schommelstoelen op zijn kant en kroop erachter. De veranda had een smeedijzeren hek, en omdat ik ook nog die stoel voor me had, was ik tamelijk veilig. Ik weet niet waarom ik me gedwongen voelde om dichter naar de sluipschutter toe te gaan, maar ik was 24 jaar en eigenaar van de krant en ik wist dat ik een lang verhaal over deze dramatische episode zou schrijven. Ik had bijzonderheden nodig.

Toen ik eindelijk door de stoel en het hek heen keek, zag ik de sluipschutter. De rechtbank had een vreemde afgeplatte koepel, met daar bovenop een kleiner koepeltje met vier open ramen. Daar had hij zich geïnstalleerd, en toen ik hem voor het eerst zag, gluurde hij net boven de vensterbank van een van de ramen uit. Zo te zien had hij een zwart gezicht met wit haar, en dat joeg nog meer huiveringen door me heen. We hadden te maken met een psychopaat van wereldklasse.

Hij was aan het herladen, en toen hij klaar was, kwam hij enigszins overeind en begon lukraak te schieten. Blijkbaar droeg hij geen overhemd, en dat was nog vreemder, want het was rond het vriespunt en er was een kans dat er later op de middag lichte sneeuw zou vallen. Ik had het ijskoud, terwijl ik toch een elegant wollen pak van Mitlo droeg.

Zijn borst was wit met zwarte strepen, zoals bij een zebra. Het was een blanke man die zich gedeeltelijk zwart had geverfd.

Er was helemaal geen verkeer meer. De politie had de straten afgezet en ik zag overal agenten, diep ineengedoken achter hun auto. In de etalageruiten dook soms een hoofd op om even te kijken en meteen weer te verdwijnen. Aan het schieten was een eind gekomen en de sluipschutter dook weg en verdween een tijdje. Drie hulpsheriffs renden over een trottoir en gingen de rechtbank binnen. Er gingen een paar minuten voorbij.

Wiley Meek rende de trap naar mijn kamer op en zat even later naast me. Hij hijgde zo dat ik dacht dat hij van zijn huis buiten de

stad helemaal hierheen was gerend. 'Hij heeft ons geraakt!' fluisterde hij, alsof de sluipschutter hem kon horen. Hij keek naar de glasscherven.
'Twee keer,' zei ik, knikkend naar de gebroken ruiten.
'Waar is hij?' vroeg hij, terwijl hij een camera met telelens in positie bracht.
'In het dakkoepeltje,' zei ik, wijzend. 'Voorzichtig. Hij raakte die deur toen ik hem openmaakte.'
'Heb je hem gezien?'
'Man, blank, met zwarte verf.'
'O, zo eentje.'
'Hou je hoofd omlaag.'
We bleven een aantal minuten ineengedoken zitten. Er rende nog meer politie rond. Ze gingen naar nergens in het bijzonder en wekten duidelijk de indruk dat ze het spannend vonden om daar te zijn maar niet wisten wat ze moesten doen.
'Iemand gewond?' vroeg Wiley, plotseling bang dat hem misschien wat bloed was ontgaan.
'Hoe moet ik dat nou weten?'
Toen kwamen er nog meer schoten, erg snel en verrassend. We gluurden en zagen hem vanaf zijn schouders. Hij schoot in het wilde weg. Wiley richtte zijn camera en begon foto's te maken door de telelens.
Baggy en de jongens waren in de toog op de tweede verdieping, niet recht onder het koepeltje maar daar ook niet ver vandaan. Sterker nog, waarschijnlijk was niemand dichter bij de sluipschutter dan zij. Toen het schieten voor de negende of tiende keer was begonnen, werden ze natuurlijk steeds banger, en omdat ze ervan overtuigd waren dat ze zouden worden afgeslacht, besloten ze de zaak in eigen hand te nemen. Op de een of andere manier zagen ze kans het onhandelbare raam van hun kleine schuilplaats open te krijgen. We zagen een elektrisch snoer dat naar buiten werd geworpen en bijna tot aan de grond hing, zo'n vijftien meter lager. Toen zagen we Baggy's rechterbeen. Hij zwaaide het over de stenen vensterbank en manoeuvreerde zijn dikke lijf door de opening. Zoals me niet verbaasde, had Baggy erop gestaan dat hij als eerste ging.
'Nee, hè?' zei Wiley met een beetje pret en hij bracht zijn camera omhoog. 'Ze zijn stomdronken.'
Baggy klampte zich uit alle macht aan het elektrische snoer vast,

sprong uit het raam en begon aan zijn afdaling naar de veiligheid. Zijn strategie was niet helemaal duidelijk. Zo te zien liet hij zich niet langs het snoer zakken; zijn handen bleven op dezelfde plaats boven zijn hoofd. Blijkbaar was er nog genoeg snoer over in de Toog en was het de bedoeling dat zijn trawanten hem lieten zakken. Geleidelijk kwamen zijn handen hoger boven zijn hoofd te zitten en werd zijn broek korter. Algauw reikten zijn broekspijpen nauwelijks verder dan zijn knieën, zodat je een langgerekt stuk bleke witte huid kon zien, boven de zwarte sokken die zich samentrokken rond zijn enkels. Baggy maakte zich niet druk om zijn uiterlijke verschijning, niet voor, niet tijdens en niet na het incident met de sluipschutter.

Er kwam een eind aan het schieten, en Baggy hing daar een tijdje in de lucht, langzaam ronddraaiend tegen het gebouw aan. Binnen zag je Major verwoed met het snoer worstelen. Jammer genoeg had hij maar één been, en ik was bang dat hij het niet lang zou volhouden. Achter hem zag ik twee silhouetten, waarschijnlijk Wobble Tackett en Chick Elliot, het gebruikelijke pokerclubje.

Wiley begon te lachen, een diepe gedempte lach die zijn hele lichaam liet schudden.

Telkens als het schieten even werd onderbroken, haalde iedereen weer adem, keek om zich heen en hoopte dat het voorbij was. En van elk nieuw salvo schrokken we nog meer dan van het vorige.

Er knalden twee schoten. Baggy maakte een plotselinge beweging alsof hij geraakt was, al kon de sluipschutter hem onmogelijk hebben gezien. Intussen schrok Major blijkbaar zo erg dat de druk op zijn ene been te groot werd. Het liet het snoer gaan en het sprong los, en Baggy viel schreeuwend loodrecht omlaag in een rij dikke buksbomen die daar door de Daughters of the Confederacy waren geplant. De buksbomen vingen zijn val op en fungeerden min of meer als een trampoline, zodat Baggy nog even omhoog stuiterde en toen op het trottoir belandde, waar hij als een meloen neerplofte en de enige gewonde in de hele episode werd.

Ik hoorde gelach in de verte.

Zonder ook maar enig mededogen legde Wiley het hele spektakel vast. De foto's zouden nog jarenlang heimelijk de ronde doen door Clanton.

Baggy verroerde zich een hele tijd niet. 'Laat die kerel daar liggen,' hoorde ik een politieagent beneden ons schreeuwen.

'Dronken kerels overkomt niets,' zei Wiley, terwijl hij weer op adem kwam.

Ten slotte richtte Baggy zich op handen en knieën op. Langzaam en pijnlijk kroop hij, als een hond die door een vrachtwagen is geschept, de buksboompjes in die zijn leven hadden gered, en daar zat hij de storm uit.

Drie deuren van de Tea Shoppe vandaan stond een politiewagen geparkeerd. De schutter vuurde er een salvo op af, en toen de benzinetank explodeerde, dachten we niet meer aan Baggy. Daarmee kwam de crisis in een volgende fase. Er kwam dikke rook onder de auto vandaan, en even later zagen we vlammen. De schutter vond dat blijkbaar wel leuk, want de volgende minuten raakte hij alleen maar auto's. Ik was ervan overtuigd dat mijn Spitfire onweerstaanbaar was, maar misschien was hij te klein.

Hij verloor de moed echter toen er eindelijk werd teruggeschoten. Twee van sheriff Coleys mannen kozen positie op daken, en toen ze op het koepeltje begonnen te vuren, dook de schutter weg en liet hij zich niet meer zien.

'Ik heb hem!' riep een van de hulpsheriffs omlaag naar sheriff Coley.

We wachtten twintig minuten; alles was stil. Je kon Baggy's oude schoenen en zwarte sokken nog net onder de buksboompjes vandaan zien steken, maar de rest van hem was onzichtbaar. Nu en dan keek Major met een glas in de hand naar beneden en schreeuwde hij iets naar Baggy, maar voorzover wij wisten, lag die misschien te sterven.

Er rende nog meer politie de rechtbank binnen. We ontspanden en gingen in de schommelstoelen zitten, al keken we wel onafgebroken naar het koepeltje. Davey, Margaret en Hardy kwamen bij ons op het balkon staan. Ze hadden beneden door het raam gekeken en Baggy's afdaling gezien. Margaret was de enige die bang was dat hij gewond was geraakt.

De politiewagen brandde tot de brandweer ten slotte verscheen en het vuur bluste. De deuren van de rechtbank gingen open en er kwamen ambtenaren naar buiten die meteen verwoed begonnen te roken. Twee hulpsheriffs zagen kans Baggy tussen de buksboompjes vandaan te halen. Hij kon nauwelijks lopen en het was duidelijk dat hij veel pijn leed. Ze legden hem in een patrouillewagen en reden hem weg.

Toen zagen we een hulpsheriff in het koepeltje, en onze stad was weer veilig. We renden met zijn vijven naar de rechtbank, samen met de rest van de binnenstad.

De tweede verdieping was afgesloten. Omdat er geen zitting was, leidde sheriff Coley ons naar de rechtszaal. Hij beloofde dat hij ons gauw een briefing zou geven. Toen we de zaal binnenliepen, zag ik dat Major, Chick Elliot en Wobble Tackett door een hulpsheriff over de gang werden geleid. Ze waren duidelijk dronken en lachten zo hard dat ze moeite hadden om op de been te blijven.

Wiley ging naar beneden om wat rond te snuffelen. Hij had gehoord dat er iemand uit de rechtbank zou worden verwijderd, en hij wilde een foto van de sluipschutter maken. Het witte haar, het zwarte gezicht, de geschilderde strepen, er waren een hoop vragen.

De scherpschutters van de sheriff hadden blijkbaar mis geschoten. De sluipschutter werd geïdentificeerd als Hank Hooten, de plaatselijke advocaat die Ernie Gaddis bij de vervolging van Danny Padgitt had geassisteerd. Hij was in hechtenis en hij was ongedeerd. Toen sheriff Coley dit in de rechtszaal bekendmaakte, waren we geschokt en verbijsterd. Onze zenuwen waren toch al tot het uiterste gespannen, maar dit was bijna niet te geloven. 'Meneer Hooten is op de trap naar het koepeltje aangetroffen,' zei Coley, maar ik was te verbaasd om aantekeningen te kunnen maken. 'Hij verzette zich niet tegen arrestatie en is nu in hechtenis.'

'Wat voor kleren had hij aan?' vroeg iemand.

'Niets.'

'Niets?'

'Helemaal niets. Hij had blijkbaar zwarte schoenpoets op zijn gezicht en borst, maar afgezien daarvan was hij zo naakt als een pasgeboren baby.'

'Wat voor wapens?' vroeg ik.

'We hebben twee geweren aangetroffen. Dat is alles wat ik nu kan zeggen.'

'Heeft hij iets gezegd?'

'Geen woord.'

Wiley zei dat ze wat lakens om Hank heen hadden geslagen en hem op de achterbank van een politiewagen hadden gezet. Hij had wat foto's gemaakt, maar was niet optimistisch. 'Er stonden wel tien agenten en hulpsheriffs om hem heen,' zei hij.

We reden naar het ziekenhuis om te kijken hoe het met Baggy ging. Zijn vrouw werkte in de nachtdienst op de spoedgevallenafdeling. Iemand had haar gebeld, haar wakker gemaakt en naar het ziekenhuis geroepen, en toen we haar ontmoetten, was ze in een slecht humeur. 'Alleen maar een gebroken arm,' zei ze, duidelijk teleurgesteld omdat het niet erger was. 'Wat schrammen en blauwe plekken. Wat was die idioot toch aan het doen?'
Ik keek Wiley aan en Wiley keek mij aan.
'Was hij dronken?' vroeg ze. Baggy was altijd dronken.
'Weet ik niet,' zei ik. 'Hij viel uit een raam van de rechtbank.'
'Ach, man. Hij was dronken.'
Ik vertelde haar in het kort hoe Baggy uit het gebouw was ontkomen en probeerde het te doen voorkomen alsof hij te midden van al dat geweervuur iets heldhaftigs had gedaan.
'De tweede verdieping?' zei ze.
'Ja.'
'Dus hij zat te pokeren en whisky te zuipen en hij sprong uit een raam op de tweede verdieping.'
'Zo zou je het kunnen zeggen,' zei Wiley, die zich niet meer kon inhouden.
'Niet precies,' zei ik, maar ze liep al weg.
Toen we in Baggy's kamer kwamen, lag hij te snurken. De medicamenten werkten in combinatie met de whisky en het leek of hij in coma lag. 'Hij zal willen dat hij altijd kon slapen,' fluisterde Wiley. En hij had gelijk. De legende van Boing Boing Baggy werd in de loop van de volgende jaren eindeloos verteld. Wobble Tackett zou zweren dat Chick Elliot het snoer als eerste losliet, en Chick zou zeggen dat Majors enige been het eerst bezweek en een kettingreactie veroorzaakte. Algauw geloofde de hele stad dat, wie er ook het eerst had losgelaten, die drie malloten die door Baggy in de Toog waren achtergelaten hem opzettelijk in de buksboompjes hadden laten vallen.

Twee dagen later werd Hank Hooten naar de psychiatrische inrichting in Whitfield gestuurd, waar hij enkele jaren zou zitten. Eerst werd hij nog in staat van beschuldiging gesteld wegens poging tot moord op half Clanton, maar geleidelijk werden de aanklachten ingetrokken. Hij zou tegen Ernie Gaddis hebben gezegd dat hij niet op iemand in het bijzonder schoot, dat hij niemand kwaad wilde doen, maar dat hij alleen maar kwaad was omdat het de stad niet was gelukt Danny Padgitt in de gaskamer te krijgen.

Uiteindelijk raakte in Clanton bekend dat er ernstige schizofrenie bij hem was vastgesteld. 'Knettergek,' was de conclusie in de straten.

Nimmer in de geschiedenis van Ford County had iemand op zo'n spectaculaire manier zijn verstand verloren.

26

Een jaar nadat ik de krant had gekocht, stuurde ik BeeBee een cheque voor 55.000 dollar, haar lening plus tien procent rente. Ze had het niet over rente gehad toen ze me het geld gaf en we hadden ook geen contract getekend. Tien procent was aan de hoge kant, en ik hoopte dat het haar ertoe zou bewegen de cheque terug te sturen. Ik verstuurde hem, hield mijn adem in, lette op de post, en ja hoor, ongeveer een week later was er een brief uit Memphis.

Beste William, ik sluit je cheque hierbij in, want die verwachtte ik niet en ik heb hem momenteel ook niet nodig. Mocht ik, om een of andere onwaarschijnlijke reden, in de toekomst geld nodig hebben, dan zullen we deze kwestie alsnog bespreken. Je aanbod van betaling maakt me buitengewoon trots op jou en je integriteit. Wat je daar in één jaar hebt bereikt, vind ik geweldig, en ik vind het prachtig om mijn vriendinnen over jouw succes als uitgever en hoofdredacteur te vertellen.
Ik moet bekennen dat ik me zorgen over je maakte toen je van Syracuse naar huis kwam. Je maakte een ongemotiveerde indruk, alsof je niet wist wat je wilde doen, en je haar was ook te lang. Je hebt bewezen dat ik me vergiste, en je hebt ook je haar (een beetje) laten knippen. Bovendien ben je, wat je kleding en manieren betreft, een echte heer geworden.

Jij bent alles wat ik heb, William, en ik hou zielsveel van je. Alsjeblieft, schrijf me vaker.
Veel liefs, BeeBee

P.S. Is het echt zo dat die arme man zijn kleren uittrok en in het rond ging schieten? Wat een types hebben jullie daar!

BeeBees eerste man was in 1924 aan een of andere kleurrijke ziekte gestorven. Ze trouwde daarna met een gescheiden katoenhandelaar en ze kregen één kind, mijn arme moeder. De tweede echtgenoot, mijn opa, stierf in 1938, en hij liet BeeBee een groot vermogen na. Ze hield het trouwen voor gezien en had de afgelopen ruim dertig jaar doorgebracht met bridgen, reizen en haar geld tellen. Als enig kleinkind zou ik alles erven wat ze had, al had ik geen idee hoeveel dat was.

Als BeeBee meer brieven van me wilde, kon ze die absoluut krijgen. Opgewekt scheurde ik de cheque in stukken, en toen liep ik naar de bank en leende nog eens vijftigduizend dollar van Stan Atcavage. Hardy had een bijna nieuwe offsetpers in Atlanta gevonden, en ik kocht hem voor 108.000 dollar. We dankten onze oude letterpers af en gingen over naar de twintigste eeuw. De *Times* zag er nu anders uit, veel schonere letters, scherpere foto's, betere lay-out. Onze oplage lag op zesduizend en ik zag een gestage, profijtelijke groei. De verkiezingen van 1971 kwamen me goed uit.

Het verbaasde me hoeveel mensen zich in Mississippi verkiesbaar stelden voor een openbaar ambt. Elke county was verdeeld in vijf districten, en elk district had een gekozen hoofd van politie. Die droeg een insigne en een pistool en wat hij maar aan uniformkleding bij elkaar kon vinden, en als hij het zich kon permitteren, en dat kon hij altijd, zette hij zwaailichten op zijn auto en had hij het gezag om iedereen te allen tijde voor elk denkbaar vergrijp aan de kant te zetten. Er was geen opleiding voor vereist. Geen ervaring. Hij stond niet onder toezicht van de sheriff of de korpscommandant van politie. Hij moest alleen elke vier jaar verantwoording afleggen bij de kiezers. In theorie moest hij alleen dagvaardingen uitreiken, maar eenmaal gekozen, konden de meeste hoofden van politie geen weerstand bieden aan het sterke verlangen om een pistool te dragen en op zoek te gaan naar mensen die ze konden arresteren.

Hoe meer bekeuringen een hoofd van politie uitschreef, des te meer geld verdiende hij. Het was een parttime baan met een symbolisch salaris, maar minstens één op de vijf in elke county probeerde ervan te leven. En van die ene had je de meeste last.

Elk district had ook een gekozen vrederechter, een juridische functionaris die geen enkele rechtskennis hoefde te hebben, in 1971 tenminste niet. Er was geen enkele opleiding vereist voor die baan. Geen ervaring. Alleen stemmen. De vrederechter oordeelde over alle mensen die door het hoofd van politie werden opgepakt, en die twee hadden altijd een verdacht goede verstandhouding. Automobilisten van buiten de staat die door een hoofd van politie in Ford County waren opgebracht, hadden meestal niet veel goeds van de vrederechter te verwachten.

Elke county had vijf bestuurders, vijf kleine koningen die de echte macht in handen hadden. Voor de mensen die hen steunden legden ze wegen aan, repareerden ze duikers, gaven ze grind weg. Voor hun vijanden deden ze weinig. Alle countybesluiten werden uitgevoerd door het bestuur.

Elke county had ook een gekozen sheriff, belastingontvanger, belastingheffer, rechtbankgriffier en lijkschouwer. De landelijke county's hadden een gezamenlijke staatssenator en staatsafgevaardigde. De andere beschikbare banen waren in 1971 die van wegenbeheerder, hoofd openbare diensten, landbouwgemachtigde, staatsthesaurier, staatsaccountant, procureur-generaal, luitenant-gouverneur en gouverneur.

Ik vond het een belachelijk, omslachtig systeem, totdat de kandidaten voor deze posities advertentieruimte in de *Times* begonnen te kopen. Een erg slecht hoofd van politie in het Vierde District (ook wel bekend als 'Wijk Vier') had eind januari elf tegenstanders. De meesten van die arme jongens kwamen naar de krant met een 'bekendmaking' die hun vrouw met de hand op briefpapier had geschreven. Ik las ze geduldig door, en redigeerde, decodeerde en vertaalde ze in een moeite door. Dan pakte ik hun geld aan en zette ik hun kleine advertenties, die bijna allemaal begonnen met hetzij 'Na maanden van gebeden...' of 'Veel mensen hebben me gevraagd me kandidaat te stellen...'.

Eind februari praatte iedereen in de county al over de verkiezingen van augustus. Sheriff Coley had twee tegenstanders en er dreigden zich nog twee aan te melden. De uiterste datum voor aanmelding lag in juni, en Coley zelf had zich nog steeds niet aangemeld. Dat leidde tot speculaties dat hij zich niet meer verkiesbaar zou stellen. Als het om plaatselijke verkiezingen ging, was er weinig voor nodig om speculaties op gang te brengen.

Miss Callie hield vast aan het ouderwetse geloof dat in restaurants eten geldverspilling was, en dus zondig. Haar lijst van mogelijke zonden was langer dan die van de meeste mensen, vooral die van mij. Ik deed er bijna zes maanden over om haar zover te krijgen dat ze op donderdag bij Claude's kwam lunchen. Ze wilde zich niet schuldig maken aan enige zonde, maar als ik er eentje beging, zat ik daar niet zo mee. Uit eten gaan was absoluut een van de allerlichtste zonden in mijn repertoire.

Ik vond het geen punt om met een zwarte vrouw in de binnenstad van Clanton te worden gezien. Het kon me niet schelen wat de mensen zeiden. Ik zat er niet mee dat ik de enige blanke bij Claude's zou zijn. Waar ik daarentegen wel tegen opzag, en wat me een hele tijd van het idee had afgehouden, was het feit dat ik miss Callie in en uit mijn Triumph Spitfire moest zien te krijgen. Die was niet gebouwd voor omvangrijke mensen als zij.

Zij en Esau hadden een oude Buick waarin ze vroeger alle acht kinderen vervoerden. Ook als miss Callie vijftig kilo zou aankomen, zou ze nog met gemak op de voorbank kunnen plaatsnemen.

Ze werd er niet slanker op. Haar kinderen maakten zich grote zorgen om haar bloeddruk en hoge cholesterolniveau. Ze was zestig en ze was gezond, maar de vooruitzichten waren niet gunstig.

We liepen naar buiten en ze tuurde naar mijn auto. Het was maart en er stond wind, met kans op regen, en ik had de kap van de convertible omhoog. Met de kap erop leek de two-seater nog kleiner dan hij al was.

'Ik weet niet of dit lukt,' zei ze. Ik had er zes maanden over gedaan om haar zover te krijgen; er was geen weg terug. Ik maakte het portier aan de passagierskant open en ze liep er heel voorzichtig naartoe.

'Hoe zal ik het aanpakken?' zei ze.

'Probeert u de achterkant-eerst-methode.'

Uiteindelijk werkte het, en toen ik de motor startte, zaten we schouder aan schouder. 'Blanke mensen rijden in rare auto's,' zei ze, zo bang alsof ze voor het eerst in een klein vliegtuigje de lucht in ging. Ik liet de koppeling los, gooide het stuur om, het grind spatte

op, en daar gingen we. We lachten.
Ik parkeerde voor de krant en hielp haar met uitstappen. Instappen was veel gemakkelijker. Op de krant stelde ik haar voor aan Margaret Wright en Davey Bass, en ik gaf haar een rondleiding. Ze was nieuwsgierig naar de offsetpers, want de krant zag er nu veel beter uit. 'Wie leest hier de proeven?' fluisterde ze.
'Dat doet u,' zei ik. Volgens haar had ik gemiddeld drie fouten per week. Ik kreeg nog steeds de lijst als ik op donderdag bij haar kwam lunchen.
We maakten een wandelingetje over het plein en kwamen uiteindelijk bij Claude's, de zwarte cafetaria naast de City Cleaners. Claude zat daar al vele jaren en serveerde het beste eten in de stad. Hij had geen menukaarten nodig, want je at wat hij die dag toevallig klaarmaakte. Op woensdag was het meerval en op vrijdag barbecue, maar de andere vier dagen wist je niet wat je ging eten tot Claude het je vertelde. Hij had een vuil schort aan, begroette ons en wees een tafel bij het raam aan de voorkant aan. Het café was half vol en er werd nieuwsgierig naar ons gekeken.
Vreemd genoeg hadden miss Callie en Claude elkaar nog nooit ontmoet. Ik had gedacht dat alle zwarte inwoners van Clanton elkaar wel eens waren tegengekomen, maar dat was niet het geval, vertelde miss Callie me. Claude woonde ergens buiten de stad en er deed in Lowtown het afschuwelijke gerucht de ronde dat hij niet naar de kerk ging. Ze had er nooit zo naar verlangd hem te ontmoeten. Jaren geleden waren ze eens samen op een begrafenis geweest, maar ze hadden elkaar nooit echt ontmoet.
Ik stelde hen aan elkaar voor, en toen Claude haar naam met haar gezicht combineerde, zei hij: 'De familie Ruffin. Allemaal leraar.'
'Hoogleraar,' verbeterde miss Callie hem.
Claude was grof en luidruchtig en vroeg geld voor zijn eten en ging niet naar de kerk, en dus had miss Callie meteen een hekel aan hem. Hij begreep de hint, trok zich er niets van aan en ging weg om naar iemand achter in de zaak te schreeuwen. Een serveerster zette ijsthee en maïsbrood op onze tafel, en die vielen geen van beide bij miss Callie in de smaak. Volgens haar was de thee slap en zat er bijna geen suiker in, en het maïsbrood had te weinig zout en werd op kamertemperatuur opgediend, een onvergeeflijke fout.
'Het is een restaurant, miss Callie,' zei ik met gedempte stem. 'Ontspan u toch.'

'Ik doe mijn best.'
'Nee, dat doet u niet. Hoe kunnen we van een maaltijd genieten wanneer u alles afkeurt?'
'Dat is een erg mooi vlinderdasje.'
'Dank u.'
Mijn nieuwe, stijlvolle garderobe was bij niemand meer in de smaak gevallen dan bij miss Callie. Negers mochten zich graag mooi aankleden en waren erg modebewust, legde ze me uit. Ze noemde zichzelf nog steeds een neger.
In het kielzog van de burgerrechtbeweging en de gecompliceerde verwikkelingen die daaruit waren voortgekomen, wist je niet hoe je zwarten precies moest noemen. De oudere, waardige zwarten als miss Callie wilden graag 'negers' worden genoemd. Degenen die een beetje lager op de maatschappelijke ladder stonden, waren 'gekleurden'.
Hoewel ik miss Callie het woord nooit had horen gebruiken, kwam het wel voor dat zwarten uit de maatschappelijke bovenlaag de armste zwarten 'nikkers' noemden.
Ik begreep niets van al die benamingen en hield me dus strikt aan het veilige 'zwarten'. Degenen die aan mijn kant van het spoor woonden, hadden een compleet woordenboek om zwarten te beschrijven, en dat waren nooit vleiende woorden.
Op dat moment was ik de enige niet-neger bij Claude's, en daar zat niemand mee.
'Wat eten jullie?' riep Claude vanaf het buffet. Op een schoolbord stonden Texas-chili, gebraden kip en karbonade. Omdat miss Callie wist dat de kip en de karbonade onder de maat zouden zijn, bestelden we allebei chili.
Ze bracht me verslag uit over haar tuin. De wintergroente deed het erg goed, en zij en Esau zouden binnenkort de zomergewassen planten. De *Farmer's Almanac* voorspelde een milde zomer met wat regen – elk jaar dezelfde voorspelling – en ze verheugde zich op warmer weer en lunchen op de veranda, waar je dat hoorde te doen.
Ik begon met Alberto, de oudste, en een halfuur later eindigde zij met Sam, de jongste. Hij was weer in Milwaukee, waar hij bij Roberto logeerde en overdag werkte en 's avonds naar school ging. Met alle kinderen en kleinkinderen ging het goed.
Ze wilde over 'die arme meneer Hank Hooten' praten. Ze kon zich hem goed van het proces herinneren, al had hij nooit tot de jury

gesproken. Ik vertelde haar het laatste nieuws. Hij zat nu in een kamer met gecapitonneerde muren en hij zou daar nog enige tijd blijven.
Het restaurant liep snel vol. Claude kwam met een arm vol borden voorbij en zei: 'Jullie zijn klaar. Tijd om op te stappen.' Ze deed alsof ze zich daardoor beledigd voelde, maar Claude stond erom bekend dat hij tegen mensen zei dat ze weg moesten gaan zodra ze klaar waren. Op vrijdag, als er ook een paar blanken binnenkwamen voor de barbecue en de zaak stampvol zat, gaf hij zijn klanten een klok en zei hij: 'Jullie hebben twintig minuten.'
Ze deed alsof het haar allemaal niet aanstond, het idee zelf, het restaurant, het goedkope tafelkleed, het eten, Claude, de prijzen, al die mensen, alles. Maar dat was een act. Eigenlijk vond ze het prachtig dat ze door een goedgeklede jonge blanke man mee uit lunchen werd genomen. Dat was geen van haar vriendinnen ooit overkomen.
Toen ik haar in Lowtown weer uit de auto trok, greep ze in haar tasje en haalde ze een klein stukje papier tevoorschijn. Er waren die week maar twee typefouten, vreemd genoeg allebei in de advertenties, waar Margaret over ging.
Ik liep met haar naar het huis. 'Zo erg was het toch niet?' zei ik.
'Ik heb ervan genoten. Dank u. Komt u volgende week donderdag?'
Ze stelde elke week dezelfde vraag. Het antwoord was ook altijd hetzelfde.

27

Op de middag van de nationale feestdag, 4 juli, was het 38 graden en voelde het extra benauwd aan door de vochtigheid. De optocht werd geleid door de burgemeester, al stond hij nog niet kandidaat voor iets. In 1971 werden verkiezingen voor de staat en de county gehouden. De presidentsverkiezingen waren in 1972. De rechtersverkiezingen waren in 1973. In 1974 waren de gemeentelijke verkiezingen aan de beurt. In Mississippi hielden ze bijna net zoveel van verkiezingen als van football.

De burgemeester zat op de achterbank van een Corvette 1962 en gooide snoep naar de kinderen die dicht opeen stonden op de trottoirs aan het plein. Achter hem kwamen de twee schoolorkesten, dat van Clanton en dat van Karaway, en de padvinders, de Shriners op minifietsjes, een nieuwe brandweerwagen, een stuk of tien praalwagens, een posse te paard, veteranen uit alle oorlogen van die eeuw, een verzameling glanzende nieuwe auto's van de Ford-dealer en drie gerestaureerde John Deere-tractors. Jurylid nummer acht, Mo Teale, reed op een daarvan. De achterhoede werd beschermd door een rij politiewagens, die allemaal glommen dat het een aard had.

Ik keek naar de optocht vanaf het balkon op de tweede verdieping van de Security Bank. Stan Atcavage gaf daar elk jaar een feest. Omdat ik inmiddels voor een aanzienlijk bedrag bij de bank in het krijt stond, was ik uitgenodigd om limonade te drinken en naar de festiviteiten te kijken.

Om een reden die niemand zich kon herinneren, gingen de rotarians over de toespraken. Ze hadden een grote dieplader naast het beeld van de schildwacht gezet en met balen hooi en rode, witte en blauwe linten versierd. Toen de optocht voorbij was, kwam de menigte dicht om de vrachtwagen heen staan en wachtte iedereen gespannen af. Een ouderwetse hangpartij had geen aandachtiger publiek kunnen trekken.

Mervin Beets, voorzitter van de Rotary, kwam naar de microfoon en heette iedereen welkom. Er moest gebeden worden op elke openbare gebeurtenis in Clanton, en in de nieuwe geest van integratie had hij dominee Thurston Small, miss Callies predikant, gevraagd de zaak in gang te zetten. Volgens Stan waren er dat jaar duidelijk meer zwarten in de binnenstad.

Met zo'n groot gehoor kon dominee Small het niet kort houden. Hij vroeg de Heer minstens twee keer iedereen en alles te zegenen. Er hingen luidsprekers aan alle lantaarnpalen rond de rechtbank, en zijn stem galmde door de hele binnenstad.

De eerste kandidaat was Timmy Joe Bullock, een doodsbange jongeman uit Wijk Vier die hoofd van politie wilde worden. Hij liep over de dieplader alsof het een loopplank was, en toen hij achter de microfoon stond en naar de menigte keek, viel hij bijna flauw. Hij zag kans zijn naam te stamelen en haalde toen zijn toespraak uit zijn zak. Hij was geen groot redenaar, maar in tien erg lange minuten lukte het hem iets te zeggen over de toenemende criminaliteit, het recente moordproces en de sluipschutter. Hij hield niet van moordenaars en hij had vooral een hekel aan sluipschutters. Hij wilde aan het werk gaan om ons tegen beide gevaren te beschermen.

Toen hij klaar was, werd er matig geapplaudisseerd. Maar hij was tenminste nog komen opdagen. Er waren 22 kandidaten in de vijf districten, en maar zeven hadden de moed gehad om de menigte toe te spreken. Toen we eindelijk klaar waren met de hoofden van politie en de vrederechters, speelden Woody Gates and the Country Boys een paar bluegrass-nummers. De menigte stelde die pauze erg op prijs.

Hier en daar werden op het gazon van de rechtbank gerechten en dranken geserveerd. De Lions Club gaf schijven koude watermeloen weg. De dames van de tuinclub verkochten zelfgemaakt ijs. De juniorkamer barbecuede vlees. De mensen gingen onder de oude eikenbomen staan om zich voor de zon te verschuilen.

Mackey Don Coley had zich eind mei aangemeld voor de sheriffverkiezingen. Hij had drie tegenstanders, van wie de populairste een politieman uit Clanton was, een zekere T.R. Meredith. Toen Beets zei dat het tijd was voor de sheriffkandidaten, kwamen de kiezers de schaduw uit en gingen ze om de dieplader heen staan.

Freck Oswald was voor de vierde keer kandidaat. De vorige drie keer was hij als allerlaatste geëindigd. Ook deze keer leek hij hard op weg te zijn naar de laatste plaats, maar hij scheen het allemaal wel leuk te vinden. Hij had een hekel aan president Nixon en zei harde dingen over diens buitenlandse beleid, vooral over de betrekkingen met China. De menigte luisterde wel maar begreep het blijkbaar niet helemaal.

Tryce McNatt deed voor de tweede keer mee. Hij begon zijn toespraak met de woorden: 'Ik geef geen bal om Chicago.' Dat was grappig, maar ook dom. Dat vloeken in het openbaar, in het bijzijn van dames, zou hem veel stemmen kosten. Tryce vond dat misdadigers door het rechtsstelsel in de watten werden gelegd. Hij was tegen het voornemen om een nieuw cellenblok in Ford County te bouwen, dat was verspilling van belastinggeld! Hij wilde zware straffen en meer gevangenissen, zelfs dwangarbeiderskampen.

Ik had niets over een nieuw cellenblok gehoord.

Door de moord op Rhoda Kassellaw en de schietpartij van Hank Hooten liepen de geweldsmisdrijven helemaal uit de hand in Ford County, vond Tryce. We hadden een nieuwe sheriff nodig, die achter misdadigers aan zat en niet met hen bevriend was. 'We moeten grote schoonmaak houden in de county!' was zijn refrein. Het publiek was op zijn hand.

T.R. Meredith zat al dertig jaar bij de politie. Hij was een afschuwelijk slechte redenaar, maar volgens Stan was hij familie van de halve county. Stan kon het weten, want hij was familie van de andere helft. 'Meredith wint met duizend stemmen verschil in de tweede ronde,' voorspelde hij. Dat leidde tot discussie onder de andere gasten.

Mackey Don sprak als laatste. Hij was al sheriff sinds 1943 en wilde nog één ambtstermijn. 'Dat zegt hij al twintig jaar,' zei Stan. Coley praatte maar door over zijn ervaring, en hoe goed hij de county en de mensen daar kende. Toen hij klaar was, volgde er een beleefd maar niet bepaald hoopgevend applaus.

Er waren twee kandidaten voor de functie van belastingontvanger, ongetwijfeld het minst populaire ambt in de county. Toen ze spraken, begon de menigte zich te verspreiden, vooral richting ijs en watermeloenen. Ik liep naar Harry Rex' kantoor, waar op het trottoir een ander feest aan de gang was.

De toespraken gingen de hele middag door. Het was de zomer van 1971, en inmiddels waren er minstens vijftigduizend Amerikanen omgekomen in Vietnam. Overal elders in het land zou zo'n bijeenkomst op een bittere anti-oorlogsdemonstratie zijn uitgelopen. De politici zouden van het podium zijn gejaagd. Er zouden vlaggen en oproepkaarten zijn verbrand.

Maar op die dag werd Vietnam niet één keer genoemd.

Ik had het in Syracuse prachtig gevonden om op de campus te demonstreren en in marsen mee te lopen, maar in het diepe Zuiden deden ze zulke dingen niet. Het was oorlog en echte patriotten steunden hun land. We hielden het communisme tegen; de hippies en radicalen en vredesdemonstranten in het Noorden en in Californië waren gewoon te laf om te vechten.

Ik kocht een schaaltje aardbeienijs van de tuindames, en toen ik om de rechtbank heen liep, hoorde ik tumult. Een grappenmaker had uit het raam van de Toog op de tweede verdieping een pop gegooid die Baggy moest voorstellen. De stropop hing met zijn handen boven zijn hoofd – net als de echte Baggy – en had een bord op zijn borst waarop SUGGS stond. En om er echt zeker van te zijn dat iedereen wist wie de pop moest voorstellen, stak er ook nog een lege fles Jack Daniel's uit elke broekzak.

Ik had Baggy die dag niet gezien, en ik zou hem ook niet zien. Later beweerde hij niets van het incident te weten. Zoals te verwachten was, maakte Wiley vele foto's van de pop.

'Theo is er!' riep iemand en er ging een golf van opwinding door de menigte. Theo Morton was al heel lang onze staatssenator. Zijn district besloeg delen van vier county's, en hoewel hij in Baldwin woonde, kwam zijn vrouw uit Clanton. Hij bezat twee verpleegtehuizen en een begraafplaats, en hij kon zich er ook nog op beroemen dat hij drie vliegtuigongelukken had overleefd. Hij was geen piloot meer. Theo was kleurrijk, bot, sarcastisch, komisch en volstrekt onvoorspelbaar op het podium. Zijn tegenstander was een jongeman die net zijn rechtenstudie had afgesloten en volgens geruchten de ambitie had om gouverneur te worden. Hij heette Warren, en Warren beging de fout dat hij Theo aanviel op een paar verdachte wetten die er in de afgelopen zitting van de senaat 'doorheen gejast' waren. Die wetten verhoogden de subsidie van de staat voor patiënten van verpleegtehuizen.

Het was een venijnige aanval. Ik stond in de menigte en zag Warren tekeergaan, en net over zijn linkerschouder kon ik SUGGS uit het raam zien hangen.

Theo stelde eerst zijn vrouw Rex Ella aan ons voor, een Mabry uit Clanton. Hij sprak over haar ouders en haar grootouders, en haar ooms en tantes, en algauw had Theo het halve publiek genoemd. Clanton was zijn tweede thuis, zijn district. Hier woonden zijn mensen. Hier woonden de kiezers voor wie hij in Jackson zo hard aan het werk was.

Het was glad, soepel, geïmproviseerd. Ik luisterde naar een meester op het podium.

Hij was voorzitter van de commissie Verkeer en Waterstaat in de staatssenaat, en een paar minuten pochte hij over alle wegen die hij in het noorden van Mississippi had aangelegd. Zijn commissie werkte in elk seizoen vierhonderd verschillende wetsvoorstellen af. Vierhonderd! Vierhonderd wetten. Als voorzitter was hij verantwoordelijk voor het schrijven van wetten. Dat deden staatssenatoren. Ze schreven goede wetten en zorgden dat er geen slechte wetten kwamen.

Zijn jonge opponent had net zijn rechtenstudie voltooid, een mooie prestatie. Hij, Theo, had niet de kans gekregen om te gaan studeren, omdat hij in de Tweede Wereldoorlog tegen de Jappen moest vechten. Trouwens, zijn jonge opponent had blijkbaar niet zo goed opgelet tijdens zijn rechtenstudie, anders zou hij de eerste keer al voor het advocatenexamen zijn geslaagd.

In plaats daarvan 'zakte hij voor het advocatenexamen, dames en heren!'

Met een perfecte timing riep iemand die vlak achter de jonge Warren stond: 'Dat is een vuile leugen!' De menigte keek naar Warren alsof hij gek geworden was. Theo wendde zich tot de stem en zei verbaasd: 'Een leugen?'

Hij greep in zijn zak en haalde een opgevouwen vel papier tevoorschijn. 'Ik heb hier het bewijs!' Hij kneep een hoek van het papier vast en begon ermee te zwaaien. Zonder ook maar één woord te lezen van wat erop gedrukt stond, zei hij: 'Hoe kunnen we erop vertrouwen dat iemand onze wetten schrijft, als hij niet eens door het advocatenexamen kan komen? Wat dat betreft zijn meneer Warren en ik even ver, we zijn geen van beiden door het advocatenexamen gekomen. Het probleem is: hij heeft drie jaar rechten gestudeerd en heeft er toch nog niks van terechtgebracht.'

Theo's aanhangers gierden van het lachen. De jonge Warren bleef moedig staan, maar was het liefst hard weggelopen.

Theo was nog niet klaar. 'Misschien zou hij onze wetten wél hebben begrepen als hij in Mississippi was gaan studeren en niet in Tennessee!'

Hij stond bekend om zulke openbare afslachtingen. Hij had eens een tegenstander vernederd die onder duistere omstandigheden als dominee was afgetreden. Theo had toen een 'beëdigde verklaring' uit zijn zak gehaald en beweerd dat hij kon bewijzen dat de 'exdominee' een verhouding met de vrouw van een ouderling had gehad. De beëdigde verklaring werd niet voorgelezen.

De maximale spreektijd van tien minuten had voor Theo geen enkele betekenis. Hij bazuinde de ene na de andere belofte uit: hij zou de belastingen verlagen, de geldverspilling beperken en ervoor zorgen dat moordenaars vaker de doodstraf kregen. Toen hij eindelijk klaar was, bedankte hij zijn publiek voor twintig jaar van trouwe steun. Hij herinnerde ons eraan dat de mensen van Ford County hem, en Rex Ella, in de vorige twee verkiezingen bijna tachtig procent van de stemmen hadden gegeven.

Het applaus was luid en krachtig, en op een gegeven moment was Warren verdwenen. En ik ook. Ik had genoeg van toespraken en politiek.

Vier weken later, tegen de avond op de eerste dinsdag van augustus, verzamelden zich grotendeels dezelfde mensen bij de rechtbank om het tellen van de stemmen bij te wonen. Het was flink afgekoeld; het was nog maar 33 graden, met een vochtigheid van 98 procent.

De laatste dagen van de verkiezingsstrijd waren een goudmijn voor journalisten geweest. Twee kandidaat-vrederechters waren op de vuist gegaan bij een zwarte kerk. Er waren twee processen aangespannen, en in beide gevallen beschuldigde iemand zijn tegenkandidaat van laster en het in omloop brengen van vervalste stembiljetten. Er werd iemand gearresteerd die bezig was met een verfspuitbus obscene woorden op een van Theo's aanplakbiljetten aan te brengen. (Na de verkiezingen bleek de man door een handlanger van Theo te zijn ingehuurd om dat te doen. De jonge Warren kreeg de schuld. 'Een veelvoorkomende truc,' zei Baggy). De procureur-generaal van de staat werd gevraagd onderzoek te doen naar het groot aantal kiezers dat per brief stemde. 'Normale verkiezingen,' was Baggy's commentaar. Het hoogtepunt was die dinsdag, toen de hele county ging stemmen. Iedereen beschouwde de plaatselijke verkiezingen als een soort sport.

De stembureaus gingen om zes uur dicht, en een uur later stond er al een nieuwsgierige menigte op het plein. Mensen kwamen van buiten de stad om dit mee te maken. Ze vormden groepjes rond hun kandidaat en gebruikten zelfs campagneborden om hun territorium af te bakenen. Velen hadden eten en drinken meegenomen en de meesten hadden klapstoeltjes bij zich, alsof ze naar een honkbalwedstrijd kwamen kijken. Twee enorme zwarte schoolborden werden naast elkaar gezet bij de voordeur van de rechtbank, en daar werden de resultaten op genoteerd.

'We hebben de resultaten van Noord-Karaway,' zei de griffier zo hard in een microfoon dat hij op vijf kilometer afstand te horen was. De stemming veranderde op slag van feestelijk in serieus.

'Noord-Karaway is altijd het eerst,' zei Baggy. Het was bijna halfnegen en het schemerde. We zaten op het balkon van de krant en wachtten op het nieuws. We waren van plan de krant 24 uur later te drukken en op donderdag ons 'speciale verkiezingsnummer' uit te brengen. Het duurde even voordat de griffier de aantallen stemmen op alle kandidaten voor alle functies had voorgelezen. Halverwege zei ze: 'En dan nu de sheriffverkiezingen.' Enkele duizenden mensen hielden hun adem in.

'Mackey Don Coley, 84. Tryce McNatt, 21. T.R. Meredith, 62, en Freck Oswald, 11.' Er ging een luid gejuich op aan de kant van het gazon waar Coleys aanhangers stonden.

'Coley heeft het altijd moeilijk in Karaway,' zei Baggy. 'Maar hij is verslagen.'

'Verslagen?' vroeg ik. We hadden de resultaten van nog maar één van de 28 districten en Baggy voorspelde al wie zou winnen.

'Ja. Dat T.R. zoveel stemmen krijgt in een plaats waar hij onbekend is, wijst erop dat ze daar genoeg hebben van Mackey Don. Wacht maar tot je de uitslag van Clanton ziet.'

Langzaam druppelden de resultaten binnen. Ze kwamen uit plaatsen waar ik nog nooit van had gehoord: Pleasant Hill, Shady Grove, Klebie, Three Corners, Clover Hill, Green Alley, Possum Ridge, Massey Mill, Calico Ridge. Woody Gates and the Country Boys, die blijkbaar altijd beschikbaar waren, vulden de wachttijden op met bluegrass.

De Padgitts stemden in een klein district dat Dancing Creek heette. Toen de griffier de stemmen uit dat bureau bekendmaakte en Coley 31 stemmen bleek te hebben en de andere drie samen acht, liet de menigte een verfrissend boegeroep horen. Toen kwam Clanton East, het grootste district waar ik zelf had gestemd. Coley kreeg 285 stemmen, Tryce 47, en toen T.R.'s stemmentotaal van 644 werd genoemd, was de menigte niet meer te houden.

Baggy greep me vast en we vierden de uitslag met de rest van de stad. Coley was al in de eerste ronde verslagen.

Telkens als verliezers beseften wat hun lot was, gingen zij en hun aanhangers naar huis. Om een uur of elf stonden er al veel minder mensen op het plein. Na twaalf uur verliet ik de krant en liep ik buiten wat rond om de geluiden en beelden van deze geweldige traditie in me op te nemen.

Ik was trots op de stad. Na een gruwelijke moord en een verbijsterend vonnis hadden we met zijn allen teruggevochten en duidelijk gemaakt dat we geen corruptie tolereerden. Door zo massaal tegen Coley te stemmen hadden we de Padgitts om de oren geslagen. Voor de tweede keer in honderd jaar zouden ze de sheriff niet in hun zak hebben.

T.R. Meredith kreeg 61 procent van de stemmen, een verpletterende stembusoverwinning. Theo kreeg 82 procent, een ouderwetse aframmeling. We drukten achtduizend exemplaren van ons 'verkiezingsnummer' en verkochten ze allemaal. Ik werd een fervent voorstander van jaarlijkse verkiezingen. Democratie op zijn best.

28

Een week voor Thanksgiving in 1971 werd Clanton geschokt door het nieuws dat een van haar zonen in Vietnam was omgekomen. Pete Mooney, een negentienjarige sergeant, was in een hinderlaag bij Hue in Midden-Vietnam gevangengenomen. Een paar uur later was zijn lijk ontdekt.

Ik kende de Mooneys niet, maar Margaret kende hen wel. Ze belde me met het nieuws en zei dat ze een paar dagen vrij moest hebben. Haar familie had jarenlang bij de Mooneys in de straat gewoond. Haar zoon en Pete waren sinds hun kinderjaren goede vrienden geweest.

Ik dook het archief in en trof het verhaal aan uit 1966 over Marvin Lee Walker, een zwarte jongen die het eerste Vietnam-slachtoffer van de county was geweest. Dat was voordat Caudle zich om zulke dingen bekommerde, en de *Times* had schandalig weinig aandacht aan die gebeurtenis besteed. Niets op de voorpagina. Een artikeltje van honderd woorden op pagina drie, zonder foto. Indertijd had Clanton nog geen idee waar Vietnam lag.

Een jongeman die niet naar de betere scholen mocht gaan, die waarschijnlijk niet mocht stemmen, en die hoogstwaarschijnlijk geen water uit het openbare fonteintje bij de rechtbank durfde te drinken, was gedood in een land dat maar weinig mensen in zijn geboorteplaats op de kaart konden aanwijzen. En hij was voor een

goede zaak gestorven, zeiden ze. De communisten moesten bestreden worden, overal waar ze te vinden waren.
Margaret gaf de gegevens die ik voor een verhaal nodig had zachtjes aan me door. Pete had in 1970 eindexamen gedaan op de Clanton High School. Hij had football en basketbal gespeeld en blonk uit in beide sporten. Hij was een erg goede leerling die van plan was geweest twee jaar te werken, zijn geld te sparen, en dan te gaan studeren. Hij had de pech dat hij een hoog nummer had, en in december 1970 kreeg hij zijn oproep.
Volgens Margaret – en dit kon ik niet afdrukken – had Pete er heel weinig voor gevoeld om zich te melden. Hij en zijn vader hadden wekenlang ruzie gehad over de oorlog. De zoon wilde naar Canada gaan om de hele oorlog te ontwijken. De vader vond het verschrikkelijk dat zijn zoon een dienstplichtontduiker zou worden genoemd. De naam van de familie zou door het slijk worden gehaald, enzovoort. Hij noemde de jongen een lafaard. Mooney senior had in Korea gediend en moest niets van de antioorlogsbeweging hebben. Mevrouw Mooney probeerde de vrede te bewaren, maar in haar hart voelde zij er ook weinig voor om haar zoon naar zo'n onpopulaire oorlog te sturen. Ten slotte gaf Pete toe, en nu kwam hij in een kist naar huis.
De begrafenisdienst werd gehouden in de Eerste Baptistenkerk, waar de Mooneys al vele jaren bij hoorden. Pete was daar op elfjarige leeftijd gedoopt, en dat was voor zijn familie en vrienden een grote troost. Hij was nu bij de Heer, al was hij nog veel te jong om naar huis geroepen te worden.
Ik zat bij Margaret en haar man. Het was mijn eerste en laatste begrafenisdienst voor een negentienjarige soldaat. Door me op de kist te concentreren kon ik het snikken en soms huilen om me heen bijna uit mijn hoofd zetten. Zijn footballcoach van de middelbare school hield een lofrede die iedereen, ook mij, tot tranen bewoog.
Ik kon nauwelijks naar de rug van meneer Mooney op de voorste rij kijken. Wat een onuitsprekelijk verdriet leed die arme man.
Na een uur konden we wegkomen en gingen we naar de begraafplaats van Clanton, waar Pete met alle militaire ceremonie te ruste werd gelegd. Toen de bugelspeler 'Taps' speelde, sneed de hartverscheurende jammerkreet van Petes moeder dwars door me heen. Ze klampte zich aan de kist vast tot ze hem lieten zakken. Zijn vader zakte in elkaar en werd door een aantal ouderlingen opgevangen.

Wat een verspilling, zei ik keer op keer toen ik alleen door de straten liep, min of meer in de richting van de krant. Die avond vloekte ik, nog steeds alleen, op mezelf omdat ik zo stil, zo laf was. Ik was de hoofdredacteur van de krant, verdomme! Of ik nu vond dat ik recht had op die titel of niet, ik was de enige in de stad. Als ik me opwond over iets, had ik de macht en gelegenheid om er in de krant over te schrijven.

Meer dan vijftigduizend van Pete Mooneys landgenoten waren hem voorgegaan in de dood, al was het leger nogal terughoudend met het verstrekken van dat soort cijfers.
In 1969 kwamen president Nixon en zijn nationale veiligheidsadviseur Henry Kissinger, tot de conclusie dat de oorlog in Vietnam niet te winnen was, of beter gezegd, ze namen het besluit dat de Verenigde Staten niet langer zouden proberen hem te winnen. Ze hielden dat voor zich. Ze bleven jongens oproepen. Het was een cynische strategie; ze deden alsof ze alle vertrouwen in een succesvolle afloop hadden.
Vanaf het moment dat ze dat besluit namen tot aan het eind van de oorlog in 1973 kwamen er nog zo'n 18.000 soldaten om, onder wie Pete Mooney.
Ik zette mijn commentaar op de voorpagina, op de onderste helft, onder een grote foto van Pete in zijn leguniform:

Na de dood van Pete Mooney zouden we ons de vraag moeten stellen: wat doen we verdomme in Vietnam? Een begaafde leerling, een getalenteerde sportman, een leider op school, een toekomstige leider in de samenleving, een van onze beste en intelligentste jongeren, neergeknald aan de rand van een rivier waar we nooit van hebben gehoord, in een land waar we weinig om geven.
De officiële reden, die al twintig jaar wordt aangevoerd, is dat we daar tegen het communisme vechten. Als we zien dat het communisme zich verspreidt, moeten we, in de woorden van ex-president Lyndon Johnson, 'alle noodzakelijke maatregelen nemen om verdere agressie te voorkomen'.
Korea, Vietnam. We hebben nu troepen in Laos en Cambodja, al ontkent president Nixon dat. Waar gaan we straks nog heen? Is het de bedoeling dat we onze zoons naar alle delen van de wereld sturen om mee te vechten in de burgeroorlogen van anderen?

Vietnam werd na de nederlaag van de Fransen in 1954 in twee landen verdeeld. Noord-Vietnam is een arm land onder leiding van Ho Chi Minh, een communist. Zuid-Vietnam is een arm land dat geleid werd door een wrede dictator, Ngo Dinh Diem, totdat hij in 1963 in een coup werd vermoord. Sindsdien wordt het land door de militairen geleid.
Vietnam verkeert al in staat van oorlog sinds 1946, toen de Fransen aan hun noodlottige poging begonnen om de communisten uit dat land te houden. Dat is spectaculair mislukt, en dus bemoeien wij ons ermee om te laten zien hoe je oorlog moet voeren. Onze mislukking is nog groter dan die van de Fransen, en we zijn nog niet klaar. Hoeveel Pete Mooneys moeten er nog sterven voordat onze regering besluit Vietnam zijn eigen gang te laten gaan?
En naar hoeveel andere plaatsen op de wereld zullen we onze troepen sturen om het communisme te bestrijden?
Wat doen we verdomme in Vietnam? We begraven nu jonge soldaten, terwijl de politici die de oorlog voeren erover denken de troepen terug te trekken.

De vloekwoorden zouden me een paar tikken op de vingers opleveren, maar wat kon het mij schelen? Er was krachtige taal voor nodig om de blinde patriotten van Ford County de schellen van de ogen te laten vallen. Maar voordat de stortvloed van telefoontjes en brieven kwam, sloot ik vriendschap met iemand.
Toen ik op donderdag van mijn lunch met miss Callie terugkwam (lamsstoofpot binnen bij de haard), zat Bubba Crockett in mijn kamer op me te wachten. Hij droeg een spijkerbroek, hoge schoenen en een flanellen overhemd en hij had lang haar. Nadat hij zich had voorgesteld, bedankte hij me voor het commentaar. Hij wilde graag zijn hart luchten, en omdat ik bomvol zat, legde ik mijn voeten op het bureau en luisterde een hele tijd.
Hij was opgegroeid in Clanton en had daar in 1966 zijn school afgemaakt. Zijn vader bezat de kwekerij drie kilometer ten zuiden van het stadje; ze waren hoveniers. Hij kreeg zijn oproep voor militaire dienst in 1967 en stond er niet eens bij stil dat hij iets anders zou kunnen doen dan tegen de communisten vechten. Zijn eenheid kwam in het zuiden aan, nog net op tijd voor het Tet-offensief. Na twee dagen had hij al drie van zijn beste vrienden verloren.
Het was niet te beschrijven hoe gruwelijk de gevechten waren, al

vertelde Bubba me veel bijzonderheden. Soldaten in brand zien staan, schreeuwend om hulp, struikelen over lichaamsdelen, lijken wegslepen van het slagveld, dagen zonder slaap, zonder voedsel, door je munitie heen raken, de vijand in het donker op je af zien sluipen. Na vijf dagen was zijn bataljon al honderd man verloren. 'Na een week wist ik dat ik zou sterven,' zei hij met betraande ogen. 'Op dat moment werd ik een vrij goede soldaat. Je moet dat stadium bereiken om in leven te blijven.'

Hij raakte twee keer gewond, lichte verwondingen die in veldhospitalen te behandelen waren. Geen letsel waardoor hij naar huis werd gestuurd. Hij vertelde hoe frustrerend het was om een oorlog te vechten die je van je regering niet mocht winnen. 'Wij waren betere soldaten,' zei hij. 'En onze uitrusting was veel en veel beter. Onze bevelhebbers waren briljant, maar die idioten in Washington wilden ze geen oorlog laten voeren.'

Bubba kende de familie Mooney en had Pete gesmeekt niet te gaan. Hij had de begrafenisdienst op een afstand gevolgd en hij vervloekte iedereen die hij kon zien en velen die hij niet kon zien.

'Die idioten hier staan nog steeds achter de oorlog. Dat is toch niet te geloven?' zei hij. 'Meer dan vijftigduizend doden en we gaan ons terugtrekken, en die mensen hier in Clanton gaan nog steeds met je in discussie en zeggen dat het een goede zaak was.'

'Ze gaan niet met jou in discussie,' zei ik.

'Nee. Ik heb er een paar gemept. Speel je poker?'

Nee, maar ik had veel kleurrijke verhalen over pokerwedstrijden hier in de stad gehoord. Ik besefte dat het wel eens interessant zou kunnen zijn. 'Een beetje,' zei ik. Ik bedacht dat ik ergens een boek met spelregels moest zien te krijgen, of anders moest Baggy het me even leren.

'We spelen op donderdagavond in een schuur van de kwekerij. Een stel jongens die daar hebben gevochten. Wil je ook komen?'

'Vanavond?'

'Ja, om een uur of acht. Een partijtje poker, wat bier, wat wiet, wat oorlogsverhalen. Mijn vrienden willen je ontmoeten.'

'Ik kom,' zei ik. Ik vroeg me af waar Baggy was.

Er werden die middag vier brieven onder de deur door geschoven, alle vier met hevige kritiek op mij en mijn kritiek op de oorlog. E.L. Green, veteraan uit twee oorlogen en al heel lang abonnee van de

Times, al zou dat binnenkort misschien veranderen, schreef onder andere:

Als we het communisme niet tegenhouden, verspreidt het zich naar alle uithoeken van de wereld. Op een dag staat het bij ons voor de deur, en dan zullen onze kinderen en kleinkinderen ons vragen waarom we niet de moed hadden het tegen te houden voordat het zich verspreidde.

Herbert Gillenwaters broer was omgekomen in het Koreaanse conflict. Hij schreef:

Zijn dood was een tragedie die ik nog steeds niet heb verwerkt. Maar hij was een soldaat, een held, een trotse Amerikaan, en met zijn dood heeft hij meegewerkt aan het tegenhouden van de Noord-Koreanen en hun bondgenoten, de Rode Chinezen en de Russen. Als we te bang zijn om te vechten, zullen we zelf worden veroverd.

Felix Toliver uit Shady Grove schreef dat ik misschien te veel in het Noorden was geweest, waar de mensen erom bekendstonden dat ze geen vuurwapens wilden aanraken. Hij zei dat het leger het altijd had moeten hebben van dappere jonge mannen uit het Zuiden, en als ik dat niet geloofde, moest ik maar eens wat research doen. Er waren onevenredig veel zuiderlingen gesneuveld in Korea en Vietnam. Tot slot schreef hij, nogal welsprekend:

Voor onze vrijheid betaalden we als verschrikkelijke prijs het leven van talloze moedige soldaten. Maar als we nu eens te bang waren geweest om te vechten? Dan zouden Hitler en de Japanners nog steeds aan de macht zijn. Een groot deel van de beschaafde wereld zou in puin liggen. We zouden geïsoleerd raken en uiteindelijk vernietigd worden.

Ik was van plan alle ingezonden brieven af te drukken, maar ik hoopte dat er ook een paar zouden binnenkomen waarin steun werd verleend aan mijn commentaar. De kritiek deed me niet veel. Ik was overtuigd van mijn gelijk. Zo langzamerhand kreeg ik een vrij dikke huid, en dat is een nuttig attribuut voor een hoofdredacteur.

Na een paar snelle lessen van Baggy verloor ik honderd dollar bij het pokeren met Bubba en de jongens. Ze nodigden me uit voor de volgende keer.

We zaten met zijn vijven om de tafel, allemaal midden twintig. Drie van ons hadden in Vietnam gediend – Bubba, Darrell Radke, wiens familie het propaanbedrijf had, en Cedric Young, een zwarte jongen met ernstig letsel aan zijn been. De vijfde speler was Bubba's oudere broer David, die voor dienst was afgekeurd omdat zijn ogen niet goed waren en die volgens mij alleen voor de marihuana kwam.

We praatten veel over drugs. Geen van de drie veteranen had voordat hij in dienst kwam ooit van wiet of iets anders gehoord. Ze lachten om het idee dat er in de jaren zestig drugs te koop waren in de straten van Clanton. In Vietnam werden overal drugs gebruikt. Je rookte wiet als je je verveelde en heimwee had, en ook om je zenuwen tot rust te brengen in een gevecht. De veldhospitalen stopten de gewonden vol met de sterkste pijnstillers die er te krijgen waren, en Cedric was twee weken nadat hij gewond was geraakt al verslaafd aan morfine.

Op hun aandringen vertelde ik een paar drugsverhalen van de universiteit, maar ik was een amateur onder professionals. Ik denk niet dat ze overdreven. Geen wonder dat we de oorlog aan het verliezen waren, iedereen was stoned.

Ze zeiden dat ze grote bewondering voor mijn commentaar hadden en dat ze zich nog steeds verbitterd voelden omdat ze naar Vietnam waren gestuurd. Alle drie hadden ze littekens opgelopen. Die van Cedric waren duidelijk te zien, maar die van Bubba en Darrell bestonden uit een smeulende woede, een nauwelijks ingehouden razernij, een fel verlangen om uit te halen, maar naar wie?

Daarna begonnen ze verhalen te vertellen over gruwelijke scènes op het slagveld. Ik had gehoord dat veel soldaten niet over hun oorlogservaringen wilden praten. Deze drie hadden daar helemaal geen moeite mee. Het was therapeutisch.

Ze pokerden bijna elke donderdagavond, en ik was altijd welkom. Toen ik hen om middernacht verliet, waren ze nog steeds aan het drinken en nog steeds wiet aan het roken en over Vietnam aan het praten. Ik had die dag mijn buik vol van de oorlog.

29

De week daarop wijdde ik een hele pagina aan de discussie over de oorlog, een discussie die ik zelf in het leven had geroepen. Die pagina stond vol met ingezonden brieven, zeventien in totaal, waarvan maar twee enigszins aan mijn antioorlogsgevoelens tegemoetkwamen. Ik werd uitgemaakt voor communist, progressieveling, verrader, opportunist, en – dat was het ergste – lafaard, omdat ik het uniform niet had gedragen. Iedere inzender had vol trots zijn naam onder zijn brief gezet; er zaten die week geen anonieme brieven bij. Deze mensen waren vurige patriotten die een hekel aan me hadden en dat aan iedereen wilden laten weten.
Het kon me niet schelen. Ik had de knuppel in het hoenderhok gegooid en het stadje discussieerde nu eindelijk over de oorlog. Meestal was die discussie erg eenzijdig, maar ik had tenminste iets aangezwengeld.
De reactie op die zeventien brieven was verbijsterend. Een groep middelbare scholieren kwam me te hulp met een partij brieven. Die kwamen ze me persoonlijk overhandigen. Ze waren fel tegen de oorlog, waren niet van plan daarin te gaan vechten en vonden bovendien dat de meeste brieven van de vorige week geschreven waren door mensen die te oud waren om in dienst te gaan. 'Het is ons bloed, niet dat van jullie,' was mijn favoriete regel.
Veel van die leerlingen kozen een bepaalde brief uit die ik had afge-

drukt en hakten daar verwoed op in. Becky Jenkins voelde zich gekwetst door de woorden van Robert Earl Huff: '... Ons land is opgebouwd met het bloed van onze soldaten. We zullen altijd oorlog blijven voeren.'
Ze antwoordde: 'We zullen altijd oorlog blijven voeren, zolang onwetende en hebzuchtige mannen hun wil aan anderen op willen leggen.'
Kirk Wallace stoorde zich aan mevrouw Mattie Louise Fergusons nogal uitputtende beschrijving van mij. In zijn laatste alinea schreef hij: 'Jammer genoeg zou mevrouw Ferguson een communist, progressieveling, verrader of opportunist niet herkennen als ze er een tegenkwam. Haar leven in Possum Ridge beschermt haar tegen dat soort mensen.'
De week daarop wijdde ik een hele pagina aan de 31 brieven van de scholieren. Er waren ook nog drie nagekomen brieven van het oorlogszuchtige volkje, en die drukte ik ook af. De reactie daarop was een nieuwe stroom van brieven, die ik allemaal afdrukte.
Op de pagina's van de *Times* vochten we de oorlog uit, totdat het Kerstmis werd en iedereen plotseling een wapenstilstand afkondigde om van de feestdagen te kunnen genieten.

Max Hocutt overleed op nieuwjaarsdag 1972. Gilma klopte vroeg in de ochtend op het raam van mijn appartement en kreeg me uiteindelijk uit bed. Ik had nog geen vijf uur geslapen en ik had een hele dag van diepe slaap nodig. Misschien wel twee.
Ik liep achter haar aan naar het oude herenhuis, de eerste keer in twee maanden dat ik daar binnenkwam, en ik schrok ervan hoe erg het achteruit was gegaan. Maar er waren nu dringender zaken aan de orde. We liepen naar de grote trap in de hal, waar Wilma ons tegemoetkwam. Ze wees met haar kromme, gerimpelde vinger naar boven en zei: 'Hij is daar. Eerste deur rechts. We zijn vanmorgen al een keer boven geweest.'
Eén keer per dag de trap op was hun maximum. Ze waren nu achter in de zeventig, niet veel jonger dan Max.
Hij lag in een groot bed en ze hadden een vuil wit laken tot aan zijn kin opgetrokken. Zijn huid had dezelfde kleur als het laken. Ik bleef even naast hem staan om er zeker van te zijn dat hij niet ademhaalde. Er was me nooit eerder gevraagd iemand dood te verklaren, maar dit was geen twijfelgeval, Max zag eruit alsof hij al een maand dood was.

Ik liep naar de trap terug. Wilma en Gilma stonden nog op dezelfde plaats waar ik ze had achtergelaten. Ze keken me aan alsof ik misschien een andere diagnose zou hebben.
'Hij is helaas dood,' zei ik.
'Dat weten we,' zei Gilma.
'Wat moeten we nu doen?' zei Wilma.
Dit was de eerste keer dat ik een lijk te verwerken kreeg, maar de volgende stap leek me vrij duidelijk. 'Nou, misschien moeten we Magargel van het uitvaartbedrijf bellen.'
'Dat zei ik toch?' zei Wilma tegen Gilma.
Omdat ze niet in beweging kwamen, ging ik naar de telefoon en belde ik Magargel. 'Het is nieuwjaarsdag,' zei hij. Blijkbaar had mijn telefoontje hem wakker gemaakt.
'Evengoed is hij dood,' zei ik.
'Weet u dat zeker?'
'Ja, ik weet het zeker. Ik heb hem net gezien.'
'Waar is hij?'
'In bed. Hij is vredig gestorven.'
'Soms slapen die ouwe knakkers verrekte diep, weet u.'
Ik wendde me van de tweelingzussen af, want ik wilde niet dat ze me hoorden discussiëren over de vraag of hun broer echt overleden was. 'Hij slaapt niet, meneer Magargel. Hij is dood.'
'Ik ben er over een uur.'
'Moeten we nog iets anders doen?' vroeg ik.
'Zoals?'
'Geen idee. De politie in kennis stellen of zoiets?'
'Is hij vermoord?'
'Nee.'
'Waarom zou u dan de politie willen bellen?'
'Dat is ook zo.'
Ze nodigden me uit voor een kop oploskoffie in de keuken. Op het aanrecht stond een doos Cream of Wheat, en daarnaast stond een grote kom van die ontbijtvlokken, gemengd en klaar om opgegeten te worden. Blijkbaar had Wilma of Gilma het ontbijt voor hun broer klaargemaakt en waren ze bij hem gaan kijken toen hij niet beneden kwam.
De koffie was ondrinkbaar tot ik er een flinke lading suiker in deed. Ze zaten aan de andere kant van de smalle keukentafel en keken me nieuwsgierig aan. Hun ogen waren rood, maar ze huilden niet.

'We kunnen hier niet blijven wonen,' zei Wilma met de vastbeslotenheid die het resultaat is van jaren van discussie.
'We willen dat u het huis koopt,' voegde Gilma eraan toe. De een had haar zin nog maar amper af of de ander begon al aan de volgende.
'We verkopen het aan u...'
'Voor honderdduizend...'
'We nemen het geld...'
'En verhuizen naar Florida...'
'Florida?' vroeg ik.
'Daar woont een nicht...'
'Ze woont in een dorp voor gepensioneerden...'
'Het is daar erg mooi...'
'En ze zorgen zo goed voor je...'
'En Melberta woont daar in de buurt.'
Melberta? Ik wist niet beter of die sloop nog ergens door het huis. Ze vertelden me dat ze haar een paar maanden geleden in een 'tehuis' hadden gestopt. Dat 'tehuis' stond ergens ten noorden van Tampa. Daar wilden ze zelf ook heen om er de rest van hun dagen door te brengen. Hun dierbare herenhuis was gewoon te groot voor hen; het was niet te onderhouden. Ze hadden slechte heupen, slechte knieën, slechte ogen. Ze gingen één keer per dag de trap op – '24 treden', vertelde Gilma me – en waren bang dat ze een doodsmak zouden maken. Ze hadden niet genoeg geld om het huis veilig te maken, en het geld dat ze hadden, wilden ze niet verspillen aan werksters, tuinmannen en nu ook een chauffeur.
'We willen dat u met de Mercedes naar...'
'Wij rijden niet, weet u...'
'Max reed altijd...'
Nu en dan had ik, gewoon voor de lol, een blik op de kilometerteller van Max' Mercedes geworpen. Hij reed gemiddeld nog geen 1.500 kilometer per jaar. In tegenstelling tot het huis verkeerde de auto in perfecte conditie.
Het huis had zes slaapkamers, vier verdiepingen en een souterrain, vier of vijf badkamers, een huiskamer, een eetkamer, een bibliotheek, een keuken, grote brede veranda's die op instorten stonden, en een zolder waarvan ik vermoedde dat hij vol stond met familieschatten die daar in de loop van de eeuwen waren neergezet. Het zou maanden duren voor het huis was schoongemaakt en ik aan de inrichting kon beginnen. Honderdduizend dollar was niet veel geld

voor zo'n herenhuis, maar er werden in de hele staat niet genoeg kranten verkocht om dat huis te kunnen opknappen.
En al die dieren dan? Katten, vogels, konijnen, eekhoorns, goudvissen, het was een regelrechte dierentuin.
Ik was inderdaad op zoek naar een huis, maar eerlijk gezegd was ik zo verwend door die lage huur van vijftig dollar per maand die ik hun betaalde, dat het me moeite kostte om daar weg te gaan. Ik was 24 jaar, erg alleenstaand, en ik vond het heerlijk om te zien hoe mijn geld zich ophoopte op de bank. Waarom zou ik mijn financiële ondergang riskeren door die bodemloze put te kopen?
Twee dagen na de begrafenis kocht ik het huis.

Op een koude, natte donderdag in februari hield ik stil voor het huis van de Ruffins in Lowtown. Esau stond op de veranda te wachten. 'De auto ingeruild?' vroeg hij met een blik op de straat.
'Nee, ik heb dat kleintje nog,' zei ik. 'Deze was van meneer Hocutt.'
'Ik dacht dat die zwart was.' Er waren erg weinig Mercedessen in Ford County en het was niet moeilijk ze bij te houden.
'Hij moest worden overgespoten,' zei ik. Hij was nu donkerroodbruin. Ik moest de messen laten weghalen die Hocutt op de twee voordeuren had laten schilderen, en omdat hij dus toch naar de werkplaats moest, had ik besloten hem helemaal in een andere kleur te laten spuiten.
Het was bekend geraakt dat ik de Hocutts op de een of andere manier hun Mercedes afhandig had gemaakt. In werkelijkheid had ik de catalogusprijs betaald: 9.500 dollar. De aankoop was goedgekeurd door rechter Reuben V. Atlee, die al jaren de nalatenschappen in Ford County regelde. Hij hechtte ook zijn goedkeuring aan mijn aankoop van het huis voor honderdduizend dollar, een op het eerste gezicht nogal laag bedrag, dat een betere indruk maakte toen twee beëdigde taxateurs op respectievelijk 75.000 en 85.000 dollar uitkwamen. Een van hen rapporteerde dat een renovatie van het huis '... gepaard zou gaan met hoge en onvoorziene kosten'.
Harry Rex, mijn advocaat, zorgde dat ik die woorden las.
Esau was somber gestemd en binnen werd het er niet beter op. Zoals altijd hing in het huis van de Ruffins de geur van een verrukkelijk dier dat ze in de oven aan het roosteren was. Vandaag stond er konijn op het menu.

Ik omhelsde miss Callie en wist meteen dat er iets verschrikkelijk mis was. Esau pakte een envelop op en zei: 'Dit is een oproep voor militaire dienst. Voor Sam.' Hij wierp hem over de tafel naar me toe en liep toen de keuken uit.

Onder de lunch werd niet veel gezegd. Ze waren somber en stil en wisten zich niet goed raad. Esau was soms geneigd tot de mening dat Sam moest doen wat zijn land van hem verlangde. Miss Callie had het gevoel dat ze Sam al een keer had verloren. Het idee dat ze hem opnieuw zou verliezen, was ondraaglijk.

Die avond belde ik Sam en vertelde ik hem het slechte nieuws. Hij was in Toledo, waar hij een paar dagen bij Max doorbracht. We praatten meer dan een uur, en ik bleef erbij dat hij niets in Vietnam te zoeken had. Gelukkig dacht Max er ook zo over.

In de loop van de volgende week belde ik urenlang met Sam, Bobby, Al, Leon, Max en Mario. We bespraken wat Sam zou moeten doen. Hijzelf en zijn broers vonden allemaal dat het een onrechtvaardige oorlog was, maar Mario en Al vonden ook dat het verkeerd was om de wet te overtreden. Ik was verreweg de radicaalste, met Bobby en Leon ergens in het midden. Sam veranderde elke dag van mening. Het was een hartverscheurende beslissing, maar naarmate de dagen zich voortsleepten, praatte hij steeds meer met mij. Het feit dat hij al twee jaar op de vlucht was, werkte enorm mee.

Na twee weken van wikken en wegen ging Sam ondergronds en dook hij weer op in Ontario. Op een avond belde hij me; het was een *collect call*. Hij vroeg me tegen zijn ouders te zeggen dat het goed met hem ging. De volgende morgen reed ik in alle vroegte naar Lowtown en vertelde ik Esau en miss Callie het nieuws dat hun jongste zoon zojuist de verstandigste beslissing van zijn leven had genomen.

Voor hen leek Canada een miljoen kilometer ver weg. Lang niet zo ver weg als Vietnam, zei ik tegen hen.

30

De tweede aannemer die ik benaderde voor de verbouwing van Hocutt House was Lester Klump uit Shady Grove. Hij was me warm aanbevolen door Baggy, die natuurlijk precies wist hoe je een herenhuis moest renoveren. Stan Atcavage van de bank beval me Klump ook aan, en omdat Stan me de hypotheek van honderdduizend dollar had verstrekt, luisterde ik naar hem.

De eerste aannemer was niet komen opdagen, en toen ik hem na drie dagen wachten belde, bleek zijn telefoon niet meer aangesloten te zijn. Een slecht voorteken.

Klump en zijn zoon, Lester junior, waren dagenlang bezig het huis te onderzoeken. Ze waren doodsbang voor het project en wisten dat het een regelrechte nachtmerrie zou worden als iemand haast kreeg, ik bijvoorbeeld. Ze gingen langzaam en systematisch te werk en praatten nog langzamer dan de meeste mensen in Ford County, en algauw besefte ik dat ze alles in de tweede versnelling deden. Waarschijnlijk versnelde ik de zaak niet door hun te vertellen dat ik al in een erg comfortabel appartement op het perceel woonde, en dat ik dus niet dakloos zou raken als ze niet opschoten.

Ze hadden de reputatie dat ze nooit dronken waren en meestal op tijd klaar waren met hun werk. Daardoor stonden ze nummer één op de lijst van bouwbedrijven in Clanton en omgeving.

Nadat ze zich een paar dagen op hun hoofd hadden gekrabd en in

het grind hadden geschopt, kwamen we een regeling overeen waarbij ze me elke week hun materialen en arbeidsuren in rekening zouden brengen, waar dan tien procent bovenop kwam voor hun 'overhead', ik hoopte dat ze daarmee de winst bedoelden. Ik moest een week vloeken en tieren om Harry Rex een contract met die voorwaarden te laten opstellen. Eerst weigerde hij en slingerde hij me allerlei kleurrijke scheldwoorden naar het hoofd.
De Klumps zouden eerst opruimen en slopen en dan aan het dak en de veranda's beginnen. Als dat klaar was, zouden we om de tafel gaan zitten om over het volgende stadium te praten. Het project begon in april 1972.
Elke dag verscheen minstens één van de Klumps met personeel. De eerste maand waren ze bezig al het ongedierte en ander wild te verdrijven dat al tientallen jaren op het perceel leefden.

Een auto vol middelbare scholieren werd een paar uur na hun diploma-uitreiking aangehouden door een politieagent. De auto zat vol bier, en de agent, die nog maar net van de politieschool was gekomen waar ze hem voor zulke dingen hadden gewaarschuwd, rook iets vreemds. De drugs hadden eindelijk hun weg gevonden naar Ford County.
Er werd marihuana in de auto aangetroffen. Alle zes de tieners werden in staat van beschuldiging gesteld wegens bezit van verdovende middelen en alle andere misdrijven die de politie hun voor de voeten kon werpen. Het stadje was geschokt, hoe kon hun onschuldige kleine gemeenschap geïnfiltreerd zijn met drugs? Hoe konden we daar een eind aan maken? Ik zette een gematigd verhaal in de krant, want ik vond het niet nodig om hard op te treden tegen zes normale tieners die een fout hadden gemaakt. Sheriff Meredith zei dat zijn kantoor beslissend zou ingrijpen om 'deze gesel' uit onze samenleving te verwijderen. 'We zijn hier niet in Californië,' zei hij.
Vreemd genoeg keek iedereen in Clanton plotseling uit naar drugshandelaren, al wist niemand precies hoe die eruitzagen.
Omdat de politie in staat van verhoogde paraatheid verkeerde en niets liever wilde dan opnieuw een partij drugs in beslag nemen, werd het pokeren van die donderdagavond verplaatst naar een andere locatie, ver van de bebouwde kom. Bubba Crockett en Darrell Radke woonden in een vervallen oude blokhut, samen met een niet-pokerende veteraan die Ollie Hinds heette. Ze noemden hun

hut de Schuttersput. Hij stond verscholen in een dichtbebost dal aan het eind van een onverharde weg die je zelfs bij klaarlichte dag niet kon vinden.

Ollie Hinds leed aan alle mogelijke oorlogstrauma's, en waarschijnlijk ook aan een stuk of wat trauma's van voor de oorlog. Hij kwam uit Minnesota en had met Bubba gediend en hun gruwelijke nachtmerries overleefd. Hij was door kogels geraakt, had brandwonden opgelopen, had korte tijd gevangengezeten, was ontsnapt en was ten slotte naar huis gestuurd door een legerpsychiater, die zei dat hij veel hulp nodig had. Blijkbaar had hij die hulp nooit gekregen. Toen ik hem ontmoette, droeg hij geen shirt, zodat je zijn littekens en tatoeages kon zien. Hij keek me met glazige ogen aan, maar ik hoorde algauw dat hij altijd zo keek.

Ik was blij dat hij niet pokerde. Je kreeg de indruk dat hij maar een paar slechte kaarten hoefde te krijgen of hij haalde een M-16 tevoorschijn om de rekening te vereffenen.

Ze moesten allemaal erg lachen om de drugsarrestatie en de reactie van het stadje daarop. De mensen gedroegen zich alsof die zes tieners de allereerste drugsgebruikers waren en de county na hun arrestatie in een crisissituatie verkeerde, en alsof de plaag van de drugs met enige waakzaamheid en harde woorden misschien naar een ander deel van het land kon worden verdreven.

Nixon had mijnen gelegd in de haven van Haiphong en was Hanoi weer verwoed aan het bombarderen. Ik bracht dat ter sprake omdat ik nieuwsgierig was naar hun reactie, maar ze hadden die avond niet veel belangstelling voor de oorlog.

Darrell had een gerucht gehoord dat een zwarte jongen uit Clanton voor dienst was opgeroepen en naar Canada was gevlucht. Ik zei niets.

'Slimme jongen,' zei Bubba. 'Slimme jongen.'

Het gesprek kwam algauw weer op drugs. Op een gegeven moment keek Bubba vol bewondering naar zijn joint en zei: 'Man, dit is verrekte goed. Dit komt niet van de Padgitts.'

'Het komt uit Memphis,' zei Darrell. 'Mexicaanse.'

Omdat ik niets van de drugsbevoorrading in Clanton en omgeving wist, bleef ik nog even aandachtig luisteren. Toen duidelijk werd dat niemand er iets over ging vertellen, zei ik: 'Ik dacht dat de Padgitts vrij goed spul maakten.'

'Ze kunnen zich beter bij de drank houden,' zei Bubba.

'Het is niet slecht,' zei Darrell, 'als je niks anders kunt krijgen. Een paar jaar geleden hebben ze er kapitalen mee verdiend. Ze begonnen het spul al te kweken toen nog niemand hier in de buurt dat deed. Tegenwoordig hebben ze concurrentie.'

'Ik heb gehoord dat ze ermee kappen. Ze gaan weer whisky stoken en auto's stelen,' zei Bubba.

'Waarom?' vroeg ik.

'Alle politiekorpsen hebben tegenwoordig narcotica-afdelingen. En die hebben helikopters en surveillanceapparatuur. We zijn hier niet in Mexico, waar het niemand wat kan verdommen wat je in je tuin hebt staan.'

Buiten waren schoten te horen, niet al te ver weg. De anderen keken er nauwelijks van op. 'Wat zou dat zijn?' vroeg ik.

'Dat is Ollie,' zei Darrell. 'Die zit achter een buidelrat aan. Hij zet een bril met nachtzicht op en gaat met zijn M-16 op zoek naar ongedierte. Hij noemt het spleetogenjacht.'

Gelukkig verloor ik drie potjes poker achter elkaar en had ik de perfecte gelegenheid om afscheid te nemen.

Na veel vertraging bevestigde het hooggerechtshof van Mississippi eindelijk de veroordeling van Danny Padgitt. Vier maanden eerder had dat hof al met zes tegen drie stemmen bepaald dat de veroordeling werd gehandhaafd. Lucien Wilbanks diende een verzoek voor een nieuwe hoorzitting in, en dat werd toegestaan. Harry Rex vond dat geen goed teken.

Het hoger beroep werd opnieuw behandeld, en bijna twee jaar na zijn proces deed het hof eindelijk een definitieve uitspraak. Met vijf tegen vier stemmen werd besloten de veroordeling te handhaven.

De tegenstemmers waren het eens met Luciens luidruchtig naar voren gebrachte redenering dat Ernie Gaddis te veel vrijheid had gekregen om Danny Padgitt tijdens het kruisverhoor onheus te bejegenen. Met zijn suggestieve vragen over de aanwezigheid van Rhoda's kinderen in de slaapkamer en de suggestie dat ze de verkrachting hadden gezien, had Ernie de jury zogenaamde feiten voorgelegd die helemaal niet bewezen waren.

Harry Rex had alle stukken gelezen en het hoger beroep voor me gevolgd, en hij was bang dat Wilbanks met redelijke argumenten kwam. Als vijf leden van het hof het geloofden, zou de zaak naar Clanton worden teruggestuurd voor een nieuw proces. Aan de ene

kant zou een nieuw proces goed voor de krant zijn. Aan de andere kant wilde ik niet dat de Padgitts van hun eiland af kwamen en stennis gingen maken in Clanton.
Maar uiteindelijk stemden maar vier leden van het hof tegen. De zaak was voorbij. Ik zette het goede nieuws op de voorpagina van de *Times* en hoopte dat ik de naam Danny Padgitt nooit meer zou horen.

DEEL 3

31

Vijf jaar en twee maanden nadat Lester Klump senior en Lester Klump junior voor het eerst voet in Hocutt House hadden gezet, waren ze klaar met de renovatie. De beproeving was voorbij, en het resultaat was schitterend.
Zodra ik hun langzame tempo had geaccepteerd, wist ik dat het een langetermijnproject was en deed ik mijn best om advertentieruimte te verkopen. In het laatste jaar van het project was ik twee keer zo onverstandig geweest om in het huis te gaan wonen en op de een of andere manier midden in het puin te leven. Ik had weinig last van het stof, de verflucht, de volgezette gangen, de onregelmatige beschikbaarheid van elektriciteit en warm water en de afwezigheid van verwarming en airconditioning, maar ik kon niet wennen aan de hamers en zagen die vroeg in de ochtend aan het werk werden gezet. Ze waren geen vroege vogels, iets wat nogal vreemd voor bouwvakkers scheen te zijn, maar ze begonnen wel elke morgen om halfnegen met werken, en ik mag graag slapen tot tien uur. Het ging niet, en na elke poging om in het grote huis te gaan wonen, sloop ik over het grindpad terug naar het appartement, waar het iets rustiger was.
In al die vijf jaar kon ik de Klumps maar één keer niet op tijd betalen. Ik weigerde geld voor het project te lenen, hoewel Stan Atcavage daar altijd toe bereid was. Elke vrijdag ging ik na mijn werk met

Lester senior om de tafel zitten, meestal een geïmproviseerde tafel met een blad van multiplex in een gang, en telden we bij een koud biertje de materialen en arbeidsuren van de afgelopen week op. We deden er tien procent bij en ik schreef een cheque voor hem uit. Ik borg zijn papieren op, en in de eerste twee jaar hield ik precies bij hoeveel de renovatie me in totaal had gekost. Maar na twee jaar telde ik de nieuwe wekelijkse bedragen niet meer bij het totaal op. Ik wilde niet weten wat het kostte.

Ik was blut, maar dat kon me niet schelen. De bodemloze put was dichtgemaakt. Ik had op de rand van de insolventie gebalanceerd, maar ik had het gered en nu kon ik weer geld opzij gaan leggen.

En al die tijd, moeite en investeringen hadden iets geweldigs opgeleverd. Het huis was rond 1900 door dokter Miles Hocutt gebouwd. Het had een duidelijk Victoriaanse stijl, met twee hoge puntgevels, een torentje dat langs alle vier de verdiepingen omhoog ging en brede overdekte veranda's die aan weerskanten om het huis heen liepen. In de loop van de jaren hadden de Hocutts het huis blauw en geel geschilderd, en Klump senior had zelfs een stukje knalrood aangetroffen onder drie lagen nieuwere verf. Ik speelde op veilig en hield het op wit en beige, met lichtbruine accenten. Het dak was van koper. Buiten leek het een eenvoudig Victoriaans huis, maar ik had de tijd om het levendiger te maken.

Binnen waren de grenenhouten vloeren op alle drie de verdiepingen in hun oorspronkelijke schoonheid hersteld. Muren waren weggehaald, kamers en gangen uitgebreid. De Klumps hadden zich uiteindelijk gedwongen gezien de hele keuken eruit te halen en een nieuwe keuken vanaf de fundamenten op te bouwen. De haard in de huiskamer was letterlijk bezweken onder de druk van de meedogenloze pneumatische hamers. Ik veranderde de bibliotheek in een studeerkamer en liet nog meer muren weghalen, zodat je bij het betreden van de grote hal door de studeerkamer naar de keuken in de verte kon kijken. Ik voegde overal ramen toe; het huis was oorspronkelijk gebouwd als een grot.

Klump gaf toe dat hij nog nooit champagne had gedronken, maar hij klokte het opgewekt naar binnen toen we onze kleine ceremonie op een zijveranda hadden afgewerkt. Ik gaf hem zijn laatste cheque, hoopte ik, en we gaven elkaar een hand, poseerden voor een foto van Wiley Meek en trokken de fles open.

Veel kamers waren leeg. Ik zou er jaren over doen om het huis goed

in te richten, en daar zou ik iemand bij nodig hebben met veel meer kennis en smaak dan ik bezat. Maar ook half leeg was het huis nog spectaculair. Dat vroeg om een feest!
Ik leende tweeduizend dollar van Stan en bestelde wijn en champagne uit Memphis. Ik vond een geschikte cateraar in Tupelo. (De enige in Clanton specialiseerde zich in spareribs en meerval en ik wilde iets stijlvollers.)
Op de officiële uitnodigingslijst van driehonderd personen stond iedereen die ik in Clanton kende, en ook een paar mensen die ik niet kende. De officieuze lijst bestond uit degenen die me hadden horen zeggen: 'We geven een groot feest als het klaar is.' Ik nodigde BeeBee en drie van haar vriendinnen uit Memphis uit. Ik nodigde mijn vader uit, maar die maakte zich te druk om de inflatie en de obligatiemarkt. Ik nodigde miss Callie en Esau uit, en dominee Thurston Small, Claude, drie ambtenaren van de rechtbank, twee onderwijzers, een assistent-basketbalcoach, een kassier van de bank en de nieuwste advocaat in de stad. Zo kwam ik in totaal op twaalf zwarten, en ik zou er meer hebben uitgenodigd als ik er meer had gekend. Ik was van plan het eerste geïntegreerde feest in Clanton te geven.
Harry Rex bracht illegale stook en een grote schaal varkensdarmen mee, en maakte daarmee bijna een voortijdig eind aan de festiviteiten. Bubba Crockett en de Schuttersputbende kwamen stoned aan en waren al helemaal in de stemming. Mitlo was de enige gast in smoking. Piston liet zich ook even zien, en het laatste wat iemand van hem zag, was dat hij door de achterdeur verdween met een draagtas vol nogal dure hapjes. Woody Gates and the Country Boys speelden uren achtereen op een zijveranda. De Klumps waren er met al hun bouwvakkers. Dit was een mooie dag voor hen en ik zorgde ervoor dat ze alle eer kregen die hun toekwam. Lucien Wilbanks kwam nogal laat en was algauw in een verhitte discussie over politiek verwikkeld met senator Theo Morton, wiens vrouw, Rex Ella, tegen me zei dat dit het mooiste feest was dat ze in twintig jaar in Clanton had meegemaakt. Onze nieuwe sheriff Tryce McNatt, kwam met een stel van zijn geüniformeerde hulpsheriffs aanzetten. (T.R. Meredith was het jaar daarvoor aan darmkanker gestorven.) Een van mijn favorieten, rechter Reuben V. Atlee, zat in de studeerkamer en vertelde kleurrijke verhalen over dokter Miles Hocutt. Dominee Millard Stark van de Eerste Baptistenkerk bleef maar tien

minuten en ging stilletjes weg toen hij zag dat er alcohol werd geschonken. Dominee Cargrove van de Eerste Presbyteriaanse Kerk dronk champagne en liet het zich blijkbaar goed smaken. Baggy verloor het bewustzijn in een slaapkamer op de eerste verdieping, waar ik hem de volgende middag aantrof. De tweelingbroers Stukes, die de ijzerwinkel runden, verschenen in gloednieuwe, identieke overalls. Ze waren zeventig jaar, woonden in één huis, waren nooit getrouwd, en droegen altijd dezelfde overalls. Er waren geen kledingvereisten; dat had ik zelfs op de uitnodiging gezet.

In de voortuin stonden twee grote witte tenten, en soms waren daar zoveel mensen dat ze er niet allemaal in konden. Het feest begon op zaterdagmiddag om één uur en zou tot na middernacht zijn doorgegaan als de voorraad wijn en voedsel toereikend was geweest. Om tien uur waren Woody Gates en zijn muzikanten doodmoe, er was niets meer te drinken behalve een paar lauwe biertjes, en er was niets meer te eten behalve wat tortillachips. Er was ook niets meer te bekijken. Het huis was van onder tot boven bekeken en bewonderd.

De volgende dag maakte ik tegen de middag roerei voor BeeBee en haar vriendinnen. We zaten op de voorveranda en dronken koffie en bewonderden de chaos die nog maar enkele uren eerder was aangericht. Ik deed er een week over om alles op te ruimen en schoon te maken.

In de loop van de jaren die ik in Clanton had doorgebracht, had ik veel griezelverhalen gehoord over de staatsgevangenis in Parchman. Die stond in een open agrarisch landschap in de Delta, het vruchtbaarste deel van de staat, twee uur ten westen van Clanton. De leefomstandigheden waren ellendig: stampvolle barakken die 's zomers verstikkend warm en 's winters ijskoud waren, gruwelijk voedsel, nauwelijks medische verzorging, een slavenstelsel, gewelddadige seks. Dwangarbeid, sadistische bewakers en zo zou ik nog een hele tijd kunnen doorgaan.

Als ik aan Danny Padgitt dacht, wat ik vaak deed, vond ik het altijd een prettig idee dat hij in Parchman zat en kreeg wat hij verdiende. Hij mocht blij zijn dat ze hem niet aan een stoel in een gaskamer hadden vastgesjord.

Daarin vergiste ik me.

Om de overbevolking in Parchman te verlichten had de staat eind jaren zestig twee satellietgevangenissen gebouwd, of 'kampen', zoals ze werden genoemd. Het was de bedoeling dat daar zo'n duizend niet-gewelddadige delinquenten in een meer beschaafde omgeving werden gehuisvest. Ze zouden beroepsopleidingen kunnen volgen en sommigen zouden zelfs buiten de gevangenis mogen werken. Een van die satellieten stond in de buurt van het plaatsje Broomfield, drie uur rijden ten zuiden van Clanton.

Rechter Loopus overleed in 1972. Ten tijde van het Padgitt-proces was zijn stenografe een niet al te aantrekkelijke jonge vrouw geweest, Darla Clabo. Ze werkte een paar jaar voor Loopus en ging na zijn dood uit de stad weg. Toen ze op het eind van een middag in de zomer van 1977 mijn kamer binnenliep, wist ik dat ik haar ergens in het verre verleden had gezien.

Darla stelde zich voor en toen wist ik weer waar ik haar had gezien. Tijdens het Padgitt-proces had ze vijf dagen achtereen voor het podium van de rechter gezeten, naast de tafel met bewijsmateriaal, om elk woord te noteren. Ze woonde nu in Alabama, en ze had vijf uur gereden om me iets te vertellen. Eerst liet ze me absolute geheimhouding zweren.

Ze kwam oorspronkelijk uit Broomfield. Toen ze twee weken geleden haar moeder opzocht, had ze tussen de middag iemand over het trottoir zien lopen die haar bekend voorkwam. Het was Danny Padgitt, die een wandelingetje maakte met een andere man. Ze schrok zo erg dat ze over de trottoirband struikelde en bijna op straat viel.

Ze gingen een restaurant binnen om te lunchen. Darla zag ze door een raam en besloot niet naar binnen te gaan. Er was een kans dat Padgitt haar zou herkennen, al wist ze niet waarom dat haar bang maakte.

De man die hij bij zich had, droeg het uniform dat je in Broomfield veel tegenkwam: een blauwe broek en een wit overhemd met de woorden 'Strafinrichting Broomfield' in erg kleine letters op het borstzakje. Hij droeg ook zwarte cowboylaarzen en hij had geen enkel vuurwapen bij zich. Ze vertelde dat de bewakers die op de gevangenen met werkverlof pasten zelf mochten weten of ze een wapen wilden dragen of niet. Het was eigenlijk onvoorstelbaar dat een blanke man in Mississippi er vrijwillig van afzag om een wapen te dragen, maar ze vermoedde dat Danny het misschien niet prettig vond dat zijn persoonlijke bewaker gewapend was.

Danny droeg een witte werkbroek en een wit overhemd, misschien afkomstig uit de gevangenis. De twee mannen lunchten uitgebreid en waren blijkbaar goede vrienden. Vanuit haar auto had Darla hen het restaurant zien verlaten. Ze volgde hen een tijdje. Ze wandelen een paar blokken, totdat Danny het regiokantoor van de dienst Verkeer en Waterstaat van Mississippi binnenging. De bewaker stapte in een gevangenisauto en reed weg.

De volgende morgen ging Darla's moeder het gebouw binnen onder het voorwendsel dat ze een klacht wilde indienen over een weg die er slecht aan toe was. Ze kreeg nogal bot te horen dat er geen klachtenprocedure bestond, en in de heisa die daaruit voortkwam, ving ze een glimp op van de jongeman die Darla haar zo zorgvuldig had beschreven. Hij had een klembord en leek een van de vele nutteloze kantoormensen die daar rondliepen.

Darla's moeder had een vriendin wier zoon op de administratie van de Broomfield-gevangenis werkte. Die bevestigde dat Danny Padgitt in de zomer van 1974 daarheen was overgeplaatst.

Toen ze klaar was met het verhaal, zei ze: 'Gaat u hem aan de kaak stellen?'

Mijn hoofd duizelde nog, maar ik zag het verhaal al voor me. 'Ik zal op onderzoek uitgaan,' zei ik. 'Het hangt ervan af wat ik ontdek.'

'Doet u dat. Dit is niet goed.'

'Het is ongelooflijk.'

'Die rotschoft zou in de dodencel moeten zitten.'

'Dat ben ik helemaal met u eens.'

'Ik heb acht moordprocessen voor rechter Loopus gedaan, en die moord vond ik de allerergste.'

'Ik ook.'

Ze liet me weer geheimhouding zweren en gaf me haar adres. Ze wilde een exemplaar van de krant hebben als we het verhaal publiceerden.

Het kostte me de volgende morgen om zes uur geen enkele moeite om uit bed te springen. Wiley en ik reden naar Broomfield. Omdat zowel de Spitfire als de Mercedes waarschijnlijk aandacht zou trekken in elk stadje in Mississippi, namen we zijn Ford pick-up. We konden het kamp gemakkelijk vinden, vijf kilometer buiten de bebouwde kom. We vonden ook het kantoor van Verkeer en Waterstaat. Om twaalf uur 's middags posteerden we ons in Main Street.

Omdat Padgitt ieder van ons zou herkennen, moesten we ons in een drukke straat in een vreemde stad zien te verbergen zonder ons verdacht te gedragen. Wiley zat onderuitgezakt in zijn wagen, zijn camera in de aanslag. Ik verborg me achter een krant op een bankje. Die eerste dag kregen we hem niet te zien. We reden naar Clanton terug en vertrokken de volgende morgen weer in alle vroegte naar Broomfield. Om halftwaalf stopte er een gevangenisauto voor het kantoorgebouw. De bewaker ging naar binnen, haalde zijn gedetineerde op, en ze liepen naar het restaurant om te lunchen.

Op 17 juli 1977 stonden er vier grote foto's op onze voorpagina: een van Danny die over het trottoir liep en met de bewaker om iets lachte, een van hen toen ze de City Grill binnengingen, een van het kantoorgebouw, een van de hek van het Broomfield-kamp. De kop schreeuwde: GEEN GEVANGENIS VOOR PADGITT, HIJ LOOPT OP STRAAT.
Mijn artikel begon met:

> *Vier jaar nadat hij schuldig werd bevonden aan de gruwelijke verkrachting van en moord op Rhoda Kassellaw, en tot levenslang in de gevangenis van Parchman werd veroordeeld, werd Danny Padgitt overgeplaatst naar het nieuwe satellietkamp van de staat in Broomfield. Hij is daar nu drie jaar en geniet alle voorrechten van een gedetineerde met goede connecties: een kantoorbaan bij Verkeer en Waterstaat, zijn eigen persoonlijke bewaker, en lange lunches (cheeseburgers en milkshakes) in plaatselijke cafetaria's, waar de andere bezoekers nooit van hem of zijn misdrijven hebben gehoord.*

Het verhaal was zo venijnig en tendentieus als ik het kon maken. Ik intimideerde de serveerster van de City Grill tot ze me vertelde dat hij zojuist een cheeseburger met friet had gegeten, dat hij daar drie keer per week at en dat hij altijd de rekening betaalde. Ik voerde een stuk of tien telefoongesprekken met Verkeer en Waterstaat, tot ik een chef te spreken kreeg die iets over Padgitt wist. De chef weigerde vragen te beantwoorden, en ik deed het voorkomen alsof hij zelf ook een soort misdadiger was. Het was al even moeilijk om in het Broomfield-kamp binnen te dringen. Ik vertelde precies wat ik had gedaan en gaf zo'n draai aan het verhaal dat het leek of alle bureaucraten Padgitt de hand boven het hoofd hielden. Niemand in

Parchman wist iets, of als iemand iets wist, wilde hij er niet over praten. Ik belde de wegenbeheerder (een gekozen functionaris), de directeur van de Parchman-gevangenis (gelukkig een benoemde functionaris), de procureur-generaal, de luitenant-gouverneur en ten slotte de gouverneur zelf. Ze hadden het natuurlijk allemaal te druk, en dus praatte ik met hun hielenlikkers en schilderde ik hen af als een stel idioten.

Senator Theo Morton zei dat hij diep geschokt was. Hij beloofde de zaak tot op de bodem uit te zoeken en me terug te bellen. Toen de krant ter perse ging, had hij nog steeds niet gebeld.

De reacties in Clanton waren gemengd. Veel mensen die me belden of op straat aanspraken, waren kwaad en wilden dat er iets gebeurde. Ze hadden echt gedacht dat toen Padgitt tot levenslang was veroordeeld en geboeid was weggevoerd, hij de rest van zijn dagen in de hel van Parchman zou doorbrengen. Enkelen maakten een onverschillige indruk en wilden Padgitt helemaal vergeten. Hij was oud nieuws.

En sommigen gaven blijk van een frustrerend, bijna cynisch gebrek aan verbazing. Ze dachten dat de Padgitts weer aan het manipuleren waren geweest, de juiste zakken hadden gevuld, aan de juiste touwtjes hadden getrokken. Harry Rex behoorde tot die categorie. 'Waar maak je je druk om, jongen? Ze hebben al vaker gouverneurs omgekocht.'

De foto van Danny die vrij als een vogel over straat liep, maakte miss Callie erg bang. 'Ze heeft vannacht niet geslapen,' mompelde Esau tegen me toen ik die donderdag kwam lunchen. 'Had je hem maar niet gevonden.'

Gelukkig pikten de kranten in Memphis en Jackson het verhaal op en ging het een eigen leven leiden. Ze voerden de druk zo hoog op dat de politici er niet meer omheen konden. De gouverneur, de procureur-generaal en senator Morton liepen algauw om het hardst om de jongen naar Parchman terug te krijgen.

Twee weken nadat ik het verhaal had gepubliceerd, werd Danny Padgitt 'overgeplaatst' naar de staatsgevangenis.

De volgende dag kreeg ik twee telefoontjes, een op de krant en een thuis terwijl ik lag te slapen. Verschillende stemmen, maar met dezelfde boodschap. Ik was dood.

Ik stelde de FBI in Oxford ervan in kennis, en twee agenten zochten

me in Clanton op. Ik liet dat uitlekken naar een journalist in Memphis, en algauw wist de hele stad dat ik bedreigd was en dat de FBI een onderzoek instelde. Een maand lang liet sheriff McNatt 24 uur per dag een bemande patrouillewagen voor de krant staan. Een andere wagen stond 's nachts op het pad van mijn huis.
Na zeven jaar liep ik weer met een vuurwapen rond.

32

Er werd niet onmiddellijk bloed vergoten. Ik vergat de bedreigingen niet, maar na verloop van tijd vond ik ze minder onheilspellend. Ik bleef met een pistool rondlopen – ik had het altijd binnen handbereik – maar ik verloor mijn belangstelling. Eigenlijk kon ik niet geloven dat de Padgitts de zware repercussies zouden riskeren die te verwachten waren als ze de hoofdredacteur van de plaatselijke krant vermoordden. Hoewel ik niet zo geliefd in Clanton was als Caudle was geweest, zou de verontwaardiging zo groot zijn dat de Padgitts onder meer druk kwamen te staan dan ze wilden riskeren.

Ze leefden meer dan ooit op zichzelf. Na de nederlaag van Mackey Don Coley in 1971 bewezen ze weer eens hoe flexibel ze waren. Ze wilden niet nog meer ongewenste aandacht trekken dan Danny hun al had opgeleverd. Ze verschansten zich nog dieper op Padgitt Island. Ze versterkten de bewaking, want ze waren – onnodig – bang dat de volgende sheriff, T.R. Meredith, of zijn opvolger, Tryce McNatt, achter hen aan zou komen. Ze verbouwden hun gewas en smokkelden de oogst van het eiland af met vliegtuigen, boten, pick-uptrucks en diepladers die zogenaamd hout vervoerden.

Met hun typische Padgitt-sluwheid, en met de gedachte dat de marihuanabusiness te riskant aan het worden was, begonnen ze geld in legitieme ondernemingen te pompen. Ze kochten een wegenbouwbedrijf dat al na korte tijd een betrouwbare gegadigde voor overheidsprojecten was. Ze kochten een asfaltfabriek, een cementfabriek en grindgroeven in het noordelijk deel van de staat. De wegenbouw in Mississippi stond bekend om zijn corrupte praktijken, en de Padgitts waren meesters in dat spel.

Ik volgde die activiteiten zo nauwlettend mogelijk. We hebben het over de tijd voordat er wetten werden uitgevaardigd die de pers toegang verschaften tot bepaalde informatie van overheid en bedrijven. Ik had van sommige ondernemingen die de Padgitts hadden gekocht gehoord, maar het was bijna onmogelijk om de tel bij te houden. Ik kon niets afdrukken, want aan de oppervlakte was alles legitiem.

Ik wachtte, al wist ik niet waarop. Danny Padgitt zou op een dag terugkomen, en wanneer dat gebeurde, zou hij gewoon naar het eiland gaan en zou niemand hem ooit nog zien. Of hij zou iets anders doen.

Er waren maar weinig mensen in Clanton die niet naar de kerk gingen. Degenen die gingen, schenen precies te weten wie niet gingen, en de mensen nodigden elkaar uit om 'bij ons ter kerke te gaan'. De hele dag hoorde je de afscheidswoorden 'Tot ziens op zondag'.

In mijn eerste jaren in Clanton kreeg ik steeds weer van dat soort uitnodigingen. Toen eenmaal bekend was dat de eigenaar en hoofdredacteur van de *Times* niet naar de kerk ging, werd ik de beroemdste vagebond in de stad. Ik besloot daar iets aan te doen.

Elke week stelde Margaret onze kerkelijke pagina samen. Die bevatte onder meer een nogal uitgebreide lijst van kerken, gerangschikt naar gezindte. Er stonden ook een paar advertenties van de meer welvarende gemeenten in. Verder waren er aankondigingen van bijzondere diensten, bijeenkomsten, kerkelijke maaltijden waarbij gasten zelf voedsel meebrachten, en talloze andere activiteiten.

Aan de hand van deze pagina en het telefoonboek maakte ik een lijst van alle kerken in Ford County. Het waren er 88 in totaal, maar daar zat nogal wat beweging in, want voortdurend splitsten gemeenten zich op, of ze verenigden zich met elkaar of waren er gewoon opeens. Ik was van plan al die kerken te bezoeken. Volgens mij was dat nog nooit eerder gedaan en zou het mij tot een klasse apart onder de kerkgangers verheffen.

De kerkgenootschappen vertoonden een ongelooflijke variatie, hoe hadden protestanten, die allemaal dezelfde elementaire grondbe-

ginselen zeiden te hebben, zo verdeeld kunnen raken? Ze waren het er allemaal over eens dat 1. Jezus de enige zoon van God was, 2. hij geboren was uit een maagd, 3. hij een volmaakt leven leidde, 4. hij door de joden was vervolgd en door de Romeinen was gearresteerd en gekruisigd, 5. hij op de derde dag weer opstond en later naar de hemel opsteeg, en sommigen geloofden – zij het met veel variaties – dat je 6. Jezus in het baptisme en het geloof moest volgen om in de hemel te kunnen komen.
De doctrine was vrij duidelijk, maar het probleem zat hem in de details.
Er waren geen katholieken, anglicanen of mormonen. De county was zwaar baptistisch, maar er heerste grote verdeeldheid. De pinkstergemeente kwam op de tweede plaats, en blijkbaar hadden die net zoveel onderlinge ruzie gehad als de baptisten.
In 1974 was ik aan mijn epische avontuur begonnen om elke kerk in Ford County te bezoeken. De eerste was de Calvarie van het Volle Evangelie geweest, een luidruchtige afdeling van de pinkstergemeente aan een grindweg, drie kilometer buiten de bebouwde kom. Zoals was aangekondigd, begon de dienst om halfelf, en ik had een plaatsje op de achterste bank, zo ver mogelijk van de actie vandaan. Ik werd warm begroet en het nieuws verspreidde zich dat er een bonafide bezoeker in de kerk was. Ik kende daar niemand. Prediker Bob droeg een wit pak, een blauw overhemd, een witte das, en zijn dichte zwarte haar was om zijn hoofd getrokken en aan de achterkant vastgeplakt. Mensen begonnen te roepen toen hij de aankondigingen deed. Ze zwaaiden met hun handen en schreeuwden als er een solist optrad. Toen een uur later eindelijk de preek begon, had ik al zin om weg te gaan. De preek duurde 55 minuten, en op het eind was ik doodmoe en begreep ik er niets meer van. Soms schudde het gebouw van de mensen die op de vloer stampten. Ruiten rammelden als de gelovigen door de geest bevangen raakten en naar boven schreeuwden. Prediker Bob paste handoplegging toe bij drie zieke mensen die aan vage kwalen leden, en ze beweerden genezen te zijn. Op een gegeven moment stond er een ouderling op die tot mijn verbijstering begon te stamelen in een taal die ik nog nooit had gehoord. Hij balde zijn vuisten, kneep zijn ogen stijf dicht en gooide er toen een gestage, vloeiende woordenstroom uit. Het was geen toneelspel; hij deed niet alsof. Na een paar minuten stond een jong meisje in het koor op en begon ze het in het Engels te vertalen.

Het was een visioen dat God ons zond via de ouderling. Er waren mensen in de kerk met onvergeeflijke zonden.

'Toon berouw!' schreeuwde prediker Bob, en de hoofden doken omlaag.

Als de ouderling het nu eens over mij had? Ik keek om me heen en zag dat de deur op slot zat en door twee ouderlingen werd bewaakt. Ten slotte liep het tempo terug, en twee uur nadat ik was gaan zitten, rende ik de kerk uit. Ik moest iets te drinken hebben.

Ik schreef een positief gestemd artikeltje over mijn bezoek aan de Calvarie van het Volle Evangelie en zette het op de kerkelijke pagina. Ik merkte iets op over de warme atmosfeer in de kerk, het prachtige solo-optreden van Helen Hatcher, de krachtige preek van prediker Bob, enzovoort.

Dit werd begrijpelijk genoeg een erg populaire rubriek.

Minstens twee keer per maand ging ik naar de kerk. Ik zat met miss Callie en Esau twee uur en twaalf minuten (ik nam de tijd op van elke preek) naar dominee Thurston Small te luisteren. De kortste preek die ik ooit hoorde, was die van pastor Phil Bish van de Verenigde Methodistenkerk in Karaway – zeventien minuten. Die kerk kreeg ook de prijs voor verreweg de laagste temperatuur. De kachel was stuk en het was januari; misschien kwam het ook daardoor dat de preek zo kort was. Ik ging met Margaret naar de Eerste Baptistenkerk in Clanton en luisterde naar dominee Millard Starks jaarlijkse preek over de zonde van de alcohol. Toevallig had ik die ochtend een kater, en Stark keek de hele tijd naar mij.

Het Tabernakel van de Oogst bevond zich in de achterkamer van een leegstaand benzinestation in Beech Hill, en ik luisterde daar met zes anderen naar Peter de Profeet, een onheilsverkondiger met wilde ogen die bijna een uur naar ons schreeuwde. Mijn artikel was die week nogal kort.

De Kerk van Christus in Clanton had geen muziekinstrumenten. Dat verbod was gebaseerd op de Schrift, werd me later uitgelegd. Er was een prachtig solo-optreden, en daar schreef ik uitgebreid over. In de hele dienst werd geen enkele emotie getoond. Omwille van het contrast ging ik naar de Kapel van Berg Pisgah in Lowtown, waar de preekstoel omringd werd door drums, gitaren, blaasinstrumenten en versterkers. Om de mensen wat op te warmen voor de preek werd er een compleet concert gegeven. De gemeente zong en danste. Miss Callie noemde Berg Pisgah een 'lagere kerk'.

Nummer 64 op mijn lijst was de Onafhankelijke Kerk van Calico Ridge, die zich ergens diep in de heuvels in het noordoostelijke deel van de county bevond. Volgens het archief van de *Times* was een zekere Randy Bovee in 1965 tijdens een dienst op de zondagavond twee keer door een ratelslang gebeten. Bovee overleefde de beten, en de slangen werden een tijdje opgeborgen. Maar de legende was hardnekkig, en toen mijn rubriek Kerkbezoek aan populariteit won, werd me meermalen gevraagd of ik van plan was ook naar Calico Ridge te gaan.
'Ik ben van plan elke kerk te bezoeken,' antwoordde ik steevast.
'Ze houden niet van bezoekers,' waarschuwde Baggy me.
Ik was in elke kerk – zwart of blank, groot of klein, in de stad of daarbuiten – zo hartelijk begroet dat ik me niet kon voorstellen dat christenen onbeleefd waren tegen een gast.
En ze waren in Calico Ridge niet onbeleefd, maar ze waren ook niet erg blij me te zien. Ik wilde de slangen zien, maar dan wel vanaf de veilige achterste rij. Ik ging op een zondagavond, vooral omdat ze volgens de verhalen 'de slangen niet opnamen' zolang het nog dag was. Ik zocht vergeefs in de bijbel naar dat verbod.
Er waren nergens slangen te bekennen. Een paar mensen wrongen zich in bochten onder de preekstoel, toen de voorganger ons aanspoorde 'naar voren te komen en te steunen en te kreunen in zonde'. Het koor zong en neuriede in het ritme van een elektrische gitaar en een drum, en de bijeenkomst kreeg het griezelige karakter van een eeroude rituele dans. Ik zat erover te denken om weg te gaan, vooral omdat er toch geen slangen waren.
Tijdens de dienst ving ik een glimp op van een gezicht dat ik eerder had gezien. Het was een heel ander gezicht: mager, bleek en met grijzend haar. Ik kon het niet thuisbrengen, maar ik wist dat het me bekend voorkwam. De man zat op de tweede rij aan de andere kant van het kleine heiligdom, en hij stond blijkbaar helemaal buiten de chaos van de dienst. Soms leek het of hij bad, en dan zat hij weer terwijl alle anderen stonden. De mensen om hem heen accepteerden hem blijkbaar zoals hij was, en negeerden hem tegelijk.
Op een gegeven moment draaide hij zich om en keek hij me recht aan. Het was Hank Hooten, de ex-advocaat die in 1971 op het stadje had geschoten! Hij was in een dwangbuis naar de psychiatrische inrichting van de staat Mississippi afgevoerd, en een paar jaar

later waren er geruchten geweest dat hij was vrijgelaten. Maar niemand had hem gezien.

In de twee dagen daarna deed ik mijn best Hank Hooten op te sporen. Mijn telefoontjes naar de inrichting leverden niets op. Hank had een broer in Shady Grove, maar die wilde niets zeggen. Ik snuffelde wat rond in Calico Ridge, maar zoals te verwachten was, wilde niemand daar iets vertellen aan een vreemde als ik.

33

Veel van degenen die op zondagochtend ijverig naar de kerk gingen, waren op zondagavond minder trouw. Toen ik de kerkdiensten bijwoonde, hoorde ik veel predikanten hun volgelingen waarschuwen dat ze over een paar uur terug moesten komen om de sabbat volledig in acht te nemen. Ik telde nooit de koppen, maar in het algemeen ging ongeveer de helft naar de tweede dienst. Ik probeerde een paar zondagavonddiensten, meestal om een kleurrijk ritueel mee te maken, bijvoorbeeld dat er met slangen werd gelopen of aan handoplegging werd gedaan, en bij één gelegenheid een 'kerkconclaaf', waarin een afgedwaalde broeder terecht moest staan en vast en zeker veroordeeld zou worden voor het begeren van de vrouw van een andere broeder. Mijn aanwezigheid bracht ze die avond van hun stuk en de afgedwaalde broeder kwam voorlopig met de schrik vrij.

Meestal beperkte ik mijn vergelijkende godsdienstonderzoek tot de diensten die overdag werden gehouden.

Anderen hadden andere zondagavondrituelen. Harry Rex hielp de Mexicaan Pepe om op een blok afstand van het plein een gebouw te huren en daarin een restaurant te openen. Pepe had in de jaren zeventig enig succes met goed voedsel dat altijd aan de kruidige kant was. Pepe kon de pepers niet laten liggen, al schroeiden ze de kelen van zijn gringoklanten.

Op zondag was in Ford County alle alcohol verboden. Het mocht niet worden verkocht in winkels of restaurants. Pepe had een achterkamer met een langgerekte tafel en een deur die op slot kon. Hij liet Harry Rex en zijn gasten gebruikmaken van die kamer en eten en drinken zoveel als ze wilden. Vooral zijn margarita's waren lekker. We genoten van veel kleurrijke maaltijden met kruidige gerechten, die we wegspoelden met sterke margarita's. We waren meestal ongeveer met zijn tienen, allemaal mannen, allemaal jong, ongeveer de helft momenteel getrouwd. Harry Rex bedreigde ons met de dood als we iemand over Pepes achterkamer vertelden.
De politie deed een keer een inval bij ons, maar Pepe sprak plotseling geen woord Engels meer. De deur naar de achterkamer zat op slot en was ook niet goed zichtbaar. Pepe deed de lichten uit, en zo'n twintig minuten wachtten we in het donker, nog steeds drinkend, en luisterden we naar de politie die met Pepe probeerde te communiceren. Ik weet niet waarom we ons zorgen maakten. De rechter die over zulke zaken ging, was een advocaat die Harold Finkley heette, en die zat aan het eind van de tafel en sloeg zijn vierde of vijfde margarita achterover.
Die zondagavonden bij Pepe waren vaak lang en luidruchtig, en na afloop konden we niet rijden. Ik liep dan naar de krant en sliep op de bank. Zo lag ik daar een keer de tequila weg te snurken toen na middernacht de telefoon ging. Het was een journalist die ik kende. Hij werkte voor de grote krant van Memphis.
'Ga je morgen naar de zitting over voorwaardelijke vrijlating?' vroeg hij. Morgen? In mijn bedwelming had ik geen idee wat voor dag dat was.
'Morgen?' mompelde ik.
'Maandag 18 september,' zei hij langzaam.
Ik was er redelijk zeker van dat het 1978 was.
'Wat voor voorwaardelijke vrijlating?' vroeg ik. Ik deed een wanhopige poging mezelf wakker te krijgen en enigszins logisch te denken.
'Van Danny Padgitt. Daar weet je niets van?'
'Nee!'
'Het staat voor tien uur morgenochtend in Parchman op het programma.'
'Dat meen je niet!'
'Toch wel. Ik heb het net gehoord. Blijkbaar maken ze geen reclame voor die zittingen.'

Ik zat nog een tijdje in het donker te vloeken op de achterlijkheid van een staat die zulke belangrijke zaken op zo'n belachelijke manier afhandelt. Hoe kon iemand zelfs maar overwegen Danny Padgitt voorwaardelijk vrij te laten? Er was acht jaar verstreken sinds de moord en zijn veroordeling. Hij had twee keer levenslang gekregen, in beide gevallen minstens tien jaar. We dachten dat hij minimaal twintig jaar zou moeten zitten.

Ik reed om een uur of drie die nacht naar huis, sliep nog twee uur bij vlagen en maakte toen Harry Rex wakker, die nauwelijks aanspreekbaar was. Ik nam wat saucijzenbroodjes en sterke koffie mee en we ontmoetten elkaar om een uur of zeven in zijn kantoor. We waren allebei in een rothumeur, en toen we ons door zijn wetboeken ploegden, kwam er heel wat schuttingtaal over onze lippen. Die woorden richtten we niet op elkaar, maar op het schimmige, onduidelijke vrijlatingsstelsel dat dertig jaar geleden door de politici was ingevoerd. Richtlijnen waren in vage termen gesteld, zodat de politici en degenen die door hen waren benoemd, ruimschoots genoeg speelruimte hadden om te doen wat ze wilden.

Aangezien de meeste fatsoenlijke burgers niets met het vrijlatingsstelsel te maken hadden, had het geen hoge prioriteit in de staatspolitiek. En aangezien de meeste gedetineerden in de staatsgevangenis arm of zwart waren en het stelsel niet in hun voordeel konden gebruiken, was het gemakkelijk om zware vonnissen aan hen op te leggen en hen voorgoed achter de tralies te houden. Maar voor een gedetineerde met connecties en geld was het stelsel van voorwaardelijke vrijlating een geweldig labyrint van onderling tegenstrijdige wetten. Het stelsel bood de Vrijlatingscommissie alle kans om iemand ter wille te zijn.

Ergens in het justitieel apparaat, het gevangenisstelsel en het vrijlatingsstelsel waren Danny Padgitts twee 'opeenvolgende' levenslange gevangenisstraffen veranderd in twee 'samenvallende' straffen. Hij zat ze tegelijk uit, probeerde Harry Rex me uit te leggen.

'Wat heeft dat voor zin?' vroeg ik.

'Dat wordt toegepast in gevallen waarin een verdachte voor meer dingen wordt veroordeeld. Als hij die straffen achter elkaar moet uitzitten, komt dat hem misschien op tachtig jaar te staan, terwijl tien jaar redelijk zou zijn. En daarom zit hij die straffen tegelijk uit.'

Ik schudde weer afkeurend mijn hoofd, en daar ergerde hij zich aan.

Na veel moeite lukte het me sheriff Tryce McNatt aan de telefoon te krijgen. Hij klonk alsof hij net zo'n kater had als wij, al was hij strikt geheelonthouder. McNatt wist niets van de hoorzitting over voorwaardelijke vrijlating. Ik vroeg hem of hij van plan was erheen te gaan, maar zijn dag zat al vol met belangrijke besprekingen.
Ik zou rechter Loopus hebben gebeld, maar die was al jaren dood. Ernie Gaddis was met pensioen gegaan en bracht zijn dagen vissend in de Smoky Mountains door. Zijn opvolger, Rufus Buckley, woonde in Tyler County en had een geheim telefoonnummer.
Om acht uur sprong ik met een saucijzenbroodje en een kop koude koffie in mijn auto.

Een uur ten westen van Ford County werd het landschap veel vlakker en begon de Delta. Het was een vruchtbare streek met veel rijkdom voor de grote boeren en slechte leefomstandigheden voor de anderen, maar ik had op dat moment geen oog voor de omgeving of maatschappelijke misstanden. In gedachten was ik al bezig een clandestiene vrijlatingszitting te verstoren.
Ik zag er ook tegenop om voet te zetten in Parchman, een legendarische hel.
Na twee uur zag ik omheiningen naast velden, en toen scheermesprikkeldraad. Algauw kwam er een bord en reed ik naar de hoofdpoort. Ik zei tegen een bewaker in zijn hokje dat ik journalist was en een vrijlatingszitting wilde bijwonen. 'Rechtdoor, links bij het tweede gebouw,' zei hij behulpzaam, en hij noteerde mijn naam.
Er stonden een stuk of wat gebouwen dicht bij de weg, en er stonden daar ook huizen met wit vakwerk die aan geen enkele Maple Street in Mississippi zouden hebben misstaan. Ik koos voor Administratie A en liep vlug naar binnen, op zoek naar een secretaresse. Ik vond haar, en ze stuurde me naar het volgende gebouw, de eerste verdieping. Het liep net tegen tienen.
Aan het eind van de gang stonden mensen voor een kamer. Een van hen was gevangenisbewaker, een ander was politieagent en de derde droeg een gekreukt pak.
'Ik ben hier voor de vrijlatingszitting,' zei ik.
'Daar binnen,' zei de bewaker, wijzend. Zonder te kloppen rukte ik de deur open en stapte ik naar binnen, zoals iedere onversaagde verslaggever zou doen. De zitting was blijkbaar net begonnen, en natuurlijk had niemand op mijn aanwezigheid gerekend.

De vrijlatingscommissie telde vijf leden. Ze zaten achter een tafel op een laag podium, met hun naambordje voor zich. Langs de ene muur stond een tafel met het Padgitt-team: Danny, zijn vader, zijn moeder, een oom en Lucien Wilbanks. Tegenover hen, aan een andere tafel, zaten functionarissen en medewerkers van de commissie en de gevangenis.
Toen ik kwam binnenstormen, keken ze allemaal naar mij. Ik richtte mijn blik op Danny Padgitt, en gedurende een seconde keken we elkaar vol minachting aan.
'Kan ik u van dienst zijn?' gromde een grote, slechtgeklede magistraat vanaf het midden van de commissietafel. Hij heette Barrett Ray Jeter en hij was de voorzitter. Net als de vier anderen was hij door de gouverneur benoemd als beloning voor de vele stemmen die hij had verzameld.
'Ik kom voor de Padgitt-hoorzitting,' zei ik.
'Hij is journalist!' Lucien was overeind gesprongen en schreeuwde het bijna uit. Een ogenblik dacht ik dat ik ter plekke gearresteerd zou worden en diep in de gevangenis zou worden afgevoerd om een levenslange straf uit te zitten.
'Voor wie?' wilde Jeter weten.
'De *Ford County Times*,' zei ik.
'Uw naam?'
'Willie Traynor.' Ik keek fel naar Lucien en hij keek woedend terug.
'Dit is een besloten hoorzitting, meneer Traynor,' zei Jeter. Omdat de wet niet goed duidelijk maakte of zulke zittingen openbaar of besloten waren, werden ze van oudsher stilgehouden.
'Wie hebben het recht om de zitting bij te wonen?' vroeg ik.
'De vrijlatingscommissie, de gedetineerde in kwestie, zijn familie, zijn getuigen, zijn advocaat en eventuele getuigen van de andere kant.' Met die 'andere kant' bedoelde hij de familie van het slachtoffer, en als je hem zo hoorde, waren dat de schurken.
'En de sheriff van onze county?' vroeg ik.
'Die is ook uitgenodigd,' zei Jeter.
'Onze sheriff is niet in kennis gesteld. Ik heb drie uur geleden met hem gesproken. Sterker nog, niemand in Ford County wist voor twaalf uur vannacht van deze hoorzitting.' Dat was voor de leden van de commissie aanleiding zich eens uitgebreid op het hoofd te krabben. De Padgitts overlegden met Lucien.
Als ik bij de zitting aanwezig wilde zijn, moest ik getuige worden.

De andere mogelijkheden vielen af. Daarom zei ik nu, zo luid en duidelijk als ik kon: 'Nou, aangezien hier niemand anders uit Ford County is om tegen voorwaardelijke vrijlating te pleiten, ben ik een getuige.'

'U kunt niet verslaggever én getuige zijn,' zei Jeter.

'Waar staat dat geschreven in het Wetboek van Strafvordering van Mississippi?' vroeg ik, zwaaiend met mijn exemplaren van Harry Rex' wetboeken.

Jeter knikte naar een jongeman in een donker pak. 'Ik ben de secretaris van de vrijlatingscommissie,' zei hij beleefd. 'U mag hier als getuige optreden, meneer Traynor, maar u mag daar geen verslag van doen.'

Ik was van plan alle details van deze hoorzitting in de krant te zetten en me dan achter het Eerste Amendement te verschuilen. 'Het zij zo,' zei ik. 'Jullie maken de regels.' Binnen een minuut was de scheidslijn getrokken; ik stond aan de ene kant, alle anderen stonden aan de andere kant.

'Laten we beginnen,' zei Jeter, en ik ging bij een handvol andere toeschouwers zitten.

De secretaris van de vrijlatingscommissie liet een rapport rondgaan. Hij vatte het Padgitt-vonnis samen en vermeed daarbij zorgvuldig de woorden 'opeenvolgend' of 'samenvallend'. Op grond van het 'voorbeeldige' gedrag van de gedetineerde tijdens zijn gevangenschap kwam hij in aanmerking voor 'extra vervroegde vrijlating', een vage term die niet in de wet voorkwam en door het vrijlatingsstelsel was gecreëerd. Na aftrek van de tijd die Padgitt gevangen had gezeten in afwachting van zijn proces, kwam hij nu in aanmerking voor voorwaardelijke vrijlating.

Danny's maatschappelijk werkster ploegde zich door een langdurig verhaal over haar contacten met de gedetineerde. Ze besloot dat verhaal met de ongegronde opinie dat hij 'volledig berouwvol' was, en 'volledig gerehabiliteerd', en dat hij 'geen enkele bedreiging voor de samenleving' vormde en er zelfs klaar voor was een 'uiterst productieve staatsburger' te worden.

Hoeveel had dat alles gekost? Dat vroeg ik me onwillekeurig af. Hoeveel? En hoe lang hadden de Padgitts erover gedaan om de raderen te vinden die ze konden smeren?

Daarna was Lucien aan de beurt. Omdat niemand – Gaddis, sheriff McNatt, zelfs die arme Hank Hooten niet – hem kon tegenspreken of misschien zelfs de mond kon snoeren, begon hij aan een fictieve beschrijving van de gepleegde misdrijven. Hij besteedde erg veel aandacht aan de verklaring van de getuige die met een 'waterdicht' alibi was gekomen, Lydia Vince. In zijn gereconstrueerde versie van het proces hadden de juryleden lang geaarzeld of ze Padgitt schuldig moesten verklaren. Ik kwam in de verleiding om iets naar hem te gooien of te gaan schreeuwen. Misschien zou hij dan tenminste een beetje eerlijk blijven.

Hoe kan hij zo berouwvol zijn als hij zo onschuldig is? zou ik willen schreeuwen.

Lucien zanikte nog wat door over het proces, en hoe onredelijk dat was geweest. Hij zei zelfs, nobel als hij was, dat hij zich schuldig voelde omdat hij niet krachtiger op verwijzing naar een andere rechtbank had aangedrongen, in een ander deel van de staat, waar de mensen onbevooroordeeld en niet zo kortzichtig waren. Toen hij eindelijk zijn mond hield, zag het ernaar uit dat twee van de commissieleden in slaap waren gevallen.

Nu trad mevrouw Padgitt als getuige op. Ze sprak over de brieven die zij en haar zoon elkaar in de afgelopen acht erg lange jaren hadden geschreven. In zijn brieven had ze hem tot rijpheid zien komen, had ze zijn geloof krachtiger zien worden, had ze hem naar zijn vrijheid zien verlangen, een vrijheid waarin hij zijn medemens kon helpen.

Zijn medemens aan een beter soort marihuana helpen? Of misschien aan een zuiverder maïswhisky?

Omdat er tranen werden verwacht, plengde ze die. Dat maakte deel uit van de show en scheen niet veel indruk te maken op de commissie. Trouwens, als ik naar hen keek, kreeg ik de indruk dat ze hun beslissing allang hadden genomen.

Danny was als laatste aan de beurt. Het lukte hem om precies over de dunne streep tussen enerzijds ontkenning van zijn misdaden en anderzijds wroeging te lopen. 'Ik heb van mijn fouten geleerd,' zei hij, alsof verkrachting en moord kleine vergrijpen waren waarbij eigenlijk niemand echt iets was overkomen. 'Ik ben ze ontgroeid.'

In de gevangenis was hij een ware wervelwind van positieve energie geweest, hij werkte als vrijwilliger in de bibliotheek, zong in het koor, assisteerde op de Parchman-rodeo en organiseerde teams die naar scholen gingen en kinderen waarschuwden niet op het slechte pad te gaan.

Twee commissieleden luisterden. Eentje sliep nog. De andere twee zaten er in een soort trance bij, alsof ze hersendood waren.
'Hoeveel getuigen heeft de andere kant?' vroeg Jeter. Ik stond op, keek om me heen, zag niemand anders uit Ford County en zei toen: 'Volgens mij ben ik de enige.'
'Ga uw gang, meneer Traynor.'
Ik had geen idee wat ik moest zeggen, en ik wist ook niet wat op zo'n zitting toelaatbaar was en wat niet. Maar op grond van wat ik zojuist had meegemaakt, veronderstelde ik dat ik zo ongeveer alles kon zeggen wat ik wilde. Jeter zou me vast wel tot de orde roepen als ik op verboden terrein kwam.
Ik keek op naar de leden van de commissie en deed mijn best om de blikken als dolksteken van de Padgitts te negeren. Toen begon ik aan een uiterst aanschouwelijke beschrijving van de verkrachting en de moord. Ik gooide alles eruit wat ik me kon herinneren en ik legde vooral veel nadruk op het feit dat de twee kinderen getuige waren geweest van de hele aanval of een deel daarvan.
Ik verwachtte elk moment dat Lucien bezwaar zou maken, maar in hun kamp heerste alleen maar stilte. De daarstraks nog comateuze commissieleden waren plotseling klaarwakker. Ze keken aandachtig naar me en namen de gruwelijke details van de moord in zich op. Ik beschreef de wonden. Ik beschreef de hartverscheurende scène van Rhoda die, stervend in de armen van buurman Deece, nog had gezegd: 'Het was Danny Padgitt. Het was Danny Padgitt.'
Ik noemde Lucien een leugenaar en dreef de spot met wat hij over het proces had gezegd. De jury had nog geen uur nodig gehad om de verdachte schuldig te bevinden, vertelde ik.
En ik stond zelf ook versteld van mijn geheugen toen ik verslag deed van Danny's pathetische optreden in de getuigenbank: zijn leugens om andere leugens te camoufleren, zijn volslagen gebrek aan waarachtigheid. 'Hij had ook nog voor meineed veroordeeld moeten worden,' zei ik tegen de commissie.
'En toen hij eindelijk klaar was met zijn getuigenverklaring, ging hij niet gewoon naar zijn plaats terug, maar liep hij naar de jurybank, wees hij met zijn vinger naar de juryleden en zei hij: "Als jullie me schuldig verklaren, krijg ik jullie allemaal te pakken."'
Een commissielid, Horace Adler, ging opeens rechtop zitten en vroeg aan de Padgitts: 'Is dat waar?'
'Het staat in het rechtbankverslag,' zei ik vlug, voordat Lucien de

kans kreeg om weer te liegen. Hij begon langzaam overeind te komen.
'Is dat waar, meneer Wilbanks?' drong Adler aan.
'Bedreigde hij de jury?' vroeg een ander commissielid.
'Ik heb het transcript,' zei ik. 'Ik zal het u graag toesturen.'
'Is dat waar?' vroeg Adler voor de derde keer.
'Er waren driehonderd mensen in de rechtszaal,' zei ik. Ik keek Lucien aan en zei met mijn ogen: doe het niet, ga hier niet over liegen.
'Stil, meneer Traynor,' zei een commissielid.
'Het staat in het verslag,' zei ik opnieuw.
'Zo is het genoeg!' schreeuwde Jeter.
Lucien was inmiddels opgestaan en probeerde een weerwoord te bedenken. Iedereen wachtte op hem. Eindelijk zei hij iets. 'Ik herinner me niet alles wat er gezegd is,' begon hij, en ik snoof zo luidruchtig mogelijk. 'Misschien heeft mijn cliënt iets in die trant gezegd, maar het was een emotioneel moment, en in het vuur van de strijd wordt zoiets gemakkelijk gezegd. Maar als we het in de context zien...'
'Rot op met je context!' schreeuwde ik naar Lucien en ik ging een stap naar hem toe alsof ik van plan was hem een stoot voor zijn kop te verkopen. Een bewaker kwam naar me toe en ik bleef staan. 'Het staat zwart op wit in het procesverslag!' zei ik woedend. Toen wendde ik me tot de commissie en zei: 'Hoe kunnen jullie daar naar al die leugens zitten te luisteren? Willen jullie de waarheid dan niet horen?'
'Verder nog iets, meneer Traynor?' vroeg Jeter.
'Ja! Ik hoop dat deze commissie geen aanfluiting van ons rechtsstelsel maakt en dat ze deze man niet al na acht jaar vrijlaat. Hij mag blij zijn dat hij hier zit, en niet in de dodencel, waar hij thuishoort. En ik hoop dat u de volgende keer dat er over zijn vrijlating wordt beslist, als die volgende keer er komt, ook mensen uit Ford County zult uitnodigen. Bijvoorbeeld de sheriff, bijvoorbeeld de aanklager. En wilt u dan ook familieleden van het slachtoffer in kennis stellen? Ze hebben het recht om hier te zijn, opdat u hun reactie kunt zien als u deze moordenaar vrijlaat.'
Ik ging zitten, ziedend van woede. Ik wierp een vuile blik op Lucien Wilbanks en besloot mijn uiterste best te doen om hem de rest van mijn of zijn leven te haten. Jeter kondigde een korte pauze aan. Ik

nam aan dat ze tijd nodig hadden om in de achterkamer te overleggen en hun geld te tellen. Misschien konden ze de heer Padgitt bij zich roepen en hem om extra geld voor een of twee commissieleden vragen. Om de secretaris van de commissie te ergeren maakte ik aantekeningen voor het verslag dat hij me had verboden te schrijven.
We wachtten een halfuur, en toen kwamen ze een voor een weer binnen. Ze keken alle vijf schuldig uit hun ogen. Jeter vroeg om een stemming. Twee stemden voor voorwaardelijke vrijlating, twee stemden tegen, één onthield zich van stemming. 'Het verzoek om voorwaardelijke vrijlating is deze keer afgewezen,' zei Jeter, en mevrouw Padgitt barstte in tranen uit. Ze omhelsde Danny voordat ze hem wegleidden.
Lucien en de Padgitts liepen heel dicht langs me toen ze de kamer verlieten. Ik lette niet op hen en staarde naar de vloer, doodmoe, diep geschokt. Mijn kater was nog lang niet over.
'En dan hebben we nu Charles D. Bowie,' zei Jeter, en met enig gestommel werd de volgende hoopvolle gedetineerde binnengeleid. Ik hoorde iets over een zedenmisdrijf, maar ik was te moe om goed te luisteren. Uiteindelijk verliet ik de kamer en liep ik door de gang. Ik verwachtte eigenlijk dat ik de Padgitts tegenover me zou vinden, en dat was mij best, want dan was dat tenminste ook voorbij.
Maar ze waren al weg. Toen ik het gebouw verliet en door de poort reed om naar Clanton terug te keren, waren ze nergens meer te bekennen.

34

De vrijlatingszitting was voorpaginanieuws in de *Ford County Times*. Ik zette in dat artikel alle bijzonderheden die ik me kon herinneren, en op pagina vijf zette ik een vernietigend hoofdredactioneel commentaar op de gang van zaken. Ik stuurde een exemplaar naar alle vijf de leden van de vrijlatingscommissie en naar de secretaris daarvan, en omdat ik toch bezig was, ook naar alle leden van de wetgevende vergadering van Mississippi, en de procureur-generaal, de luitenant-gouverneur en de gouverneur. De meesten negeerden het, maar de secretaris van de vrijlatingscommissie niet.

Hij schreef me een lange brief waarin hij zei dat hij zich grote zorgen maakte over mijn 'moedwillige schending van de procedures van de vrijlatingscommissies'. Hij dacht erover een gesprek te voeren met de procureur-generaal, waarin ze 'de ernst van uw handelingen' zouden evalueren en misschien actie zouden ondernemen die 'verregaande consequenties' zou kunnen hebben.

Mijn advocaat, Harry Rex, had me verzekerd dat het beleid van de commissie om de zittingen geheim te houden in flagrante strijd was met de grondwet en het Eerste Amendement. Als het op een federale zaak zou aankomen, zou hij me graag verdedigen. Voor een gereduceerd uurtarief, uiteraard.

De secretaris en ik stuurden elkaar ongeveer een maand verhitte

brieven, en toen scheen hij het niet nodig meer te vinden actie tegen me te ondernemen.
Rafe, Harry Rex' opperambulancejager, had een hulpje dat Buster heette, een grote dikbuikige cowboy met een pistool in elke zak. Ik nam Buster in dienst voor honderd dollar per week. Hij moest doen alsof hij mijn persoonlijke benenbreker was. Een paar uur per dag hing hij voor de krant rond of zat hij op het pad van mijn huis of op een van mijn veranda's, overal waar hij goed te zien was, zodat de mensen wisten dat Willie Traynor belangrijk genoeg was om een lijfwacht te hebben. Als de Padgitts dichtbij genoeg kwamen om een schot te wagen, zou er in elk geval teruggeschoten worden.

Nadat ze jarenlang steeds zwaarder was geworden en de waarschuwingen van haar artsen in de wind had geslagen, gaf miss Callie eindelijk toe. Na een buitengewoon onaangenaam bezoek aan een kliniek zei ze tegen Esau dat ze op dieet ging, 1.500 calorieën per dag, gelukkig met uitzondering van de donderdag. Er ging een maand voorbij en ik kon niet zien dat ze afviel. Maar op de dag na het *Times*-verhaal over de vrijlatingszitting zag ze er plotseling uit alsof ze twintig kilo was afgevallen.
In plaats van een kip te braden kookte ze er een. In plaats van boter en room door de aardappelpuree te doen en er jus over te gieten, kookte ze de aardappelen. Het was nog steeds heerlijk, maar mijn maag was gewend geraakt aan de wekelijkse dosis vet.
Na het gebed gaf ik haar twee brieven van Sam. Zoals altijd las ze ze onmiddellijk, terwijl ik op de lunch aanviel. En zoals altijd glimlachte ze en pinkte ze uiteindelijk een traan weg. 'Het gaat goed met hem,' zei ze, en dat was zo.
Met het typische doorzettingsvermogen van de Ruffins had Sam zijn eerste universitaire studie voltooid, in de economie, en spaarde hij nu zijn geld op om ook nog rechten te gaan studeren. Hij had vreselijk heimwee en hij had genoeg van het Canadese klimaat. Kortom, hij miste zijn moeder. En haar kookkunst.
President Carter had een generaal pardon voor dienstplichtontduikers uitgevaardigd en Sam worstelde met de vraag of hij in Canada moest blijven of naar huis moest gaan. Veel van zijn medeballingen daar waren van plan in Canada te blijven en het Canadese staatsburgerschap aan te vragen en hij stond onder hun invloed. Er was ook een vrouw in het spel, al had hij dat niet aan zijn ouders verteld.

Soms begonnen we met het nieuws, maar vaak ook met de necrologieën of zelfs de kleine advertenties. Omdat ze elk woord las, wist miss Callie wie er een nest beagles te koop had en wie een goede gebruikte maaimachine wilde kopen. En omdat ze elke week elk woord las, wist ze hoe lang een bepaalde boerderij of stacaravan te koop stond. Ze kende de prijs en de waarde van dingen. Er reed bijvoorbeeld onder de lunch een auto door de straat. Dan vroeg ze: 'Wat voor model is dat?'
'Een Plymouth Duster 1971,' antwoordde ik.
Ze aarzelde even en zei dan: 'Als hij in goede staat verkeert, brengt hij zo'n 2.500 dollar op.'
Stan Atcavage moest een keer een acht meter lange vissersboot verkopen waarop hij beslag had gelegd. Ik belde miss Callie en ze zei: 'Ja, iemand in Karaway zocht drie weken geleden zo'n boot.' Ik keek in dat nummer en zag de advertentie. De volgende dag verkocht Stan hem de boot.
Ze hield van de officiële berichten, een van de lucratiefste secties van de krant. Huizenverkopen, beslagleggingen, echtscheidingsverzoeken, testamentaire zaken, faillissementen, onteigeningen, tientallen juridische mededelingen moesten volgens de wet in de krant van de county worden gepubliceerd. Wij kregen al die advertenties, en we rekenden een pittig tarief.
'Ik zie dat er een beslissing wordt genomen over de nalatenschap van Everett Wainwright,' zei ze.
'Ik kan me zijn necrologie vaag herinneren,' zei ik met mijn mond vol. 'Wanneer is hij gestorven?'
'Vijf, misschien zes maanden geleden. Die necrologie stelde niet veel voor.'
'Ik moet het doen met wat de familie me vertelt. Heb je hem gekend?'
'Hij heeft jarenlang een kruidenierszaak bij het spoor gehad.' Ik kon aan haar stem horen dat ze niet veel van Everett Wainwright had moeten hebben.
'Een goed mens of een slecht mens?'
'Hij had voor al zijn producten twee prijzen, een voor de blanken en een hogere voor negers. Zijn producten waren nooit geprijsd, en hij was de enige die achter de kassa zat. Als een blanke klant riep: "Hé, meneer Wainwright, hoeveel kost dit blikje gecondenseerde melk?", dan riep hij terug: "38 cent." Een minuut later zei ik: "Par-

don, meneer Wainwright, hoeveel kost dit blikje gecondenseerde melk?" En dan snauwde hij: "54 cent." Hij deed dat heel openlijk. Het kon hem niet schelen.'

Al bijna negen jaar hoorde ik verhalen over vroeger. Soms dacht ik dat ik ze allemaal had gehoord, maar miss Callie beschikte over een eindeloze voorraad.

'Waarom deed je daar je boodschappen?'

'Het was de enige winkel waar we onze boodschappen konden doen. Monty Griffin had een mooiere winkel achter de oude bioscoop, maar daar mochten we tot twintig jaar geleden niet in.'

'Wie hield jullie tegen?'

'Monty Griffin. Het interesseerde hem niet of je geld had. Hij wilde gewoon geen negers in zijn winkel.'

'En Wainwright kon het niet schelen?'

'Natuurlijk kon het hem wel wat schelen. Hij wilde ons niet, maar hij wilde ons geld wel aanpakken.'

Ze vertelde het verhaal van een zwarte jongen die bij de winkel rondhing tot Wainwright hem met een bezem sloeg en wegstuurde. Uit wraak brak de jongen een hele tijd een of twee keer per jaar bij hem in. Hij werd nooit betrapt. Hij stal sigaretten en snoepgoed, en hij versplinterde ook alle bezemstelen.

'Is het waar dat hij al zijn geld aan de methodistenkerk heeft nagelaten?' vroeg ze.

'Dat zeggen ze.'

'Hoeveel?'

'Bijna honderdduizend dollar.'

'De mensen zeggen dat hij zich een weg naar de hemel probeerde te kopen,' zei ze. Ik stond allang niet meer versteld van de verhalen die miss Callie over de andere kant van het spoor hoorde. Veel van haar vriendinnen werkten daar in de huishouding, en die wisten alles.

Ze had het gesprek eens op het hiernamaals gebracht. Miss Callie maakte zich grote zorgen over mijn ziel. Ze was bang dat ik niet echt een christen was geworden, dat ik niet 'herboren' of 'gered' was. Ik was als klein kind gedoopt, maar daar kon ik me niets van herinneren en het was volgens haar ook niet voldoende. Zodra iemand een bepaalde leeftijd bereikte, de 'jaren des onderscheids', moest die persoon, om van eeuwige verdoemenis in de hel te worden 'gered', over het middenpad van de kerk lopen (waarbij nog ter discussie stond wat de juiste kerk was) en publie-

kelijk getuigenis afleggen van zijn geloof in Jezus Christus.
Miss Callie droeg een zware last met zich mee omdat ik dat niet had gedaan.
En nadat ik 77 verschillende kerken had bezocht, moest ik toegeven dat de overgrote meerderheid van Ford County het met haar eens was. Er waren wel wat varianten. Een machtige sekte was de Kerk van Christus. De leden van die kerk klampten zich vast aan de vreemde gedachte dat zij, en zij alleen, bestemd waren voor de hemel. Alle andere kerken preekten 'sektarische doctrine'. Ze geloofden ook, net als veel andere gemeenten, dat wanneer iemand verlossing had gekregen die weer verloren kon gaan door slecht gedrag. De baptisten, het populairste geloofsgenootschap, hielden vast aan 'eens gered altijd gered'.
Dat zal wel een hele geruststelling geweest voor zekere afvallige baptisten die ik in Clanton kende.
Maar er was nog hoop voor mij. Miss Callie vond het prachtig dat ik naar de kerk ging en het evangelie in me opnam. Ze was ervan overtuigd – en bad er dagelijks voor – dat binnenkort de Heer naar mij zou reiken en mijn hart zou raken. Ik zou besluiten hem te volgen, en dan zouden zij en ik samen naar de eeuwigheid gaan.
Miss Callie leefde echt voor de dag waarop ze 'huiswaarts ging naar de glorie'.
'Dominee Small houdt aanstaande zondag het avondmaal,' zei ze. Dat was haar wekelijkse uitnodiging om met haar naar de kerk te gaan. Ik moest er niet aan denken, dominee Small en zijn lange preken.
'Dank je, maar ik ga zondag weer op onderzoek uit,' zei ik.
'God zegene je. Waar?'
'De Primitieve Baptistenkerk Maranatha.'
'Nooit van gehoord.'
'Ze staan in het telefoonboek.'
'Waar is het?'
'Ergens in Dumas, geloof ik.'
'Zwart of blank?'
'Dat weet ik niet.'

Nummer 78 op mijn lijst, de Primitieve Baptistenkerk Maranatha, was een juweeltje aan de voet van een heuvel, naast een beekje, onder een stel moeraseiken die minstens tweehonderd jaar oud waren. Het was een klein gebouw met wit vakwerk, smal en lang, met een steil metalen dak en een rode toren die zo hoog was dat hij verloren ging tussen de eiken. De voordeuren stonden wijd open om iedereen uit te nodigen de dienst bij te wonen. Op een hoeksteen was te zien dat de kerk in 1813 was gebouwd.

Ik ging op de achterste bank zitten, mijn gebruikelijke plaats, naast een goedgeklede heer die ongeveer even oud was als de kerk. Ik telde die ochtend 56 andere kerkgangers. De ramen stonden wijd open, en de zachte bries die buiten door de bomen ruiste streek de ruwe randen van een drukke ochtend glad. Al anderhalve eeuw kwamen hier mensen samen. Ze zaten in dezelfde banken, keken door dezelfde ramen naar dezelfde bomen en aanbaden dezelfde god. Het koor – dat acht leden telde – zong een lieflijke psalm en ik zakte weg in een vorige eeuw.

De predikant was een joviale man die J.B. Cooper heette. Ik had hem in de loop van de jaren twee keer ontmoet, als ik materiaal bij elkaar zocht voor een necrologie. Dat was een van de voordelen van mijn rondgang langs alle kerken van de county: ik werd aan alle predikanten voorgesteld. Dat zou me goed van pas komen bij mijn necrologieën.

Dominee Cooper keek naar zijn kudde en besefte dat ik de enige bezoeker was. Hij noemde mijn naam, verwelkomde me en maakte een onschuldige grap over gunstige publiciteit in de *Times*. Na vier jaar van kerkbezoeken en 77 positieve en kleurrijke verhalen daarover kon ik geen dienst meer binnenglippen zonder dat ik werd opgemerkt.

Ik wist nooit wat ik in die landelijke kerken kon verwachten. Vaak waren de preken lang en luidruchtig, en menigmaal vroeg ik me af hoe al die mensen zich elke week naar de kerk konden slepen om daar de huid volgescholden te krijgen. Sommige predikers waren bijna sadistisch met hun veroordeling van wat het ook was dat hun volgelingen de afgelopen week hadden gedaan. In het landelijke Mississippi was alles een zonde, niet alleen de elementaire vergrijpen uit de Tien Geboden. Ik hoorde vernietigende donderpreken over televisie, film, kaartspel, populaire tijdschriften, sportwedstrijden, cheerleaderuniforms, integratie, kerken voor beide rassen, Disney – want dat werd op zondagavond uitgezonden – dansen, sociaal drinken, seks binnen het huwelijk, noem maar op.

Maar dominee Cooper was milder gestemd. Zijn preek – 28 minuten – ging over verdraagzaamheid en liefde. Liefde was de belangrijkste boodschap van Christus. Het enige wat Christus van ons verlangde, was dat we elkaar liefhadden. Voor de bekeringsoproep zongen we drie coupletten van *Just as I am*, maar er kwam niemand in beweging. Deze mensen waren al vele malen over het middenpad gegaan. Zoals altijd bleef ik na afloop nog een paar minuten om met de dominee te praten. Ik vertelde hem dat ik van de dienst had genoten, iets wat ik altijd vertelde, of het nu zo was of niet, en ik noteerde de namen van de koorleden voor mijn artikel. Kerkmensen waren van nature warm en vriendelijk, maar in dit stadium van mijn rondgang wilden ze een eeuwigheid met me praten en kleine juweeltjes aan me doorgeven die wellicht in de krant zouden komen. 'Mijn grootvader heeft in 1902 het dak op deze kerk gezet.' 'De wervelstorm van 1938 heeft ons ten tijde van de zomerrevival precies overgeslagen.'

Toen ik het gebouw verliet, zag ik iemand in een rolstoel die over het hellingpad voor gehandicapten naar beneden werd geduwd. Ik had dat gezicht al eerder gezien, en ik liep naar hem toe om hem gedag te zeggen. Lenny Fargarson, de invalide jongen, jurylid nummer zeven of acht, was zo te zien nogal achteruitgegaan. Toen in 1970 het proces werd gehouden, kon hij nog lopen, zij het niet op een erg elegante manier. Nu zat hij in een rolstoel. Zijn vader stelde zich voor. Zijn moeder stond in een groepje dames dat met een laatste rondje afscheidswoorden bezig was.

'Hebt u een minuutje?' vroeg Fargarson. In Mississippi betekende die vraag: 'We moeten praten en dat kan even duren.' Ik ging op een bank onder een van de eiken zitten. Zijn vader reed hem daarheen en liet ons toen achter.

'Ik lees uw krant elke week,' zei hij. 'U denkt dat Padgitt vrijkomt?'
'Ja. Het is alleen maar de vraag wanneer. Hij mag elk jaar een keer om voorlopige vrijlating vragen.'
'Komt hij hier dan terug, in Ford County?'
Ik haalde mijn schouders op, want ik had geen idee. 'Waarschijnlijk wel. De Padgitts zijn erg gehecht aan hun eiland.'
Hij dacht daar een tijdje over na. Hij was mager en krom als een oude man. Als mijn geheugen me niet in de steek liet, was hij ten tijde van het proces ongeveer 25 geweest. We waren ongeveer van dezelfde leeftijd, al leek hij twee keer zo oud. Ik had het verhaal van zijn invaliditeit gehoord, een ongeluk in een houtzagerij.

'Maakt dat u bang?' vroeg ik.
Hij glimlachte en zei: 'Niets maakt mij bang, meneer Traynor. De Heer is mijn herder.'
'Ja, dat is hij,' zei ik, nog in de ban van de preek. Door zijn fysieke conditie en zijn rolstoel was Lenny moeilijk te doorgronden. Hij had zoveel meegemaakt. Zijn geloof was sterk, maar ik dacht even dat ik enige angst bij hem bespeurde.
Mevrouw Fargarson kwam naar ons toe.
'Bent u erbij als hij wordt vrijgelaten?' vroeg Lenny.
'Dat zou ik graag willen, maar ik weet niet goed hoe dat te regelen is.'
'Wilt u me bellen als u weet dat hij vrijkomt?'
'Natuurlijk.'
Mevrouw Fargarson had een stoofschotel in de oven voor de zondagse lunch, en ze wilde van geen weigering weten. Ik had plotseling honger, en zoals gewoonlijk was er in Hocutt House niets te vinden wat ook maar enigszins smakelijk was. De zondagse lunch bestond meestal uit een broodje en een glas wijn op een zijveranda, gevolgd door een lange siësta.
Lenny woonde met zijn ouders aan een grindweg op drie kilometer afstand van de kerk. Zijn vader was postbode, zijn moeder onderwijzeres. Een oudere zus woonde in Tupelo. Bij de stoofschotel met aardappelen, en thee die bijna net zo zoet was als die van miss Callie, praatten we over het Kassellaw-proces en de vrijlatingshoorzitting in de gevangenis. Lenny mocht zich dan niet zo druk maken om Danny's mogelijke vrijlating, zijn ouders maakten zich grote zorgen.

35

In het voorjaar van 1978 was er groot nieuws in Clanton. We kregen een Bargain City! Samen met McDonald's en de fastfoodrestaurants die de hamburgergigant door het hele land volgden, was Bargain City een nationale keten die een snelle opmars maakte door de kleine plaatsen in het Zuiden. Het grootste deel van Clanton was erg blij. Maar sommigen van ons dachten dat dit het begin van het einde was.
De onderneming veroverde de wereld met haar kolossale discountwarenhuizen waar alles voor stuntprijzen te koop was. De winkels waren ruim en schoon en bevatten ook een cafetaria, een drogisterij, een bank, zelfs een opticien en een reisbureau. Een stadje zonder Bargain City-winkel stelde niets voor.
Ze namen een optie op twintig hectare aan Market Street, anderhalve kilometer van het plein vandaan. Sommige buren protesteerden en de gemeenteraad hield een openbare hoorzitting over de vraag of de winkel gebouwd mocht worden. Bargain City was al vaker op verzet gestuit en had een goed geoliede en uiterste effectieve strategie.
De gemeenteraadszaal zat vol met mensen die rood met witte Bargain City-borden omhoog hielden: BARGAIN CITY: EEN GOEDE BUUR en WIJ WILLEN BANEN. Er waren ingenieurs, architecten, advocaten en aannemers, met hun secretaresse en vrouw en kinderen. Hun woordvoerder schilderde een erg rooskleurig beeld van economi-

sche groei, extra inkomsten uit omzetbelasting, 150 banen voor de plaatselijke bevolking en de beste producten voor de laagste prijzen. Dorothy Hockett sprak namens de tegenstanders. Haar huis stond naast de plaats waar Bargain City zou komen, en ze had geen enkele behoefte aan een invasie van licht en lawaai. De gemeenteraad luisterde met begrip naar haar, maar het besluit was allang genomen. Toen niemand anders tegen de komst van Bargain City wilde pleiten, stond ik op en liep ik naar het spreekgestoelte.

Ik vond dat we de binnenstad van Clanton in stand moesten houden en dat we daarvoor de winkels, cafetaria's en kantoren rond het plein moesten beschermen. Als we eenmaal aan de rand van de stad gingen bouwen, was het einde zoek. De stad zou zich in tien verschillende richtingen uitbreiden, en de oude binnenstad zou langzaam leegbloeden.

De meeste arbeidsplaatsen die ze toe hadden gezegd, zouden minimumloonbanen zijn. De extra inkomstenbelasting die de gemeente zou ontvangen, zou ten koste gaan van de winkeliers die het tegen Bargain City moesten afleggen. De inwoners van Ford County zouden niet opeens meer fietsen en koelkasten gaan kopen, alleen omdat Bargain City zo'n mooie winkel was.

Ik vertelde over de plaats Titus, ongeveer een uur ten zuiden van Clanton. Twee jaar eerder was daar een Bargain City geopend. Sindsdien waren er veertien winkels en een cafetaria gesloten. De hoofdstraat was bijna verlaten.

Ik vertelde over de plaats Marshall in de Delta. In de drie jaar sinds Bargain City daar was geopend, hadden veel familiebedrijven in Marshall het voor gezien gehouden: twee drogisten, twee kleine warenhuizen, de landbouwwinkel, de ijzerwinkel, een dameskledingzaak, een geschenkenwinkel, een kleine boekwinkel en twee cafetaria's. Ik had geluncht in de enige overgebleven cafetaria, en de serveerster, die daar al dertig jaar werkte, zei dat hun omzet minder dan de helft was van vroeger. Het plein in Marshall leek op dat van Clanton, alleen waren de meeste parkeerruimten vrij. Er liepen erg weinig mensen over de trottoirs.

Ik vertelde over de plaats Tackerville, dat ongeveer evenveel inwoners had als Clanton. Een jaar nadat Bargain City daar was geopend, had de gemeente zich gedwongen gezien meer dan een miljoen dollar uit te geven aan verbetering van wegen, zoveel verkeer trok de nieuwe winkel.

Ik overhandigde de burgemeester en de gemeenteraadsleden een rapport van een onderzoek dat was ingesteld door een hoogleraar economie aan de universiteit van Georgia. In de afgelopen zes jaar had hij Bargain City's in het hele Zuiden bestudeerd en de financiële en maatschappelijke uitwerking van die winkels op plaatsen met minder dan tienduizend inwoners onderzocht. De inkomsten uit omzetbelasting bleven ongeveer hetzelfde; de omzet verschoof alleen maar van de oude winkels naar Bargain City. De werkgelegenheid bleef ongeveer hetzelfde; de verkopers in de oude winkels in de binnenstad werden vervangen door de nieuwe verkopers van Bargain City. Het bedrijf investeerde nauwelijks in de gemeenschap, afgezien van het geld waarmee ze het terrein aankochten en de winkel bouwden. Sterker nog, het liet zijn geld niet eens bij de plaatselijke banken staan. Elke dag werd om middernacht de dagopbrengst naar het hoofdkantoor in Gainesville, Florida, overgeboekt.

De onderzoeker was tot de conclusie gekomen dat de expansie ongetwijfeld gunstig was voor de aandeelhouders van Bargain City, maar tegelijk een economische ramp voor de meeste kleine plaatsen. En de echte schade was van culturele aard. Als de winkels werden dichtgetimmerd en de trottoirs er verlaten bij lagen, was het gauw gedaan met het gezellige stadsleven in de straten en op de pleinen.

Op een petitie ter ondersteuning van Bargain City stonden 480 namen. Op onze petitie, die zich tegen de komst van de winkel uitsprak, stonden twaalf namen. De gemeenteraad stemde unaniem voor: vijf tegen nul stemmen.

Ik schreef een fel commentaar en gedurende een maand kreeg ik beledigende brieven. Voor het eerst werd ik een 'milieufanaat' genoemd.

Binnen een maand hadden de bulldozers de twintig hectare helemaal vlak gemaakt. De trottoirbanden en goten lagen er al en op 1 december zou de grote opening van de winkel plaatsvinden, nog mooi op tijd voor Kerstmis. Nu er geld was geïnvesteerd, wilde Bargain City het warenhuis zo snel mogelijk uit de grond stampen. Het bedrijf had de reputatie dat het een slim en krachtdadig management had.

De winkel en het parkeerterrein besloegen een kleine tien hectare. De percelen langs de rand werden snel verkocht aan andere ketens, en binnen de kortste keren had de gemeente toestemming gegeven voor een zelfbedieningstankstation met zestien pompen, een bijbehorende winkel, drie fastfoodrestaurants, een discountschoenwinkel, een discountmeubelzaak en een grote supermarkt.

Ik kon Bargain City geen advertentieruimte weigeren. Ik had hun geld niet nodig, maar omdat de *Times* de enige krant was die in de hele county verscheen, moesten ze er wel in adverteren. (Na een rel om een bestemmingsplan die ik in 1977 had ontketend, was er een klein rechts vod opgericht, de *Clanton Chronicle*, maar dat leidde een zieltogend bestaan.)

Midden november sprak ik met een vertegenwoordiger van de onderneming en maakten we afspraken over een serie nogal dure advertenties in de eerste tijd. Ik liet ze flink bloeden en ze klaagden nooit.

Op 1 december knipten de burgemeester, senator Morton en andere hoogwaardigheidsbekleders het lint door. Een luidruchtige menigte stormde het warenhuis in en begon te winkelen alsof de hongerigen gespijsd werden. Er stonden files op de wegen.

Ik weigerde het op de voorpagina te zetten. Ik zette een klein artikel op pagina zeven, en dat maakte de burgemeester en senator Morton en de andere hoogwaardigheidsbekleders kwaad. Ze hadden verwacht dat hun openingsceremonie midden op de voorpagina zou staan.

De kersttijd was verwoestend voor de winkeliers in de binnenstad. Drie dagen na Kerstmis werd het eerste slachtoffer gemeld: de oude Western Auto-winkel maakte bekend dat hij ging sluiten. Die winkel had al veertig jaar in hetzelfde gebouw gezeten en verkocht fietsen en televisies en andere elektrische apparaten. Hollis Barr, de eigenaar, vertelde me dat een bepaalde Zenith-kleurentelevisie hem 438 dollar kostte en dat hij hem na een aantal prijsverlagingen probeerde te verkopen voor 510 dollar. Hetzelfde model stond in Bargain City voor 399 dollar te koop.

De sluiting van Western Auto was natuurlijk voorpaginanieuws.

In januari volgde de sluiting van drogisterij Swain naast de Tea Shoppe, en daarna die van Maggie's Gifts, naast de herenmodezaak van Mitlo. Ik behandelde elke sluiting alsof het een sterfgeval was, en mijn verhalen leken sterk op necrologieën.

Ik bracht een middag bij de tweelingbroers Stukes in hun ijzerwarenzaak door. Het was een prachtig oud gebouw met stoffige houten vloeren, doorgebogen planken met alle mogelijke artikelen, een houtkachel achterin waarbij allerlei gesprekken werden gevoerd als er niet veel klanten waren. Je kon in die winkel niets vinden, en dat was ook niet de bedoeling. Je vroeg gewoon een van de tweelingbroers naar 'dat kleine platte dingetje dat je in het wc-reservoir schroeft aan het eind van dat stangding dat in het dingetje past waardoor je kunt doortrekken'. Dan verdween een van de Stukes' in de enigszins georganiseerde massa artikelen en kwam een paar minuten later terug met precies wat je nodig had om je wc weer te kunnen doortrekken. Met zo'n vraag hoefde je in Bargain City niet aan te komen.

We zaten op een koude winterdag bij de kachel en luisterden naar het geraaskal van een zekere Cecil Clyde Poole, een gepensioneerde majoor die, als hij de leiding van het buitenlands beleid kreeg, een atoombom op alle landen behalve Canada zou gooien. Hij zou ook een bom gooien op Bargain City, en met zo ongeveer het grofste, kleurrijkste taalgebruik dat ik ooit had gehoord, liet hij geen steen van die winkel op de andere staan. We hadden genoeg tijd om te praten, want er waren bijna geen klanten. Een van de Stukes' zei dat de omzet met zeventig procent was gedaald.

De volgende maand sloten ze de deuren van de winkel die hun vader in 1922 had geopend. Ik zette een foto op de voorpagina van de oprichter die in 1938 achter zijn toonbank stond. Ik gooide er ook nog een commentaar tegenaan, iets in de trant van 'Zei ik het niet?', gericht tot wie het ook was die mijn kleine tirades nog las.

'Je preekt te veel,' waarschuwde Harry Rex me keer op keer. 'En niemand luistert.'

In de voorkamer van de *Times* was bijna nooit iemand. Er stonden daar tafels met exemplaren van het nieuwste nummer. Er was een balie die Margaret soms gebruikte om de lay-out van advertenties te doen. De bel van de voordeur ging de hele dag: mensen liepen af en aan. Ongeveer één keer per week ging een vreemde naar boven, waar de deur van mijn kamer meestal openstond. In de meeste gevallen was het een rouwend familielid dat over een necrologie kwam praten die ik ging schrijven.

Op een middag in maart 1979 keek ik op en zag ik een man in een fraai pak in mijn deuropening staan. In tegenstelling tot Harry Rex, wiens entree al op straat begon en voor iedereen in het gebouw te horen was, was deze man naar boven gekomen zonder geluid te maken.

Hij heette Gary McGrew en hij was een consultant uit Nashville, gespecialiseerd in regionale kranten. Terwijl ik een pot koffie zette, vertelde hij dat een cliënt van hem die over vrij veel financiën beschikte van plan was in 1979 een aantal kranten in Mississippi te kopen. Omdat ik zevenduizend abonnees had, en geen schulden, en een offsetpers, en omdat we nu ook zes kleinere weekbladen publiceerden, plus onze eigen winkelgidsen, was zijn cliënt erg geïnteresseerd in aankoop van de *Ford County Times*.

'Hoe geïnteresseerd?' vroeg ik.

'Uiterst. Als we in de boeken mogen kijken, zouden we uw onderneming kunnen taxeren.'

Hij ging weg en ik voerde een paar telefoongesprekken om zijn geloofwaardigheid na te trekken. Hij bleek bonafide te zijn, en ik zocht mijn financiële gegevens bij elkaar. Drie dagen later sprak ik opnieuw met hem, ditmaal 's avonds. Ik wilde niet dat Wiley of Baggy of iemand anders erbij was. Het nieuws dat de *Times* van eigenaar zou veranderen, zou zo sensationeel zijn dat ze de cafetaria's om drie uur 's morgens in plaats van vijf uur zouden openen.

McGrew werkte zich als een ervaren analist door de cijfers heen. Vreemd genoeg wachtte ik nogal nerveus af, alsof het vonnis een drastische verandering in mijn leven teweeg zou brengen.

'U maakt een nettowinst van honderdduizend dollar, en verder neemt u een salaris van vijftigduizend. De afschrijving is ongeveer twintigduizend, geen rente, want u hebt geen schuld. Dat is een cashflow van 170.000. Als we dat met de gebruikelijke factor zes vermenigvuldigen, komen we op één miljoen twintigduizend dollar.'

'En het gebouw?' vroeg ik.

Hij keek om zich heen alsof het plafond elk moment naar beneden kon komen. 'Dit soort gebouwen levert meestal niet veel op.'

'Honderdduizend,' zei ik.

'Goed. En nog eens honderdduizend voor de offsetpers en de andere machines. De totale waarde ligt ergens in de buurt van de één komma twee miljoen dollar.'

'Is dat een aanbod?' vroeg ik gespannen.

'Dat zou kunnen. Ik zal het met mijn cliënt moeten bespreken.'

Ik was niet van plan de *Times* te verkopen. Ik had de krant bij toeval in handen gekregen, een paar keer geluk gehad, hard gewerkt om verhalen en necrologieën te schrijven en advertentieruimte te verkopen, en nu, negen jaar later, was mijn bedrijfje meer dan een miljoen dollar waard.

Ik was jong, nog vrijgezel, al kreeg ik er genoeg van om in mijn eentje in een herenhuis te wonen, met drie overgebleven Hocutt-katten die maar niet wilden doodgaan. Ik had me neergelegd bij het feit dat ik in Ford County geen bruid zou vinden. Alle goede vrouwen waren al voor hun twintigste door iemand anders ingepikt, en ik was te oud om de concurrentiestrijd in die leeftijdscategorie aan te gaan. Ik ging uit met alle jonge gescheiden vrouwen, van wie de meesten snel bereid waren de koffer in te duiken en in mijn mooie huis wakker te worden. Ze droomden ervan om al het geld uit te geven dat ik volgens de verhalen verdiende. De enige die ik echt aardig vond, en met wie ik een jaar van tijd tot tijd omging, zat met drie kleine kinderen.

Maar het is gek wat een miljoen dollar met je doet. Zodra ik dat bedrag had gehoord, liet het me niet meer los. Het werk werd saaier. Ik begon een hekel te krijgen aan die belachelijke necrologieën en de eindeloze druk die de deadlines op me uitoefenden. Minstens een keer per dag zei ik tegen mezelf dat ik geen advertentieruimte meer zou hoeven te verkopen. Ik zou geen hoofdredactionele commentaren meer hoeven te schrijven. Ik hoefde me niet meer in te laten met venijnige ingezonden brieven.

Een week later zei ik tegen Gary McGrew dat de *Times* niet te koop was. Hij zei dat zijn cliënt had besloten aan het eind van het jaar drie kranten te kopen. Ik had dus nog tijd om erover na te denken. Opmerkelijk genoeg lekte er nooit iets over onze besprekingen uit.

36

Op een donderdagmiddag, begin mei, kreeg ik een telefoontje van de secretaris van de vrijlatingscommissie. De volgende hoorzitting over Padgitt zou aanstaande maandag plaatsvinden.
'Goede timing,' zei ik.
'Waarom?' vroeg hij.
'We publiceren elke woensdag onze krant, dus ik heb geen tijd om voor de hoorzitting een verhaal te schrijven.'
'Wij volgen uw krant niet, meneer Traynor,' zei hij.
'Dat geloof ik niet,' snauwde ik.
'Het doet er niet toe wat u gelooft. De commissie heeft besloten dat u niet op de hoorzitting aanwezig mag zijn. De vorige keer hebt u onze regels overtreden door verslag uit te brengen van wat er gebeurd is.'
'Ik word niet toegelaten?'
'Zo is het.'
'Ik kom evengoed.'
Ik hing op en belde sheriff McNatt. Ook hij was van de hoorzitting in kennis gesteld, maar hij wist niet of hij erheen kon gaan. Hij zat op het spoor van een vermist kind (uit Wisconsin) en het was duidelijk dat hij liever niets met de Padgitts te maken had.
Onze officier van justitie Rufus Buckley, had voor maandag een roofovervalproces in Van Buren County op het programma staan.

Hij beloofde een brief te sturen waarin hij zich tegen voorwaardelijke vrijlating verzette, maar die brief kwam nooit aan. Rechter Omar Noose had de leiding van datzelfde proces, dus hij kon ook niet. Ik kreeg zo langzamerhand het gevoel dat er niemand zou zijn die zich tegen de vrijlating van Padgitt verzette.

Voor de lol vroeg ik Baggy of hij wilde gaan. Hij schrok en kwam toen snel met een indrukwekkende lijst van uitvluchten.

Ik ging met het nieuws naar het kantoor van Harry Rex. Hij had een lastig echtscheidingsproces dat die maandag in Tupelo begon; anders zou hij misschien wel met me mee zijn gegaan naar Parchman. 'Die jongen wordt vrijgelaten, Willie,' zei hij.

'We hebben het vorig jaar kunnen tegenhouden,' zei ik.

'Als die zittingen eenmaal beginnen, is het alleen nog maar een kwestie van tijd.'

'Maar iemand moet zich ertegen verzetten.'

'Waarom zou je die moeite doen? Hij komt uiteindelijk toch vrij. Waarom zou je de Padgitts kwaad maken? Je vindt daar geen vrijwilligers voor.'

Vrijwilligers waren inderdaad moeilijk te vinden. De hele stad zocht dekking. En dat terwijl ik al voor me had gezien hoe een woedende menigte naar de gevangenis trok en de hele hoorzitting verstoorde.

Mijn woedende menigte bestond uit drie mensen.

Wiley Meek was bereid met me mee te rijden, al wilde hij niet het woord voeren. Als ze me echt niet op de zitting zouden toelaten, zou Wiley erheen gaan om mij later te vertellen wat er gebeurd was. Sheriff McNatt verraste ons met zijn aanwezigheid.

De beveiliging op de gang buiten de kamer van de hoorzitting was erg streng. Toen de secretaris van de commissie mij zag, werd hij kwaad en wisselden we wat woorden. Er kwamen geüniformeerde bewakers om me heen staan. Ik was in de minderheid en ook nog ongewapend. Ik werd het gebouw uit geleid en in mijn auto gezet, waarna ik werd gadegeslagen door twee lomperiken met een speknek en een laag IQ.

Volgens Wiley liep de hoorzitting gesmeerd. Lucien was er weer, met een aantal Padgitts. De secretaris van de commissie las een personeelsrapport voor waaruit bleek dat Danny een soort modelpadvinder was. Zijn maatschappelijk werkster steunde het voorstel om hem vrij te laten. Lucien sprak tien minuten, het gebruikelijke

advocatengeleuter. Danny's vader sprak als laatste en smeekte emotioneel om de vrijlating van zijn zoon. Hij was thuis dringend nodig. De familie had belangen in hout, grind, asfalt, transport en bouw. Hij zou zoveel werk hebben, zoveel uren in de week, dat hij beslist geen verkeerde dingen meer zou doen.
Sheriff McNatt kwam plichtsgetrouw voor de bevolking van Ford County op. Hij was nerveus en hij was geen goede spreker, maar hij kwam geloofwaardig over toen hij het misdrijf nog eens beschreef. Vreemd genoeg herinnerde hij de commissieleden er niet aan dat juryleden, afkomstig uit dezelfde bevolking die hem had gekozen, door Danny Padgitt waren bedreigd.
Met vier tegen één stemmen werd Danny Padgitt voorwaardelijk uit de gevangenis vrijgelaten.

Clanton was stilletjes teleurgesteld. Tijdens het proces had het stadje naar bloed gedorst, en het was verbitterd geweest toen de jury de doodstraf niet toekende. Maar er waren negen jaren voorbijgegaan, en sinds de hoorzitting hadden de mensen geaccepteerd dat Danny Padgitt uiteindelijk vrij zou komen. Niemand verwachtte dat het zo gauw zou gebeuren, maar na de hoorzitting waren we over de ergste schrik heen.
Twee bijzondere factoren hadden een rol gespeeld bij zijn vrijlating. Ten eerste had Rhoda Kassellaw geen familie in de omgeving. Er waren geen ouders die gerechtigheid eisten en die medeleven wekten met hun verdriet. Er waren geen woedende familieleden die de zaak levend hielden. Haar kinderen waren uit Clanton verdwenen en vergeten. Ze had een eenzaam leven geleid en geen goede vrienden achtergelaten die een wrok tegen de moordenaar koesterden en hem daarom wilden vervolgen.
Ten tweede leefden de Padgitts in een andere wereld. Ze werden zo zelden in het openbaar gezien dat we onszelf er gemakkelijk van konden overtuigen dat Danny gewoon naar het eiland zou gaan en zich nooit meer zou laten zien. Wat maakte het uit voor de bevolking van Ford County? De gevangenis of Padgitt Island? Als we hem nooit meer zagen, zouden we niet aan zijn misdrijven worden herinnerd. In de negen jaar sinds zijn proces had ik niet één Padgitt in Clanton gezien. In mijn nogal scherpe hoofdredactionele commentaar over zijn vrijlating schreef ik: 'Een koelbloedige moordenaar is weer onder ons.' Maar dat was niet echt waar.

Het voorpaginaverhaal en het commentaar leverden geen enkele ingezonden brief op. De mensen praatten wel over de vrijlating, maar dat deden ze niet lang en niet erg luid.
Een week na Padgitts vrijlating kwam Baggy op een ochtend mijn kamer binnen. Hij deed de deur achter zich dicht, en dat was altijd een goed teken. Hij had een nieuwtje opgepikt dat zo interessant was dat hij het achter een gesloten deur moest vertellen.
Ik kwam gemiddeld om elf uur 's morgens op de krant. En hij ging gemiddeld om twaalf uur aan de fles. We hadden dus meestal een uur om krantenverhalen te bespreken en nieuwtjes uit te wisselen.
Hij keek om zich heen alsof er microfoontjes in de muren zaten en zei toen: 'Het heeft de Padgitts honderdduizend dollar gekost om die jongen vrij te krijgen.'
Ik schrok niet van dat bedrag, en ook niet van het feit dat er iemand was omgekocht, maar het verbaasde me wel dat Baggy die informatie te pakken had gekregen.
'Nee,' zei ik. Dat spoorde hem altijd aan om meer te vertellen.
'Dat zeg ik,' zei hij zelfvoldaan, zijn gebruikelijke reactie als hij de primeur had.
'Wie heeft dat geld gekregen?'
'Dat is het mooie. Je zult het niet geloven.'
'Wie?'
'Je zult diep geschokt zijn.'
'Wie?'
Langzaam stak hij een sigaret op, een langdurig ritueel. Vroeger bleef ik afwachtend kijken als hij opzettelijk talmde met sensationeel nieuws dat hij had opgepikt, maar in de loop van de jaren had ik geleerd dat ik zijn verhaal daarmee alleen maar vertraagde. En dus ging ik verder met schrijven.
'Eigenlijk is het niet zo'n verrassing,' zei hij en hij nam peinzend een trekje van zijn sigaret. 'Het verbaasde mij helemaal niet.'
'Ga je het me vertellen of niet?'
'Theo.'
'Senator Morton?'
'Die, ja.'
Ik was voldoende geschokt, en ik moest die indruk ook wekken, anders ging de vaart uit het verhaal. 'Theo?' vroeg ik.
'Hij is vice-voorzitter van de commissie voor het gevangeniswezen in de senaat van Mississippi. Dat is hij al een eeuwigheid, dus hij

weet hoe hij aan de touwtjes moet trekken. Hij wilde honderdduizend, en de Padgitts wilden het betalen. Ze sloten een akkoord en de jongen kwam vrij. Zo is het gegaan.'
'Ik dacht dat Theo boven smeergeld verheven was,' zei ik, en dat meende ik. Baggy begon meteen overdreven te snuiven.
'Doe niet zo naïef,' zei hij. Zoals altijd wist hij alles.
'Waar heb je het gehoord?'
'Dat kan ik niet zeggen.' De kans bestond dat zijn pokerclubje het gerucht had verzonnen om te kijken hoe snel het de ronde deed voordat het bij hen terug was. Maar het kon ook zijn dat Baggy iets op het spoor was. Eigenlijk deed het er niet toe. Geld was niet te achterhalen.

Net toen ik niet meer van een vroege pensionering droomde, de krant verkopen en weggaan, met het vliegtuig naar Europa, met de rugzak door Australië trekken, net toen ik weer in mijn vaste routine was vervallen – verhalen schrijven en necrologieën samenstellen en advertentieruimte slijten aan alle winkeliers in de stad – kwam Gary McGrew weer in mijn leven. En hij bracht zijn cliënt mee.
Ray Noble was een van de directeuren van een onderneming die al dertig weekkranten in het diepe Zuiden bezat en daar nog meer aan toe wilde voegen. Net als Nick Diener, de vriend uit mijn studententijd, was hij opgegroeid in het krantenbedrijf van zijn familie en wist hij waar hij het over had. Hij liet me eerst geheimhouding zweren en zette toen zijn plan uiteen. Zijn onderneming wilde de *Times* kopen, en ook de kranten in Tyler County en Van Buren County. Ze zouden alle machines in de andere twee plaatsen verkopen en het drukken in Clanton concentreren, omdat wij een betere pers hadden. Ze zouden de boekhouding en een groot deel van de advertentieverkoop consolideren. Hun aanbod van één komma twee miljoen had al aan de hoge kant van de taxatie gezeten.
Nu boden ze één komma drie miljoen. Contant.
'Na aftrek van vermogensaanwasbelasting kun je een slordige miljoen in je zak steken,' zei Noble.
'Ik kan rekenen,' zei ik, alsof zulke transacties mijn dagelijks werk waren. De woorden 'een slordige miljoen' gingen als een schok door me heen.
Ze drongen een beetje aan. Ze hadden ook een bod gedaan op de twee andere kranten, en ik kreeg de indruk dat het allemaal niet zo

ging als zij wilden. Het ging ze vooral om de *Times*. Wij hadden betere machines en een iets hogere oplage.
Ik wees het aanbod weer van de hand en ze gingen weg. We wisten alle drie dat het niet ons laatste gesprek was.

Elf jaar nadat hij Ford County was ontvlucht, kwam Sam Ruffin op ongeveer dezelfde manier terug als hij vertrokken was, midden in de nacht, met de bus. Hij was al twee dagen thuis toen ik het hoorde. Ik kwam op donderdag lunchen en daar zat Sam in een schommelstoel op de veranda, met een glimlach zo stralend als die van zijn moeder. Miss Callie leek wel tien jaar jonger, nu ze hem weer veilig thuis had. Ze bakte een kip en kookte alle groenten die ze in haar tuin had. Esau kwam bij ons zitten en het werd een feestmaal dat drie uur duurde.
Sam had inmiddels economie gestudeerd en was van plan ook rechten te gaan doen. Hij was bijna met een Canadese vrouw getrouwd, maar dat was niet doorgegaan omdat haar familie grote bezwaren tegen het huwelijk had. Miss Callie was opgelucht toen ze hoorde dat het huwelijk van de baan was. Sam had in zijn brieven aan zijn moeder niet over de verhouding geschreven.
Hij was van plan een paar dagen in Clanton te blijven, erg dicht bij huis, en Lowtown alleen 's nachts te verlaten. Ik beloofde met Harry Rex te gaan praten. Misschien kon hij me iets over agent Durant en diens zoons vertellen. Uit de officiële berichten die we afdrukten, wist ik dat Durant hertrouwd was en toen voor de tweede keer was gescheiden.
Omdat Sam het stadje wilde zien, kwam ik hem laat op die middag in mijn Spitfire halen. Met een Detroit Tigers-pet op om zijn gezicht te verbergen nam hij alles in zich op. Hij beschouwde Clanton nog steeds als de plaats waar hij thuishoorde. Ik liet hem het gebouw van de krant zien, mijn huis, Bargain City en de nieuwbouw ten westen van de stad. We reden om de rechtbank heen en ik vertelde hem het verhaal van de sluipschutter en Baggy's dramatische ontsnapping. Hij had daar ook al veel over gelezen in brieven van miss Callie.
Toen ik hem voor het huis van de Ruffins afzette, zei hij: 'Is Padgitt echt vrijgekomen?'
'Niemand heeft hem gezien,' zei ik. 'Maar ik weet zeker dat hij weer thuis is.'

'Verwacht je moeilijkheden?'
'Nee, eigenlijk niet.'
'Ik ook niet. Maar ik kan mama niet overtuigen.'
'Er gebeurt niets, Sam.'

37

Het schot dat Lenny Fargarson doodde, was afgevuurd met een 30.06 jachtgeweer. De schutter bevond zich op zo'n tweehonderd meter afstand van de veranda waarop Lenny stierf. Het grote gazon bij het huis grensde aan een dicht bos, en er was een grote kans dat de schutter in een boom was geklommen en vandaar, zelf onzichtbaar, een goed zicht op die arme Lenny had gehad.
Niemand hoorde het schot. Lenny zat in zijn rolstoel op de veranda en las een van de vele boeken die hij elke week uit de bibliotheek in Clanton leende. Zijn vader was post aan het rondbrengen. Zijn moeder was aan het winkelen in Bargain City. Waarschijnlijk voelde Lenny geen pijn en stierf hij ogenblikkelijk. De kogel ging aan de rechterkant van zijn hoofd naar binnen, net boven de kaak, en maakte een grote uitgangswond boven zijn linkeroor.
Toen zijn moeder thuiskwam, was hij al enige tijd dood. Op de een of andere manier kon ze zich beheersen en raakte ze hem niet aan, en ook niets anders op de veranda. De hele veranda zat onder het bloed, dat zelfs van de treden drupte.
Wiley hoorde het nieuws op zijn politiescanner. Hij belde me met de huiveringwekkende woorden: 'Het is begonnen. Fargarson, de invalide jongen, is dood.'
Wiley reed vlug naar de krant, pikte mij op, en we reden naar de plaats van het misdrijf. We zwegen allebei, maar we dachten hetzelfde.

Lenny was nog op de veranda. Het schot had hem uit zijn rolstoel geslagen en hij lag op zijn zij, met zijn gezicht naar het huis. Sheriff McNatt vroeg ons om geen foto's te maken, en we gaven gevolg aan zijn verzoek. We zouden zulke foto's toch niet in de krant hebben gezet.

Vrienden en familieleden kwamen naar het huis, en ze werden door de hulpsheriffs naar een zijdeur verwezen. McNatt gebruikte zijn mannen om het lichaam op de veranda af te schermen. Ik trok me terug en probeerde die gruwelijke scène in me op te nemen: de politie die over Lenny gebogen stond, terwijl degenen die van hem hielden een glimp van hem probeerden op te vangen en vlug naar binnen gingen om zijn ouders te troosten.

Toen het lichaam eindelijk op een brancard werd gelegd en in een ambulance werd geschoven, kwam sheriff McNatt naar me toe. Hij leunde naast me tegen de pick-up.

'Denk jij wat ik denk?' zei hij.

'Ja.'

'Kun je een lijst van de juryleden voor me regelen?'

Hoewel we de namen van de juryleden nooit hadden afgedrukt, had ik de informatie in een oud dossier. 'Ja, die kan ik wel voor je regelen,' zei ik.

'Hoe lang duurt dat?' vroeg hij.

'Geef me een uur. Wat ben je van plan?'

'We moeten die mensen inlichten.'

Toen we weggingen, begonnen de hulpsheriffs het dichte bos rond het huis van de Fargarsons uit te kammen.

Ik ging met de lijst naar het kantoor van de sheriff, en we namen hem samen door. In 1977 had ik de necrologie geschreven voor jurylid nummer vijf, Fred Bilroy, een gepensioneerde boswachter die plotseling aan een longontsteking was gestorven. Voorzover ik wist, waren de andere tien nog in leven.

McNatt gaf de lijst aan drie van zijn hulpsheriffs. Ze gingen weg om nieuws te verspreiden dat niemand wilde horen. Ik zei dat ik het aan Callie Ruffin zou vertellen.

Ze zat op de veranda naar een partijtje dammen van Esau en Sam te kijken. Ze waren erg blij me te zien, maar de stemming sloeg vlug om. 'Ik heb verontrustend nieuws, miss Callie,' zei ik somber. Ze wachtten af.

'Lenny Fargarson, die invalide jongen die met je in de jury zat, is vanmiddag vermoord.'

Haar hand vloog naar haar mond en ze liet zich in de schommelstoel zakken. Sam kalmeerde haar en klopte haar op haar schouder. Ik vertelde in het kort wat er gebeurd was.

'Hij was zo'n goede christelijke jongen,' zei miss Callie. 'We hebben samen gebeden voordat we aan de beraadslagingen begonnen.' Ze huilde niet, maar het scheelde niet veel. Esau ging haar medicijnen voor haar pakken. Hij en Sam zaten naast haar schommelstoel en ik zat op de bank. Zo zaten we allemaal dicht bij elkaar op de veranda, en een hele tijd zeiden we bijna geen woord. Miss Callie verviel in een langdurig, somber stilzwijgen.

Het was een warme voorjaarsavond met een halvemaan, en in Lowtown heerste een levendige drukte: kinderen op fietsen, buren die over het hek met elkaar praatten, een luidruchtige basketbalwedstrijd verderop in de straat. Een stel kinderen van een jaar of tien werd verliefd op mijn Spitfire, en Sam joeg ze ten slotte weg. Het was pas de tweede keer dat ik daar 's avonds was. 'Is het elke avond zo?' vroeg ik ten slotte.

'Ja, als het goed weer is,' zei Sam, die graag wilde praten. 'Het was geweldig om hier op te groeien. Iedereen kent iedereen. Toen ik negen was, gooide ik per ongeluk een honkbal door de voorruit van een auto. Ik draaide me meteen om en rende weg, rende recht naar huis, en toen ik daar aankwam, stond mama op de veranda te wachten. Ze wist er al alles van. Ik moest naar de plaats van het misdrijf teruglopen, bekennen en beloven dat ik de schade volledig zou vergoeden.'

'En dat heb je gedaan,' zei Esau.

'Ik heb zes maanden gewerkt om 120 dollar bij elkaar te krijgen.'

Miss Callie glimlachte bijna bij de herinnering, maar ze werd te veel door de moord op Lenny Fargarson in beslag genomen. Hoewel ze hem in negen jaar niet had gezien, dacht ze vol genegenheid aan hem terug. Zijn dood maakte haar erg verdrietig, maar tegelijk ook bang.

Esau ging zoete thee met citroen zetten, en toen hij weer buiten kwam, zette hij stilletjes een dubbelloops jachtgeweer achter de schommelstoel, binnen zijn bereik maar uit haar zicht.

Naarmate de uren verstreken, liepen er minder mensen over straat en gingen er meer buren naar binnen. Als miss Callie thuis bleef, dacht ik, zou ze een erg moeilijk doelwit vormen. Het huis stond tussen andere huizen en aan de overkant stonden ook huizen. Er waren daar nergens heuvels of torens of braakliggende percelen.

Ik bracht dat niet ter sprake, maar Sam en Esau zullen vast wel hetzelfde hebben gedacht. Toen ze naar bed wilde gaan, nam ik afscheid en reed ik naar het kantoor van de sheriff terug. Daar wemelde het van de hulpsheriffs. Er heerste de kermisachtige sfeer die alleen een goede moord teweeg kon brengen. Onwillekeurig ging ik negen jaar in de tijd terug en dacht ik aan de avond waarop Danny Padgitt werd gearresteerd en met bloed op zijn shirt naar binnen werd gesleurd.

Ze hadden alle juryleden opgespoord, op twee na. Beiden waren verhuisd en sheriff McNatt trok dat na. Hij vroeg naar miss Callie en ik zei dat ze veilig was. Ik vertelde hem niet dat Sam thuis was.

Hij sloot de deur van zijn kantoor en vroeg me om een gunst. 'Kun je morgen met Lucien Wilbanks gaan praten?'

'Waarom ik?'

'Nou, ik zou het ook kunnen doen, maar ik kan die klootzak niet uitstaan en hij denkt precies zo over mij.'

'Iedereen heeft de pest aan Lucien,' zei ik.

'Behalve...'

'Behalve... Harry Rex?'

'Harry Rex. Als jij en Harry Rex nu eens met Lucien gingen praten. Misschien kan hij namens ons contact leggen met de Padgitts. Ik bedoel, op een gegeven moment moet ik toch met Danny gaan praten.'

'Misschien wel. Jij bent de sheriff.'

'Alleen maar even een praatje maken met Lucien Wilbanks. Probeer hem af te tasten. Als het goed verloopt, ga ik met hem praten. Dat is beter dan wanneer de sheriff meteen op hem af komt.'

'Ik laat me liever geselen met een zweep,' zei ik en dat meende ik.

'Maar je doet het?'

'Ik zal er een nachtje over slapen.'

Harry Rex vond het ook niet zo'n geweldig idee. Waar was het goed voor dat wij er samen bij betrokken raakten? We praatten erover terwijl we in alle vroegte zaten te ontbijten in de cafetaria, een ongewone maaltijd voor ons, maar we wilden de eerste golf van nieuwtjes niet missen. Zoals we hadden verwacht, zat de cafetaria vol met opgewonden deskundigen die de moord op Fargarson tot in detail bespraken en met allerlei theorieën kwamen. We luisterden meer dan dat we praatten en gingen om ongeveer halfnegen weg.

Twee deuren van de cafetaria vandaan had Wilbanks zijn kantoor. Toen we daarlangs liepen, zei ik: 'We gaan het gewoon doen.'

In de tijd voor Lucien was de familie Wilbanks in Clanton een hoeksteen van de samenleving en het recht geweest. In de beste jaren van de negentiende eeuw bezaten ze land en banken, en alle mannen in de familie hadden rechten gestudeerd, sommigen op echte Ivy League-universiteiten. Maar de achteruitgang was al vele jaren geleden begonnen. Lucien was de laatste mannelijke Wilbanks van enige betekenis, en de kans was groot dat hij uit de advocatuur zou worden gezet.

Ethel Twitty, die al heel lang zijn secretaresse was, begroette ons onbeschoft. Ze snauwde bijna tegen Harry Rex, die tegen me mompelde: 'Het ergste kreng van de stad.' Ik denk dat ze hem hoorde. Het was duidelijk dat ze het al vele jaren met elkaar aan de stok hadden. Haar baas was er. Wat wilden we?

'We willen met Lucien praten,' zei Harry Rex. 'Waarom zouden we hier anders zijn?' Ze belde hem en we wachtten. 'Ik heb niet de hele dag de tijd!' snauwde Harry Rex haar op een gegeven moment toe.

'Loop maar door,' zei ze, vooral om van ons af te zijn. We gingen de trap op. Lucien had een enorme kamer, minstens tien bij tien meter, met plafonds van drie meter hoog en een rij balkondeuren waarvan de ramen uitkeken op het plein. We waren nu aan de noordkant, recht tegenover de *Times*, met de rechtbank ertussen. Gelukkig kon ik vanaf mijn balkon dat van Lucien niet zien.

Hij begroette ons onverschillig, alsof we een lange, ernstige overpeinzing hadden onderbroken. Hoewel het nog vroeg was, wekte zijn rommelige bureau de indruk dat hij de hele nacht had doorgewerkt. Hij had lang grijzend haar dat over zijn boord hing, en een ouderwets sikje, en verder had hij de vermoeide rode ogen van een zware drinker. 'Wat is de reden van jullie komst?' vroeg hij erg langzaam. We keken elkaar nors aan en probeerden zo veel mogelijk minachting in onze blik te leggen.

'We hadden gisteren een moord, Lucien,' zei Harry Rex. 'Lenny Fargarson, die invalide jongen in de jury.'

'Ik neem aan dat dit niet voor publicatie bestemd is,' zei hij in mijn richting.

'Klopt,' zei ik. 'Volkomen. Sheriff McNatt heeft me gevraagd bij je langs te gaan en je gedag te zeggen. Ik vroeg Harry Rex om mee te komen.'
'Dus jullie komen voor de gezelligheid?'
'Ja. En om een beetje over de moord te praten,' zei ik.
'Ik heb gehoord wat er gebeurd is,' zei hij.
'Heb je de laatste tijd met Danny Padgitt gepraat?' vroeg Harry Rex.
'Niet sinds hij voorwaardelijk is vrijgekomen.'
'Is hij in de county?'
'Hij is in de staat, ik weet niet precies waar. Als hij zonder toestemming de staat Mississippi verlaat, handelt hij in strijd met de voorwaarden van zijn vrijlating.'
Waarom konden ze hem niet de voorwaarde opleggen dat hij in bijvoorbeeld de staat Wyoming moest blijven? Het leek me vreemd dat hij verplicht was om in de buurt van de plaats te blijven waar hij zijn misdrijven had gepleegd. Ze konden hem beter wegsturen!
'Sheriff McNatt zou graag met hem willen praten,' zei ik.
'O, ja? Waarom zou dat jou en mij iets aangaan? Zeg maar tegen de sheriff dat hij met hem kan gaan praten.'
'Zo simpel ligt het niet, Lucien, dat weet jij ook wel,' zei Harry Rex.
'Heeft de sheriff bewijzen tegen mijn cliënt? Ooit van gerede aanleiding gehoord, Harry Rex? Je kunt niet zomaar mensen oppakken die je verdenkt, weet je. Daar is een beetje meer voor nodig.'
'Hij heeft de juryleden bedreigd,' zei ik.
'Negen jaar geleden.'
'Toch was het een bedreiging, en we weten het allemaal nog. En nu, twee weken na zijn vrijlating, is een van die juryleden dood.'
'Dat is niet genoeg, jongens. Als je wat meer hebt ga ik misschien met mijn cliënt praten. Op dit moment hebben jullie alleen maar vermoedens. Een heleboel vermoedens, maar deze stad is altijd gek op wilde verhalen geweest.'
'Jij weet niet waar hij is, hè, Lucien?' zei Harry Rex.
'Ik neem aan dat hij op het eiland is, bij de rest.' Hij gebruikte dat woord 'rest' alsof het een stel ratten waren.
'Wat gebeurt er als er nog een jurylid wordt doodgeschoten?' drong Harry Rex aan.
Lucien liet een schrijfblok op zijn bureau vallen en leunde naar voren op zijn ellebogen. 'Wat verwacht je van me, Harry Rex? Moet

ik die jongen bellen en zeggen: "Hé, Danny, ik weet zeker dat jij je juryleden niet aan het uitmoorden bent, maar als je dat toevallig toch doet, wil je daar dan mee ophouden?" Denk je dat hij naar mij luistert? Dit zou niet zijn gebeurd als die idioot mijn raad had opgevolgd. Ik heb tegen hem gezegd dat hij niet in de getuigenbank moest gaan zitten. Hij is een idioot, Harry Rex! Jij bent advocaat. Je zult ook wel je portie idioten als cliënt hebben gehad. Je kunt helemaal niks doen om ze onder de duim te krijgen.'
'Wat gebeurt er als er nog een jurylid wordt doodgeschoten?' herhaalde Harry Rex.
'Tja, dan is er weer een jurylid dood.'
Ik sprong overeind en liep naar de deur. 'Jij bent een gestoorde klootzak,' zei ik.
'Geen woord hiervan in druk,' snauwde hij achter me aan.
'Val dood,' schreeuwde ik en ik gooide de deur dicht.

Die middag belde Magargel van het uitvaartbedrijf. Hij vroeg of ik even bij hem kon komen. De heer en mevrouw Fargarson waren er om een kist uit te kiezen en de laatste regelingen te treffen. Zoals ik al vaak had gedaan, sprak ik met hen in kamer C, de kleinste kamer waar een dode kon worden opgebaard. Die kamer werd bijna nooit gebruikt.
Dominee J.B. Cooper van de Primitieve Baptistenkerk Maranatha was bij hen, en hij was geweldig. Ze lieten alle beslissingen aan hem over.
Minstens twee keer per jaar sprak ik met een familie na de tragische dood van een dierbare. Het was bijna altijd een verkeersongeluk of een gruwelijk ongeluk op de boerderij, iets onverwachts. De nabestaanden waren te diep geschokt om helder te kunnen denken, te diep getroffen om beslissingen te kunnen nemen. Sterke persoonlijkheden kwamen als een soort slaapwandelaars door de beproeving heen. Zwakke persoonlijkheden waren vaak te zeer verdoofd om iets anders te doen dan huilen. Mevrouw Fargarson was de sterkste van de twee, maar na dat verschrikkelijke moment waarop ze haar zoon met half afgeschoten hoofd op de veranda had aangetroffen, was ze niet meer dan een huiverende schim. Haar man staarde alleen maar naar de vloer.
Dominee Cooper vroeg hun tactvol naar de gegevens, die hij voor het merendeel al kende. Sinds Lenny vijftien jaar geleden rugletsel

opliep, had hij ervan gedroomd om naar de hemel te gaan, waar hij helemaal zou zijn genezen en hij elke dag hand in hand met zijn Heiland een wandeling zou maken. We werkten de tekst uit in die trant, en mevrouw Fargarson stelde dat erg op prijs. Ze gaf me een foto van Lenny die met een hengel bij een vijver zat. Ik zegde toe hem op de voorpagina te zetten.

Zoals altijd wanneer ik met rouwende ouders te maken had, bedankten ze me overdadig en wilden ze me allebei omhelzen toen ik probeerde weg te gaan. Rouwenden klampen zich op die manier aan mensen vast, vooral in de aula van het uitvaartbedrijf.

Ik ging even naar Pepe's om Mexicaans eten af te halen en reed toen naar Lowtown, waar Sam aan het basketballen was, miss Callie binnen lag te slapen en Esau het huis met zijn jachtgeweer bewaakte. Uiteindelijk aten we op de veranda, al nam zij alleen maar kleine hapjes van het buitenlandse eten. Ze had geen honger. Esau zei dat ze die hele dag weinig had gegeten.

Ik had mijn backgammonspel meegenomen en leerde Sam het spel. Esau gaf de voorkeur aan dammen. Miss Callie was ervan overtuigd dat elke bezigheid waarbij je met dobbelstenen gooide per definitie zondig was, maar ze had geen zin om een preek te houden. We bleven urenlang zitten, tot diep in de nacht, en keken naar de rituelen van Lowtown. De zomervakantie was net begonnen en de dagen werden langer en warmer.

Buster, mijn parttime pitbull, kwam elk halfuur voorbijrijden. Hij ging wat langzamer rijden als hij bij de Ruffins was, en dan wuifde ik om te kennen te geven dat alles in orde was. Hij reed door en keerde naar Hocutt House terug. Een politiewagen stopte twee huizen van de Ruffins vandaan en bleef een hele tijd staan. Sheriff McNatt had drie zwarte hulpsheriffs in dienst genomen, en twee van hen hadden opdracht het huis in de gaten te houden.

Anderen hielden ook een oogje in het zeil. Toen miss Callie naar bed was gegaan, wees Esau naar een donkere, afgeschermde veranda. Het was het huis van de Braxtons. 'Tully is daar,' zei hij. 'Hij let op alles.'

'Hij zei dat hij de hele nacht op blijft,' zei Sam. Lowtown zou een gevaarlijke plek zijn om een vuurgevecht te beginnen.

Ik ging na elf uur weg, stak het spoor over en reed door de lege straten van Clanton. Het stadje pulseerde van spanning, want wat er ook begonnen was, het was nog lang niet voorbij.

38

Miss Callie stond erop dat ze de begrafenis van Lenny Fargarson zou bijwonen. Sam en Esau waren daar erg op tegen, maar zoals altijd was ze niet te vermurwen als haar besluit eenmaal vaststond. Ik besprak het met sheriff McNatt, die de kern van de zaak uitsprak door te zeggen: 'Ze is volwassen.' Voorzover hij wist, zouden er geen andere juryleden komen, maar zoiets kon je niet met zekerheid zeggen.
Ik belde ook dominee Cooper om hem te waarschuwen. Zijn antwoord was: 'Ze is erg welkom in onze kleine kerk. Zorgt u wel dat u hier vroeg bent.'
Met zeldzame uitzonderingen gingen zwarten en blanken in Ford County niet samen naar de kerk. Ze geloofden vurig in dezelfde Heer, maar ze hadden heel verschillende manieren om hem te aanbidden. De meerderheid van de blanken verwachtte op zondag om vijf over twaalf buiten de kerk te staan, want dan konden ze om halfeen aan tafel. Zwarten kon het eigenlijk niet schelen hoe laat de dienst was afgelopen, en trouwens ook niet hoe laat hij begon. Op mijn rondgang langs de kerken bezocht ik 27 zwarte gemeenten en was de dienst nooit voor halftwee afgelopen; de norm was drie uur. Sommige gemeenten gingen gewoon de hele dag door, met een korte lunchpauze in de gemeenschapszaal, en dan weer terug naar de kerk zelf voor een volgende ronde.

Zoveel geloofsijver zou voor een blanke christen veel te veel zijn. Maar bij begrafenissen lag het anders. Toen miss Callie samen met Sam en Esau de Primitieve Baptistenkerk Maranatha binnenging, werden er een paar blikken in hun richting geworpen, maar daar bleef het bij. Als ze op zondagmorgen naar binnen waren gekomen om een gewone dienst bij te wonen, zouden ze op regelrechte afkeer zijn gestuit.
We kwamen drie kwartier te vroeg, en het mooie kleine kerkje zat al bijna vol. Ik keek door de hoge open ramen naar de vele auto's die nog kwamen aanrijden. Aan een van de eeuwenoude eiken was een luidspreker gehangen, en toen de kerk vol was, verzamelde zich daar een grote menigte. Het koor begon met *The old rugged cross*, en de tranen begonnen te vloeien. Dominee Coopers troostende boodschap was een milde waarschuwing om ons niet af te vragen waarom er slechte dingen met goede mensen gebeuren. God beheerste alles, en hoewel wij te klein waren om Zijn oneindige wijsheid en majesteit te begrijpen, zou Hij zich op een dag aan ons openbaren. Lenny was nu bij Hem, en daar hoorde Lenny ook te zijn.
Ze begroeven hem achter de kerk op een perfect bijgehouden kleine begraafplaats binnen een smeedijzeren omheining. Miss Callie hield mijn hand omklemd en begon vurig te bidden toen ze de kist in de grond lieten zakken. Een solist zong *Amazing Grace*, en daarna bedankte dominee Cooper ons voor onze komst. In de gemeenschapszaal achter de kerk stond een tafel met punch en koekjes, en de meeste aanwezigen bleven daar nog een paar minuten hangen. Sommigen praatten nog even met de Fargarsons.
Sheriff McNatt trok mijn aandacht en knikte alsof hij wilde praten. We liepen naar de voorkant van de kerk, waar niemand ons kon horen. Hij droeg zijn uniform en had zoals gewoonlijk een tandenstoker in zijn mond. 'Nog geluk gehad bij Wilbanks?' vroeg hij.
'Nee, alleen dat ene gesprek,' zei ik. 'Harry Rex is gisteren terug geweest en heeft niets bereikt.'
'Misschien moet ik met hem gaan praten.'
'Ja, maar jij bereikt ook niets.'
De tandenstoker ging van de ene naar de andere kant van zijn mond, ongeveer zoals Harry Rex zijn sigaar kon verplaatsen en tegelijk gewoon kon doorpraten. 'Verder hebben we niets. We hebben de bossen rond het huis uitgekamd en geen enkel spoor aangetroffen. Je zet dit toch niet in de krant, hè?'
'Nee.'

'Er lopen een paar oude bosbouwpaden diep in de bossen bij het huis van de Fargarsons. We hebben ze allemaal centimeter voor centimeter onderzocht, en we hebben helemaal niets gevonden.'
'Dus het enige wat jullie hebben, is een kogel.'
'Ja, en een lijk.'
'Heeft iemand Danny Padgitt gezien?'
'Nog niet. Ik heb de hele tijd twee auto's op de 401 staan, waar die een bocht maakt naar het eiland. Ze kunnen niet alles zien, maar in elk geval weten de Padgitts dat we daar zijn. Er zijn wel honderd manieren om van het eiland af te komen, maar alleen de Padgitts kennen ze allemaal.'
De Ruffins kwamen langzaam naar ons toe. Ze praatten met een van de zwarte hulpsheriffs.
'Waarschijnlijk is zij het veiligst,' zei McNatt.
'Is er iemand veilig?'
'Daar komen we vanzelf wel achter. Hij gaat door, Willie, let op mijn woorden. Ik ben ervan overtuigd.'
'Ik ook.'

Ned Ray Zook bezat 1.500 hectare in het oostelijk deel van de county. Hij verbouwde katoen en sojabonen en zijn bedrijf was groot genoeg om voldoende winst op te leveren. Er werd verteld dat hij een van de weinige boeren was die nog goed kon verdienen. Op zijn terrein, diep in een bebost gedeelte, had Harry Rex me negen jaar eerder naar mijn eerste en laatste hanengevecht meegenomen. Dat was in een verbouwde stal geweest.
In de vroege uurtjes van 14 juni ging een vandaal de enorme werktuigenschuur van Zook binnen en liet een deel van de olie uit de motoren van twee van de grote tractors weglopen. De olie werd opgevangen in blikken en in de schuur verstopt, en toen de arbeiders om een uur of zes de schuur in kwamen om aan hun werkdag te beginnen, was er niets bijzonders te zien. Een van hen keek naar het oliepeil, zoals hij geacht werd te doen, zag dat er te weinig was, vond dat vreemd, zei niets en voegde vier liter toe. Zijn collega had de vorige middag naar het oliepeil van zijn tractor gekeken, zoals zijn gewoonte was. De tweede tractor kwam een uur later plotseling knarsend tot stilstand doordat de motor was vastgelopen. De arbeider liep een kleine kilometer naar de schuur terug en meldde het defect aan de bedrijfsleider.

Twee uur later reed een groen met gele onderhoudswagen over de veldweg, tot dicht bij de stilgevallen tractor. Twee monteurs stapten langzaam uit, keken naar de hete zon en de wolkeloze hemel en liepen toen om de tractor heen om er een blik op te werpen. Met tegenzin openden ze de panelen van de onderhoudswagen en begonnen ze er moersleutels en ander gereedschap uit te halen. De zon brandde op hen neer en ze begonnen algauw te zweten.
Om hun werkdag een beetje te veraangenamen zetten ze de radio in hun wagen aan, met het volume flink hoog. Merle Haggard galmde over het sojabonenveld.
De muziek dempte de knal van een geweerschot ergens in de verte. Mo Teale werd midden in zijn rug getroffen. De kogel scheurde door zijn longen en maakte bij het verlaten van zijn lichaam een gat in zijn borst. Teales collega Red zou later keer op keer zeggen dat hij alleen maar een hard gromgeluid had gehoord, een seconde of twee voordat Mo onder de vooras viel. Hij dacht eerst dat er iets uit de tractor was losgeschoten en tegen Mo aan was geslagen. Red sleepte hem hun wagen in en reed hard weg. Hij maakte zich drukker om zijn vriend dan om wat hem had getroffen. In de werktuigenschuur belde de bedrijfsleider een ambulance, maar het was te laat. Mo Teale stierf daar op de betonnen vloer van een stoffig kantoortje. 'John Deere', zoals wij hem op het proces hadden genoemd. Midden in de voorste rij, negatieve lichaamstaal.
Toen hij stierf, droeg hij net zo'n lichtgeel overhemd als hij op elke dag van het proces had gedragen. Daardoor vormde hij een gemakkelijk doelwit.
Ik zag hem vanuit de verte door de deuropening. Met het inmiddels gebruikelijke verbod om foto's te maken liet sheriff McNatt ons in de schuur. Wiley had zijn camera in zijn pick-uptruck laten liggen. Ook deze keer had Wiley de politiescanner aan staan toen de melding kwam: 'Iemand neergeschoten op Ned Ray Zooks boerderij!' Wiley had zijn scanner altijd bij zich, en in die tijd was hij niet de enige. Omdat de sfeer in de county zo gespannen was, stonden alle scanners aan. Elke mogelijke schietpartij was reden om in de pick-up te springen en te gaan kijken.
McNatt vroeg ons algauw om weg te gaan. Zijn mannen ontdekten de blikken met de olie die door de vandaal uit de tractor was gehaald, en een raam dat de indringer had opengewrikt om in de schuur te komen. Ze zochten naar vingerafdrukken en vonden ze

niet. Ze zochten naar voetafdrukken op de grindvloer en vonden ze niet. Ze zochten in de bossen rond het sojabonenveld en vonden geen spoor van de moordenaar. In het zand naast de tractor vonden ze wel de 30.06-patroon, en algauw bleek dat die overeenkwam met de kogel waarmee Lenny Fargarson was gedood.

Ik hing tot in de avond op het kantoor van de sheriff rond. Zoals te verwachten was, heerste daar een grote drukte. Hulpsheriffs en agenten zaten verhalen uit te wisselen en bedachten er steeds nieuwe details bij. De telefoons rinkelden aan een stuk door. En er deed zich iets nieuws voor. Veel inwoners van Clanton konden hun nieuwsgierigheid niet langer bedwingen en kwamen naar het sheriffkantoor om iedereen die wilde luisteren te vragen of er nog nieuws was.
Dat was er niet. McNatt barricadeerde zich met zijn voornaamste medewerkers in zijn kantoor en probeerde te besluiten wat ze nu zouden doen. In de allereerste plaats moest hij de acht juryleden beschermen die nog in leven waren. Drie waren al dood, Fred Bilroy (longontsteking) en nu Lenny Fargarson en Mo Teale. Eén jurylid was twee jaar na het proces naar Florida verhuisd. Op dat moment hadden ze alle acht een politiewagen in de buurt van hun huis staan.
Ik ging op weg naar de krant om aan het verhaal van de moord op Mo Teale te werken, maar ik werd afgeleid toen ik licht zag branden in Harry Rex' kantoor. Hij zat in zijn vergaderkamer, tot aan zijn knieën in de beëdigde verklaringen en dossiers en wat advocaten verder nog aan papierwerk hadden. Als ik die stapels papier zag, kreeg ik altijd meteen hoofdpijn. We pakten twee biertjes uit zijn kleine kantoorkoelkast en gingen een eindje rijden.
In Coventry, een arbeiderswijk, reden we door een smal straatje en kwamen langs een huis waar de auto's als omgevallen dominostenen in de voortuin stonden. 'Daar woont Maxine Root,' zei hij. 'Ze zat in de jury.'
Ik kon me mevrouw Root vaag herinneren. Omdat haar kleine bakstenen huisje geen noemenswaardige voorveranda had, zaten haar buren in tuinstoelen bij de carport. Ik zag geweren. Overal in het huis brandde licht. Bij de brievenbus stond een politiewagen. Twee hulpsheriffs stonden tegen de motorkap geleund sigaretten te roken en keken heel aandachtig naar ons toen we voorbijreden. Harry Rex

bleef staan en zei 'Goedenavond, Troy' tegen een van de hulpsheriffs.
'Hé, Harry Rex,' zei Troy en hij kwam een stap naar ons toe.
'Ze zijn met een heleboel, hè?'
'Je moet wel debiel zijn om hier iets te beginnen.'
'We rijden alleen maar voorbij,' zei Harry Rex.
'Rij maar door,' zei Troy. 'Hun vingers jeuken.'
'Pas goed op jezelf.' We reden weg en namen achter de stalhouderij ten noorden van het stadje een lang schaduwrijk weggetje dat doodliep bij de watertoren. Halverwege dat weggetje stonden er auto's aan weerskanten van de weg. 'Wie woont hier?' vroeg ik.
'Earl Youri. Hij zat op de achterste rij, het verst van het publiek vandaan.'
Er zat een grote groep mensen op de voorveranda. Sommigen zaten op de treden. Anderen zaten in tuinstoelen op het gras. Ergens tussen al die mensen zat Earl Youri verborgen, goed beschermd door zijn vrienden en buren.
Miss Callie werd niet minder goed beschermd. De straat voor haar huis stond vol met auto's, je kon er bijna niet meer langs. Op de auto's zaten groepjes mannen. Sommigen rookten; sommigen hadden een geweer. Naast de Ruffins en aan de overkant van de straat zaten de veranda's en tuinen vol mensen. Half Lowtown had zich daar verzameld om haar het gevoel te geven dat ze veilig was. Er heerste een feestelijke atmosfeer, het gevoel dat dit een unieke gebeurtenis was.
Omdat we blank waren, keek iedereen onderzoekend naar Harry Rex en mij. We bleven pas staan toen hij met de hulpsheriffs kon praten, en toen die ons bleken te kennen, kwam de menigte tot rust. We parkeerden en ik liep naar het huis, waar Sam me voor de veranda opwachtte. Harry Rex bleef met de hulpsheriffs staan praten.
Ze was binnen, in haar slaapkamer, en las de bijbel met een vriendin van de kerk. Op de veranda zaten een stel ouderlingen bij Sam en Esau, en die waren erg nieuwsgierig naar bijzonderheden van de moord op Teale. Ik vertelde ze zoveel als ik kon vertellen, en dat was niet erg veel.
Tegen twaalf uur die avond begon de menigte langzaam weg te gaan. Sam en de hulpsheriffs hadden een rooster opgesteld van bewakers die elkaar in de loop van de nacht aflosten. Er stonden gewapende mannen op de voor- en de achterveranda. Aan vrijwilli-

gers geen gebrek. Miss Callie had nooit kunnen dromen dat haar gezellige en godvrezende kleine huis nog eens zo'n streng bewaakt fort zou worden, maar iedereen droeg zijn steentje bij.

Er heerste spanning in alle straten. We reden naar Hocutt House, waar Buster in zijn auto zat te slapen op het pad. We pakten een fles whisky en gingen op een voorveranda zitten, waar we nu en dan een mug wegjoegen en de situatie probeerden te doorgronden.

'Hij heeft geduld,' zei Harry Rex. 'Hij wacht een paar dagen tot al die buren er genoeg van krijgen om op een veranda te zitten en iedereen een beetje tot rust komt. De juryleden kunnen zich niet eeuwig in hun huizen blijven opsluiten. Hij wacht gewoon af.'

Een huiveringwekkend feitje dat niet bekend was gemaakt, was een telefoontje dat het tractorbedrijf een week eerder had gekregen. Op de boerderij van Anderson, ten zuiden van het stadje, was een tractor onder soortgelijke omstandigheden stil komen te staan. Mo Teale, een van de vier hoofdmonteurs, was daar niet heen gestuurd. Het gele overhemd van iemand anders was gadegeslagen door het vizier van een jachtgeweer.

'Hij is geduldig en zorgvuldig,' beaamde ik. Er hadden elf dagen tussen de twee moorden gezeten en er was geen spoor achtergelaten. Als het inderdaad Danny Padgitt was, zat er een groot verschil tussen zijn eerste moord – Rhoda Kassellaw – en zijn laatste twee moorden. Dan was hij van een gewelddadige, hartstochtelijke moord overgegaan op koelbloedige executies. Misschien had hij dat geleerd in de negen jaar die hij in de gevangenis had doorgebracht. Hij had genoeg tijd gehad om zich de twaalf mensen te herinneren die hem hadden weggestuurd, en om plannen te maken voor zijn wraak.

'Hij is nog niet klaar,' zei Harry Rex.

Eén moord kon als een willekeurige daad worden beschouwd. Twee moorden wezen op een patroon. Een derde moord, en er ging een legertje politieagenten en burgerwachten naar Padgitt Island. Dan was het oorlog.

'Hij wacht,' zei Harry Rex. 'Waarschijnlijk een hele tijd.'

'Ik denk erover om de krant te verkopen, Harry Rex,' zei ik.

Hij nam een grote slok whisky en zei toen: 'Waarom zou je dat doen?'

'Om het geld. Een bedrijf in Georgia heeft me een goed aanbod gedaan.'

'Hoeveel?'
'Veel. Meer dan ik ooit had kunnen denken. Ik zou een hele tijd niet meer hoeven te werken. Misschien wel nooit meer.'
Dat idee – niet hoeven te werken – maakte grote indruk op hem. Hij leefde tien uur per dag in een ononderbroken chaos en had vaak te maken met erg emotionele en opgewonden scheidingscliënten. Hij werkte ook vaak 's avonds door, als het stil in het kantoor was en hij kon nadenken. Hij had het niet slecht, maar hij moest wel werken voor elke cent die hij verdiende. 'Hoe lang heb je de krant nu?' vroeg hij.
'Negen jaar.'
'Ik kan me de krant nogal moeilijk voorstellen zonder jou.'
'Misschien is dat juist een reden om hem te verkopen. Ik wil niet net als Wilson Caudle worden.'
'Wat ga je doen?'
'Vakantie nemen, reizen, de wereld zien, een leuke dame ontmoeten, met haar trouwen, haar zwanger maken, kinderen krijgen. Dit is een groot huis.'
'Dus je wilt niet uit Clanton weg?'
'Waarheen? Hier voel ik me thuis.'
Weer een grote slok, en toen: 'Ik weet het niet. Laat me er een nachtje over slapen.' Na die woorden liep hij de veranda af en reed weg.

39

Nu de lijken zich opstapelden, was het onvermijdelijk dat het verhaal meer aandacht zou trekken dan de *Times* het kon geven. De volgende morgen kwam een journalist die ik van de krant in Memphis kende naar mijn kantoor, en zo'n twintig minuten later kwam er ook een van de krant uit Jackson. Beide kranten werden gelezen in het noorden van Mississippi, waar het sensationeelste nieuws meestal een explosie in een fabriek of de zoveelste aangeklaagde plaatselijke politicus was.
Ik gaf hun de achtergrondinformatie bij de twee moorden, de voorwaardelijke vrijlating van Padgitt, de angst die de county bevangen hield. We waren geen concurrenten, zij schreven voor grote dagbladen waarvan de verspreidingsgebieden elkaar nauwelijks overlapten. De meesten van mijn abonnees hadden de krant uit Memphis of Jackson erbij. Het dagblad uit Tupelo was ook populair.
En eerlijk gezegd verloor ik mijn belangstelling, niet voor de crisis die zich nu voordeed, maar voor de journalistiek als roeping. De wereld lonkte me. Toen ik daar koffie zat te drinken en verhalen uitwisselde met die twee veteranen, die allebei ouder waren dan ik en ieder zo'n veertigduizend dollar per jaar verdienden, kon ik bijna niet geloven dat ik van de krant kon weglopen met een miljoen dollar in mijn zak. Mijn gedachten dwaalden steeds af.
Uiteindelijk gingen ze weg om de zaak ieder op hun eigen manier te

verslaan. Een paar minuten later belde Sam met een nogal dringend: 'Je moet meteen komen.'
De veranda van de Ruffins werd nog door een rommelig troepje bewaakt. Alle vier de mannen hadden opgezette ogen van de slaap. Sam leidde me langs hen en we gingen naar de keukentafel, waar miss Callie wasbonen aan het afhalen was, een werkje dat ze anders altijd op de achterveranda deed. Zoals gewoonlijk begon ze te stralen en omhelsde ze me, maar toch kon ik merken dat haar iets dwarszat. 'Hierheen,' zei ze. Sam knikte en we liepen achter haar naar haar kleine slaapkamer. Ze deed de deur achter ons dicht, alsof er indringers op de loer lagen, en toen liep ze een smalle kast in. We stonden wat onbeholpen te wachten, terwijl ze daar aan het rondstommelen was.
Ten slotte kwam ze tevoorschijn met een oud notitieboekje. Dat boekje, met een spiraalband, had blijkbaar goed verborgen gelegen. 'Ik begrijp er niets van,' zei ze, terwijl ze op de rand van het bed ging zitten. Sam ging naast haar zitten en ik liet me in een oude schommelstoel zakken. Ze bladerde in het notitieboekje, dat met de hand beschreven was. 'Hier heb ik het,' zei ze.
'We beloofden plechtig dat we nooit zouden praten over wat er in de jurykamer was gebeurd,' zei ze, 'maar dit is te belangrijk om te verzwijgen. Toen het erom ging of Padgitt schuldig was, hebben we snel en anoniem gestemd. Maar toen het om de doodstraf ging, was daar nogal wat verzet tegen. Ik persoonlijk wilde iemand ook niet de dood in sturen, maar ik had beloofd dat ik me aan de wet zou houden. De gemoederen liepen hoog op, er vielen harde woorden, zelfs beschuldigingen en dreigementen. Het was niet leuk om daar bij te zitten. Toen de scheidslijn duidelijk werd, waren er drie mensen tegen de doodstraf, en die waren niet van plan om van gedachten te veranderen.'
Ze liet me een bladzijde in haar notitieboekje zien. In haar duidelijke, meteen herkenbare handschrift stonden daar twee rijen – de ene met negen namen, de andere met maar drie – L. Fargarson, Mo Teale en Maxine Root. Ik keek met grote ogen naar de namen. Misschien was dit de lijst die de moordenaar gebruikte.
'Wanneer heb je dit opgeschreven?' vroeg ik.
'Ik maakte notities onder het proces,' zei ze.
Waarom zou Danny Padgitt juist die juryleden vermoorden die weigerden hem de doodstraf te geven? Degenen die in feite zijn leven hadden gered?

'Hij vermoordt de verkeerden, nietwaar?' vroeg Sam. 'Ik bedoel, het is altijd verkeerd, maar als je op wraak uit bent, waarom neem je dan juist de mensen die je wilden redden?'
'Zoals ik al zei: ik begrijp er niets van,' zei miss Callie.
'Je veronderstelt te veel dingen,' zei ik. 'Je veronderstelt dat hij weet hoe ieder jurylid heeft gestemd. Voorzover ik weet – ik heb erg lang rondgesnuffeld – hebben de juryleden nooit aan iemand verteld hoe de stemming verliep. Het proces werd nogal snel door de schoolintegratie overschaduwd. Op de dag dat Padgitt schuldig werd bevonden, werd hij naar Parchman afgevoerd. Er is een grote kans dat hij eerst de gemakkelijke doelwitten neemt, en Fargarson en Teale waren gewoon gemakkelijker te treffen.'
'Het is wel erg toevallig,' zei Sam.
We dachten daar een hele tijd over na. Ik wist niet zeker of mijn redenering plausibel was; ik was nergens meer zeker van. Toen kreeg ik een ander idee: 'Bedenk wel dat alle twaalf juryleden hem schuldig hebben verklaard, en dat was vlak nadat hij ze bedreigde.'
'Dat is zo,' zei miss Callie, niet overtuigd. We probeerden conclusies te trekken uit iets wat volstrekt onbegrijpelijk was.
'Hoe dan ook, ik moet deze informatie aan de sheriff geven,' zei ik.
'We hebben beloofd dat we het nooit zouden vertellen.'
'Dat was negen jaar geleden, moeder,' zei Sam. 'En niemand had toen kunnen voorspellen wat nu gebeurt.'
'Het is vooral belangrijk voor Maxine Root,' zei ik.
'Zouden andere juryleden niet al met diezelfde informatie naar voren zijn gekomen?' zei Sam.
'Misschien, maar het is lang geleden. En het is de vraag of ze notities hebben gemaakt.'
Er was enig rumoer bij de voordeur te horen. Bobby, Leon en Al waren aangekomen. Ze hadden elkaar in St. Louis getroffen en waren de hele nacht doorgereden naar Clanton. We dronken koffie aan de keukentafel en ik stelde hen op de hoogte van de jongste ontwikkelingen. Miss Callie kwam plotseling tot leven. Ze maakte plannen voor maaltijden en stelde een lijst op van groenten die Esau moest plukken.

Sheriff McNatt was bezig met een ronde langs alle juryleden. Omdat ik toch met iemand moest praten, stormde ik Harry Rex' kantoor binnen en wachtte ik ongeduldig tot hij klaar was met een

beëdigde verklaring. Toen we alleen waren, vertelde ik hem over miss Callies lijst en de stemverhoudingen binnen de jury. Omdat hij de afgelopen twee uur met een kamer vol advocaten aan het bakkeleien was geweest, was hij in een buitengewoon slecht humeur. Zoals gewoonlijk had hij een andere, veel cynischer theorie.
'Die drie moesten ervoor zorgen dat de jury het niet eens werd over de schuldvraag,' zei hij na een korte analyse. 'Om de een of andere reden zetten ze dat niet door, en waarschijnlijk meenden ze hem een dienst te bewijzen door hem uit de gaskamer te houden, maar natuurlijk denkt Padgitt daar anders over. Hij is al negen jaar kwaad omdat zijn drie handlangers niet voor een verdeelde jury hadden gezorgd. Hij neemt die drie eerst en gaat dan achter de rest aan.'
'Lenny Fargarson was echt geen handlanger van Danny Padgitt,' wierp ik tegen.
'Alleen omdat hij invalide was?'
'Alleen omdat hij een erg vrome christen was.'
'Hij was werkloos, Willie. Vroeger kon hij werken, maar hij wist dat hij in de loop van de jaren steeds meer zou aftakelen. Misschien had hij geld nodig. Ach, iedereen heeft geld nodig. De Padgitts hebben vrachtwagens vol geld.'
'Ik geloof het gewoon niet.'
'Het is logischer dan die vergezochte theorieën van jou. Wat bedoel je, iemand anders is de juryleden aan het doodschieten?'
'Dat heb ik niet gezegd.'
'Goed, want dan zou ik je een verrekte stomkop hebben genoemd.'
'Je hebt me wel ergere dingen genoemd.'
'Vanmorgen nog niet.'
'En volgens jouw theorie namen Mo Teale en Maxine Root ook geld van de Padgitts aan. Toen het over de schuldvraag ging, zouden ze Danny hebben bedrogen, en dat zouden ze dan hebben goedgemaakt toen het om de doodstraf ging. En dan zouden ze nu de hoogste prijs betalen omdat ze in eerste instantie niet voor verdeeldheid van de jury hadden gezorgd? Bedoel je dat, Harry Rex?'
'Zo is het!'
'Jij bent een verrekte stomkop, weet je dat? Waarom zou een eerlijke, hardwerkende, misdaad verafschuwende kerkganger als Mo Teale geld aanpakken van de Padgitts?'
'Misschien bedreigden ze hem.'
'Misschien wel! Misschien ook niet!'

'Nou, wat is jouw beste theorie?'
'Het is Padgitt, en misschien zijn de twee eersten die hij vermoordt toevallig twee van de drie die tegen de doodstraf hebben gestemd. Hij weet niet hoe de stemming is verlopen. Twaalf uur na het vonnis zat hij al in Parchman. Hij heeft zijn lijst gemaakt. Fargarson was de eerste omdat hij zo'n gemakkelijk doelwit was. Teale was de tweede omdat Padgitt in zijn geval kon bepalen waar het gebeurde.'
'Wie is de derde?'
'Dat weet ik niet, maar die mensen kunnen niet eeuwig in hun huis opgesloten blijven zitten. Hij wacht rustig af, laat de gemoederen tot bedaren komen en smeedt in het geheim weer plannen.'
'Hij kan hulp hebben gehad.'
'Precies.'
Harry Rex' telefoon hield nooit op met rinkelen. Toen het even stil was, keek hij er kwaad naar en zei toen: 'Ik moet werken.'
'Dan ga ik maar eens naar de sheriff. Tot kijk.' Ik was zijn kantoor al uit toen hij riep: 'Hé, Willie. Nog één ding.'
Ik draaide me naar hem om.
'Verkoop de krant, pak het geld aan, neem het er een tijdje van. Je hebt het verdiend.'
'Dank je.'
'Maar je blijft in Clanton, begrepen?'
'Ja.'

Earl Youri reed op een bulldozer voor de county. Hij egaliseerde de landweggetjes die naar afgelegen plaatsen leidden, voorbij Possum Ridge en nog veel verder dan Shady Grove. Omdat hij in zijn eentje werkte, besloten ze dat hij een paar dagen op de werkplaats van de county zou blijven, waar hij veel vrienden had die allemaal een geweer in hun wagen hadden liggen en op hun hoede waren. Sheriff McNatt overlegde met Youri en diens chef en werkte een plan uit om hem te beschermen.
Youri belde de sheriff en zei dat hij belangrijke informatie had. Hij gaf toe dat hij niet zo'n goed geheugen had, maar hij wist zeker dat de invalide jongen en Mo Teale absoluut hadden geweigerd de doodstraf op te leggen. Hij herinnerde zich dat er nog een derde tegenstemmer was, misschien een van de vrouwen, misschien de gekleurde vrouw. Hij wist dat niet precies meer, en trouwens, het was negen jaar geleden. Hij stelde dezelfde vraag aan McNatt:

'Waarom zou Danny Padgitt de juryleden vermoorden die weigerden hem de doodstraf te geven?'
Toen ik het kantoor van de sheriff binnenliep, had hij net zijn gesprek met Youri gehad, en hij was zo verbaasd als je zou verwachten. Ik deed de deur achter me dicht en vertelde over mijn gesprek met miss Callie. 'Ik heb haar aantekeningen gezien, sheriff,' zei ik. 'De derde tegenstemmer was Maxine Root.'
Een uur lang herkauwden we dezelfde redeneringen die ik met Sam en Harry Rex had opgebouwd, en opnieuw begrepen we er niets van. Hij geloofde niet dat Lenny of Mo Teale door de Padgitts was omgekocht of geïntimideerd; hij was minder zeker van Maxine Root, want die kwam uit een familie van lager allooi. Hij was het min of meer met me eens dat het toeval was dat juist deze twee juryleden het eerst waren vermoord, en dat Padgitt naar alle waarschijnlijkheid niet wist hoe de juryleden hadden gestemd. Interessant genoeg beweerde hij dat hij ongeveer een jaar na het vonnis had gehoord dat drie juryleden tegen de doodstraf hadden gestemd en dat Mo Teale zich bijna met geweld tegen een doodvonnis had verzet.
Maar, gaven we allebei toe, omdat Lucien Wilbanks erbij betrokken was, was het heel goed mogelijk dat Padgitt meer over de beraadslagingen van de jury wist dan wij. Alles was mogelijk.
En niets was begrijpelijk.
Terwijl ik in zijn kantoor zat, belde hij Maxine Root. Ze werkte als boekhoudster in de schoenenfabriek ten noorden van het stadje. Ze had met alle geweld naar haar werk gewild. McNatt was die ochtend bij haar op kantoor geweest. Hij had alles geïnspecteerd, met haar baas en collega's gepraat, zich ervan vergewist dat iedereen zich daar veilig voelde. Twee van zijn hulpsheriffs stonden buiten het gebouw. Ze hielden een oogje in het zeil en wachtten tot ze Maxine na afloop van haar werktijd naar huis konden rijden.
Ze praatten een paar minuten door de telefoon alsof ze oude vrienden waren, en toen zei McNatt: 'Zeg, Maxine, ik weet dat jij en Mo Teale en die jongen van Fargarson de enige drie waren die tegen de doodstraf voor Danny Padgitt stemden...' Hij zweeg even omdat ze hem onderbrak.
'Nou, het doet er niet zoveel toe hoe ik dat weet. Waar het nu om gaat, is dat ik me nu grote zorgen maak om je veiligheid.'
Hij luisterde een paar minuten naar haar. Terwijl ze maar doorging,

onderbrak hij haar nu en dan met dingen als: 'Nou, Maxine, ik kan daar niet gewoon naartoe gaan om die jongen te arresteren.'
En: 'Zeg tegen je broers dat ze die geweren in hun wagen moeten houden.'
En: 'Ik werk aan de zaak, Maxine, en als ik genoeg bewijzen heb, vraag ik een arrestatiebevel aan.'
En: 'Het is te laat om hem de doodstraf te geven, Maxine. Je hebt indertijd gedaan wat je dacht dat goed was.'
Aan het eind van het telefoongesprek huilde ze. 'Het arme ding,' zei McNatt. 'Ze is op van de zenuwen.'
'Ik kan het haar niet kwalijk nemen,' zei ik. 'Ik kijk zelf ook steeds achterom.'

40

De uitvaartdienst voor Mo Teale werd gehouden in de Methodistenkerk Willow Road, nummer 36 op mijn lijst en een van mijn favorieten. De kerk stond nog net in de bebouwde kom van Clanton, ten zuiden van het plein. Omdat ik Teale nooit had ontmoet, ging ik niet naar zijn begrafenis. Veel anderen die hem nooit hadden ontmoet, waren er wel.
Als hij op 51-jarige leeftijd aan een hartaanval was gestorven, zou het een plotselinge, tragische dood zijn geweest en zou zijn uitvaartdienst een indrukwekkende menigte hebben getrokken. Maar nu hij uit wraak was doodgeschoten door een net vrijgekomen moordenaar, konden veel mensen hun nieuwsgierigheid gewoon niet meer bedwingen. Tot de menigte behoorden allang vergeten oudklasgenoten van Teales vier volwassen kinderen, bemoeizuchtige oude weduwen die zelden een goede begrafenis misten, journalisten van buiten de stad, en een aantal heren wier enige connectie met Mo bestond uit het feit dat ze eigenaar waren van een John Deeretractor.
Ik ging er niet heen en werkte aan zijn necrologie. Zijn oudste zoon was zo goed geweest om even naar de krant te komen en me de gegevens te verstrekken. Die zoon was 33 – Mo en zijn vrouw waren jong aan het voortplanten geslagen – en hij verkocht nieuwe Fords in Tupelo. Hij bleef bijna twee uur en wilde erg graag de ver-

zekering horen dat Danny Padgitt elk moment kon worden opgepakt en gestenigd.
De teraardebestelling vond plaats op de begraafplaats van Clanton. De uitvaartstoet strekte zich over meerdere huizenblokken uit, slingerde zich voor de goede orde over het plein om ging vervolgens door Jackson Avenue, vlak langs de *Times*. Het verkeer werd helemaal niet gehinderd, iedereen was op de begrafenis.

Met Harry Rex als tussenpersoon regelde Lucien Wilbanks een ontmoeting met sheriff McNatt. Ik werd nadrukkelijk door Lucien genoemd, en nadrukkelijk niet uitgenodigd. Dat was niet erg; Harry Rex maakte aantekeningen en vertelde me alles, op voorwaarde dat ik niets zou afdrukken.
In Luciens kantoor was ook Rufus Buckley aanwezig, de officier van justitie die Ernie Gaddis in 1975 was opgevolgd. Buckley was publiciteitsgeil, en hoewel hij er weinig voor voelde om zich met Padgitts voorwaardelijke vrijlating te bemoeien, wilde hij nu niets liever dan vooroplopen in de menigte die hem ging lynchen. Harry Rex had de pest aan Buckley, en dat was wederzijds. Lucien had ook een hekel aan hem, maar Lucien had een hekel aan bijna iedereen omdat iedereen een hekel aan hem had. Sheriff McNatt had de pest aan Lucien, duldde Harry Rex in zijn nabijheid en zag zich gedwongen samen te werken met Buckley, al walgde hij eigenlijk van die kerel.
Gezien al die haatgevoelens over en weer vond ik het helemaal niet zo erg dat ik niet was uitgenodigd.
Lucien begon met te zeggen dat hij met zowel Danny Padgitt als diens vader Gill had gesproken. Ze hadden elkaar ergens buiten Clanton ontmoet, een heel eind van het eiland vandaan. Het ging goed met Danny. Hij werkte elke dag op het kantoor van het wegenbouwbedrijf van de familie. Dat kantoor was gunstig gelegen in het veilige toevluchtsoord Padgitt Island.
Zoals te verwachten was, ontkende Danny elke betrokkenheid bij de moord op Lenny Fargarson en Mo Teale. De moorden hadden hem diep geschokt en hij was kwaad omdat hij door iedereen als hoofdverdachte werd gezien. Lucien benadrukte dat hij Danny langdurig had ondervraagd, zelfs zo lang dat Danny zich begon te ergeren, en Danny was de hele tijd eerlijk overgekomen.
Lenny Fargarson was op 23 mei 's middags doodgeschoten. Op dat

moment was Danny in zijn kantoor geweest, en er waren vier mensen die voor zijn aanwezigheid daar konden instaan. Het huis van de Fargarsons stond minstens een halfuur rijden van Padgitt Island vandaan, en de vier getuigen waren er zeker van dat Danny de hele middag in zijn kantoor of daar in elk geval heel dichtbij was geweest.

'Hoeveel van die getuigen heten Padgitt?' vroeg McNatt.

'We noemen nog geen namen,' zei Lucien, meteen in het defensief, zoals het een goede advocaat betaamde.

Elf dagen later, op 3 juli, was Mo Teale om ongeveer kwart over negen 's morgens doodgeschoten. Op dat moment stond Danny naast een pas aangelegde weg in Tippah County en nam hij papieren in ontvangst die door een voorman van de Padgitt-firma waren ondertekend. De voorman was, evenals twee arbeiders, bereid te verklaren waar Danny op dat moment precies was. De aangelegde weg lag op een afstand van minstens twee uur rijden van Ned Ray Zooks boerderij in het oosten van Ford County.

Lucien presenteerde waterdichte alibi's voor beide tijdstippen, al was zijn kleine publiek erg sceptisch. Natuurlijk zouden de Padgitts alles ontkennen. En omdat ze er zo verschrikkelijk goed in waren om te liegen, benen te breken en mensen met grof geld om te kopen, konden ze overal getuigen voor krijgen.

Sheriff McNatt gaf uiting aan zijn scepsis. Hij vertelde Lucien dat zijn onderzoek werd voortgezet en dat hij, als hij een gerede aanleiding had, zijn arrestatiebevel zou aanvragen en naar het eiland zou gaan. Hij had een aantal keren met de staatspolitie gesproken, en als er honderd agenten nodig waren om Danny te pakken te krijgen, dan moest dat maar.

Dat zou niet nodig zijn, zei Lucien. Als de sheriff een geldig arrestatiebevel had, zou hij zijn best doen om de jongen zichzelf te laten aangeven.

'En als er weer een moord wordt gepleegd,' zei McNatt, 'breekt hier de hel uit. Dan komen er duizend boeren naar het eiland en schieten ze iedere Padgitt overhoop die ze kunnen vinden.'

Buckley zei dat hij en rechter Omar Noose twee keer over de moorden hadden gesproken. Hij was er vrij zeker van dat Noose 'er bijna aan toe' was om een arrestatiebevel tegen Danny uit te vaardigen. Lucien bestookte hem met een spervuur van vragen over bewijzen en gerede aanleiding. Buckley zei dat het dreigement dat Padgitt op zijn proces had uitgesproken ruimschoots voldoende reden was om hem van de moorden te verdenken.

De sfeer werd er niet beter op toen de twee juristen in een verwoede discussie over allerlei pietluttige details verwikkeld raakten. De sheriff maakte er ten slotte een eind aan door te zeggen dat hij genoeg had gehoord en Luciens kantoor uit te lopen. Buckley liep achter hem aan. Harry Rex bleef achter en praatte in een meer ontspannen sfeer met Lucien.

'We zitten met leugenaars die leugenaars beschermen,' gromde Harry Rex toen hij een uur later door mijn kamer liep te ijsberen. 'Lucien spreekt alleen de waarheid als die hem goed uitkomt, en dat is voor hem en zijn clientèle niet vaak het geval. De Padgitts kennen het hele begrip waarheid niet.'

'Weet je nog, die Lydia Vince?' vroeg ik.

'Wie?'

'Die slet op het proces, die vrouw die door Wilbanks in de getuigenbank werd gezet, onder ede. Ze zei tegen de jury dat Danny bij haar in bed lag toen Rhoda werd vermoord. De Padgitts vonden haar, kochten haar getuigenverklaring en droegen haar over aan Lucien. Het is een stelletje dieven en leugenaars.'

'Haar ex is doodgeschoten, hè?'

'Vlak na het proces. Waarschijnlijk door een van de Padgitt-gangsters. Geen ander spoor gevonden dan de kogels. Geen verdachten. Niets. Komt me bekend voor.'

'McNatt geloofde niks van wat Lucien zei. En Buckley ook niet.'

'En jij?'

'Nee. Ik heb Lucien al vaker voor jury's horen huilen. Soms, niet vaak maar nu en dan, kan hij erg overtuigend overkomen. Ik kreeg de indruk dat hij te veel zijn best deed om ons te overtuigen. Danny heeft het gedaan, en hij wordt door anderen geholpen.'

'Gelooft McNatt dat ook?'

'Ja, maar hij heeft geen bewijzen. Een arrestatie zou tijdverspilling zijn.'

'Het zou hem van de straat houden.'

'Dat is maar een tijdelijke oplossing. Zonder bewijs kun je hem niet eeuwig in de cel houden. Hij heeft geduld. Hij heeft al negen jaar gewacht.'

Hoewel de grappenmakers nooit werden gevonden en ze zo verstandig waren hun geheim met zich mee te dragen tot het graf, werd in de maanden die volgden vaak het vermoeden uitgesproken dat het de twee tienerzoons van onze burgemeester waren. Iemand had twee jongens hard zien wegrennen, te snel om achterhaald te kunnen worden. De jongens van de burgemeester hadden een lange, kleurrijke staat van dienst als creatieve, brutale grappenmakers. Onder dekking van de duisternis waren ze door een dichte heg gekropen. Op nog geen vijftien meter afstand van de hoek van de voorveranda van Earl Youri's huis waren ze blijven staan. Daar keken en luisterden ze naar de vele vrienden en buren die in de voortuin zaten om Youri te beschermen. Ze wachtten geduldig op het juiste moment en gingen toen in de aanval.

Een paar minuten over elf werd een lang snoer van 84 Black Cat-voetzoekers in de richting van de veranda gegooid, en toen ze begonnen te knallen, leek het wel of in Clanton de derde wereldoorlog was uitgebroken. Mannen schreeuwden, vrouwen gilden, Youri liet zich op de planken vallen en kroop zijn huis in. Zijn bewakers aan de voorkant rolden zich bliksemsnel uit hun tuinstoel, graaiden naar hun wapen en bleven in het gras liggen, terwijl de Black Cats knalden en knetterden in rook en razernij. Het duurde dertig seconden voordat alle 84 voetzoekers waren ontploft, en in die tijd verschansten zich meer dan tien zwaarbewapende mannen achter bomen. Ze wezen met hun geweren in alle richtingen, klaar om te schieten op alles wat bewoog.

Een parttime hulpsheriff, Travis, die op de motorkap van zijn politiewagen lag te slapen, was onmiddellijk klaarwakker. Hij trok meteen zijn .44 Magnum en rende diep voorover gebogen in de richting van de Black Cats. Gewapende buren stoven alle kanten op in Youri's voortuin. Om de een of andere reden – en noch Travis noch zijn superieur kwam ooit met de officiële verklaring, als die er al was – vuurde hij een schot in de lucht af. Een erg luid schot. Een schot dat duidelijk boven de voetzoekers uit te horen was. Het maakte dat iemand anders met een jeukende vinger, iemand die nooit zou toegeven dat hij de trekker had overgehaald, een .12 geweerpatroon in de bomen schoot. Ongetwijfeld zouden vele anderen ook zijn gaan schieten en wie weet hoeveel slachtoffers hebben gemaakt, als de andere parttime hulpsheriff, Jimmy, niet had geschreeuwd: 'Niet schieten, stelletje idioten!'

Op dat moment hield het schieten helemaal op, maar de Black Cats waren nog niet helemaal klaar. Toen de laatste voetzoeker was ontploft, liep de hele troep burgerwachten naar het smeulende stuk gras om de zaak in ogenschouw te nemen. Het nieuwtje verspreidde zich dat het alleen maar vuurwerk was geweest. Earl Youri gluurde door de kier van de voordeur en waagde zich ten slotte naar buiten.

Op straat hoorde mevrouw Alice Wood de knallen. Ze rende meteen naar de achterkant van haar huis om de deur op slot te doen. Op datzelfde moment renden de twee jongens langs haar achterdeur, uitbundig lachend. Ze zou later verklaren dat ze ongeveer vijftien en blank waren.

Anderhalve kilometer daarvandaan, in Lowtown, was ik net de treden van miss Callies voorveranda afgekomen toen ik de explosies in de verte hoorde. Degenen die late wachtdienst hadden – Sam, Leon en twee ouderlingen – sprongen overeind en tuurden in de verte. De .44 klonk als een houwitser. We wachtten en wachtten, en toen alles weer stil was, zei Leon: 'Dat klonk als voetzoekers.'

Sam was naar binnen gelopen om bij zijn moeder te kijken. Hij kwam terug en zei: 'Ze slaapt.'

'Ik ga kijken wat het was,' zei ik. 'En ik bel jullie als het iets belangrijks was.'

Overal in Youri's straat knipperden de rode en blauwe zwaailichten van wel tien politieauto's. Er was veel verkeer, want iedereen wilde er zo gauw mogelijk bij zijn. Ik zag Busters auto in een ondiepe greppel geparkeerd staan, en toen ik hem een paar minuten later zag, vertelde hij me het verhaal. 'Kwajongens,' zei hij.

Ik vond het grappig, maar ik behoorde tot een heel kleine minderheid.

41

In de negen jaar nadat ik de *Times* had gekocht, had ik de krant nooit meer dan vier dagen alleen gelaten. Hij werd elke dinsdag gedrukt, elke woensdag gepubliceerd, en elke donderdag stond ik voor een formidabele opgave.
Een van de redenen waarom de krant zo'n succes was, was het feit dat ik zoveel schreef over zoveel mensen in een stadje waar zo weinig gebeurde. Elk nummer telde 36 pagina's. Daar gingen vijf af voor kleine annonces, drie voor officiële berichten en ongeveer zes voor reclame, en dus stond ik elke week voor de opgave om ongeveer 22 pagina's met plaatselijk nieuws te vullen.
De necrologieën namen minstens één pagina in beslag, en daar schreef ik elk woord van. Davey Bass nam twee sportpagina's voor zijn rekening, al moest ik vaak helpen met een samenvatting van een jeugdfootballwedstrijd of een dringend verhaal over een fantastisch schot van een twaalfjarige. Margaret stelde een pagina met kerkelijke zaken samen, en ook een pagina met huwelijken en een met kleine annonces. Baggy, wiens productie negen jaar geleden op z'n zachtst gezegd al pover was geweest, was nu bijna helemaal voor de drank bezweken en leverde niet meer dan één verhaal per week, en dat wilde hij dan natuurlijk altijd op de voorpagina hebben. Verslaggevers bleven nooit lang. We hadden er meestal wel eentje aan boord, soms twee, en vaak had je alleen maar last van ze. Ik moest

hun werk zo intensief corrigeren dat ik meestal wilde dat ik het gewoon zelf had gedaan.

En dus schreef ik. Hoewel ik journalistiek had gestudeerd, had ik bij mezelf nooit een neiging geconstateerd om in korte tijd enorme aantallen woorden te willen schrijven. Maar nu ik plotseling eigenaar van een krant was, en het een kwestie van zwemmen of verzuipen was, merkte ik dat ik bliksems goed in staat was ellenlange, kleurrijke verhalen te schrijven over zo ongeveer alles, zelfs over niets. Een redelijk ernstig auto-ongeluk zonder letsel was voorpaginanieuws, met ademloze citaten van ooggetuigen en ambulancechauffeurs. Een kleine uitbreiding van een fabriek werd gebracht als een zegen voor de nationale economie. Als de vrouwenorganisatie van de baptisten een actie organiseerde om koekjes te verkopen voor een goed doel, werden daar achthonderd woorden aan gewijd. Werd er iemand voor drugs gearresteerd, dan klonk het alsof de Colombianen vrij spel hadden op de schoolpleinen van Clanton. Een bloeddonoractie van de Civitan Club werd aangeprezen alsof het oorlog was en de slachtoffers een schreeuwend gebrek aan bloed hadden.

Ik schreef over de mensen van Ford County. Mijn reportage over miss Callie was mijn eerste human interest-verhaal, en in de loop van de jaren probeerde ik er minstens één per maand te brengen. Zo schreef ik over een overlevende van de Bataan-dodenmars, de laatste plaatselijke veteraan uit de Eerste Wereldoorlog, een matroos die in Pearl Harbor was geweest, een dominee die met pensioen ging en die een kleine plattelandskerk 45 jaar had gediend, een oude zendeling die 31 jaar in de Kongo had gewerkt, een dame die in 22 staten had gewoond, een man die zeven keer getrouwd was geweest en zijn kennis van het huwelijk erg graag met toekomstige pasgehuwden wilde delen, meneer Mitlo (onze modelimmigrant), een basketbalcoach die ermee ophield, de kok van de Tea Shoppe die al een eeuwigheid eieren stond te bakken. Enzovoort, enzovoort. Die verhalen waren immens populair.

Maar na negen jaar stonden er nog maar erg weinig namen op de lijst van interessante mensen in Ford County.

Ik had geen zin meer om te schrijven. Twintig pagina's per week, 52 weken in een jaar.

Elke morgen dacht ik bij het wakker worden aan een nieuw verhaal of een mogelijkheid voor een nieuw verhaal. Elk stukje nieuws, elke ongewone gebeurtenis was aanleiding tot een heel verhaal dat ik dan weer ergens in de krant kwijt kon. Ik schreef over honden, oldtimervrachtwagens, een legendarische wervelstorm, een huis waar het spookte, een verdwenen paard, een schat uit de Burgeroorlog, de legende van de slaaf zonder hoofd, een stinkdier met hondsdolheid. En alle gebruikelijke dingen: rechtbankverslagen, verkiezingen, misdaad, nieuwe winkels, faillissementen, nieuwe mensen in de stad. Ik had genoeg van het schrijven.

En ik had genoeg van Clanton. Met enige tegenzin had het stadje me geleidelijk geaccepteerd, vooral toen duidelijk werd dat ik niet wegging. Maar het was een erg kleine plaats, en soms had ik het gevoel dat ik stikte. Ik bracht zoveel weekends thuis door, met niets anders te doen dan lezen en schrijven, dat ik eraan gewend raakte. En dat vond ik erg frustrerend. Ik probeerde me te vermaken op de pokeravonden met Bubba Crockett en de jongens van het Schutterspuitje, en op de redneck-feesten van Harry Rex en zijn vrienden. Maar ik had nooit het gevoel dat ik daar echt thuishoorde.

Clanton was aan het veranderen, en ik was daar niet blij mee. Zoals de meeste stadjes in het Zuiden breidde het zich lukraak in alle richtingen uit, zonder enig plan. Bargain City was een groot succes, en om die superwinkel heen schoten alle mogelijke fastfoodrestaurants uit de grond. De binnenstad was in verval geraakt, al zouden de rechtbank en het countybestuur altijd mensen trekken. We hadden behoefte aan sterke politieke leiders, mensen met visie, en die waren dun gezaaid.

Aan de andere kant vermoedde ik dat het stadje ook genoeg had van mij. Omdat ik me zo duidelijk tegen de oorlog in Vietnam had verzet, zou ik altijd als een radicale progressieveling worden beschouwd. En ik hield die reputatie zelf in stand. Naarmate de krant groeide en de winst toenam, en als direct gevolg daarvan mijn huid steeds dikker werd, schreef ik meer en meer hoofdredactionele commentaren. Ik ging tekeer tegen besloten zittingen van de gemeenteraad en het countybestuur. Ik procedeerde om toegang te krijgen tot openbare gegevens. Ik zeurde een jaar over de volstrekte afwezigheid van bestemmingsplannen in de county, en toen Bargain City zich in de stad vestigde, zei ik veel te veel. Ik dreef de spot met de campagnefinancieringswetten van de county, die tot doel hadden rijke mensen hun favorieten te laten kiezen. En toen Danny Padgitt werd vrijgelaten, trok ik van leer tegen het stelsel van voorwaardelijke vrijlating.

De hele jaren zeventig stond ik op een zeepkist. En hoewel dat interessante lectuur opleverde en de omzet van de krant ten goede kwam, maakte het mij ook tot een soort rariteit. Ik werd beschouwd als een querulant, iemand die altijd wat te preken had. Ik denk niet dat ik me ooit als een bullebak heb gedragen; ik deed mijn best om dat te vermijden. Maar achteraf weet ik dat ik vaak niet alleen uit overtuiging maar ook uit verveling een gevecht ben aangegaan.

Nu ik ouder werd, wilde ik een gewone burger worden. Ik zou altijd een buitenstaander blijven, maar dat vond ik niet erg meer. Ik wilde komen en gaan zoals het me uitkwam, in Clanton wonen wanneer ik dat wilde, en lange perioden weggaan als het stadje me de keel uit hing. Het is vreemd dat het vooruitzicht van geld je hele toekomst kan veranderen.

Ik droomde er steeds weer van om weg te lopen, een tijdje vrij te nemen en ergens heen te gaan waar ik nog nooit geweest was, de wereld te zien.

Het volgende gesprek met Gary McGrew was in een restaurant in Tupelo. Hij was nog een paar keer bij me op de krant geweest. Nog één bezoek en het personeel zou onder elkaar gaan fluisteren. Onder de lunch keken we weer naar mijn financiële gegevens, praatten we over de plannen van zijn cliënt, onderhandelden we over allerlei punten. Als ik verkocht, wilde ik dat de eigenaar zich hield aan de nieuwe vijfjarencontracten die ik aan Davey Bass, Hardy en Margaret had gegeven. Baggy zou binnenkort met pensioen gaan of aan leververgiftiging sterven. Wiley was altijd een parttimer geweest, en zijn belangstelling voor het schieten van goede plaatjes was sterk afgenomen. Hij was de enige werknemer die ik over de onderhandelingen had verteld, en hij had me aangemoedigd het geld aan te pakken.

McGrews cliënt wilde dat ik nog minstens een jaar met een erg hoog salaris aanbleef en de nieuwe hoofdredacteur opleidde. Dat wilde ik niet. Als ik vertrok, dan vertrok ik. Ik wilde geen baas boven me hebben, en ik wilde niet het hele stadje over me heen krijgen, en dat zou zeker gebeuren als ik de krant van de county aan een grote onderneming van buiten de staat verkocht.

Ze boden één komma drie miljoen. Een consultant uit Knoxville die ik in de arm had genomen, schatte de waarde van de *Times* op één komma vijfendertig miljoen.

'Ik kan je in vertrouwen mededelen dat we de kranten in Tyler County en Van Buren County hebben gekocht,' zei McGrew aan het eind van een erg lange lunch. 'Het plaatje is bijna compleet.'
Hij was bijna helemaal eerlijk. De eigenaar van de krant in Tyler County was in principe akkoord gegaan, maar de papieren waren nog niet getekend.
'Maar er doet zich iets nieuws voor,' zei hij. 'De krant in Polk County is misschien te koop. Eerlijk gezegd zullen we daarnaar kijken als jij ervan afziet. Die krant is veel goedkoper.'
'Ah, je zet me onder druk,' zei ik.
De *Polk County Herald* had vierduizend lezers en een belabberd management. Ik las hem elke week.
'Ik wil je niet onder druk zetten. Ik leg alleen maar alles op tafel.'
'Ik wil anderhalf miljoen dollar,' zei ik.
'Dat is te veel, Willie.'
'Het is veel, maar jullie verdienen het terug. Het duurt misschien een beetje langer, maar kijk eens tien jaar vooruit.'
'Ik weet niet of we zo hoog kunnen gaan.'
'Het zal wel moeten, als jullie de krant willen hebben.'
De tijd begon zo langzamerhand te dringen. McGrew zinspeelde op een uiterste datum en zei ten slotte: 'We praten nu al maanden met elkaar, en mijn cliënt wil dat er een beslissing valt. Hij wil de zaak op de eerste van de volgende maand rond hebben, anders gaat hij ergens anders heen.'
Ik vond dat niet erg. Ik had ook genoeg van al dat praten. Of ik verkocht de krant, of ik deed dat niet. Het werd tijd om een beslissing te nemen.
'Dat is over 23 dagen,' zei ik.
'Ja.'
'Goed.'

De lange dagen van de zomer waren begonnen. De ondraaglijke hitte en vochtigheid kwamen opzetten en zouden de eerstvolgende drie maanden niet meer verdwijnen. Ik deed mijn gebruikelijke ronden: de kerken op mijn lijst, de softbalvelden, het plaatselijke golftoernooi, de watermeloendagen. Maar Clanton wachtte, en dat wachten was het enige waarover we praatten.
Zoals onvermijdelijk was, ging de strop om de hals van ieder overgebleven jurylid wat losser zitten. Ze kregen er natuurlijk genoeg

van om in hun eigen huis gevangen te zitten, om hun hele manier van leven te veranderen, om elke nacht de buren in de tuin te hebben. Ze begonnen zich voorzichtig naar buiten te wagen en probeerden weer een enigszins normaal leven te leiden.

Het geduld van de moordenaar was zenuwslopend. De tijd werkte in zijn voordeel, en hij wist dat zijn slachtoffers al die bescherming op een gegeven moment beu zouden zijn. Hij wist dat ze minder voorzichtig zouden worden, een fout zouden maken. Wij wisten dat ook.

Nadat ze drie achtereenvolgende zondagen had overgeslagen, voor het eerst in haar leven, stond miss Callie erop dat ze weer naar de kerk zou gaan. Onder escorte van Sam, Esau en Leon liep ze op zondagmorgen naar de kerk en aanbad ze de Heer alsof ze een jaar weg was geweest. Haar broeders en zusters omarmden haar en baden vurig voor haar. Dominee Small paste zijn preek onmiddellijk aan en sprak over Gods bescherming van zijn volgelingen. Sam zei dat hij bijna drie uur doorging.

Twee dagen later ging miss Callie op de achterbank van mijn Mercedes zitten. Met Esau naast haar en Sam naast mij op de voorbank, reden we Clanton uit, gevolgd door een hulpsheriff. Hij bleef achter bij de countygrens, en een uur later waren we in Memphis. Ten oosten van die stad was een nieuw winkelcentrum gekomen waar iedereen over praatte, en miss Callie wilde het erg graag zien. Meer dan honderd winkels onder één dak! Voor het eerst in haar leven at ze een pizza; ze zag een ijsbaan, twee mannen die hand in hand liepen, een gezin van gemengd ras. De ijsbaan was het enige wat haar goedkeuring kon wegdragen.

Sam bleek een gruwelijk slechte kaartlezer te zijn, maar na een uur rondrijden vonden we eindelijk de begraafplaats in het zuiden van Memphis. Met behulp van een kaart die we in het beheerdersgebouwtje hadden gekregen, vonden we uiteindelijk het graf van Nicola Rossetti DeJarnette. Miss Callie legde een boeket bloemen dat ze van thuis had meegebracht op het graf, en toen duidelijk werd dat ze van plan was daar enige tijd door te brengen, lieten we haar daar alleen.

Ter nagedachtenis van Nicola wilde miss Callie dat we naar een Italiaans restaurant gingen. Ik had een tafel bij Grisanti's gereserveerd, een bekend restaurant in Memphis, en we genoten van een lang en heerlijk diner: lasagne en ravioli gevuld met geitenkaas. Ze slaagde erin haar vooroordelen tegen gekocht voedsel te overwinnen, en om haar tegen de zonde te beschermen, stond ik erop de rekening te betalen.

We wilden niet uit Memphis weg. We waren enkele uren ontsnapt aan de angst voor het onbekende en de spanning van het wachten. Clanton leek duizend kilometer van ons vandaan, en dat was dichtbij genoeg. Toen we laat op de avond teruggingen, merkte ik dat ik steeds langzamer ging rijden.

Hoewel we er niet over praatten, en we steeds minder zeiden naarmate we dichter bij huis kwamen, liep er een moordenaar rond in Ford County. Miss Callies naam stond op zijn lijst. Als die twee doden er niet waren geweest, hadden we dat niet kunnen geloven.

Volgens Baggy – en het archief van de *Times* bevestigde het – waren er die eeuw in Ford County geen onopgeloste moorden geweest. Wanneer iemand door een ander werd gedood, was dat in bijna alle gevallen een impulsieve daad in het bijzijn van getuigen. De dader werd snel gearresteerd, berecht en veroordeeld. Maar nu liep er een erg intelligente en erg vastbesloten moordenaar rond, en iedereen wist welke slachtoffers hij op het oog had. Voor zo'n gezagsgetrouwe, godvrezende gemeenschap was dat bijna onvoorstelbaar.

Bobby, Al, Max en Leon hadden er meermalen bij miss Callie op aangedrongen dat ze een maand of zo bij hen kwam logeren. Sam en ik, en zelfs Esau, drongen daar ook op aan, maar ze was niet te vermurwen. Ze stond in nauw contact met God, en die zou haar beschermen.

In negen jaar tijd maakte ik me maar één keer kwaad op miss Callie; dat was ook de enige keer dat ze me de les las. Het gebeurde toen we het erover hadden of ze een maand bij Bobby in Milwaukee zou doorbrengen. 'Die grote steden zijn gevaarlijk,' had ze gezegd.

'Op dit moment is het nergens zo gevaarlijk als in Clanton,' had ik geantwoord.

Toen ik mijn stem verhief, zei ze tegen me dat ze mijn gebrek aan respect niet op prijs stelde, en toen hield ik vlug mijn mond.

Toen we laat op die avond in Ford County terugkwamen, bleef ik maar in mijn spiegeltje kijken. Het was belachelijk, maar misschien ook niet. In Lowtown werd het huis van de Ruffins bewaakt door een hulpsheriff die in de straat geparkeerd stond. Op de veranda zat een vriend van Esau.

'Het was een rustige avond,' zei de vriend. Met andere woorden, er was op niemand geschoten.
Sam en ik zaten een uurtje op de veranda te dammen, terwijl miss Callie ging slapen.
Het wachten ging verder.

42

In 1979 werden er plaatselijke verkiezingen gehouden in Mississippi. Het was de derde keer dat ik daar als geregistreerd kiezer aan deelnam. De sheriff van Ford County had geen tegenkandidaat, een unicum in de geschiedenis. Er waren geruchten geweest dat de Padgitts een nieuwe kandidaat hadden gekocht, maar na het debacle van de voorwaardelijke vrijlating hadden ze zich teruggetrokken. Senator Theo Morton kreeg een tegenstander die naar me toe kwam met een advertentie waarin de vraag werd uitgeschreeuwd – WAARDOOR KREEG SENATOR MORTON DANNY PADGITT VRIJ? DOOR GELD! DAARDOOR! Hoe graag ik die advertentie ook zou willen afdrukken, ik had niet de tijd en niet de energie voor een proces wegens laster.
In Wijk Vier namen dertien kandidaten aan de verkiezingen voor hoofd van de politie deel, maar afgezien daarvan waren de campagnes nogal tam. De county was helemaal in de ban van de moorden op Fargarson en Teale, en wat iedereen vooral bezighield, was de vraag wie de volgende zou zijn. Sheriff McNatt, de rechercheurs van de staatspolitie en de onderzoekers van het forensisch lab hadden alle mogelijke sporen en aanwijzingen nagetrokken. We konden alleen nog maar afwachten.
Toen het tegen 4 juli liep, de nationale feestdag, kon je merken dat niemand in het stadje daar echt naar uitkeek. Hoewel bijna ieder-

een zich veilig voelde, hing er een donkere wolk over de county. Vreemd genoeg ging er een hardnekkig gerucht dat er iets ergs zou gebeuren wanneer we op 4 juli met ons allen bij het gerechtsgebouw stonden. Maar geruchten waren nog nooit zo creatief, en zo snel, verspreid als in die maand juni.

Op 25 juni tekende ik in een duur advocatenkantoor in Tupelo een stapel papieren om de *Times* over te dragen aan een mediaconcern dat voor een deel eigendom was van de heer Ray Noble in Atlanta. Noble gaf me een cheque van anderhalf miljoen dollar, en ik liep daar vlug, en een beetje nerveus, mee door de straat naar mijn nieuwe vriend, Stu Holland, die in zijn ruime kantoor op de Merchants Bank op me zat te wachten. Als ik zo'n bedrag in Clanton op de bank zou zetten, zou het binnen 24 uur in de hele stad bekend zijn, en daarom begroef ik het geld bij Stu. Daarna reed ik naar huis.
Het was de langste rit van één uur uit mijn leven. Ik voelde me uitbundig omdat ik uit de onderhandelingen had gehaald wat erin zat. Ik had het hoogste bedrag losgekregen van een rijke en eerbiedwaardige koper die niet van plan was veel aan mijn krant te veranderen. Het avontuur riep me, en ik beschikte nu over de middelen om daaraan gevolg te geven.
Het was ook een trieste rit, want ik had een belangrijk en dankbaar deel van mijn leven opgegeven. De krant en ik waren samen gegroeid en tot rijpheid gekomen. Ik was volwassen geworden, en de krant was welvarend geworden. De *Times* was nu wat elke streekkrant behoorde te zijn, een levendige waarnemer van de gebeurtenissen, een instantie die de geschiedenis vastlegde, een orgaan dat commentaar leverde op politieke en maatschappelijke kwesties. En ik was een jongeman die de krant blindelings en hardnekkig uit het niets had opgebouwd. Ik kwam op een leeftijd dat de jaren gingen tellen, maar het enige wat ik wilde, was op een strand liggen. En dan een meisje zoeken.
Toen ik in Clanton terugkwam, ging ik eerst naar Margarets kamer. Ik deed de deur achter me dicht en vertelde haar over de verkoop. Ze barstte in tranen uit, en algauw sprongen de tranen mij ook in de ogen. Haar vurige loyaliteit had me altijd verbaasd, en hoewel ze zich, net als miss Callie, veel te druk maakte om mijn ziel, was ze toch van me gaan houden. Ik vertelde haar dat de nieuwe eigenaren geweldige mensen waren, dat ze geen plannen hadden voor drasti-

sche veranderingen en dat ze haar een vijfjarencontract zouden geven en haar salaris zouden verhogen. Daar moest ze nog meer om huilen.
Hardy huilde niet. Inmiddels drukte hij de *Times* al bijna dertig jaar. Hij was humeurig, ruzieachtig, dronk te veel, zoals de meeste krantenmensen deden, en als de nieuwe eigenaren bezwaar tegen hem hadden, zou hij gewoon vertrekken en gaan vissen. Maar hij stelde het nieuwe contract wel op prijs.
Dat gold ook voor Davey Bass. Hij schrok van het nieuws, maar trok al aardig bij toen hij hoorde dat hij meer ging verdienen.
Baggy was ergens in het Westen op vakantie, met zijn broer, niet met zijn vrouw. Ray Noble had er niets voor gevoeld om Baggy nog eens vijf jaar te laten aanklungelen, en eigenlijk zou het ook onredelijk zijn om voor Baggy ook zo'n vijfjarencontract af te dwingen. Baggy moest zichzelf maar redden.
We hadden nog vijf andere werknemers, en ik vertelde ieder van hen persoonlijk het nieuws. Dat kostte me de hele middag, en toen het eindelijk voorbij was, was ik doodmoe. Ik trof Harry Rex in de achterkamer van Pepe en we vierden het met margarita's.
Ik wilde erg graag de stad uit, ergens anders heen, maar dat zou ik pas kunnen doen als er een eind aan de moorden was gekomen.

Het grootste deel van de maand juni pendelden de Ruffin-professoren op en neer tussen hun woonplaats en Clanton. Ze goochelden met werkzaamheden en vakanties en deden hun uiterste best om ervoor te zorgen dat er altijd minstens twee of drie van hen bij miss Callie waren. Sam kwam het huis bijna nooit uit. Hij bleef in Lowtown om zijn moeder te beschermen, maar hield zich op de achtergrond. Agent Durant vormde nog steeds een gevaar, al was hij hertrouwd en waren zijn twee wraakzuchtige zoons uit de omgeving vertrokken.
Sam zat uren op de veranda. Hij las veel, damde met Esau of wie er maar was die ook het huis bewaakte. Hij speelde backgammon met mij tot hij de strategie begreep en wilde toen dat we om een dollar per partij speelden. Binnen de kortste keren was ik hem vijftig dollar schuldig. Die schandalige gokpartij bleef een diep geheim op miss Callies veranda.
Inderhaast organiseerden we een bijeenkomst in de week voor 4 juli. Omdat mijn huis vijf lege slaapkamers bezat en het er akelig

stil was, stond ik erop dat de Ruffins bij mij kwamen logeren. De familie was aanzienlijk uitgebreid sinds ik er in 1970 mee in contact was gekomen. Met uitzondering van Sam waren ze allemaal getrouwd, en er waren 21 kleinkinderen. In totaal waren er nu 35 Ruffins, en dan rekende ik Sam, Callie en Esau niet mee. Vierendertig van hen kwamen naar Clanton. Leons vrouw had een zieke vader in Chicago.

33 van de 34 namen voor een paar dagen hun intrek in Hocutt House. Ze kwamen uit verschillende delen van het land, voornamelijk uit het Noorden. Op alle uren van de dag arriveerden er mensen, en iedere nieuwkomer werd met veel ceremonie verwelkomd. Toen Carlota en haar man en hun twee kleine kinderen om drie uur 's nachts uit Los Angeles arriveerden, gingen alle lichten in het huis aan en ging Bobby's vrouw Bonnie pannenkoeken bakken. Bonnie nam mijn keuken over, en ik werd drie keer per dag naar de winkel gestuurd met een lijst van dingen die zij dringend nodig had. Ik kocht kilo's ijs en de kinderen kwamen er algauw achter dat ik het op elk uur van de dag voor hen wilde halen.

Omdat mijn veranda's lang en breed waren en bijna niet werden gebruikt, zaten de Ruffins daar bij elkaar. Sam kwam op het eind van de middag met miss Callie en Esau en dan bleven ze een hele tijd op bezoek. Miss Callie wilde erg graag uit Lowtown weg. Haar gezellige huisje was een gevangenis geworden.

Soms hoorde ik haar kinderen erg bezorgd over hun moeder praten. En dan hadden ze het niet zozeer over haar gezondheid als wel over het duidelijke gevaar dat ze zou worden doodgeschoten. In de loop van de jaren was het haar gelukt zo'n veertig kilo af te vallen, afhankelijk van de versie die je hoorde. Maar nu waren die kilo's terug, en de artsen maakten zich zorgen om haar bloeddruk. De stress eiste zijn tol. Esau zei dat ze slecht sliep, iets wat zijzelf in verband bracht met de medicijnen die ze innam. Ze was niet zo kwiek meer, lachte niet meer zoveel en bezat duidelijk veel minder energie.

Het werd allemaal toegeschreven aan de 'Padgitt-toestanden'. Zodra hij was opgepakt en er een eind aan de moorden was gekomen, zou het weer goed komen met miss Callie.

Dat was de optimistische visie, en de meesten van haar kinderen geloofden erin.

Op 2 juli, een maandag, bereidden Bonnie en haar helpsters een lichte lunch van salades en pizza's. Alle beschikbare Ruffins waren aanwezig, en we aten op een zijveranda onder langzaam draaiende en praktisch nutteloze rieten ventilatoren. Er stond wel een lichte bries, en bij een temperatuur van in de dertig graden konden we van een lange, lome maaltijd genieten.

Ik zocht nog naar het juiste moment om miss Callie te vertellen dat ik bij de krant wegging. Ik wist dat ze geschokt zou zijn, en ook erg teleurgesteld. Maar ik zou niet weten waarom we niet gewoon konden doorgaan met onze donderdagse lunches. Misschien was het nog leuker om de typefouten en vergissingen van iemand anders te tellen.

In negen jaar tijd hadden we maar zeven donderdagen overgeslagen, in alle gevallen door ziekte of tandheelkundige behandelingen. Na het eten werden onze lome gesprekken abrupt onderbroken. Er waren sirenes in de verte te horen, ergens aan de andere kant van de stad.

De doos was dertig bij dertig centimeter, ruim tien centimeter hoog, wit met rode en blauwe sterren en strepen. Het was een geschenkverpakking van de Bolan Pecan Farm in Hazelhurst, Mississippi, en de doos was naar Maxine Root gestuurd door haar zus in Concord, Californië. Echte Amerikaanse pecannoten, een geschenk ter gelegenheid van Onafhankelijkheidsdag. Hij kwam met de post, werd om ongeveer twaalf uur 's middags door de postbode in de brievenbus van Maxine Root gedaan. Daarna was de doos naar binnen gedragen, langs de buurman met wachtdienst die onder een boom in de voortuin zat, en naar de keuken, waar Maxine hem voor het eerst te zien kreeg.

Het was nu bijna een maand geleden dat sheriff McNatt haar had ondervraagd over haar stemgedrag toen ze in de jury zat. Ze had met tegenzin toegegeven dat ze geen voorstander van de doodstraf voor Danny Padgitt was geweest, en ze wist nog dat Lenny Fargarson en Mo Teale de twee mannen waren geweest die aan haar kant hadden gestaan. Omdat die nu dood waren, had McNatt haar het onaangename nieuws verteld dat zij wellicht het volgende slachtoffer zou zijn.

Nog jaren na het proces had Maxine het moeilijk gehad met het vonnis. Het stadje was verbitterd en ze voelde de vijandigheid. Gelukkig hielden de juryleden zich aan hun gelofte van stilzwijgen, en zij en Lenny en Mo kwamen niet extra in de problemen. De tijd

heelt alle wonden, en ze had zich geleidelijk van de nasleep van het vonnis kunnen distantiëren.
Nu wist opeens iedereen hoe ze had gestemd. Nu werd ze belaagd door een krankzinnige. Ze had vrijgenomen van haar baan als boekhoudster. Ze was op van de zenuwen; ze kon niet slapen; ze was het meer dan zat om zich in haar eigen huis te verstoppen; ze was het zat om elke avond de tuin vol buren te hebben alsof die daar voor de gezelligheid bij elkaar kwamen; ze was het zat om steeds achterom te kijken. Ze slikte zoveel verschillende pillen dat die elkaar tegenwerkten, zodat uiteindelijk niets hielp.
Ze zag de doos met pecannoten en begon te huilen. Er was iemand die van haar hield. Haar lieve zus Jane dacht aan haar. O, wat zou ze op dat moment graag bij Jane in Californië zijn.
Maxine begon het pakje open te maken, maar toen kwam er een gedachte in haar op. Ze ging naar de telefoon en draaide Janes nummer. Ze hadden elkaar in een week niet gesproken.
Jane was op haar werk en vond het prachtig om iets van haar te horen. Ze praatten over ditjes en datjes, en toen over de verschrikkelijke situatie in Clanton. 'Het is lief van je dat je die pecannoten hebt gestuurd,' zei Maxine.
'Welke pecannoten?' vroeg Jane.
Stilte. 'Die cadeauverpakking van Bolan Pecan in Hazelhurst. Een grote van anderhalve kilo.'
Weer een stilte. 'Dat heb ik niet gedaan, zus. Het moet van iemand anders zijn.'
Even later hing Maxine op. Ze keek naar de doos. Er zat een sticker op de voorkant waar EEN GESCHENK VAN JANE PARHAM op stond. Natuurlijk kende ze geen andere Jane Parhams.
Heel voorzichtig pakte ze de doos op. Hij leek haar een beetje zwaar voor anderhalve kilo pecannoten.
Travis, de parttime hulpsheriff, was toevallig bij het huis. Hij werd vergezeld door een zekere Teddy Ray, een puistige jongen met een te groot uniform en een dienstrevolver waarmee hij nog nooit had geschoten. Maxine nam hem mee naar de keuken, waar de kleurrijke doos in alle glorie op het aanrecht stond. De buurman kwam ook mee, en ze keken een hele tijd met zijn vieren naar het pakje. Maxine vertelde over haar telefoongesprek met Jane.
Na veel aarzeling pakte Travis de doos op en schudde hem een beetje heen en weer. 'Nogal zwaar voor pecannoten,' merkte hij op. Hij

keek Teddy Ray aan, die al bleek was geworden, en de buurman met het geweer, die eruitzag alsof hij zich elk moment op de vloer kon laten vallen.
'Denk je dat het een bom is?' vroeg de buurman.
'O, mijn god,' mompelde Maxine en ze zag eruit alsof ze in elkaar zou zakken.
'Het zou kunnen,' zei Travis en hij keek angstig naar de doos in zijn handen.
'Breng hem naar buiten,' zei Maxine.
'Moeten we de sheriff niet bellen?' kon Teddy Ray nog uitbrengen.
'Ja, eigenlijk wel,' zei Travis.
'Als het ding nu eens een tijdklok heeft of zoiets?' vroeg de buurman.
Travis aarzelde nog even en zei toen met de zekerheid van iemand die absoluut geen ervaring heeft: 'Ik weet wat we moeten doen.'
Ze liepen door de keukendeur naar een smalle veranda die zich over de hele achterkant van het huis uitstrekte. Travis zette de doos voorzichtig op de uiterste rand, een meter of zo boven de grond. Toen hij zijn .44 Magnum tevoorschijn haalde, zei Maxine: 'Wat doe je?'
'We gaan kijken of het een bom is,' zei Travis. Teddy Ray en de buurman maakten dat ze van de veranda af kwamen en zochten een veilige plek in het gras, op zo'n vijftien meter afstand.
'Je gaat op mijn pecannoten schieten?' vroeg Maxine.
'Heb jij een beter idee?' snauwde Travis terug.
'Nee, dat niet.'
Terwijl hij zich grotendeels nog in de keuken bevond, boog Travis zich met zijn dikke rechterarm en zijn nogal grote hoofd naar buiten en mikte. Maxine stond ineengedoken achter hem. Ze tuurde langs hem heen.
Het eerste schot miste de veranda volkomen, al hield Maxine haar adem in van schrik. Teddy Ray schreeuwde: 'Goed schot.' En hij en de buurman lachten even.
Travis mikte en schoot opnieuw.
De explosie scheurde de veranda helemaal van het huis los, sloeg een groot gat in de achtermuur achter de keuken en slingerde de scherven tot op een afstand van honderd meter in het rond. De bom verbrijzelde ramen, trok planken los en verwondde de vier aanwezigen. Teddy Ray en de buurman kregen stukjes metaal in hun borst en benen. Travis' rechterarm en schiethand kregen de

volle lading. Maxine werd twee keer in haar hoofd getroffen, een stuk glas sneed de lel van haar rechteroor weg, en een spijkertje drong in haar rechterkaak binnen.

Een ogenblik waren ze allemaal buiten westen, bewusteloos geraakt door anderhalve kilo kneedbom met spijkers, glasscherven en kogellagers.

Toen de sirenes door het stadje bleven loeien, ging ik naar de telefoon en belde ik Wiley Meek. Hij had net mij willen bellen. 'Ze hebben een bomaanslag op Maxine Root gepleegd,' zei hij.

Ik vertelde de Ruffins dat er een ongeluk was gebeurd en liet ze op de veranda achter. Toen ik in de wijk kwam waar de Roots woonden, waren de grote wegen afgezet en werd het verkeer omgeleid. Ik ging vlug naar het ziekenhuis en trof daar een jonge arts die ik kende. Hij zei dat er vier gewonden waren, maar dat blijkbaar geen van vieren in levensgevaar verkeerde.

Rechter Omar Noose hield die middag zitting in Clanton. Hij zei later dat hij de explosie had gehoord. Rufus Buckley en sheriff McNatt zaten een uur achter gesloten deuren met hem te praten. Wat ze bespraken, is nooit openbaar gemaakt. We zaten in de rechtszaal te wachten, en Harry Rex en de meeste andere advocaten die daar rondhingen waren ervan overtuigd dat de drie mannen overlegden of er een arrestatiebevel voor Danny Padgitt kon worden uitgevaardigd terwijl er toch zo weinig bewijs was dat hij de dader was.

Maar er moest iets gebeuren. Er moest iemand worden opgepakt. De sheriff moest de bevolking beschermen. Hij moest in actie komen, al was het niet helemaal volgens de wet.

We hoorden dat Travis en Terry Ray naar een van de ziekenhuizen in Memphis waren overgebracht om daar te worden geopereerd. Maxine en haar buurman waren op datzelfde moment al onder het mes. Nog steeds zeiden de artsen dat niemands leven in gevaar was. Wel bestond de kans dat Travis zijn rechterarm kwijt zou raken.

Hoeveel mensen in Ford County wisten hoe je zo'n bom moest maken? Wie hadden toegang tot explosieven? Wie hadden een motief? Zoals wij die dingen in de rechtszaal bespraken, zo werd er natuurlijk ook in de kamer van de rechter over gepraat. Noose, Buckley en McNatt waren gekozen functionarissen. De bevolking van Ford County moest door hen worden beschermd. Aangezien Danny Padgitt de enige denkbare verdachte was, vaardigde rechter Noose ten slotte een arrestatiebevel uit.

Lucien werd in kennis gesteld, en hij hoorde het nieuws zonder tegenwerpingen te maken aan. Op dat moment kon zelfs Padgitts advocaat weinig bezwaar maken tegen de arrestatie van Danny. Hij kon later altijd weer vrijgelaten worden.

Vlak na vijf uur vertrok een konvooi van politiewagens uit Clanton naar Padgitt Island. Harry Rex bezat inmiddels een politiescanner (er waren er nogal wat in de stad) en we zaten met een biertje in zijn kantoor te luisteren naar de opgewonden stemmen die uit het apparaatje kwamen. Het moest wel de meest opwindende arrestatie uit de geschiedenis van onze county zijn, en velen van ons zouden er het liefst zelf bij zijn. Zouden de Padgitts de weg blokkeren om de arrestatie tegen te werken? Zouden er schoten vallen? Zou het op een kleine oorlog uitdraaien?

Uit het radioverkeer konden we vrij goed afleiden wat er gebeurde. Op Highway 42 werden McNatt en zijn mannen opgewacht door tien 'eenheden' van de staatspolitie. We namen aan dat die 'eenheden' gewoon politiewagens waren, maar het klonk veel gewichtiger. Ze reden door naar Highway 401, sloegen het landweggetje in dat naar het eiland leidde, en bij de brug, waar iedereen een vuurgevecht verwachtte, zat Danny Padgitt bij zijn advocaat in de auto.

Er waren nu veel gespannen stemmen te horen uit de scanner.
'Hij is daar met zijn advocaat!'
'Wilbanks?'
'Ja.'
'Laten we ze allebei neerschieten.'
'Ze stappen uit de auto.'
'Wilbanks houdt zijn handen omhoog. Slim van hem!'
'Het is echt Danny Padgitt. Met zijn handen omhoog.'
'Ik wilde dat ik die grijns van zijn kop kon slaan.'
'Ze doen hem handboeien om.'
'Verdomme!' schreeuwde Harry Rex over zijn bureau. 'Ik wilde wat actie. Net als in de goeie ouwe tijd.'

Een uur later, toen de stoet van rode en blauwe lichten er aankwam, zaten we in het kantoor van de sheriff. Sheriff McNatt was zo verstandig geweest Padgitt in een wagen van de staatspolitie te zetten;

anders zouden zijn hulpsheriffs hem misschien onderweg hebben mishandeld. Twee van hun collega's lagen op de operatiekamer in Memphis, en de gemoederen liepen hoog op.

Er had zich een menigte voor het kantoor van de sheriff verzameld. Padgitt werd bespot en uitgescholden toen hij naar binnen werd geleid, en daarna snauwde de sheriff tegen de heethoofden dat ze naar huis moesten gaan.

Het was een hele opluchting om Padgitt met handboeien om te zien. En het nieuws dat hij was opgepakt, was een weldaad voor de hele county. De donkere wolk was weggetrokken. Clanton kwam die avond weer tot leven.

Toen ik die avond naar Hocutt House terugkeerde, waren de Ruffins in een feestelijke stemming. Miss Callie was zo ontspannen als ik haar in tijden niet had meegemaakt. We zaten urenlang op de veranda, vertelden verhalen, lachten, luisterden naar Aretha Franklin en de Temptations, luisterden zelfs naar wat vuurwerk dat hier en daar knalde.

43

Zonder dat iemand het wist, waren Lucien Wilbanks en rechter Noose in het hectische uur voor de arrestatie tot een akkoord gekomen. De rechter was bang geweest dat er verschrikkelijke dingen zouden gebeuren als Danny Padgitt zich op het eiland zou terugtrekken of, erger nog, zich met geweld tegen zijn arrestatie zou verzetten. De county was een kruitvat dat op een lucifer wachtte. De politie wilde bloed zien, vanwege Teddy Ray en Travis; de stommiteiten van die schietgrage wetsdienaren werden tijdelijk vergeten zolang ze nog van hun wonden herstelden. En Maxine Root kwam uit een beruchte houthakkersfamilie, vechtersbazen die het hele jaar door jaagden en leefden van de grond waarop ze leefden. Als zulke mensen eenmaal een wrok tegen iemand koesterden, liep het altijd op schieten uit.
Lucien begreep de situatie. Hij was bereid zijn cliënt af te leveren, maar dan wel op één voorwaarde: hij wilde dat er onmiddellijk een hoorzitting over vrijlating op borgtocht plaatsvond. Hij had minstens tien getuigen die bereid waren 'waterdichte' alibi's voor Danny te verschaffen, en Lucien wilde dat de bevolking van Clanton hun getuigenverklaring hoorde. Hij zei zeker te weten dat er iemand anders achter de moorden zat, en het was belangrijk dat ze de stad daarvan doordrongen.
Lucien zou over een maand uit de advocatuur worden gezet. Dat

had te maken met de puinhoop die hij van een andere zaak had gemaakt. Hij wist dat het einde nabij was, en die borgtochtzitting zou zijn laatste optreden zijn.

Noose ging akkoord en zei dat de zitting de volgende dag, 3 juli, om tien uur 's morgens zou worden gehouden. Het deed allemaal sterk denken aan wat er negen jaar eerder was gebeurd. Ook nu was Danny Padgitt goed voor een afgeladen tribune in de rechtszaal van Ford County. Het was een vijandige menigte. De mensen wilden hem zien en hoopten dat hij ter plekke zou worden opgeknoopt. Maxine Roots familie was er al vroeg en zat bijna vooraan. Het waren woedende, dikke, bebaarde mannen in overalls. Ik werd bang als ik naar hen keek, en dat terwijl we toch aan dezelfde kant stonden. We hoorden dat Maxine veel rustte en over een paar dagen weer thuis werd verwacht.

De Ruffins hadden die ochtend weinig te doen en wilden de opwinding in het gerechtsgebouw dan ook niet mislopen. Miss Callie zelf wilde met alle geweld vroeg arriveren, dan hadden ze goede plaatsen. Ze was blij dat ze weer in de binnenstad was. Ze droeg een zondagse jurk en genoot ervan om te midden van haar familie in het publiek te zitten.

De berichten uit het ziekenhuis van Memphis waren niet allemaal positief. Teddy Ray was weer aan elkaar genaaid en herstelde goed. Travis had een zware nacht gehad, en de artsen waren bang geweest dat ze zijn arm niet konden redden. Hun kameraden waren in groten getale naar de rechtszaal gekomen om opnieuw de kans te krijgen woedende blikken op de bommenmaker te werpen.

Ik zag de heer en mevrouw Fargarson ook in de zaal zitten, op de derde rij van achteren, en ik wist echt niet wat zij op dat moment dachten.

Er waren geen Padgitts aanwezig. Die waren zo verstandig om buiten de rechtszaal te blijven. Als er ook maar één van hen was verschenen, zou het tot rellen zijn gekomen. Harry Rex fluisterde dat ze in de jurykamer bij elkaar zaten, met de deur op slot. We kregen ze niet te zien.

Rufus Buckley trad met zijn medewerkers namens de staat Mississippi op. Dat was ook een van de voordelen die aan de verkoop van de *Times* verbonden waren: ik zou me nooit meer gedwongen zien met hem te praten. Hij was arrogant en pompeus, en alles wat hij deed, was erop gericht om gouverneur te worden.

Terwijl ik zat te wachten en naar de mensen keek die de zaal binnenkwamen, besefte ik dat ik nu voor het laatst in de *Times* verslag zou uitbrengen van zo'n procedure. Dat stemde me niet droevig. In gedachten werkte ik al niet meer op de krant en was ik al bezig een deel van het geld uit te geven. En nu Danny in hechtenis was genomen, was mijn verlangen om uit Clanton weg te komen en de wereld in te gaan nog groter geworden.
Over een paar maanden zou er een proces zijn. Weer een Danny Padgitt-circus, maar het leek me onwaarschijnlijk dat het in Ford County zou worden gehouden. Het kon me niet schelen. Iemand anders zou erover schrijven.
Om tien uur waren alle plaatsen bezet en stonden er ook nog rijen toeschouwers aan de kant. Een kwartier later was er gestommel achter de rechtersstoel te horen. Er ging een deur open en Lucien Wilbanks kwam binnen. Het leek net een sportwedstrijd; hij was een speler en we wilden allemaal boe roepen. Twee parketwachten kwamen dicht achter hem aan, en een van hen riep: 'Opstaan voor de rechter!'
Rechter Noose kwam in zijn zwarte toga naar voren geslenterd en ging op zijn troon zitten. 'Gaat u zitten,' zei hij in de microfoon. Hij keek naar het publiek en scheen het vreemd te vinden dat we met zovelen waren.
Hij knikte, een zijdeur ging open en Danny Padgitt, geboeid om polsen en enkels en in de oranje gevangenisoverall die hij al eerder had gedragen, werd door drie hulpsheriffs naar binnen geleid. Het duurde een paar minuten voordat hij van al zijn belemmeringen was ontdaan, en toen hij eindelijk vrij was, boog hij zich naar voren en fluisterde hij Lucien iets toe.
'Dit is een borgtochtzitting,' kondigde Noose aan, en het werd stil in de zaal. 'Er is geen reden waarom die niet snel en verstandig kan worden afgehandeld.'
Het zou veel sneller gaan dan iedereen verwachtte.

Ergens boven ons explodeerde een kanon, en heel even dacht ik dat we allemaal waren geraakt. Er knalde iets door de benauwde lucht van de rechtszaal, en omdat we toch al zo nerveus waren, verstijfden we allemaal, als een onbeweeglijk toonbeeld van schrik en ongeloof. Toen hoorden we gekreun van Danny Padgitt, een vertraagde reactie, en barstte de hel los. Vrouwen krijsten. Mannen krijsten.

Iemand schreeuwde: 'Liggen!', en de helft van het publiek dook weg, sommigen tegen de vloer. Iemand schreeuwde: 'Hij is neergeschoten!'
Ik liet mijn hoofd een beetje zakken, maar ik wilde er niets van missen. Alle hulpsheriffs trokken hun dienstrevolver en keken in verschillende richtingen, op zoek naar de schutter. Ze richtten hun wapen omhoog en omlaag, naar voren en naar achteren, hier en daar.
Hoewel we het er later nooit over eens werden, kwam het tweede schot niet meer dan drie seconden na het eerste. Het trof Danny in zijn ribben, maar het was niet nodig geweest. Het eerste schot was door zijn hoofd gegaan. Het tweede schot trok de aandacht van een hulpsheriff die voor in de rechtszaal stond. Ik dook nog verder weg, maar ik zag dat hij zijn wapen op het balkon richtte.
De dubbele deur van de rechtszaal vloog open, en de stormloop begon. In de hysterie die volgde, bleef ik op mijn plaats zitten en probeerde ik alles in me op te nemen. Ik weet nog dat ik Lucien Wilbanks over zijn cliënt gebogen zag staan. En Rufus Buckley kroop op handen en knieën voor de jurybank langs om te ontsnappen. En ik zal nooit vergeten dat rechter Noose rustig op zijn stoel bleef zitten, zijn leesbril op het puntje van zijn neus. Hij keek naar de chaos alsof hij elke week zoiets meemaakte.
Elke seconde leek een minuut te duren.
De schoten die Danny hadden getroffen, waren afgevuurd vanuit het plafond boven het balkon. En hoewel het balkon vol mensen zat, zag niemand het geweer dat drie meter boven hun hoofd een paar centimeter naar beneden stak. Net als de rest van ons deed iedereen zijn best om een eerste blik op Danny Padgitt te werpen.
In de loop van de jaren had de county de rechtszaal nu en dan telkens als er een paar dollar kon worden losgepeuterd, een beetje opgeknapt. Maar eind jaren zestig was er, om meer licht te krijgen, een verlaagd plafond aangebracht. De schutter had een perfecte plek op een verwarmingsbuis gevonden, net boven een paneel in het plafond. En daar, in de donkere kruipruimte, had hij geduldig afgewacht. Door een spleet van tien centimeter, die hij had gemaakt door een van de vlekkerige panelen op te lichten, had hij naar de rechtszaal beneden hem gekeken.
Toen ik dacht dat er niet meer geschoten zou worden, kroop ik dichter naar de advocatentafel toe. De politie schreeuwde dat ieder-

een de zaal uit moest gaan. Ze duwden tegen mensen en blaften allerlei tegenstrijdige bevelen. Danny lag onder de tafel en werd verzorgd door Lucien en een paar hulpsheriffs. Ik kon zijn voeten zien, en die bewogen niet. Er ging een minuut of twee voorbij, en de chaos werd minder. Plotseling waren er weer schoten te horen, ditmaal gelukkig buiten het gebouw. Ik keek uit een raam en zag mensen de winkels aan het plein binnenrennen. Ik zag een oude man naar boven wijzen, naar een punt ergens boven mijn hoofd. Hij wees naar iets op het dak van het gerechtsgebouw.
Sheriff McNatt had net de kruipruimte ontdekt toen hij schoten boven zich hoorde. Hij en twee hulpsheriffs gingen de trap op naar de tweede verdieping en namen toen voorzichtig de smalle wenteltrap door de koepel. De deur naar de koepel zat klem, maar net daarboven hoorden ze de schutter wegrennen. En ze hoorden patroonhulzen op de vloer vallen.
Zijn enige doelwit was het advocatenkantoor van Lucien Wilbanks, vooral de ramen op de bovenverdieping. Zorgvuldig schoot hij die ramen een voor een kapot. Beneden zat Ethel Twitty onder haar bureau, schreeuwend en gillend tegelijk.
Ik ging nu eindelijk de rechtszaal uit en rende de trap af naar de benedenverdieping, waar iedereen onzeker stond te wachten. De politiecommandant riep dat ze binnen moesten blijven. Tussen de schoten door hoorde je de mensen snel en nerveus praten. Telkens als er weer werd geschoten, keken we elkaar met grote ogen aan. Ieder van ons dacht: hoe lang gaat dit nog door?
Ik stond bij de familie Ruffin. Miss Callie was flauwgevallen toen het eerste schot door de rechtszaal knalde. Max en Bobby hielden haar vast. Ze wilden haar zo gauw mogelijk naar huis brengen.

Nadat hij de stad een uur in gijzeling had gehouden, raakte de schutter door zijn munitie heen. Hij bewaarde de laatste kogel voor zichzelf, en toen hij de trekker overhaalde, viel hij met een dreun op het kleine luik in de vloer van het koepeltje. Sheriff McNatt wachtte een paar minuten en zag toen kans het luik open te duwen. Hank Hooten was weer naakt. En hij was zo dood als een overreden rat. Een hulpsheriff rende de trap af en schreeuwde: 'Het is voorbij! Hij is dood! Het is Hank Hooten!'
De verbijsterde gezichten waren bijna komisch om te zien. Hank Hooten? Iedereen zei die naam, maar er kwamen geen woorden uit.

Hank Hooten?
'Die advocaat die gek werd.'
'Ik dacht dat ze hem hadden opgeborgen.'
'Zit hij niet in Whitfield?'
'Ik dacht dat hij dood was.'
'Wie is Hank Hooten?' vroeg Carlota me, maar ik was te verward om antwoord te geven. We gingen naar buiten en bleven een tijdje onder de bomen staan. We wisten niet of we daar moesten blijven voor het geval zich opnieuw iets ongelooflijks voordeed, of dat we naar huis moesten gaan om daar te proberen iets te begrijpen van wat we zojuist hadden meegemaakt. De Ruffins gingen vlug weg; miss Callie voelde zich niet goed.
Uiteindelijk reed er een ambulance met Danny Padgitt van het gerechtsgebouw vandaan. Zo te zien hadden ze geen haast. Het weghalen van Hank Hooten kostte wat meer tijd, maar uiteindelijk kregen ze zijn lijk naar beneden. Ze reden het op een brancard naar buiten. Het was van top tot teen met een wit laken bedekt.
Ik liep naar mijn kantoor, waar Margaret en Wiley onder het genot van verse koffie op me zaten te wachten. We waren te diep geschokt om een intelligent gesprek te kunnen voeren. De hele stad was met stomheid geslagen.
Uiteindelijk voerde ik een paar telefoongesprekken. Ik kreeg degene te pakken die ik wilde hebben en verliet de krant om ongeveer twaalf uur. Toen ik om het plein heen reed, zag ik Dex Pratt, die het plaatselijke glaszettersbedrijf had en elke week een advertentie in de *Times* plaatste, op het balkon van Luciens kantoor. Hij was al bezig de kapotte ruiten van de balkondeuren te vervangen. Blijkbaar was Lucien ook al thuis. Die zat natuurlijk al met de fles binnen handbereik op zijn veranda, vanwaar hij het dak en het koepeltje van het gerechtsgebouw kon zien.
Whitfield lag drie uur naar het zuiden. Ik wist niet of ik zo ver zou komen, want op dat moment was de kans groot dat ik rechts af zou slaan, naar het westen, bij Greenville of Vicksburg de rivier over, om tegen het vallen van de avond ergens diep in Texas te zijn. Of ik zou links afslaan, naar het oosten, en erg laat op de avond een motel in de buurt van Atlanta opzoeken.
Wat een waanzin. Hoe kon zo'n vriendelijk stadje in zo'n nachtmerrie veranderen? Ik wilde daar alleen maar weg.
Ik was al in de buurt van Jackson toen ik uit mijn trance ontwaakte.

De psychiatrische inrichting lag dertig kilometer ten oosten van Jackson aan een snelweg. Ik blufte me langs de wachtpost door de naam van een arts te gebruiken die ik door de telefoon te horen had gekregen.

Dokter Vero had het erg druk, en ik zat een uur lang tijdschriften te lezen in zijn wachtkamer. Toen ik tegen het meisje van de receptie zei dat ik niet wegging en dat ik hem zo nodig naar huis zou volgen, zag hij kans om wat tijd voor me vrij te maken.

Vero had lang haar en een grijzende baard. Hij sprak met het accent van de betere kringen uit het Midwesten. Op twee diploma's aan zijn muur stond te lezen dat hij aan Northwestern en Johns Hopkins had gestudeerd, al kon ik in het schemerige licht van zijn rommelige kantoor niet precies lezen wat er verder nog stond.

Ik vertelde hem wat er die ochtend in Clanton was gebeurd. Toen ik klaar was met mijn verhaal, zei hij: 'Ik kan niet over meneer Hooten praten. Zoals ik door de telefoon al heb uitgelegd, maakt mijn ambtsgeheim dat onmogelijk.'

'Maakte. Niet maakt.'

'Het blijft in stand, meneer Traynor. Het is nog van kracht, en ik kan helaas niet over deze patiënt praten.'

Ik had lang genoeg met Harry Rex opgetrokken om te weten dat je nooit genoegen moet nemen met het antwoord 'nee'. Ik begon aan een lang en gedetailleerd verhaal over de zaak-Padgitt, het proces, de voorwaardelijke vrijlating, de gebeurtenissen van de afgelopen maand, de spanning die in Clanton heerste. Ik vertelde dat ik Hank Hooten op een zondagavond in de Onafhankelijke Kerk van Calico Ridge had gezien, en dat niemand in de laatste jaren van zijn leven iets over hem scheen te weten.

Wat ik daarmee wilde zeggen, was dat 'de stad' moest weten waardoor het mis was gegaan met hem. Hoe ziek was hij? Waarom werd hij vrijgelaten? Er waren veel vragen, en voordat 'we' de tragische episode achter 'ons' konden laten, moesten 'we' de waarheid weten. Ik betrapte mezelf erop dat ik om informatie smeekte.

'Hoeveel drukt u af?' vroeg hij. Het ijs was gebroken.

'Ik druk af wat u zegt dat ik mag afdrukken. Als u iets niet in de krant wilt hebben, hoeft u dat maar te zeggen.'

'Kom, we gaan een eindje lopen.'

Op een betonnen bankje, op een kleine schaduwrijke binnenplaats, dronken we koffie uit kartonnen bekers. 'U mag het volgende afdrukken,' begon Vero. 'Meneer Hooten is hier in januari 1971 opgenomen. Er werd vastgesteld dat hij aan schizofrenie leed. Hij is hier op een gesloten afdeling opgenomen, behandeld en in oktober 1976 vrijgelaten.'

'Wie heeft de diagnose gesteld?' vroeg ik.

'Nu komen we op een terrein dat vertrouwelijk is. Akkoord?'

'Akkoord.'

'Dit moet ook vertrouwelijk blijven, meneer Traynor. U moet me uw woord geven.'

Ik legde mijn pen en notitieboekje weg en zei: 'Ik zweer op de bijbel dat dit niet wordt afgedrukt.'

Hij aarzelde een hele tijd, nam nog wat slokjes koffie, en een ogenblik dacht ik dat hij zou dichtklappen en tegen me zou zeggen dat ik weg moest gaan. Toen ontspande hij een beetje en zei: 'Aanvankelijk was ik degene die meneer Hooten behandelde. In zijn familie kwam schizofrenie voor. Zijn moeder had het, en zijn grootmoeder wellicht ook. Bij die ziekte speelt erfelijkheid vaak een rol. Hij was opgenomen toen hij op de middelbare school zat, maar opmerkelijk genoeg zag hij toch kans om rechten te studeren. Na zijn tweede scheiding ging hij in het midden van de jaren zestig naar Clanton om daar opnieuw te beginnen. Er volgde weer een scheiding. Hij was gek op vrouwen, maar kon een relatie niet aan. Hij was erg gecharmeerd van Rhoda Kassellaw en beweerde dat hij haar meermalen had gevraagd met hem te trouwen. De jongedame zal vast wel voor hem op haar hoede zijn geweest. Toen ze werd vermoord, was dat een erg traumatische ervaring voor hem. En toen de jury weigerde haar moordenaar ter dood te veroordelen, tja, toen gleed hij over de rand, zou je kunnen zeggen.'

'Ik stel het op prijs dat u me dit in lekentermen vertelt,' zei ik. Ik herinnerde me de diagnose die de mensen van Clanton stelden: 'knettergek'.

'Hij hoorde stemmen, vooral die van mevrouw Kassellaw. Haar twee kleine kinderen praatten ook tegen hem. Ze smeekten hem haar te beschermen, haar te redden. Ze vertelden hem hoe verschrikkelijk het was geweest om te zien hoe hun moeder in haar eigen bed werd verkracht en vermoord, en ze namen het meneer Hooten kwalijk dat hij haar niet had gered. Haar moordenaar, Padgitt, kwelde hem door de spot met hem te drijven vanuit de gevangenis. Ik heb meermalen via een bewakingscamera gezien dat

meneer Hooten vanuit zijn kamer hier tegen Danny Padgitt zat te schreeuwen.'
'Sprak hij ook over de juryleden?'
'O ja, de hele tijd. Hij wist dat drie van hen – meneer Fargarson, meneer Teale en mevrouw Root – hadden geweigerd Padgitt ter dood te veroordelen. Hij schreeuwde hun namen in het holst van de nacht.'
'Dat is verbazingwekkend. De juryleden hebben gezworen dat ze niets over hun beraadslagingen zouden loslaten. Wij wisten pas een maand geleden hoe ze hadden gestemd.'
'Nou, hij was de assistent-aanklager.'
'Ja, dat klopt.' Ik zag weer voor me hoe Hank Hooten tijdens het proces naast Ernie Gaddis had gezeten. Hij had nooit een woord gezegd en verveeld uit zijn ogen gekeken, alsof het hem allemaal niet interesseerde. 'Zei hij dat hij wraak wilde nemen?'
Een slokje koffie, weer een korte stilte waarin de arts over zijn antwoord nadacht. 'Ja. Hij haatte die mensen. Hij wilde ze dood hebben, en meneer Padgitt ook.'
'Waarom is hij dan vrijgelaten?'
'Ik kan niet over zijn vrijlating praten, meneer Traynor. Ik was hier toen niet, en misschien kan de inrichting aansprakelijk worden gesteld.'
'U was hier niet?'
'Ik ben twee jaar weg geweest om te doceren in Chicago. Toen ik anderhalf jaar geleden terugkwam, was meneer Hooten hier niet meer.'
'Maar u hebt zijn dossier gelezen.'
'Ja, en zijn conditie was enorm verbeterd in de tijd dat ik weg was. De artsen vonden de juiste combinatie van antipsychotische middelen. Zijn symptomen werden veel minder heftig. Na zijn vrijlating is hij naar een open project in Tupelo gegaan, en daarna is hij van ons radarscherm verdwenen. Ik hoef u niet te vertellen, meneer Traynor, dat de behandeling van geesteszieken geen hoge prioriteit krijgt in deze staat, en ook niet in veel andere staten. We hebben hier een groot tekort aan mensen en middelen.'
'Zou u hem hebben vrijgelaten?'
'Daar kan ik geen antwoord op geven. Ik denk dat ik nu wel genoeg heb gezegd, meneer Traynor.'
Ik bedankte hem voor zijn tijd en openhartigheid en beloofde hem

opnieuw dat ik zijn vertrouwen niet zou beschamen. Hij vroeg me om een exemplaar van wat ik zou afdrukken.

Ik ging een cheeseburger eten in een fastfoodrestaurant in Jackson. Er was daar een munttelefoon en ik belde naar de krant, benieuwd of zich nog nieuwe schietpartijen hadden voorgedaan. Margaret was blij dat ze mijn stem hoorde.

'Je moet naar huis komen, Willie, en vlug ook,' zei ze.

'Waarom?'

'Callie Ruffin heeft een beroerte gehad. Ze ligt in het ziekenhuis.'

'Is het ernstig?'

'Helaas wel.'

44

In 1977 waren er in de county obligaties uitgegeven om ons ziekenhuis te kunnen opknappen. Aan het ene eind van de benedenverdieping was een moderne, zij het nogal donkere kapel ingericht, waar ik eens met Margaret en haar familie had gezeten toen haar moeder was overleden. Daar trof ik de Ruffins nu aan, alle acht kinderen, alle 21 kleinkinderen, en alle aanhang behalve Leons vrouw. Dominee Thurston Small was ook aanwezig, met een grote groep uit de kerk. Esau was boven op de intensive care. Hij zat voor miss Callies kamer te wachten.
Sam vertelde me dat ze wakker was geworden met een scherpe pijn in haar linkerarm. Daarna kreeg ze een verdoofd gevoel in haar been, en algauw begon ze onsamenhangend te mompelen. Een ambulance bracht haar in allerijl naar het ziekenhuis. De dokter was er van overtuigd dat het in het begin een beroerte was geweest, en die zou dan aan een lichte hartaanval vooraf zijn gegaan. Ze kreeg veel medicijnen toegediend en haar toestand werd nauwlettend gevolgd. Het laatste bericht van de dokter was om ongeveer acht uur gekomen; haar toestand werd 'ernstig maar stabiel' genoemd.
Er werd geen bezoek toegelaten, en dus konden we weinig anders doen dan wachten en bidden en vrienden begroeten die langskwamen. Toen ik een uur in de kapel had gezeten, wilde ik naar bed.

Max, de derde in geboortevolgorde maar ontegenzeggelijk de leider, stelde een schema voor de nacht op. Te allen tijde zouden minstens twee van miss Callies kinderen ergens in het ziekenhuis zijn.

Om een uur of elf vroegen we weer aan de dokter hoe het ging, en hij klonk redelijk optimistisch. Ze was nog stabiel. Ze 'sliep', zoals hij het stelde, maar toen we doorvroegen, gaf hij toe dat ze haar bewusteloos hadden gemaakt om een volgende beroerte te voorkomen. 'Gaat u naar huis en rust u uit,' zei hij. 'Het kan morgen wel eens een lange dag worden.' We lieten Mario en Gloria in de kapel achter en gingen met zijn allen naar Hocutt House, waar we ijs aten op een zijveranda. Sam was met Esau naar Lowtown gegaan. Ik was blij dat de rest van de familie liever bij mij logeerde.

Van de dertien aanwezige volwassenen dronken alleen Leon en Carlota's man Sterling alcohol. Ik trok een fles open, en wij drieën namen wijn in plaats van ijs.

Iedereen was doodmoe, vooral de kinderen. De dag was begonnen met een expeditie naar het gerechtsgebouw, waar we een blik wilden werpen op de man die onze gemeenschap had geterroriseerd. Dat leek nu wel een week geleden. Rond middernacht riep Al de familie in mijn studeerkamer bijeen voor een laatste gebed. Een 'ketengebed', zoals hij het noemde. Iedere volwassene en ieder kind dankte voor iets en vroeg God om miss Callie te beschermen. Toen ik daar op mijn bank zat, hand in hand met Bonnie en Mario's vrouw, voelde ik de aanwezigheid van de Heer. Ik wist dat het goed zou komen met mijn dierbare vriendin, hun moeder en oma.

Twee uur later lag ik klaarwakker in bed. Ik hoorde nog steeds de harde knallen van de geweerschoten in de rechtszaal, de inslag van de kogel toen Danny werd getroffen, de paniek die daarop volgde. Ik liet elk woord van dokter Vero telkens weer door mijn hoofd gaan, en vroeg me af in wat voor hel die arme Hank Hooten de afgelopen jaren had geleefd. Waarom was hij weer op de samenleving losgelaten?

En ik maakte me zorgen om miss Callie, al scheen haar toestand redelijk te zijn en al was ze in goede handen.

Ten slotte sliep ik twee uur, en toen ging ik naar beneden, waar ik Mario en Leon koffie drinkend aan de keukentafel aantrof. Mario was een uur eerder uit het ziekenhuis gekomen; er had zich geen verandering voorgedaan. Ze maakten al plannen voor het strenge dieet dat de familie aan miss Callie zou opleggen als ze weer thuis was. Ze zou ook aan een trainingsprogramma beginnen, met lange dagelijkse wandelingen door Lowtown. Regelmatige medische onderzoeken, vitaminen, licht voedsel.

Ze waren echt van plan haar dat gezondheidsregime op te leggen, al wisten ze allemaal dat miss Callie gewoon zou doen wat ze wilde.

Een paar uur later begon ik aan een grote klus. Ik ruimde mijn kamer op en stopte de spullen die ik in negen jaar had verzameld in dozen. De nieuwe hoofdredacteur was een sympathieke vrouw uit Meridian, Mississippi, en ze wilde in het weekend beginnen. Margaret bood aan me te helpen, maar ik wilde het langzaam doen en bij het leeghalen van laden en kasten aan de afgelopen jaren terugdenken. Dit was een persoonlijk moment, en ik was liever alleen.
Caudles boeken werden eindelijk van de stoffige planken gehaald waar ze al lang voor mijn komst waren neergezet. Ik was van plan ze ergens thuis op te slaan, voor het geval er een familielid van hem kwam opdagen en vragen ging stellen.
Ik deed dit alles met gemengde gevoelens. Alles wat ik aanraakte, riep een verhaal bij me op, een deadline, een autorit diep de county in om materiaal voor een artikel te vinden of een getuige te interviewen, of iemand te ontmoeten van wie ik hoopte dat hij of zij interessant genoeg was voor een profiel. En hoe eerder ik klaar was met opruimen, des te eerder zou ik dit gebouw uitlopen en in een vliegtuig stappen.
Om halftien belde Bobby Ruffin. Miss Callie was wakker. Ze zat rechtop en dronk thee, en ze mocht een paar minuten bezoek ontvangen. Ik ging vlug naar het ziekenhuis. Sam stond in de hal op me te wachten en leidde me door het labyrint van kamers en hokjes op de intensive care-afdeling. 'Zeg maar niets over de dingen die gisteren gebeurd zijn. Goed?' zei hij onder het lopen.
'Goed.'
'Niets wat haar kan opwinden. Ze laten niet eens de kleinkinderen toe, want ze zijn bang dat haar hart dan weer tekeergaat. Alles moet heel rustig blijven.'
Ze was wakker, maar nauwelijks. Ik had verwacht haar levendige ogen en stralende glimlach terug te zien, maar miss Callie was amper bij bewustzijn. Ze herkende me, we omhelsden elkaar en ik gaf een klopje op haar rechterhand. Aan de linker zat een infuus. Sam, Esau en Gloria waren er ook.

Ik wilde een paar minuten met haar alleen zijn om haar eindelijk te vertellen dat ik de krant had verkocht, maar ze verkeerde niet in een conditie om zulk nieuws aan te horen. Ze was nu bijna twee uur wakker, en het was duidelijk dat ze meer slaap nodig had. Misschien konden we er over een paar dagen uitgebreid over praten.
Na een kwartier kwam de dokter ons wegsturen. We gingen weg, we kwamen terug, en we bleven de hele Onafhankelijkheidsdag over haar waken, al werden we niet meer op de intensive care toegelaten.

De burgemeester had besloten dat er op de Onafhankelijkheidsdag geen vuurwerk zou worden ontstoken. We hadden al genoeg explosies gehoord, hadden genoeg van buskruit te lijden gehad. De hele stad was nog steeds nerveus en er maakte nauwelijks iemand bezwaar. De muziekkorpsen marcheerden, de optocht ging door de straten, de politieke toespraken waren dezelfde als de vorige keren, al waren er minder kandidaten. Senator Theo Morton was opvallend afwezig. Er was van alles: ijs, limonade, barbecue, suikerspinnen, de gebruikelijke hapjes op het gazon van het gerechtsgebouw. Toch heerste er een bedrukte sfeer. Of misschien lag het alleen maar aan mezelf. Misschien was ik de stad zo zat dat ik er niets positiefs meer aan kon zien. Ik kende in elk geval de remedie.
Na de toespraken verliet ik het plein en reed ik naar het ziekenhuis terug, een kleine omweg die routine begon te worden. Ik sprak met Fuzzy, die het parkeerterrein van het ziekenhuis aanveegde, en met Ralph, die de ruiten in de hal lapte. Ik ging naar de kantine en kocht een glas limonade van Hazel en sprak daarna met Esther Ellen Trussel, die de informatiebalie van de Pink Ladies bemande, de vrijwilligersorganisatie van het ziekenhuis. In de wachtkamer op de eerste verdieping vond ik Bobby met de vrouw van Al; ze zaten als zombies naar de televisie te kijken. Ik had net een tijdschrift opengeslagen, toen Sam binnenkwam.
'Ze heeft weer een hartaanval gehad!' zei hij.
We sprongen met zijn drieën overeind alsof we ergens heen konden.
'Het is net gebeurd! Ze hebben het rode team opgeroepen!'
'Ik bel naar het huis,' zei ik en ik liep snel naar de munttelefoon op de gang. Max nam de telefoon op en een kwartier later kwamen de Ruffins met zijn allen de kapel in.
Het duurde een eeuwigheid voordat de artsen ons iets kwamen ver-

tellen. Het was bijna acht uur toen haar behandelend arts de kapel binnenkwam. Artsen staan erom bekend dat je niet snel iets van hun gezicht kunt aflezen, maar zijn zware oogleden en gerimpelde voorhoofd spraken boekdelen. Toen hij over 'een ernstige hartstilstand' sprak, lieten de acht kinderen van miss Callie allemaal hun schouders zakken. Ze lag aan een beademingsapparaat, want ze kon niet meer zelf ademhalen.

Binnen een uur zat de kapel vol met vrienden van haar. Dominee Thurston Small leidde ononderbroken een gebedsgroep bij het altaar; mensen deden mee en gingen weer weg wanneer ze wilden. Die arme Esau zat voorovergebogen in de achterste rij, volkomen uitgeput. Zijn kleinkinderen zaten om hem heen, allemaal erg stil en eerbiedig.

Urenlang wachtten we. En hoewel we ons best deden om te glimlachen en optimistisch te zijn, hadden we een onheilspellend gevoel. Het was of de begrafenis al was begonnen.

Margaret kwam langs en we praatten op de gang. Daarna kwamen de Fargarsons naar me toe en vroegen of ze met Esau konden praten. Ik nam hen mee naar de kapel, waar ze warm werden begroet door de Ruffins, die allemaal hun medeleven betuigden met het verlies van hun zoon.

Om twaalf uur die nacht waren we verdoofd en konden we de tijd niet meer bijhouden. Minuten kropen voorbij, en dan keek ik op de klok aan de muur en vroeg ik me af waar het afgelopen uur was gebleven. Ik wilde weggaan, al was het alleen maar even naar buiten voor wat frisse lucht. Maar de dokter had gezegd dat we in de buurt moesten blijven.

Het drong pas goed tot ons door hoe erg het was, toen hij ons om zich heen verzamelde en ernstig zei dat het tijd was voor een 'laatste moment met de familie'. Er werd gezucht en er waren tranen. Ik zal nooit vergeten dat Sam hardop zei: 'Een laatste moment?'

'Is het afgelopen?' vroeg Gloria verschrikt.

Met angst en verbijstering liepen we achter de dokter aan de kapel uit, de gang door, een trap op. We hadden allemaal lood in onze schoenen. De zusters hielpen ons door het labyrint van de intensive care. De uitdrukking op hun gezichten vertelde ons datgene waar we het bangst voor waren.

Toen de familieleden een voor een het kleine kamertje binnengingen waar miss Callie lag, legde de dokter zijn hand op mijn arm en

zei: 'We kunnen dit beter tot de familie beperken.'
'Goed.' Ik bleef staan.
'Hij mag mee,' zei Sam. 'Hij hoort bij ons.'
We verzamelden ons rond miss Callie en haar machines, die voor het merendeel niet meer aangesloten waren. De twee kleinste kleinkinderen werden aan het voeteneind van haar bed gezet. Esau stond het dichtst bij haar en streek zachtjes over haar wang. Haar ogen waren dicht; zo te zien haalde ze geen adem meer.
Ze lag er erg vredig bij. Haar man en kinderen raakten haar aan, en huilden hartverscheurend. Ik stond in een hoek tussen de man van Gloria en de vrouw van Al, en ik kon gewoon niet geloven waar ik was of wat ik deed.
Toen Max zich weer in de hand had, raakte hij miss Callies arm aan en zei: 'Laten we bidden.' We bogen ons hoofd en de meesten hielden even op met huilen. 'Heer, niet onze wil maar de uwe. In uw handen beveel ik de geest van dit trouwe kind van God. Geef haar een plaats in uw koninkrijk der hemelen. Amen.'

Bij zonsopgang zat ik op het balkon van mijn kamer op de krant. Ik wilde alleen zijn, alleen met mijn verdriet. In mijn huis werd overal gehuild. Ik hield het daar niet meer uit.
Als ik van mijn wereldreizen had gedroomd, had ik ook altijd voor me gezien hoe ik naar Clanton terugkwam met geschenken voor miss Callie. Ik zou een zilveren vaas uit Engeland voor haar meebrengen, linnengoed uit het Italië dat ze nooit zou zien, parfum uit Parijs, bonbons uit België, een urn uit Egypte, een kleine diamant uit de mijnen van Zuid-Afrika. Ik zou ze haar op haar veranda presenteren, voordat we gingen lunchen, en dan zouden we praten over de plaatsen waar ze vandaan kwamen. Ik zou haar overal vandaan een ansichtkaart sturen. We zouden samen mijn foto's bekijken. Door mij zou ze de wereld zien. Ze zou er altijd zijn, altijd op mijn terugkeer wachten, benieuwd naar wat ik voor haar had meegebracht. Haar huis zou vol staan met mooie dingen uit de hele wereld, en ze zou dingen bezitten die niemand in Clanton, zwart of blank, ooit had bezeten.
Het verlies van mijn dierbare vriendin deed me pijn. Het was wreed dat het zo plotseling was gebeurd, zoals het altijd wreed is. Mijn verdriet was zo groot dat ik me op dat moment niet kon voorstellen dat ik het ooit te boven zou komen.

Terwijl de stad langzaam beneden me tot leven kwam, liep ik naar mijn bureau, ik schoof wat dozen opzij, en ging zitten. Ik nam mijn pen en staarde een hele tijd naar een leeg schrijfblok. Ten slotte begon ik langzaam, diep bedroefd, aan de laatste necrologie.

Nawoord

Erg weinig wetten blijven hetzelfde. Eenmaal ingevoerd, zullen ze in veel gevallen worden bestudeerd, aangepast, gewijzigd en vaak ook ingetrokken. Dat constante geknutsel door rechters en wetgevers is meestal een goede zaak. Slechte wetten worden eruit gegooid. Zwakke wetten worden verbeterd. Goede wetten worden nog een beetje bijgesteld.
Ik heb me grote vrijheden gepermitteerd met een paar van de wetten die in het Mississippi van de jaren zeventig bestonden. De wetten die ik in dit boek negatief heb behandeld, zijn inmiddels gewijzigd en verbeterd. Ik heb ze misbruikt omwille van mijn verhaal. Ik doe dat de hele tijd en ik voel me er nooit schuldig om, want ik kan me altijd op deze bladzijde aan de verantwoordelijkheid onttrekken.
Als u deze fouten ziet, schrijft u me dan alstublieft geen brief. Ik erken mijn fouten. Ik maak ze opzettelijk.
Ik dank Grady Tollison en Eddie Perry uit Oxford, Mississippi, omdat ze die oude wetten en procedure nog wisten. En ook Don Whitten en Jessie Phillips van de *Oxford Eagle*. En Gary Greene voor zijn technische adviezen.